ALFRED HITCHCOCK

CRÍMENES SELECTOS

Círculo de Lectores

INTRODUCCIÓN

¿Cuál elegiría usted? ¿La soga, el veneno, la pistola o el cuchillo? Un asesino tiene todas esas opciones, y más. Incluso algo casi siempre tan inocuo como una pastilla de jabón puede tener consecuencias letales en las manos oportunas.

Quizás prefiera algo menos engorroso: una pizca de falsificación, unas gotas de chantaje o, para el aventurero insomne, un pelín de robo.

Las posibilidades son infinitas, y el criminal espabilado tiene todos los números para salirse con la suya.

Esta antología de relatos recoge una amplia variedad de crímenes selectos, ingeniosos e inquietantes, escritos por los principales autores de las mejores historias de ficción de misterio.

Elana Lore

CRÍMENES SELECTOS

El buzón roto

STANLEY COHEN

El primer domingo que Harry Warner encontró su buzón tirado en el suelo no le dio mucha importancia. El correo todavía estaba dentro. Sabía que lo había fijado en el poste de cedro desbastado sin sujetarlo muy bien y supuso que el cartero lo habría soltado involuntariamente. Lo volvió a colocar en su sitio y lo apuntaló con unos delgados listones de madera.

Algunos domingos más tarde, se encontró de nuevo el buzón en el suelo, con los listones astillados. Esa vez no había podido ser el cartero, pues había repartido el correo el sábado. Llamó a la comisaría del pueblo.

–Estamos al tanto del problema –dijo el oficial–. Hemos recibido bastantes llamadas pero nunca hemos podido pillarles.

–Pues habría que coger a esos chicos y encerrarlos –le espetó Warner–. Una ciudad como la nuestra debería librarse de esa gentuza.

–Hacemos cuanto podemos –le respondió pacientemente el oficial–. Si los detenemos se lo comunicaremos.

–¿Es que esos chicos no se dan cuenta de que forzar un buzón es un delito federal?

–No sabría decírselo –respondió el oficial.

Insatisfecho con las explicaciones que le había dado el policía, llamó a las autoridades federales de correos al día siguiente, desde su oficina.

–Tiene mucha razón, señor Warner. Es un delito federal. Pero nosotros no podemos investigarlos porque, si nos dedicáramos a ese tipo de denuncias, no tendríamos tiempo para hacer otra cosa. Me temo que no nos queda más remedio que dejarlo en manos de las autoridades locales. ¿Ha llamado a la policía de su ciudad?

Más tarde, ese mismo día, de camino al almacén de maderas, Warner descubrió unos cuantos buzones más por el suelo. También se percató de que los que seguían en su sitio estaban bien fijados en sus postes. El suyo lo estaría pronto. Compró madera pesada y largos tornillos y, cuando hubo acabado de montar el buzón, estaba convencido de que nunca podrían volver a arrancarlo del poste de cedro.

Su preocupación por el buzón disminuyó al cabo de dos o tres semanas. Le complacía la nueva instalación, que no sólo era firme sino que también tenía un diseño bastante atractivo. Su silueta, bien proporcionada y elegante, sugería fuerza, y el buzón llamaba la atención entre los demás de la tranquila carretera de la zona residencial, sobresaliendo desafiante, retando a los invasores del sábado por la noche a que se atrevieran a derribarlo de su poste.

Dos meses después, al recorrer el camino de entrada para recoger su *Sunday Times*, vio algo raro en el buzón. Cuando llegó a su altura descubrió que lo habían aplastado con una piedra de gran tamaño, que estaba en el suelo junto al poste. Uno de los lados de la caja metálica estaba completamente hundida. Apretó los puños y se quedó contemplándolo impotente durante largos minutos. Luego miró la piedra y fantaseó con la posibilidad de rompérsela en el cráneo al infame adolescente inadaptado que se ensañaba con su buzón.

Se preguntó quién sería el chaval capaz de hacer eso, qué hijo de aquella pacífica y acaudalada comunidad habría crecido con una carencia tan absoluta de educación que se divertía con ese tipo de comportamiento destructivo. El chico necesitaba que le cogieran y le dieran un buen par de bofetadas para que entendiera de una vez lo que significaba la inviolabilidad de la propiedad ajena.

Se tranquilizó y se pasó media hora martilleando el lado abollado del buzón, volviéndole a dar la forma original para que la puerta pudiera cerrar de nuevo. La caja metálica había quedado hecha una piltrafa, pero todavía funcionaba. Mientras trabajaba en ella, se preguntaba si el chico que la había destrozado no iría en alguno de los coches que pasaban por delante de su casa. Acabó la reparación y se reafirmó en su determinación de impedir por todos los medios que volvieran a atentar contra su buzón. Si no podía contar con las autoridades locales ni tampoco con las federales, él mismo atraparía a aquellos gamberros.

Con gran enfado de su esposa, Warner empezó a pasar en vela todos los sábados, vigilando de medianoche hasta el alba. Tuvieron que reajustar todos sus compromisos sociales para que pudiera realizar esa nueva tarea. Se sentaba en completa oscuridad en el pasillo de la carbonera y vigilaba a través de los listones de cristal el buzón que estaba junto a la carretera. Se acostaba al amanecer y dormía hasta el mediodía.

El golpe llegó antes de lo que había esperado, el sexto sábado que hacía guardia. Estaba dormitando cuando oyó el sonido rítmico de un serrucho. Eran casi las tres de la madrugada. Un coche reluciente estaba aparcado cerca del buzón. Salió de puntillas de la carbonera y cogió el tubo de metal de casi dos metros de largo que guardaba junto a la puerta. Entonces se lanzó corriendo hacia la calle, sosteniendo el tubo por delante.

Un chico estaba serrando el poste de cedro, mientras otro le observaba. No le oyeron hasta que lo tuvieron casi encima. Cuando por fin levantaron las cabezas y le vieron acercándose, subieron al coche de un salto, pero antes de que pudieran alejarse, Warner golpeó el capó del vehículo con el tubo con todas sus fuerzas.

–¿Qué mierda hace? –gritó el chico sentado tras el volante. Era el que había utilizado el serrucho. El otro parecía completamente aterrorizado.

–Cuando vuelvas a casa –le gritó Warner–, dile a tus padres que el capó de su bonito coche nuevo lo ha destrozado el hombre cuyo buzón estabas cortando. Diles que no duden en llamarme.

–Maldito hijo puta –gruñó el chico–, me están entrando ganas de atropellarle.

Warner retiró el tubo del capó pero lo sostuvo en posición de soltar un nuevo golpe.

–¿Quieres ver cómo rompo tu parabrisas?

El muchacho hizo un gesto amenazante con el puño. Luego encendió el motor, las ruedas chirriaron y el coche se alejó con un ruido estruendoso. Warner volvió tranquilamente a casa, llamó a la policía y les dio el número de matrícula.

Warner saboreó con delectación la llamada que recibió de la comisaría de policía al día siguiente. Sí, ciertamente estaría encantado de acercarse, realizar la obligada identificación y firmar los documentos necesarios para la denuncia.

El reencuentro fue tranquilo. El chico se llamaba Ronnie Gerardo y sólo tenía dieciocho años. Su padre estaba presente y a Warner le sorprendió el extraordinario parecido familiar. El muchacho llevaba ropa chillona y contemplaba a Warner como si éste estuviera cometiendo una injusticia. Pero era imposible una identificación errónea, pues el coche con el capó abollado estaba aparcado delante de la comisaría. El padre se mostró indiferente hacia Warner y la acusación, con una actitud claramente protectora hacia su hijo. Los Gerardo vivían en un barrio residencial parecido al suyo, a unos dos kilómetros.

El cómplice del chico no había sido identificado, pero a Warner no le preocupaba el otro en vista del diferente comportamiento que habían mostrado los dos muchachos la noche anterior.

El sargento repasó todos los aspectos legales del cargo, incluyendo alguna insinuación sobre la posibilidad de que se tratara de un delito federal. Y, aunque no lo dijo explícitamente, quedó claro por sus comentarios que cualquier acción legal que se emprendiera contra el chico se apoyaría casi exclusivamente en el testimonio de Warner porque no tenían ninguna otra prueba contra él. Gerardo le preguntó si retiraría los cargos si le reemplazaba el buzón a su completa satisfacción y le aseguraba que el incidente no volvería a suceder.

Warner miró al joven Gerardo.

–¿Estás dispuesto a disculparte? ¿Entiendes la gravedad de lo que has hecho?

Cuando quedó claro que el chico no tenía intención de ofrecerle ninguna disculpa, Warner se dirigió al padre:

–Creo que usted tendría que reflexionar sobre por qué un hijo suyo se ha dedicado a dar vueltas con el coche por las noches cometiendo proezas como ésas.

Tanto el padre como el hijo le contemplaron frunciendo el ceño.

El sargento explicó que retendrían al chico hasta que se fijara y depositara la fianza. Tras un momento de silencio en el que todos los presentes se miraron los unos a los otros, el sargento le hizo un gesto al joven Gerardo para que le siguiera por el vestíbulo hacia una de las celdas inmaculadamente limpias, y apenas utilizadas, de la comisaría. Warner y Gerardo seguían sentados cuando oyeron el sonido metálico de la puerta de la celda al cerrarse.

El sargento volvió junto a ellos y Warner se levantó y preguntó, como si se le acabara de ocurrir algo:

–Sargento, ¿podría hablar a solas con Ronnie?

El sargento se volvió hacia Gerardo, que pareció un poco sorprendido, pero, tras pensarlo unos segundos, se encogió de hombros con indiferencia. El policía acompañó a Warner a la celda del joven y le hizo entrar, dejándola sin cerrar. El chico estaba sentado en el borde del catre.

Cuando el sargento se hubo retirado, Warner dijo:

–Había pensado darme por satisfecho con la oferta de tu padre, pero ni siquiera creo que lamentes lo que has hecho, ¿no es así?

El chico guardó silencio.

–No, no lo lamentas –dijo Warner–, es obvio. ¿Por qué tienes que ir por ahí destruyendo la propiedad ajena? ¿Te importaría explicarme qué placer te produce? ¿O qué necesidad satisface?

El chicó le observó con detenimiento, pero no respondió. Parecía que prestaba muy poca atención a sus preguntas.

–¿Y bien? –prosiguió Warner–. ¿No vas a responderme? Déjame que te pregunte algo: ¿es que alguna vez se te ha ocurrido meter el pie derecho en el zapato izquierdo? ¿Te gustaría que alguien fuera y destruyera lo que es tuyo? ¿Qué pasaría si hicieran trizas algo que fuera muy importante para ti?

El chico mantenía su mirada, silenciosa y penetrante, fija en él.

–¿Has pensado que lo que estás haciendo es malvado? Eso es el vandalismo sin motivo: malvado. No estás cometiendo un delito por necesidad. Porque a ti no te falta de nada. Lo único que necesitas es ayuda. ¿Te das cuenta?

Los ojos del chico brillaban, trasluciendo cuánto le detestaba.

–¿Y bien? –dijo Warner con impaciencia.

–¿Va a retirar los cargos como quería mi padre o no? –preguntó el joven Gerardo. Su rostro no mostraba ninguna emoción.

–Se te tiene que hacer entender que lo que hiciste está mal –respondió Warner.

–Porque, si no los retira –prosiguió el muchacho con calma–, voy a quemar su casa... Y esta vez no me cogerán.

A Warner se le aflojaron las rodillas de miedo. Podría suceder fácilmente. Las estadísticas de casos de incendios premeditados sin resolver resultaban escalofriantes. Pensó en el hogar bien cuidado que había compartido con su esposa todos aquellos años, una casa que mostraba los frutos de muchas horas de trabajo esmerado. La visualizó consumiéndose por llamas fuera de control. Y se vio a sí mismo ante ella, impotente, sintiendo el calor del fuego.

Volvió a concentrarse en los ojos hundidos del chico, que seguían taladrándole. Warner estaba muerto de miedo. Le asustaba que el joven fuera capaz de llevar a cabo su amenaza. Pero no podía permitir que él se diera cuenta. Además, la historia del mundo era un interminable desfile de acontecimientos que probaban que el apaciguamiento nunca servía de nada. Nunca. Tenía que responder a la amenaza con la misma moneda. Tenía que atemorizar al chico o, al menos, disuadirlo.

–¿Entiendes bien el significado de lo que acabas de decir? –le preguntó por fin.

–Sólo espero que lo haya oído –respondió el muchacho.

–Entonces permíteme que te haga otra pregunta. –Warner reunió todas sus fuerzas y se concentró cuanto pudo para parecer tan frío y controlado como el propio muchacho–. ¿Te importan algo tus padres?

Un destello de confusión brilló en los ojos del joven Ronnie Gerardo.

–¿Qué tiene eso que ver?

–Te lo explicaré en dos palabras –dijo Warner, casi susurrando–: si le pasa algo a mi casa, sabré que fuiste tú, ¿lo entiendes? Así que luego mataré a tus padres. Y a mí tampoco me cogerán. De modo que tenlo presente antes de ponerte a jugar con cerillas.

Los ojos del chico se abrieron imperceptiblemente, pero no dijo nada.

Warner se dio la vuelta y salió de la celda. Mientras cruzaba la sala pensó en lo que acababa de decir y empezó a temblar. Había querido encontrar una amenaza lo bastante impresionante como para que el chico titubease, para que se le quitase radicalmente de la cabeza cualquier idea, por remota que fuera, de acercar una cerilla a su casa. Pero, bien mirado, Warner había amenazado la vida de otras personas. Y había explicitado la amenaza. Con un tono aparentemente serio. Hasta ese momento, se habría creído absolutamente incapaz de decir nada parecido, ni en broma.

Cuando llegó a la sala donde le esperaban el sargento y Gerardo, estaba temblando.

–¿Sabe qué acaba de decirme su hijo? –le espetó a Gerardo–. ¿No se lo imagina? Ha amenazado con quemar mi casa si no retiro los cargos. –Miró al sargento–. ¿Lo ha oído? Quiero que tome nota, ahora que su padre está presente. Apúntelo. Por si acaso.

–¿Y qué le dijo usted? –preguntó el sargento.

–Le dije que estaba enfermo y necesitaba ayuda.

Warner prefirió no contarle a su esposa la amenaza del chico. Sabía cómo reaccionaría. Ella se asustaba con facilidad y probablemente quisiera alejarse cuanto pudiera de la ciudad.

El día siguiente, llamó al sargento, quien le informó que el joven Gerardo había sido liberado y puesto bajo custodia de sus padres tras pagar una pequeña fianza. Warner durmió mal esa noche.

A la mañana siguiente llamó a su agente de seguros e insistió en que le hicieran una nueva valoración completa de la casa y sus contenidos, aunque hubiera que aumentar la prima lo que hiciera falta. Quería la máxima cobertura en caso de incendio.

–Muy bien, Harry, si te empeñas –dijo el agente. Y añadió en tono más bajo–: ¿No estarás planeando quemar la casa tú mismo, verdad?

–No lo digas ni en broma –respondió Warner.

Transcurrieron bastantes semanas llenas de inquietud para Warner. Cuando casi había conseguido quitarse el incidente de la cabeza, apareció una pequeña noticia en el periódico local. Entre los últimos juicios del tribunal del condado, se había celebrado el de Ronnie Gerardo, que había sido declarado culpable de vandalismo, condenado a una sentencia suspendida y puesto en libertad condicional bajo la custodia de sus padres.

Warner leyó la noticia muchas veces. El chico se había pasado, en total, una noche en comisaría. Alguien podría pensar que una noche era castigo más que razonable por un buzón roto. Pero no era la gravedad del delito lo que importaba. El joven Gerardo estaba perturbado y tenía que ser encerrado y tratado en consecuencia.

Poco tiempo después, Warner se encontró inesperadamente con el chico en un supermercado local. Tras recuperarse de la primera sorpresa, Warner pudo esbozar una pequeña sonrisa.

–Hola, Ronnie, ¿cómo va?

El joven Gerardo le contempló durante unos segundos.

–¿Cómo funciona su horno? ¿Calienta bien? –dijo.

Warner sintió una debilidad repentina y fue incapaz de responder. El chico continuó mirándole fijamente y siguió su camino por el pasillo. Warner dio la vuelta a su carrito y fue tras él a toda prisa.

–Rompiste nuestro buzón, ¿no es verdad? Y quién sabe cuántos más. Por el amor de Dios, Ronnie, párate y reflexiona sobre lo que hiciste.

El chico le ignoró.

En cuanto llegó a casa, Warner llamó a comisaría. Quería contarle al sargento lo sucedido en el supermercado. Pero Rubano, el sargento que estaba de guardia el domingo que detuvieron al joven Gerardo, ya no pertenecía a la policía local. Se había mudado a Pensilvania y se dedicaba a sus propios negocios.

Warner intentó explicar los antecedentes del caso y la importancia del incidente del supermercado al nuevo oficial. El hombre era bastante educado, pero Warner se dio cuenta de que su historia no le interesaba mucho.

–Consulte el informe del caso –dijo Warner–, si lo lee lo entenderá, estoy convencido de que el sargento Rubano tomó nota cuando sucedió.

–Lo comprobaremos, señor Warner.

–Le aseguro que no me estoy inventando esta historia.

–Por supuesto que no, señor Warner. Y estaremos atentos.

Warner colgó. Era obvio que cuanto más intentaba explicarle el asunto al nuevo sargento, más disminuía su credibilidad.

A medida que se aproximaba la fecha de la semana de vacaciones que le pagaba su empresa en Florida, Warner se veía ante un inquietante dilema. Aunque tenía problemas para dormir en casa, se sentía peor todavía ante la perspectiva de dejarla vacía. Cuando llegó el día señalado, optó por irse. Los últimos meses habían turbado mucho a su esposa y necesitaba las vacaciones. Antes de salir, llamó a la policía, como acostumbraba a hacer siempre que planeaba estar un tiempo fuera. Les pidió que le echarán una ojeada a la casa hasta que volviera.

El avión salió el sábado y ellos recibieron la llamada en su hotel el domingo por la mañana temprano... Un incendio de origen desconocido... La investigación estaba en marcha... Hicieron de nuevo las maletas y cogieron el primer avión de vuelta. El vuelo les pareció interminable, el más largo que recordaban.

Su mujer permanecía de pie, llorando inmóvil, mientras Warner caminaba arriba y abajo por el césped ante los restos húmedos y carbonizados de la casa, con lágrimas deslizándose por su propio rostro. Su vecino les vio y se acercó. El cuerpo de bomberos voluntarios de la ciudad había acudido rápidamente, pero la casa quedó envuelta en llamas tan deprisa que los bomberos poco más habían podido hacer que impedir que el fuego se extendiera a otras viviendas.

Warner entró a grandes zancadas en la comisaría y exigió ver al jefe de policía.

–Usted ya sabe quién lo hizo, ¿verdad? –le gritó al oficial al mando.

No, le respondió el jefe, no sabían quién lo había hecho, ni siquiera si alguien había provocado premeditadamente el incendio, aunque había algunos indicios claros de que así había sido. En ese mismo instante lo estaban investigando.

–Ronnie Gerardo incendió nuestra casa –gritó Warner–. Me dijo que tenía intención de hacerlo.

El jefe estudió a Warner un instante y luego afirmó que su acusación era muy grave. Le preguntó si tenía algún fundamento para realizarla.

Warner se tranqulizó lo suficiente para contarle los detalles del incidente del buzón y la conversación que había mantenido más tarde con el muchacho.

–Búsquelo en el informe del caso. Estoy seguro de que corroborará cuanto le he explicado.

El jefe le encargó al nuevo sargento que sacara el informe. Lo revisaron pero no encontraron ninguna referencia a la amenaza del chico.

–Entonces, póngase en contacto con el antiguo sargento. Él se lo confirmará. No sé por qué no lo anotó. Le dije que lo hiciera. –Warner estaba más tranquilo, casi quejumbroso.

El jefe le pidió al sargento que intentara localizar a Rubano en Pensilvania. Cuando tuvieron al antiguo oficial al teléfono, el jefe conectó un altavoz para que todos los presentes pudieran escuchar. Informó a Rubano del incendio y le preguntó sobre el incidente previo.

–Lo recuerdo bien –respondió Rubano–. Warner presentó la denuncia y entonces pidió hablar a solas con el joven Gerardo. Luego afirmó que el chico le había amenazado con incendiar su casa.

–¿Y no diría usted que ha llevado a cabo su amenaza? –gritó Warner por el pequeño altavoz.

–Lamento no poder serle de más ayuda, sólo le repito lo que recuerdo –respondió Rubano.

El jefe dio por terminada la conversación y se volvió hacia Warner.

–Ciertamente interrogaremos a Gerardo en el curso de nuestra investigación –dijo.

Warner y su esposa se instalaron en un hotel. La cobertura de su seguro, que era bastante completa, incluía todos los gastos durante el período de emergencia.

Como sus dos coches se encontraban en el garaje y habían quedado destrozados por el fuego, al día siguiente salieron y se compraron dos nuevos. Luego Warner empezó a llamar a contratistas locales para discutir las condiciones de reconstrucción de la casa. Su esposa estaba convencida de que deberían vender el solar y mudarse a otra ciudad, pero Warner se negó en redondo a considerar tal posibilidad.

Aquella noche Warner recibió dos llamadas. La primera fue del jefe de policía. Había enviado dos investigadores para hablar con Ronnie Gerardo la noche anterior. El joven negó haber hecho jamás amenaza alguna sobre la casa. Y por lo que se refería a su paradero el sábado por la noche en el momento del incendio, afirmó que se encontraba con tres amigos suyos. También los habían interrogado y los tres habían confirmado su historia.

–¡Tres amigos! –gritó Warner–. ¿Es que va a contentarse con eso?

–Lo siento, señor Warner, pero no podemos hacer mucho

más hasta que tengamos más pistas. De momento, continuamos nuestra investigación.

La segunda llamada que recibió fue la de su agente de seguros.

–Harry –le dijo–, te llamo porque quiero que sepas que la compañía que tiene tu póliza se está preguntando por qué quisiste aumentar tanto la cobertura del seguro pocas semanas antes del incendio.

–¿Y bien? ¿No se lo explicaste?

–¿Te refieres a lo de Gerardo y su amenaza?

–Claro.

–Bueno, sí, Harry. Lo mencioné. Luego me llamaron y dijeron que habían hablado con la policía, y que aparentemente, el chico niega haberte amenazado.

–Entonces ¿qué estás insinuando? –preguntó Warner–. ¿Que creen que yo quemé mi casa? Claro que ese animal lo niega todo. ¿Qué esperabas que hiciera? Mira, yo estaba en Florida cuando...

–Tranquilízate, Harry. Todo va a ir bien. Sólo te he dicho que la compañía de seguros estaba haciendo unas cuantas preguntas. Eso es todo. –Hizo una pausa–. Y una de sus preguntas, Harry, fue: «¿Tenía Warner que comprarse dos coches nuevos el primer día?».

–Pero nosotros los necesitamos.

Después de que Warner hubiera recibido unas garantías razonables de que la compañía cubriría la póliza, colgó.

Su esposa, que había escuchado ambas conversaciones hasta el final, dijo:

–Por favor, ¿no podemos irnos de aquí? Mudémonos a una de las ciudades en las que tu empresa tiene sucursales.

–No –le espetó Warner–, ni pensarlo.

Harry Warner se pasó los dos días que le quedaban de su semana de vacaciones en el patio de su casa, mirando cómo los trabajadores limpiaban los escombros carbonizados de lo que antes había sido su hogar y todos los tesoros y propiedades que había acumulado en él. De cuando en cuando, los trabajadores descubrían algo recuperable, un pisapapeles de vidrio u objetos por el estilo. Pero a Harry Warner aquellos hallazgos entre las ruinas le resultaban dolorosamente ajenos.

A pesar de las continuas quejas de su esposa, llegó a un acuerdo con el contratista para que reconstruyera la casa exactamente igual que antes y tan rápido como pudiera. Para mantenerla distraída, mandó a su esposa a que se comprara un nuevo vestuario completo. Sus compañeros de trabajo seguían de vacaciones en Florida.

A principios de semana había observado a los policías, dos uniformados y otros dos de paisano, revisando su propiedad por cuarta o quinta vez, haciendo fotografías y buscando pistas. No habían podido encontrar nada. Trajeron un agente de la ciudad, un experto en incendios, que llegó a la conclusión de que podía haber sido premeditado, provocado hábilmente con gasolina, pero no podía asegurarlo. Interrogaron a todos los vecinos, pero el fuego se había iniciado un sábado por la noche a una hora muy avanzada. También habían interrogado a los Gerardo y a los padres de todos los chicos que habían corroborado la coartada del sospechoso. Los muchachos aparentemente habían estado juntos, en un sótano, jugando a billar.

Warner volvió a la comisaría para hablar de nuevo con el jefe de policía.

–Tiene que encontrar algún modo de relacionar a ese chico con el incendio –se quejó–. Usted sabe tan bien como yo que fue él.

–Señor Warner, he tenido a la comisaría trabajando casi exclusivamente en el caso toda la semana, me parece que ya está al tanto. Pero hasta ahora, me temo que no hemos conseguido mucho.

–¡Ese chico es un peligro público! –dijo Harry Warner en voz alta–. Tiene que sacarlo de las calles. Sabe Dios qué tendrá pensado hacer ahora. Todo el mundo lo conoce en esta ciudad.

–Hacemos cuanto podemos, señor Warner. Pero no vamos a detener a la gente sin motivo.

Transcurrieron las semanas. La estructura de la casa nueva fue levantada y terminada. Warner hizo su visita semanal a comisaría.

–Lo siento, señor Warner, pero una vez más no tenemos nada que decirle. Seguimos considerando el caso abierto y esperamos encontrar pistas, pero hasta que no tengamos algún indicio fiable no podemos hacer casi nada.

–Pues eso no es bastante –replicó Warner rápidamente.

El jefe le miró.

–¿Qué quiere decir?

–Nada; nada en absoluto –respondió y dio por acabada la conversación.

Salió de la comisaría y fue en coche a una tienda de artículos deportivos cercana. Pidió que le enseñaran pistolas.

–Algo para practicar tiro al blanco deportivo –dijo–, un arma que no necesite permiso.

El propietario le vendió una 22 semiautomática con munición y luego respondió a sus preguntas sobre cómo se cargaba y se disparaba. Warner era a todas luces un inexperto en el uso de armas de fuego. Cuando le dio su tarjeta de crédito para pagar su compra, el propietario se fijó en el nombre y levantó la cabeza. Sus miradas se encontraron. Sin hacer ningún comentario, el dueño llamó para comprobar el crédito de Warner y acabó los trámites de la venta. Warner se llevó la pistola a su habitación y la guardó en un cajón.

Aquella noche, Warner recibió una llamada del jefe de policía.

–Tengo entendido que se ha comprado una pistola.

–Sólo es una pistola de tiro al blanco. Me voy a apuntar al club de tiro de la empresa.

–¿Acaso el club no proporciona pistolas a sus socios?

–Prefiero utilizar la mía.

–Señor Warner, tengo que decirle que su compra me ha preocupado mucho.

–Jefe, para la tenencia de esta pistola no hace falta permiso, y no veo por qué he de responderle más preguntas al respecto.

La noche siguiente recibió otra llamada telefónica, esta vez del padre de Gerardo.

–Espero que no esté pensando en cometer ninguna tontería –le dijo.

–No sé de qué me está hablando.

–Mire, mi hijo me explicó lo que usted le dijo aquel día.

–Señor Gerardo, si su hijo le explicó lo que yo le dije, entonces también le habrá explicado lo que él me dijo antes, lo que me impulsó a responderle, ¿no es así?

–Es un niño. Dijo lo primero que se le pasó por la cabeza. Mire, ya fue terrible que usted le hiciese pasar una noche en la cárcel y que le ficharan a causa de aquella pequeña travesura con su buzón. No tenía que haber llegado a ese extremo. Me ofrecí a reponérselo y a cuidarme de que no sucediera de nuevo. Lamento el desgraciado incendio de su casa, pero deje de echarle la culpa a mi hijo. La policía ya ha confirmado que no tuvo nada que ver.

–Señor Gerardo, ni de lejos me creo que usted piense de verdad que su hijo no tuvo nada que ver en el incendio. El chico está enfermo, ¿es que no se da cuenta?

–Se lo diré una vez más, señor Warner: espero que no esté pensando en cometer ninguna tontería.

–No tiene por qué preocuparse, señor Gerardo. Yo no hago tonterías.

Mientras Warner colgaba el teléfono, su esposa le miró desde un rincón de la habitación del hotel y le preguntó por la llamada que acababa de recibir en un tono turbado.

–Era el padre del chico –dijo Warner.

–Eso suponía.

–El tipo es un idiota –zanjó sin intención de seguir hablando del tema.

Cuando al día siguiente Warner volvió del trabajo a la habitación del hotel, se encontró a su mujer recogiendo sus cosas para marcharse. Había descubierto la pistola.

–Había pensado hacerme socio del club de tiro de la empresa.

Ella le miró con incredulidad.

–Ésa sí que es una sorpresa.

–Es la verdad.

–Pues tú siempre habías defendido con vehemencia que no se debería tener armas en casa bajo ninguna circunstancia, ¿me equivoco?

–Los tiempos han cambiado.

–Deberías haber permitido que el padre del chico reparara el buzón –le dijo mientras seguía haciendo las maletas–. Voy a quedarme con mi hermana durante una temporada.

–Pero eso es ridículo.

–Estaremos en contacto por teléfono –añadió ella, dando por acabada la conversación.

La vida de Warner se volvió rutinaria. Vivía solo en el hotel e iba a trabajar todos los días exactamente a su hora. Durante el descanso para la comida solía ir a comprobar cómo progresaba la construcción de su casa. Comía solo y se pasaba las noches viendo la televisión en la habitación o, de cuando en cuando, iba al cine. Todos los martes y jueves después del trabajo, se dirigía al club social de su empresa y se pasaba una hora en el campo de tiro, adquiriendo experiencia en el uso de su nueva pistola.

Llamaba con frecuencia a su esposa, y le insistía que volviera. Ella respondía que no regresaría hasta que no se deshiciera de la pistola y abandonara su idea de mudarse a la casa nueva cuando estuviera acabada. Él se negó a ceder en ninguno de los dos puntos.

Un sábado por la noche, a eso de las doce, Warner dejó su habitación y fue a dar una vuelta en coche por la ciudad. Al aproximarse a la casa de los Gerardo, apagó los faros, conduciendo sin luces la última manzana. Se detuvo y aparcó enfrente. Permaneció sentado en silencio en el coche, a oscuras, observando la casa. Cuando algún coche pasaba por la calle, se ocultaba agachándose.

Transcurrieron bastantes horas. Un coche se acercó a más velocidad de la normal, frenó y giró con imprudencia para meterse en el camino de entrada de la casa de los Gerardo. Se detuvo con una vibración a sólo unos centímetros del muro trasero del espacioso garaje de dos plazas.

Warner observó cómo el joven Gerardo dudaba antes de entrar en casa. El chico se quedó quieto en el camino y miró con los ojos entrecerrados hacia el coche de Warner. Avanzó por el camino, cruzó la calle y se acercó dubitativo.

Cuando llegó ante Warner y lo vio cara a cara, dio un respingo y se tiró sobre el asfalto, lanzándose al momento hacia la parte posterior del coche. Gateó zigzagueando unos cuantos metros hasta que pudo meterse entre los matorrales del otro lado de la calle. Siguió arrastrándose por detrás de los arbustos hasta que llegó junto a su casa, se ocultó de un salto tras los coches aparcados y, al cabo de unos segundos, se deslizó dentro.

Warner sonrió cuando vio encenderse las luces tras las cortinas de las ventanas.

Apenas unos minutos más tarde, un coche patrulla se detuvo detrás de su vehículo, con las luces giratorias encendidas. Los dos policías se bajaron y se quedaron a cubierto tras las puertas abiertas del coche, con los revólveres desenfundados. Avanzaron poco a poco, observando a Warner a la luz de los faros.

Cuando uno de ellos llegó a la altura de la ventanilla abierta, Warner le preguntó:

–¿Qué pretenden?

–Se supone que somos nosotros los que tenemos que hacer esa pregunta –respondió el agente–. Baje del coche.

–No hay ninguna ley que me obligue a hacerlo en estas circunstancias. Así que no bajaré.

El policía miró a su compañero por encima del techo del vehículo. Luego volvió a mirar a Warner.

–¿Me deja ver su permiso de conducir? Sí que hay una ley que le obliga a mostrármelo.

–Con mucho gusto –respondió Warner encantado. Se sacó la cartera y le dio el permiso.

El policía enfundó su revólver y estudió la documentación con su linterna.

–Señor Warner, ¿sería tan amable de salir del coche mientras lo registramos?

–¿Tienen una orden judicial?

–En estas circunstancias, no la necesitamos.

–¿Y cuáles son las circunstancias?

El policía dudó.

–Sospechoso de llevar encima armas peligrosas.

–No encontrarán nada. No he cogido la pistola.

–Señor Warner, ¿quiere explicarme qué está haciendo aquí?

–Me gusta el sitio.

–Pues no puede quedarse; tiene que marcharse.

–Ninguna ley me prohíbe aparcar aquí ni que me quede dentro de mi coche. No tengo la menor intención de irme.

El policía miró de nuevo a su compañero, que se acercó a él. Los dos fueron a la parte trasera del coche de Warner y hablaron un momento. Luego se metieron en su vehículo. Los faros giratorios seguían en funcionamiento.

Warner les observó por el retrovisor durante diez o quince minutos, irritado por la iluminación intermitente que inundaba su coche cada poco. Por fin encendió el motor y se alejó. Le siguieron hasta su hotel. Cuando subía las escaleras a su habitación, les vio meterse en el aparcamiento del hotel y apagar el motor y las luces.

A la mañana siguiente Warner recibió una llamada del jefe de policía.

–¿Le importaría explicarme de qué iba todo el lío de anoche? –le preguntó.

–Estuve controlando un poco –dijo Warner, hizo una pausa y añadió–: Quería ver a qué hora volvía el chico a casa.

–¿Y eso a usted qué le importa? Deje la investigación a los profesionales.

–Ese chico incendió mi casa. ¿Y qué han hecho ustedes? Respóndame a eso, ande.

–Ya lo hemos hablado antes, Warner. No podemos detener a nadie sin pruebas. Mientras tanto, usted ya se está construyendo una casa nueva. ¿Es que tendremos que asignar a un hombre para que le siga?

Poco después de la llamada del jefe de policía, recibió otra de su esposa. Se iba a Florida durante una semana con Ruth y su marido.

–¿Cuándo vas a volver conmigo? –inquirió con tono lastimero.

–Me parece que ya te he respondido antes a esa pregunta.

Warner vaciló un instante.

–Pues que te diviertas –dijo finalmente en voz baja.

Hacia mediados de la semana siguiente, una pequeña noticia en la sección de sociedad del periódico llamó la atención de Warner. El señor y la señora Gerardo, junto a muchas más parejas, iban a realizar un crucero. Aquello significaba que el chico se quedaría solo en casa. Tenía que haber algún modo. Se sentó en su habitación, en el sillón de similicuero, y se puso a garabatear notas en un bloc; de cuando en cuando rompía las hojas, y empezaba de nuevo. Al cabo de un par de horas, empezó a sonreír. Arrancó una hoja limpia del bloc y escribió una lista detallada.

El sábado siguiente, salió del hotel por la mañana, con su pistola nueva en el bolsillo, y cogió un autobús hasta el centro de una ciudad cercana; había dejado su propio coche aparcado en su lugar habitual, junto a la entrada del hotel. Se dirigió a casa de su cuñada y, utilizando sus propias llaves, cogió el coche de su esposa. Fue en él a una bulliciosa tienda que vendía artículos a precio reducido y compró una lata vacía de veinte litros para gasolina, un martillo, un paquete de clavos largos y un trozo de tubería de plástico. Antes de regresar a su ciudad, utilizó el tubo para sacar gasolina del coche y llenar la lata.

El resto del día fue aburrido. No tenía nada más que hacer hasta bien entrada la noche. No podía arriesgarse a volver al hotel.

Pasada la medianoche, condujo hasta los alrededores de su nueva casa en construcción. Cuidándose de que no le vieran sus vecinos, aparcó el coche de su esposa en un lugar discreto, cogió la lata de gasolina, el martillo y los clavos y se dirigió a la casa. El cielo nocturno era bastante claro, no le hacía falta más luz.

Encontró una tabla y clavó uno de los clavos en ella. Colocó la tabla a un lado del camino de entrada, donde la podría encontrar fácilmente más tarde. Quitó el tapón de la lata de gasolina y dio la vuelta a la casa dejando caer un anillo de salpicaduras de gasolina sobre las placas sin pintar que formaban el perímetro inferior. Puso la lata vacía cerca de la tabla con el clavo y colocó los demás clavos y el martillo dentro del garaje. Entonces se dirigió a pie a casa de los Gerardo, escondiéndose para evitar ser visto por los pocos coches que pasaban.

El joven Gerardo apareció cuando casi estaba amaneciendo y metió el coche en el camino de entrada. Al bajar el chico del vehículo, Warner surgió de entre las sombras.

–Hola, Ronnie.

El chico se quedó paralizado al ver la pistola.

–¿Qué está haciendo aquí?

–¿Te gustaría volver a quemar mi casa?

–¿De qué está hablando?

–Vamos. Iremos en tu coche. Sube.

–¿Qué va a hacer?

–Sube al coche, Ronnie.

Warner mantuvo la boca de la pistola pegada al costado del joven mientras le obligaba a conducir hacia la casa en construcción. Se detuvieron en el camino de entrada y Warner le hizo bajar del vehículo, apuntándole a boca de jarro. Entonces sacó unas cerillas.

–Bueno, Ronnie, aquí están. Adelante. Enciéndelas. Diviértete un poco más.

–¿Qué le pasa? ¿Está enfermo o qué? ¿Es que no tuvo bastante con una vez?

–Creí que te gustaría repetirlo. Pero, si no te apetece, no tienes por qué hacerlo. Vete a casa. Sólo quería divertirme un poco contigo.

–Si sabe lo que se hace, me dejará ir –dijo el chico.

–Ya te he dicho que podías marcharte.

Sin más comentarios, el joven Gerardo se subió al coche y encendió el motor. Warner asió la tabla con el clavo y la colocó erecta, bloqueando la rueda trasera. Cuando el chico dio marcha atrás, un silbido escapó del neumático, que se deshinchó rápidamente, deteniendo el coche. Gerardo salió de un salto para ver qué había sucedido.

–Viniste a incendiar la casa de nuevo y tu coche pisó un clavo –dijo Warner–; muy mala suerte.

–¿De qué está hablando?

–Mira. –Warner encendió una cerilla y la acercó a la gasolina que empapaba las placas. El fuego prendió al momento y empezó a extenderse a lo largo de la casa.

–Tiene que estar loco. Les voy a decir a los policías que usted lo hizo. Les explicaré todo.

–¿Piensas que te van a creer?

Sin previo aviso, el chico empujó a Warner tirándole al suelo, luego salió corriendo por el jardín y emprendió una carrera hacia su casa.

Warner se levantó y colocó la lata de gasolina vacía en la parte de atrás del vehículo del chico. Se subió rápidamente en el otro coche y se alejó mientras las llamas seguían recorriendo el perímetro de la casa.

Empezaba a amanecer cuando llegó al hotel. No vio a nadie cuando detuvo el coche de su esposa en un rincón del aparcamiento. Subió de puntillas a su habitación y entró sigilosamente. Sólo tenía que esperar a que sonara el teléfono.

Centro de atención

DAN J. MARLOWE

Brent Wilson se alisó las solapas de su esmoquin antes de colocarse delante de su ventana de tres por dos metros y medio, de las que uno esperaría encontrar en unos grandes almacenes y no, como era el caso, en la planta baja de un edificio de apartamentos. Le gustaban las miradas de extrañeza de los transeúntes que pasaban por la amplia acera. Vistos desde la calle, la televisión en color de treinta pulgadas, el equipo de alta fidelidad con sus numerosos botones y diales brillantes, el moderno mobiliario danés finamente pulido, el bar bien provisto y los cuadros de buen gusto contribuían a proyectar la imagen que Wilson quería dar de sí mismo: un caballero sofisticado descansando antes de salir a cenar.

Wilson disfrutaba exhibiéndose todas las noches en aquel escaparate privado ante las hordas plebeyas, aunque nunca admitió la existencia de la gente más allá de la ventana. A todas horas se cuidaba de comportarse como si lo que le separara de la calle fuera un grueso muro de ladrillo en vez del cristal; pero se movía por la elegante habitación con los andares furtivos de un actor que no quisiera darle la espalda a su público. El menor indicio de que cualquiera que pasara por delante –especialmente una mujer– se fijara en él le producía el más intenso de los placeres.

Sonó el teléfono, y cruzó la habitación sin prisa para responder.

–¿El señor Wilson? –inquirió una ronca voz femenina.

–Sí, soy yo. –Consciente de lo cuidadosamente centrada que estaba la mesa del teléfono, Wilson levantó un poco la barbilla para mantener estirada y firme la piel del cuello, eliminando el inicio de papada que se le estaba formando a sus treinta y cinco años.

–Me llamo Gilda.

–¿Gilda? –Wilson se acarició los dedos de la mano libre y se los llevó a la frente, imitando el gesto teatral de un hombre pensando–. No conoz...

–No nos conocemos. Sólo quería hablar.

Wilson mantuvo una expresión amistosa, pero endureció el tono.

–Sea lo que sea lo que venda, no lo quiero.

–¡Oh, no! –se quejó la voz ronca–. Le veo noche tras noche en su sala de estar, y ya es casi como si le conociera. Conseguí su nombre en la lista de direcciones del vestíbulo del edificio y su número en la guía telefónica. Sólo quería hablar.

Se preguntó cuál de las transeúntes habituales sería. Una chiflada, por supuesto, pero resultaba halagador.

–Hábleme de usted, Gilda.

–¿De mi aspecto, quiere decir? Bueno, mido uno setenta, peso cincuenta y siete kilos, soy rubia natural y bastante atractiva. Recibí una buena educación y obtuve un título de psicología en la facultad.

–Belleza e inteligencia –comentó él, componiendo una expresión caprichosamente divertida. La descripción distaba mucho de ser repulsiva–. ¿Le apetecería pasarse por aquí a tomar algo?

–¡Oh, no! No podemos encontrarnos. Lo único que deseo es que mantengamos largas y sinceras conversaciones.

Una verdadera chiflada, concluyó.

–Si pasara por aquí, no tendríamos que perder el tiempo hablando, ¿verdad?

Ella se rió tontamente.

–Usted no se anda con rodeos, ¿me equivoco? Ahora hemos... he de colgar... Llamaré mañana por la noche. A las ocho en punto.

A la noche siguiente él permaneció de pie junto a la estantería que estaba al lado del teléfono, esperando su llamada. No se produjo hasta las ocho y diez.

–Apuesto a que creía que ya no llamaría –dijo alegremente.

Él estaba enfadado con ella por haberle hecho esperar y consigo mismo por haber esperado.

–No importa demasiado, la verdad –dijo, envarado.

–No parece que esté muy cómodo. Me he preparado un whisky con hielo antes de llamarle. ¡Escuche! –Oyó el tintineo de los cubitos contra el cristal–. ¿Por qué no se prepara una copa en ese barito tan mono que tiene? Así podremos hablar cómodamente.

–Una buena idea –dijo Wilson algo más apaciguado y dejó el auricular sobre la mesa. El bar estaba al otro lado de la habitación, pues el mobiliario no se había dispuesto para su comodidad sino para exhibirlo de la manera más atractiva posible ante el público. Se sirvió dos dedos de un bourbon fuerte y dorado de una jarra de cristal tallado y añadió un chorro de soda de su sifón a juego–. Así está mejor.

–¡Muy bien! –exclamó ella animosamente–. ¿No le dije anoche que era muy inteligente? Estuve en la lista de mejores alumnos del decano durante toda la carrera. Mis calificaciones fueron fantásticas.

–¿Cuánto hace que acabó la carrera? –preguntó él al asaltarle la imagen repentina de una cuarentona de constitución fornida.

–Tres años.

–¿Está segura de que no quiere pasarse por aquí una de estas noches? –Se sentó en un sofá de cuero que miraba hacia la ventana, bebió un sorbo de su copa y cruzó las piernas cuidadosamente.

–¡Oh, no! A mi marido le daría un ataque si supiera que he hablado con usted.

Otra esposa inquieta, pensó él con cinismo.

–No sabía que estuviera casada.

–Desde mi primer año en la facultad. Se estropeó la lavadora del club femenino de estudiantes, y Steve fue a arreglarla. –Hizo una pequeña pausa–. Es el hombre más estúpido del mundo.

Había una mujer de pie al otro lado de la ventana, con la nariz casi pegada al cristal. Wilson alargó el brazo izquierdo y miró su reloj de pulsera ultrafino. La mujer pareció súbitamente desconcertada y se alejó a toda prisa. Wilson sonrió.

–Si son ésos sus sentimientos hacia él, Gilda, ¿por qué se casó?

–Al principio estaba el sexo. Él es un hermoso animal. Un cazador, un hombre que vive al aire libre. Ya sabe a qué me refiero. Pero ahora ya no puedo ni hablarle.

–Siempre está el divorcio –sugirió. Separó las piernas con parsimonia y las volvió a cruzar en el otro sentido.

–Eso es imposible.

–¿Imposible? ¿Por qué?

–Es demasiado posesivo. Le conozco. Estoy especializada en psicología, ¿recuerda?

Wilson dio un trago largo y pausado de su copa a la salud de una mujer de mediana edad que se había detenido ante la ventana. Se demoró un momento antes de seguir la conversación.

–Entonces, ¿qué va a hacer?

–Ya le dije que era lista. He preparado..., está en la puerta. Buenas noches.

–¿Mañana? –preguntó él apresuradamente.

–Hummmm. –El sonido del teléfono al colgarse le retumbó en el oído.

La noche siguiente, Wilson se puso el batín castaño y se preparó una copa mientras esperaba su llamada. Fue puntual.

–¡Hola! –se presentó–, soy Gilda.

–Parece... excitada, ¿ha estado bebiendo?

–No, sólo me siento feliz. Mi problema se ha solucionado.

–¿Steve ha aceptado concederle el divorcio?

–Mejor aún. Un divorcio puede resultar muy lioso. No, le conté todo sobre usted y nuestras llamadas telefónicas y le dije que estábamos enamorados y que queríamos casarnos.

–¿Y no tiene la impresión de que una parte de esa afirmación no es cierta? –preguntó, fríamente irritado.

–Por supuesto que no es verdad. ¡Jamás me casaría con usted! Si es casi tan insoportable como el musculitos de Steve, posando en su ventana de esa manera... Creo que usted es el individuo más narcisista y egocéntrico... –su voz siguió y siguió.

Wilson se levantó de un salto del sofá y se puso erecto, olvidándose por una vez de lo poco grácil que debería parecer el movimiento para cualquiera que pasara por la calle.

–Escúcheme..., señora –empezó a decir.

Su voz ronca le interrumpió.

–Steve es muy posesivo, muy primitivo y está muy enfadado. Adiós, señor Wilson.

–¿Adiós? ¿Qué...?

Un sedán azul frenó chirriando en la curva enfrente de la gran ventana, y un hombre saltó rápidamente de su interior, arrastrando un rifle de cañón largo tras él.

El sudor cubrió de repente la frente de Brent Wilson.

–¡Gilda! –gritó frenético.

–Ahora mismo llamaré a la policía para que Steve no tenga ninguna oportunidad de escapar –dijo ella con calma.

Brent Wilson permaneció paralizado mientras el cañón del rifle giraba en su dirección y una llamarada rojo amarillenta surgía de la boca, resquebrajando la ventana de tres por dos metros y medio, que adquirió la forma de una tela de araña. Un pesado golpe impactó contra su pecho, y se desplomó lentamente al suelo, quedando tumbado en una posición desgarbada sobre la alfombra oriental, mientras la parte delantera del batín castaño se teñía gradualmente de un tono más oscuro.

Lección para un profesional

STEPHEN WASYLYK

Mi golpe de salida en el noveno hoyo se elevó hacia las nubes oscuras y bajas, se desvió súbitamente hacia un bosquecillo y acabó produciendo un descorazonador ruido al rebotar de tronco en tronco. Maldije.

Virgo Fletcher se rió. Virgo siempre disfrutaba con las desgracias ajenas. Pequeño y enjuto, con una incipiente barriga, llevaba una gorra de golfista calada sobre su rostro estrecho. Aunque nos pasábamos juntos casi todas las tardes en el campo de golf, las horas al sol y al aire libre no hicieron mucho por tensar la papada ni reducir la hinchazón de sus ojos. Virgo compensaba todo el bien que pudiera reportarle el ejercicio con un exceso de bebida y demasiadas mujeres.

Recogí el *tee*.

–A ver si lo mejoras –dije.

Virgo se plantó firmemente sobre los pies, hizo oscilar el palo y giró sobre su cintura. El resultado fue un golpe tan recto como una regla, dentro de la calle, a unos doscientos cincuenta metros. Volvió a reírse, aumentando el desagrado que me producía y que había ido creciendo durante semanas. Tenía la esperanza de que pronto podría dejar de jugar con él. Virgo haría cualquier cosa por ganar, incluso dar golpes a escondidas, si pensaba que no le descubrirían.

Me obligué a subir al cochecito de golf a su lado, y se puso en marcha hacia la calle.

Era el presidente del banco local, un cargo que utilizaba para aprovecharse de las jóvenes que el banco contrataba: otra faceta de su personalidad que me resultaba aborrecible. Era un sobón y un charlatán, y muchas de las chicas, que no se sentían precisamente halagadas con sus atenciones, dejaban el empleo a los pocos días. Algunas se quedaban, porque había mujeres que preferían no darse por enteradas, en especial, la suya propia, que conocía sus aventuras y aun así se aferraba a él como si aquel tipo valiera gran cosa.

Llevaba varios meses jugando con Virgo, no porque me complaciese su compañía sino por su posición en el pueblo. Había llegado a ese rincón del Medio Oeste para esconderme tras un trabajito en un banco de otro estado y lo había conocido en el campo de golf. Cuando me enteré de cómo se ganaba la vida no pude resistirme a cultivar su amistad. El dinero de mi último golpe no duraría para siempre, y creí que jugando al golf con Virgo me haría una idea del funcionamiento de su banco.

Y me la hice, pero a aquellas alturas todavía no era completa. Aún seguía tanteando las posibilidades.

Virgo se aclaró la garganta.

–Hay una chica nueva en el banco. Se llama Olivia y parece bastante receptiva. Voy por buen camino con ella.

–¿Por qué me lo cuentas? –Virgo me tenía por un promiscuo liberado que se había instalado en la ciudad para recuperarse de una operación. Siempre intentaba impresionarme.

–Quiero consejo. Mi esposa la ha visto y sospecha que la chica me interesa. Y es verdad. De hecho, incluso me plantearía seriamente casarme con Olivia si fuera libre. Así que finalmente me decidí y le pedí el divorcio a mi mujer. Me respondió que no, bajo ninguna circunstancia. –Ser libre era un tema recurrente en la conversación de Virgo.

–Muy bien, entonces te tiene bien cogido.

Suspiró.

–No sabes cómo me gustaría librarme de ella.

–Hay muchos modos de conseguirlo –dije con brusquedad, irritado.

–¿Quieres decir... matarla?

–Ocurren cosas así todos los días.

–Sería incapaz.

–Entonces, contrata a alguien.

Detuvo el cochecito en medio de la calle.

–¿Puede hacerse?

–Hay gente por ahí que se dedica profesionalmente, es su trabajo.

–No sabría por dónde empezar.

Una idea me cosquilleó en la nuca. Llevaba mucho tiempo buscando una manera de robar el banco de Virgo. Tal vez me acababa de dar la combinación de la caja fuerte.

–¿Sabrías tú dónde encontrar a alguien? No cuentas nada de tu pasado, pero tengo la impresión de que... –La voz se le fue apagando.

Me bajé del vehículo y cogí un par de hierros.

–Lo pensaré. Lo que voy a hacer ahora mismo es dar mi segundo golpe –dije.

Le dejé allí sentado y me fui a buscar mi pelota. Virgo quería a su esposa muerta y estaba dispuesto a pagar por ello. Podía darle los nombres de muchos, pero ¿no era aquella mi oportunidad? Debía de haber algún modo de sacar provecho de aquel deseo.

Encontré mi pelota. Lo único que podía hacer era darle un golpe picado para que saltase hasta la calle. Hice el movimiento sin concentrarme demasiado, tenía cosas más importantes en la cabeza.

Virgo, que tampoco pensaba ya en el golf, se había quedado mirándome y había pisado su pelota con el cochecito.

Cogí un hierro del cinco y di un golpe suave que dejó la pelota clavada en el *green* como si hubiera estado recubierta de pegamento. Le hice señas a Virgo y el cochecito se puso en marcha.

Virgo, en su siguiente golpe, lanzó la pelota a la arena, algo que nunca había hecho. Era obvio que había picado en el anzuelo. Todo lo que yo tenía que hacer era enrollar el sedal. Para cuando llegué al *green* ya sabía cómo.

Virgo me miraba, queriendo decir algo, pero le hice un gesto.

–Es tu turno –dije.

Con nervios, su golpe sacó la pelota de la arena y la dejó sobre el *green* en el momento en que empezaban a caer unas gotas. Ambos embocamos las pelotas en el hoyo de sendos golpes cortos y encaminamos el cochecito hacia el área de descanso.

–Cerveza –le pedí al empleado. Cuando nos sirvió, nos apartamos de él y de los demás golfistas. Miré hacia fuera, a las colinas onduladas, y sonreí levemente. Pretendía averiguar hasta qué punto iba en serio Virgo, y aquél era un buen sitio para hablar de ello. Nadie podía sorprendernos desprevenidos ni sospechar que dos hombres que habían salido a pasar la tarde jugando al golf estaban tramando nada ilegal.

Los demás jugadores se dirigieron hacia el salón del club, dejándonos solos, con el empleado, que cogió un libro y se puso a leer. La lluvia empezó a caer con más fuerza, repiqueteando contra el tejado de tablillas del refugio.

Virgo se aclaró la garganta. Aparté la mirada del ruego que se dibujaba en sus ojos con la intención de que se ahogara un poco más, de que me suplicara. No había nadie en el mundo a quien me apeteciera tanto desplumar como a ese cagón de Virgo.

–Estábamos hablando... –dijo.

–Estábamos hablando de matar a tu esposa –le interrumpí con brusquedad.

Pareció encogerse un poco.

–No suena muy bien cuando se dice sin rodeos –añadí.

–No, no suena nada bien –reconoció–. Dijiste que podía contratar a alguien.

–En ese caso, la policía localizaría el origen del dinero y tú serías el primer sospechoso.

–Entonces, ¿qué?

–Tengo un plan. Yo me encargaré de todo. No habrá ningún modo de que sospechen de ti.

Se le iluminó la cara.

–¿Estás seguro?

–Completamente. ¿No quieres saber el precio?

–Supongo que sí. ¿Cuánto?

–Todo el dinero en efectivo de tu caja fuerte.

Me miró como si le hubiera dado un puñetazo.

–No entiendo.

–Muy bien. Escúchame con atención –dije lentamente–: lo haremos como si el objetivo principal fuera robar el banco, no asesinar a tu mujer; por eso nadie podrá sospechar el verdadero motivo. Pero, para que tenga éxito y no queden dudas, robaré el banco de verdad. El dinero lo utilizaré para pagar al hombre que contrataré, y lo que sobre será mi salario. A ti no te costará personalmente ni un centavo y el seguro cubrirá las pérdidas del banco. No tendrás que hacer nada más que lo que yo te diga.

Su voz se apagó hasta convertirse apenas en un susurro:

–¿Cuál es el plan?

–Contrataré a un hombre para hacer el trabajo. No me preguntes quién es ni cómo sé dónde encontrarle. Él y yo iremos a tu casa por la mañana temprano. Él retendrá a tu esposa como rehén mientras yo te llevo al banco. Me abrirás la puerta y la caja fuerte, supuestamente para proteger a tu mujer. Me llevaré el dinero, y recogeré a mi hombre. Para entonces ella ya estará muerta y tú jamás volverás a vernos a ninguno de los dos. Cuando lo denuncies, parecerá otro robo de banco más, aunque en este caso algo salió mal. Da igual las preguntas que te hagan, tu historia parecerá auténtica. Lo único que tienes que procurar, y estoy convencido de que lo sabrás hacer admirablemente, es mostrarte apropiadamente conmocionado y abatido por el dolor cuando encuentren a tu mujer. Bueno, ahora puedes echarte atrás y lo olvidaremos todo, o puedes acatar el plan y seguiré adelante. Piénsatelo. Una vez te hayas comprometido, no podrás cambiar de idea.

Por los reiterados comentarios de Virgo, yo sabía que había querido ser libre desde hacía mucho tiempo, pero le estaba pidiendo que se comprometiese en un asesinato. Una cosa era hablar de ello y otra muy distinta llevarlo a la práctica. Me pregunté si tendría valor.

Bajó la barbilla y luego la subió lentamente.

–¿Estás de acuerdo? –le pregunté.

Asintió con firmeza.

–¿Cuándo será?

Me recosté en la silla y me acabé la cerveza. Ahora llovía con fuerza y la niebla ocultaba el paisaje. Tenía la sensación de que debía actuar con rapidez, atrapar a Virgo antes de que tuviese tiempo de echarse atrás.

Era martes. Tendría que conducir un poco y hacer algunas

llamadas, y me llevaría un par de días traer al hombre que necesitaba.

–El viernes por la mañana –dije.

Vi que se relajaba y adiviné por qué. Jugando con él todos los días había averiguado que aquélla no era una ciudad que manejase grandes sumas en cheques y cuentas. El dinero en efectivo fluía en abundancia y la mayor parte acababa, inexorablemente, en el banco. Todos los martes y jueves por la tarde, un vehículo blindado recogía el exceso de dinero guardado y cambiaba los billetes viejos por nuevos, para mantener el balance equilibrado. Eso quería decir que la cantidad que habría en la caja el viernes por la mañana estaría en su punto más bajo. A Virgo le gustó. Perdería menos.

–¿Cuánto habrá en la caja? –pregunté.

Se lo pensó un momento antes de responder.

–Tal vez cincuenta mil.

Me pareció una suma ridícula, pero se trataba de una ciudad pequeña sin ninguna gran nómina que pagar los viernes.

–Asegúrate de que no haya menos –le dije–. Mi hombre probablemente quiera diez y yo no veo ninguna razón para meterme en esto por menos de cuarenta mil.

–Habrá cincuenta mil –dijo asintiendo.

–Muy bien. Ya no jugaremos más a golf. Sigue con tus asuntos normales estos días y olvídate de esta conversación. No intentes ponerte en contacto conmigo. –Miré la lluvia y consideré la posibilidad de echar una carrera hasta el club–. ¿Quieres otra cerveza?

–No. No creo que pudiera digerirla.

Me quedé sentado, bebiendo mi cerveza y preguntándome si Virgo se echaría atrás. Era algo a tener en cuenta y cuyas consecuencias había que prever. Saldría inmediatamente de la ciudad. Si no tenía modo de ponerse en contacto conmigo, no podría atascar el engranaje que yo iba a poner en marcha.

Dejé mi hotel en cuanto volví del club de golf, y me mudé a un motel en las afueras de otra ciudad, a unos cuarenta kilómetros. Esa noche, cargado con un puñado de calderilla, empecé a hacer llamadas desde la cabina telefónica de la esquina.

Localicé a Snick Gator en Chicago, a menos de una noche de camino. Me escuchó y aceptó entrar en el asunto. Le di la dirección de un motel local, colgué y seguí haciendo llamadas.

Virgo tenía la impresión de que iba a contratar sólo a un hombre porque ése era el plan que le había explicado, pero no se lo había contado todo. Necesitaba otro especialista y me llevó algún tiempo localizar a Pete Matso en un bar de St. Louis. Aceptó venir a verme y quedamos en encontrarnos al mediodía del día siguiente.

Aquella noche me fui a la cama satisfecho. Las cosas estaban en marcha.

El miércoles por la mañana, utilizando un nombre y una dirección falsas, me compré un sedán abollado y nada llamativo, de segunda mano pero con un buen motor. Con que funcionara un par de horas ya me valía porque tenía intención de emplearlo sólo para el robo. Lo escondí en un rincón apartado del aparcamiento del motel y me dirigí a ver a Pete.

Ya estaba en el bar cuando llegué. Era uno de esos hombres altos, delgados, de pelo largo, con una cara que parecía esbozar una sonrisa perpetua, probablemente porque para Pete la vida era una juerga interminable, sobre todo si estaba tras el volante de un coche rápido y potente.

Me saludó.

–Dijiste que tenías algo gordo entre manos, Griff.

Me senté enfrente de él, pedí una cerveza y esperé a que se alejara la esbelta camarera, mientras Pete seguía con la mirada sus caderas oscilantes.

–Sí, algo gordo.

–¿Quieres que te haga de conductor?

–Algo más complicado. El trabajo que tengo para ti puede ser peligroso y puedes rechazarlo sin remordimientos. Si aceptas, te pagaré cinco de los grandes, la mitad ahora, y la mitad después de acabar.

La camarera dejó caer la cerveza y se alejó después de dedicarle una inmensa sonrisa a Pete.

–Suéltalo.

–Quiero que tengas un accidente con un vehículo blindado.

Su sonrisa se hizo más amplia.

–¿Quieres asaltarlo?

–Nada por el estilo. Sólo quiero que quede fuera de servicio por unas horas.

–¿Con qué objetivo?

–La furgoneta recoge el dinero de un banco que pretendo robar el viernes. Si no hace la recogida, es posible que todo ese dinero esté esperándome en la caja fuerte.

–Tal vez debiera de sacar más de cinco de los grandes.

–Tómalo o déjalo –le dije–. También correré con los gastos de un coche de segunda mano que puedes utilizar.

–No hay por qué perder dinero. Estoy un poco harto del que uso ahora. Mi seguro me cubrirá uno nuevo. Además, prefiero utilizar el mío porque lo conozco bien. ¿Has elegido el sitio o lo busco yo?

Le llevé a unos quince kilómetros de la ciudad, a un trecho recto de la carretera por la que iría la furgoneta blindada de camino hacia el banco de Virgo. Sabía que siempre seguía la misma ruta y a la misma hora, todos los martes y jueves por la tarde, porque había hecho un reconocimiento exhaustivo durante semanas, cuando había estado estudiando el modo de robar el banco. Una carretera cruzaba aquel tramo recto, saliendo desde detrás de un bosque. Un coche aparcado allí vería acercarse la furgoneta, mientras los árboles lo mantendrían a él oculto. El coche podía surgir de repente del bosquecillo, tan inesperadamente que el accidente resultaría inevitable. La furgoneta quizá pudiera desviarse, pero no tenía demasiado espacio. Se lo expliqué a Pete.

–Puede hacerse, tío –dijo–, pero es peligroso. Tal vez salga mal parado.

–Yo corro con los gastos del hospital. Es parte del trato.

Se lo pensó un momento, y luego su sonrisa se ensanchó.

–Está bien. No tengo muchas oportunidades de destrozar un furgón blindado. Trabajaré para ti. ¿Cómo sabrás si ha ido bien?

–Iré unos kilómetros por detrás, a una distancia prudencial, para no meterme en problemas. –Saqué un fajo de dólares y le di dos mil quinientos en billetes grandes.

Pete gruñó.

–¿No tienes nada más pequeño?

Sonreí.

–No, hasta el viernes, no. ¿Prefieres esperar?

Dobló los billetes y se los metió en el bolsillo.

–Pues más bien no; aunque si no salgo con bien, el dinero no va a servirme de mucho.

Le llevé de vuelta a la ciudad y le dejé allí. No le vería de nuevo hasta después del accidente.

Mi otro hombre tenía que llegar por la noche, lo que nos dejaría tiempo para dar una vuelta de práctica por la mañana. Después de cenar, esperé su llamada en la habitación del motel, sentado en una cómoda silla, con los pies sobre el pequeño refrigerador que había ante la ventana, mientras contemplaba el tráfico que pasaba y pensaba en Virgo Fletcher.

No me fiaba de él. No había hecho demasiadas preguntas sobre mí o sobre mi pasado para embarcarse con tranquilidad en una operación tan arriesgada como ésa. Sencillamente nos había aceptado: a mí y a mi plan. Me preguntaba si no habría estado investigando un poco por su cuenta y haciendo sus propios planes.

Si me cogían, me encerrarían sólo a mí. Nadie creería que Virgo había participado en el asunto.

El teléfono sonó con aspereza y miré el reloj. Snick estaba en la ciudad.

A la media hora, yo entraba en la habitación de su hotel.

Snick era un hombre corpulento, de hombros anchos y un tórax que se volvía más grueso a medida que descendía hacia el estómago, el rostro magullado y las orejas hinchadas no dejaban ninguna duda de cómo se ganaba antes la vida. He conocido a muchos antiguos boxeadores que, al cabo de un tiempo, habían perdido su aspecto de tales. Pero Snick no. Él seguía pareciendo frío, desconfiado y mezquino, todavía alerta y astuto, y su gran ventaja era que cumplía fielmente las órdenes mientras la paga fuera justa.

Le expliqué todo paseando por la habitación.

–Parece fácil –dijo.

–Usaremos dos coches. Nos encontraremos en la casa. Me

llevaré al hombre al banco mientras tú te encargas de su esposa. Cuando hayas acabado, te vas. Nos reuniremos más tarde. Si me siguen y no me presento, puedes desaparecer. Mañana por la mañana, te recogeré e iremos a dar una vuelta por el escenario para que sepas exactamente a qué atenerte. Sólo queda una pregunta: ¿cuánto quieres?

–Cinco de los grandes –respondió inmediatamente–. Todo por adelantado. Si te pillan, no quiero que me pringuen. Yo ya habré cumplido con mi parte.

–Es justo –dije–. Podías haber pedido más. Pero te pagaré la mitad ahora y la otra mitad el viernes por la mañana.

–Podría salir perdiendo en un trato como ése.

–Si me pasara algo, me cuidaré de que recibas tu dinero. –De nuevo aparté veinticinco billetes de cien de mi fajo–. No te puedes gastar todo esto en dos días ni aunque bebas como un cosaco. Mantente oculto. Eres el tipo de hombre que la gente recuerda.

Le dejé. Había un cine en la calle de mi motel, así que aparqué y decidí matar unas cuantas horas. La película no era muy buena; las clasificadas X todavía eran una novedad en esa ciudad de modo que la sala estaba a rebosar. Salí a mitad de la película. Si quería ver una muñeca desnuda contoneándose prefería que fuera de carne y hueso en la habitación del motel antes que a un tamaño descomunal sobre una pantalla a todo color. Pero, en la situación en que me hallaba en aquel momento, no había sitio para mujeres... hasta el viernes.

La mañana siguiente recogí a Snick y le llevé a casa de Virgo. Una mansión de ladrillo rodeada de árboles en las afueras de la ciudad, de modo que no había vecinos que pudieran curiosear u oír nada extraño. Desde allí fuimos a una carretera sucia y apartada a unos ocho kilómetros donde le dejé.

Cuando me aseguré de que conocía la zona y de que no se perdería, se bajó y me dirigí al motel de Pete Matso. No dudaba de la capacidad de Pete para hacer su trabajo, pero es sabido que un hombre cambia de ideas cuando se cruza en su camino algo que puede parecerle más importante. En el caso de Pete, solía tratarse de una mujer. Tenía dinero en el bolsillo y me había fijado en cómo miraba a la camarera del bar, pero lo que me había puesto un poco nervioso era la manera en que ella le había sonreído.

No tenía por qué haberme preocupado. Ya era una hora avanzada de la tarde cuando salió Pete, con la camarera del brazo. Le dio una palmada amistosa y se subió a un coche aerodinámico de color amarillo brillante que estaba aparcado delante de su habitación. Cuando arrancó, le seguí.

Había salido con mucho tiempo de margen. Me aseguré de que cogía la dirección correcta, luego giré y me dirigí a la ciudad para comprobar que el vehículo blindado cumplía con su horario. Lo cumplía. Lo alcancé en las afueras, pero dejé que se alejara para seguirlo a distancia. Lo último que quería era que el conductor mirara por el retrovisor más de lo habitual y viera el mismo coche a su espalda; pero ese jueves por la tarde el tráfico me echó una mano, con vehículos que se interponían entre nosotros y luego desaparecían, adelantándonos a ambos, de modo que la imagen que vería el conductor del furgón variaba continuamente. Al aproximarnos a la carretera donde esperaba Pete, me acerqué un poco.

El velocímetro marcaba cerca de noventa por hora cuando vi un destello amarillo brillante surgir chirriando de la carretera lateral para clavarse como un cuchillo en la parte delantera del furgón blindado. La gran caja de acero viró y se balanceó, evitando por poco el tráfico que venía de frente, mientras que el coche amarillo patinó y dio una vuelta, con las llantas chirriando.

Frené y me detuve, uniéndome a los demás conductores que se habían bajado de los coches. Corrí hacia el vehículo blindado. Si no había quedado inutilizado, Pete habría perdido el tiempo.

Pero había hecho un buen trabajo. La rueda delantera derecha estaba aplastada y se había doblado en ángulo, con la llanta deshinchada, el líquido refrigerante se vertía fluidamente del radiador. Retrocedí hasta el coche de Pete.

Había dicho que necesitaba ruedas nuevas. Ahora las tendría. El coche amarillo estaba destrozado. El lateral izquierdo delantero había quedado completamente aplastado, y ya nada tenía que ver la parte frontal con lo que había sido el diseño original. Un grupo de hombres sacaba a Pete del vehículo. Tenía una herida en la frente, se apretaba las costillas y la pierna izquierda estaba doblada por un punto en el que no debería. Lo tumbaron sobre la hierba, al lado de la carretera.

Me acerqué empujando a la gente. Levantó la mirada y me vio, y, en vez de mostrar dolor, cerró un ojo haciéndome un curioso guiño.

Era un buen hombre.

Salí de allí antes de que a alguien se le ocurriera que yo podía ser un buen testigo, y conduje hasta mi motel. No supondría ningún problema localizar a Pete para darle el resto de su dinero, añadiendo algo más para las facturas del hospital. Sólo podían llevarlo a un hospital y, al día siguiente, antes de irme, iría a visitarle como amigo. Sonreí mientras me alejaba. Pete tendría otro visitante fiel; la camarera andaría por allí, de eso estaba seguro.

Así que no había nada que hacer, excepto esperar, hasta el viernes por la mañana.

Me di el gusto de cenar un buen filete, cogí media docena de cervezas y me pasé la noche delante de la televisión, viendo una historia de detectives que no pude entender del todo, especialmente cómo, justo antes del último anuncio, el protagonista pudo resolver el caso. Me quedé dormido durante las últimas noticias, cuyo reportaje principal era el accidente del furgón blindado, que se completaba con unas imágenes de Pete siendo introducido en camilla en el hospital.

Me desperté el viernes a las seis; era una mañana gris y encapotada que anunciaba lluvia. Le puse el silenciador a la pistola y la guardé, junto a dos medias que harían las veces de máscaras, en mi maletín, donde ya había bastantes rollos de cinta adhesiva ancha.

Tenía que encontrarme con Snick delante de la casa de Virgo a las siete. Ya estaba allí cuando llegué. Le di una máscara. Snick era demasiado fácil de reconocer como para correr ningún riesgo. Por mi parte, mi descripción podía servir para docenas de tipos. Fuimos andando hasta la puerta delantera y llamamos al timbre.

La esposa de Virgo abrió la puerta. Antes de que se diera cuenta de lo que pasaba, Snick le tapó la boca con la mano y la empujó dentro. Les seguí, con la pistola en la mano. Era posible que Virgo hubiera cambiado de opinión y que yo tuviera que enderezar las cosas.

Estaba en la mesa, desayunando. Me miró con una extraña expresión en la cara, como si no pudiera creer que estuviera allí, pero no hizo ningún movimiento.

Apunté a la cabeza de la señora Fletcher con la pistola.

–Ni una palabra –le dije.

Se había quedado blanca y sus ojos azules estaban abiertos como platos. No entendía nada, pero obedeció. Era la primera vez que la veía y pude entender las ganas de Virgo de deshacerse de ella: una mujer estirada, con un rostro severo y huesudo, afeado por un peinado que le habría quedado bien a una chica joven. No me cupo duda de que hacía que Virgo llevara una vida miserable.

Le lancé un rollo de cinta a Snick.

–Manos y pies, y una tira en la boca.

Esperé a que acabara.

–Y ahora, tú –le dije a Virgo–, vámonos. –Le hice un gesto a Snick–. Ya sabes qué hacer.

Arrugó la boca en lo que pretendía ser una sonrisa.

Empujé a Virgo fuera por la puerta principal y le senté tras el volante de mi coche.

Habló en voz baja:

–¿Es ése el hombre que va a hacerlo?

–Es el único que he traído –le respondí.

–Ahora que está todo en marcha, me resulta difícil de creer.

–Créelo –le dije–. Acabamos de dar el primer golpe en el hoyo dieciocho de la partida más importante de tu vida; dar un golpe sobre el par te puede costar la vida. De aquí en adelante o conseguimos hacer todos los hoyos bajo par o tendremos problemas. Prepárate a realizar una interpretación digna de un premio de Hollywood. La gente del banco que esté presente servirá de testigo.

–No estoy seguro...

–Pues ya es demasiado tarde para no estarlo. –Le apunté a

la cabeza con la pistola–. A partir de ahora no tienes nada que decir. Conduce, y hazlo con cuidado.

El banco tenía una puerta lateral que daba al aparcamiento, por la que entraban los empleados antes de la hora oficial de apertura. Mientras Virgo buscaba la llave a tientas, me puse la máscara en la cabeza. Entré tras él. Ya había dos mujeres, cuyas cuerdas vocales se quedaron paralizadas al verme con la pistola. Hice que Virgo les atara los tobillos y las muñecas con cinta adhesiva, con las manos a la espalda y una tira sobre la boca. Las arrastré, ocultándolas tras el mostrador.

–La caja.

–La cerradura tiene un controlador de tiempo... –empezó a decir.

–Más vale que se abra.

–Tarda un minuto.

–Por tu bien, espero que no entre nadie más durante este minuto.

Levanté la muñeca y fijé los ojos en mi reloj. Hasta el momento, las cosas habían ido saliendo bien, pero seguía sin fiarme de Virgo. Podría haber retocado el controlador de tiempo de la cerradura de la caja para que no se abriese y me quedara allí pringado sin ninguna posibilidad de acceder al dinero.

El reloj dio un chasquido muy agradable al cumplirse el minuto.

–Ábrela –le ordené.

Le temblaban las manos y su cara se cubrió de un sudor brillante mientras marcaba la combinación. Oí cómo sonaban las guardas de la cerradura cuando marcó el último número. Si estaba actuando para las dos mujeres, la verdad es que estaba haciendo una excelente interpretación.

–Ábrela –repetí, agitando la pistola debajo de su nariz.

Virgo ya no estaba pálido, su rostro había adquirido un leve matiz verdoso, y me empezaba a preocupar seriamente. Empujó la puerta de la caja como si fuera un anciano con parálisis.

Yo la abrí de par en par de un tirón.

Era un espacio grande y cuadrado, con cajones a lo largo de una de las paredes que contenían evidentemente los documentos de valor del banco. En la otra pared había estanterías..., estanterías vacías. Donde debía haber dinero no había nada.

No hacía falta que Virgo me explicara qué había sido de él. Ya sabía por qué se había puesto verde, por qué estaba tan asustado: él mismo lo había robado.

Era genial. Desaparecido el dinero, el único culpable posible del robo era yo. ¿Por qué otro motivo, si no, había venido al banco y obligado a Virgo a abrir la caja fuerte? Nadie sospecharía de él. No sólo habría muerto su esposa sino que también tendría todo aquel dinero para disfrutarlo con Olivia.

No, no había estado interpretando un papel. Ahora yo sabía que Virgo estaba asustado de verdad, y por una buena razón.

Se había llevado el dinero de la caja antes de que yo llegara. Y no tenía tiempo para buscarlo, ni siquiera para obligarle a que me contara dónde lo había escondido. Lo único que podía hacer en ese momento era matarle.

Le agarré por el cuello de la camisa y lo metí dentro de la caja, empujándolo contra las estanterías le puse el cañón de la pistola bajo la barbilla.

–¿Dónde está?

–Lejos –dijo jadeando–. Dónde no puedes encontrarlo.

Sentía el sudor bajándome por el cuello. Tenía que hacer algo. Los demás empleados estaban a punto de llegar, el banco debía abrir pronto.

Pensé en Pete chocando contra el furgón blindado y acabando en el hospital. Me había sentido orgulloso de aquella idea, pero sólo había servido para que Virgo robara más dinero. Se me había adelantado, su cerebro había funcionado mucho más rápido que el mío.

Retrocedí y levanté la pistola. Virgo empezó a temblar, convencido de que iba a matarle; pese a lo cual, tenía que reconocerle a aquel hombrecito su valor. Sabía que no lo había hecho sólo por el dinero ni para que asesinaran gratis a su esposa. Simplemente había corrido ese riesgo porque tenía que ganar, tenía que derrotarme. Me debería de haber dado cuenta después de jugar tanto a golf con él.

Con todo, le debía algo que le haría acordarse de mí.

Apreté el gatillo, el disparo de la pistola con silenciador resonó más alto de lo normal en la pequeña caja. Virgo se dio la vuelta y se cayó al suelo, gimoteando y sorprendido al percatarse de que seguía vivo.

Le había metido la bala en el muslo. Pasaría algún tiempo antes de que pudiese volver al campo de golf.

Me moví rápido, salí por la puerta, me arranqué la máscara, salté a mi coche y salí a toda velocidad de la ciudad.

Snick me estaba esperando. Alargó el brazo.

Le di su dinero.

–¿Hiciste lo que te dije?

–Sin ningún problema. Estará perfectamente en cuanto le quiten la cinta.

Sonreí. Un tanto a mi favor. Virgo se quedaría muy sorprendido al encontrarse a su mujer vivita y coleando. Desde el principio no había tenido la más mínima intención de matar a su esposa. ¿Por qué iba a hacerle un favor a Virgo?

–¿Limpiaste el banco? –preguntó Snick.

–No quedaba ni un dólar en la caja –le respondí con sinceridad.

–La próxima vez que necesites ayuda, llámame –dijo.

–Lo haré –le prometí.

Las ruedas de su coche hicieron saltar gravilla cuando arrancó. Dejé el coche de segunda mano lo bastante cerca de mi motel como para llegar andando y recogí mi propio vehículo. Todavía tenía que pagar a Pete.

Nadie me paró al entrar en el hospital, aunque era demasiado temprano para las visitas. Me dirigí a la habitación de Pete.

Tenía la cabeza vendada y la pierna enyesada.

–Sabía que vendrías, Griff –dijo–. ¿Cómo te fue?

–Ningún problema –le mentí. Saqué la cantidad que le debía y añadí quinientos más–. Aquí tienes tu dinero.

–Mira, creo que tal vez me hayas hecho un favor.

–¿Contratándote para que te destrozaras? Estás hecho un mapa.

–Ésa es la idea. Esta mañana ha venido un abogado. Dice que puedo demandar a la empresa del furgón blindado y sacar una buena pasta.

–¿Cuánto?

–Ha calculado que cien mil.

–Él se quedará la mitad.

Pete se encogió de hombros e hizo una mueca de dolor.

–Bueno, aun así me llevaré cincuenta mil. Siempre que tengas algo como esto entre manos, llámame.

–Serás el primero en saberlo –le prometí.

Salí del hospital pensando que Pete sería el que probablemente más sacaría de aquel asunto.

Pagué la cuenta de mi motel, tiré mis bolsas en el maletero y salí de la ciudad. Me detuve en una estación de servicio de las afueras con restaurante.

–Llénalo –le dije al empleado de la gasolinera mientras miraba a una mujer que cruzaba el asfalto a la salida del restaurante.

Era alta y bien formada, iba vestida para viajar, con pantalones altos, un jersey azul claro y una bufanda alrededor de la cabeza. No era una belleza, pero tenía un cuerpo bonito y delgado, una boca ancha y ojos de grandes pestañas que podían hablar por sí solos.

Sabía que a Virgo le gustaba ese tipo de mujeres. Por eso la había traído, para intentar abrir el banco de par en par. Desde luego, no había imaginado que acabaría queriéndose casar con ella.

–Hola, Olivia –la saludé.

–¿Algún problema? –me preguntó mientras me alcanzaba su maleta.

Suspiré.

–Muchos. Virgo resultó ser un tipejo muy tramposo. –Coloqué su maleta junto a mis bolsas.

–Lo supe desde la primera vez que se me insinuó –dijo ella–. ¿Qué ocurrió?

Se lo conté mientras conducía. Había empezado a llover y los limpiaparabrisas producían un chasquido monótono.

Ella dejó que transcurrieran unos cuantos kilómetros antes de empezar a reírse.

–¿Qué es tan divertido? –le pregunté.

–Virgo y tú –dijo–, cada uno intentando traicionar al otro. Me parece que él se te adelantó un poco.

–No del todo. Puede que él tenga el dinero, pero cuando se recupere de la conmoción de haberse encontrado a su esposa con vida, se dará cuenta de que no puede utilizarlo. Si apareciera con una gran cantidad de pasta en efectivo, ella sospecharía. Además, cuando descubra que te has ido, se imaginará que te has venido conmigo. Y eso le dolerá durante mucho tiempo.

–Haces que todo parezca muy fácil –dijo Olivia–, pero te estás olvidando de que has perdido más de diez mil dólares.

Sonreí.

–Mereció la pena. Incluso un viejo profesional como yo puede aprender algo de un banquero barrigudo de un pueblo.

–¿El qué?

–Un hombre que hace trampas jugando al golf, las hará en cualquier sitio.

Después de muerto

TALMAGE POWELL

–La enfermedad tiene un nombre técnico que parece un trabalenguas –dijo el doctor Mallory Ames–. Pero, para que me entendáis, Nicky Colgren murió por avería y mal funcionamiento generalizado del hígado. Un ataque de hígado, por así decirlo.

Ames suspiró profundamente al darle la noticia a Ronald Clary y Hadley Lawrence. Lawrence, un abogado, había convocado a sus dos amigos en su despacho. Era a primera hora de la noche y el inmenso edificio de oficinas tenía un aire desierto y desolado.

Director gerente del periódico más importante de la ciudad, Clary se removió silenciosamente mientras encendía un puro. De fuerte constitución y calvicie incipiente, tenía unos ojos que parecían ventanas duras como el diamante y una personalidad que no se dejaba sorprender ni desanimar con facilidad.

–Supongo –musitó– que escribiré la necrológica yo mismo, se lo debo al bueno de Nicky.

–Resulta difícil creer que se haya ido –dijo Lawrence.

–Poco podía hacer yo –intervino el doctor Ames–. Somos capaces de arreglar el corazón o transplantar un riñón, pero cuando se va el humilde hígado, no nos queda más remedio que cerrar la persiana.

–¿Estuviste a su lado hasta el final? –preguntó Lawrence.

–Por supuesto –asintió Ames–. Desde el primer síntoma hasta el momento en que estampé mi firma en el certificado de defunción le asistí en todo momento. Era lo mínimo que podía hacer por Nicky.

Lawrence se movió lentamente detrás de su mesa y se sentó. Era un hombre moreno y delgado, con la expresión del genio en las arrugas de su rostro. La mesa era inmensa, de nogal pulido a mano, a juego con el resto del imponente y enorme despacho.

–El viejo Nicky –murmuró–, ya no hará más el torpe rompiendo el *tee* al primer golpe o partiendo sus hierros contra el suelo.

–No tuvo una mala vida –dijo Clary–. Más de cincuenta años. Inútil y ligeramente ridícula en ocasiones, es cierto. Pero con la fortuna que había heredado, dispuso siempre de un buen colchón de seguridad.

–En los últimos tiempos ya no era el de antes –añadió Ames–. Al perder su sonrisa rechoncha y el aire infantil, se había convertido en un viejo cansado, con un bigote fino que encanecía y ojeras marcadas.

–El alcohol y las mujeres –dijo Clary–, y las fiestas que siempre andaba preparando con tanto ajetreo.

–Eran sus intereses más serios –coincidió Lawrence–. ¿Sabéis? Si se piensa bien, no tenía nada en común con nosotros tres. Me pregunto por qué se aferró a nosotros como amigos.

–Éramos sus puntos de contacto con un mundo que tenía más sustancia que el suyo –dijo Clary–, y supongo que tenerlo a nuestro alrededor también reforzaba nuestros propios egos.

Ames asintió, dando por bueno el comentario de Clary; entonces el doctor se volvió hacia el abogado:

–Hadley, ¿por qué nos has hecho venir?

–Tengo una carta de Nicky. –Lawrence abrió un cajón de su mesa–. La escribió anteayer por la noche y me la hizo llegar por un mensajero especial. Llevaba adjuntas instrucciones para que nosotros tres la leyéramos juntos en caso de que muriera.

Ames y Clary se miraron y se aproximaron involuntariamente a la mesa. Lawrence, sentado, sostuvo en alto un instante el sobre blanco sellado. Luego cogió un abrecartas fino y dorado. Al rasgarlo, el sobre produjo un ruido inesperadamente alto y discordante en el silencio que se había hecho en la habitación.

Lawrence empalideció al mirar por encima la carta.

–Vamos, Hadley. –Clary chasqueó los dedos–. Teníamos que hacerlo los tres.

–No estoy muy seguro de que queráis oírlo.

–Pues a mí no me cabe ninguna duda de que sí –dijo Ames. El doctor, un hombre robusto, de tez colorada y bastante estirado, miró fijamente durante un segundo a su amigo.

–Claro que sí –añadió Clary–. Léela en voz alta, Hadley.

Tras otro momento de vacilación, el abogado tomó aliento y empezó a leer con una voz que se quebraba por momentos:

«Queridos amigos:

»Por la actitud de Mal, sospecho que este misterioso incordio del hígado va a acabar conmigo. Me gustaría morir de algo digno de un hombre. Pero, en vez de eso –ya lo sabréis–, este torpe mentecato expirará, precisamente, a causa de un hígado atascado.

»No, no digáis nada, amigos. No he empleado la palabra mentecato en vano. Siempre he sabido, desde que era un niño colmado de atenciones de institutrices y niñeras, que esa palabra me describía a la perfección. Y sé bien que vosotros siempre habéis pensado en mí en parecidos términos.

»Sin embargo, este patán inútil tiene algo que deciros. Si no os he impresionado a ninguno en vida, lo haré después de muerto.

»Creéis que estáis casados con mujeres respetables, de recta moral y gran carácter. Pero la verdad es que la esposa de uno de vosotros me amó.

»En ella encontré una clase y una intensidad de pasión que vosotros ni soñaríais que pudiera existir. En muchas ocasiones –siguiendo mis caprichos y mi deseo–, se entregó a mí.

»Así que, amigos, os puedo asegurar que el matiz de condescendencia con el que me tratabais no tenía ningún fundamento. No puedo irme para siempre como si no hubiese sido más que el bufón al que tolerabais en el club y en los cócteles.

»Prefiero morir sabiendo que he adquirido una importancia en vuestras vidas y una imagen en vuestras mentes que nunca tuve el privilegio de disfrutar durante una vida que, debo confesar, fue muy solitaria, aunque en absoluto frustrada.

»Atentamente, Nicky.»

Hadley Lawrence dejó caer la carta sobre la mesa. Los tres hombres se sumieron en un silencio absoluto mirando fijamente al papel.

La cara de Clary se enrojecía más cada segundo que pasaba. Los dientes de arriba y abajo llegaron a tocarse atravesando el puro. Ames perdió por completo el aspecto de ser el bondadoso mensajero de la esperanza médica.

Lawrence empezó a temblar.

–Sólo sé una cosa: no podía estar hablando de Lucille.

Ames levantó bruscamente la mirada para clavarla en el abogado.

–¿Estás insinuando que Doris...?

–¿O Maureen? –añadió Clary. Se estiró por encima de la mesa y agarró a Lawrence por la solapa. Lawrence se apartó con un gruñido de enfado.

Lawrence quedó acorralado ante los dos hombres. En aquel momento, era como si los tres nunca hubieran compartido buenos ratos riéndose en el bar del club de golf. Estaban de pie, echando chispas, mientras se desvanecía rápidamentte el recuerdo de su amistad.

–No estoy insinuando nada –dijo Lawrence por fin, estirándose la chaqueta–. Sólo que él no podía referirse a Lucille, eso es todo.

–No pienso quedarme aquí escuchando... –empezó a decir Clary.

Ames se interpuso y detuvo el movimiento impulsivo de Clary hacia Lawrence.

–Sugiero que seamos todo lo objetivos que podamos con este asunto –dijo Ames.

–Tú eres médico –dijo Clary–, sabes cómo tomarte las cosas con espíritu científico, pero yo...

–Un hombre que dirige un periódico importante debería tener el mismo autocontrol –replicó Ames–; igual que un prominente abogado. No vamos a seguirle el juego a Nicky.

Los hombros estrechos de Lawrence se relajaron un poco.

–Claro, tienes razón, Mal. Nicky esperaba que reaccionáramos de esta manera.

–En efecto. Sin duda, se imaginó la escena con gran satisfacción.

–Si queréis saber mi opinión, fue un modo mezquino de morir –dijo Clary.

Lawrence volvió a sentarse.

–Mezquino, sí. Pero supongo que uno no puede soportar una vida entera cargando con lo que Nicholas Colgren llevaba en su interior sin que le acabara afectando.

–La cuestión es –dijo Ames–: ¿qué vamos a hacer?

–Destruir la carta –respondió Lawrence.

–Se puede quemar el papel –dijo Clary–, pero nunca borrar el contenido. Nos seguirá para siempre, no podremos evitarlo.

Lawrence apoyó la cabeza en las manos y gruñó. Clary encendió otro puro, se apartó y se dejó caer en una silla. Ames se quedó en pie, desconsolado, en el centro del despacho, mirando alternativamente a uno y otro.

Se inclinó sobre la mesa, cogió a Lawrence por el hombro y lo sacudió.

–Hadley... ¡contrólate, hombre! Y tú también, Ronald. Ponte de pie. ¡De pie, te he dicho!

Cuando hubo conseguido que le prestaran atención, dijo:

–Debemos enfrentarnos a los hechos cara a cara. No tenemos otra opción. Y luego..., luego no hemos de volver a hablar del asunto, jamás. Lo que ha sucedido en este despacho esta noche nunca debe salir de aquí.

–¿Quieres decir que hemos de dejar que Nicky se salga con la suya? –preguntó Clary.

–¿Y qué sugieres tú que le hagamos? –dijo Ames.

–¡El podrido cobarde! –la voz de Lawrence se estremeció–. Sabía que estaría fuera de nuestro alcance, más allá de todo posible daño...

–Mal –dijo Clary–, ¿estás sugiriendo que mire a mi esposa durante el resto de mi vida sin saber la verdad?

–Eso es lo único que Nicky no previó –dijo Ames–, y es el único modo que tenemos de frustrar su plan.

Ames dejó que sus palabras se fueran apagando. Luego prosiguió:

–Todos conocemos a las mujeres en cuestión, y sabemos que Nicky tenía cierto atractivo infantil, un encanto excepcional. Podemos estar seguros de que empleó todos los medios a su disposición para cultivar ese amorío. Y tuvo muchos años para hacerlo. Todo contribuía a crear una situación que con seguridad nunca se repetirá. Es más que posible que la mujer en cuestión, con Nicky desaparecido, jamás vuelva a cruzar la línea.

–¡Yo tengo que saberlo! –dijo Clary–. No puedo evitarlo...

Se interrumpió. Miró fijamente a los otros dos, con la cara enrojecida.

–¡No me malinterpretéis! ¡Sé muy bien que no se trata de mi esposa!

–Entonces, aférrate a esa idea –dijo Ames–, Nicky nos ha concedido a cada uno el poder para destruirnos a nosotros mismos. Recuérdalo. Era lo que quería.

Lawrence y Clary respiraban profundamente en el silencio del despacho.

–Tienes razón, claro –reconoció Clary a regañadientes.

–Pero va a resultar muy difícil –dijo Lawrence–, mirarla mientras desayunamos, verla peinándose ante el espejo...

–Tómatelo –le aconsejó Ames– como la penitencia que hemos de pagar por lo falsarios que fuimos con Nicky.

Sus palabras parecieron producir una sensación de irrevocabilidad en el despacho. Los tres se pusieron rígidos y envarados mientras se miraban unos a otros.

Ames se dio la vuelta bruscamente y se dirigió hacia la puerta. Se detuvo y miró por encima del hombro:

–¿Nos vemos en el club el domingo a la hora de siempre?

Clary se entretuvo volviendo a encender el puro.

–La verdad es que este fin de semana no podré jugar a golf. Mi esposa... hay una exposición de antigüedades que me comentó que le apetecía ir a ver.

Las manos de Lawrence se movían rápidamente, jugueteando con los objetos que tenía sobre la mesa.

–He estado descuidando las rosas últimamente –murmuró–, me parece que será mejor que las pode y las fumigue el domingo, y también regaré el césped.

Ames asintió, más para sí que para los otros. Un breve destello de reproche y pérdida asomó en su mirada. Luego salió rápidamente del despacho.

El eco de sus pasos resonó al abandonar el edificio desierto.

Al subir al coche, pensó que era un pena que Lawrence y Clary se hubieran visto involucrados. La verdad era que todo había quedado entre él y Nicky, desde aquella noche en que había vuelto temprano de una convención médica y había seguido secretamente a Doris hasta cierto motel.

Cuerda para dos

CLARK HOWARD

El autocar Greyhound entró en la estación principal de Los Ángeles a mediodía. Joe Kedzie se apeó y salió al exterior, bajo la luz del sol de una ciudad que no había visto desde hacía diez años. Instintivamente se encaminó a Main Street. Andaba despacio, fijándose en cómo habían cambiado las tiendas, la ropa y los coches. Ya no se veían trajes cruzados. Muy pocos coches negros, ahora la mayoría eran rojos, amarillos, rosas y amarillo verdosos. Las tiendas, todas modernas, más grandes, con muchos escaparates. Y las faldas..., tal vez un poco más largas, pero ceñidas en los sitios justos. Se quitó las mujeres de la cabeza. Ya habría tiempo para ellas más adelante. Cuando recuperara sus cien billetes de mil dólares.

En Main giró la esquina y empezó a pasar por delante de los bares baratos y los garitos que tan bien había conocido. Recordaba la galería de tiro, las tiendas de saldos, los antros de *striptease*, el café que los camellos utilizaban –y probablemente seguirían utilizando– como cuartel general. Pensó que esa parte del mundo nunca cambiaría. Si lo encarcelasen otros diez años, la zona seguiría igual cuando volviera.

La entrada del hotel Main Line se encontraba entre un bar y una lavandería china. Kedzie abrió la puerta y subió las seis escaleras que conducían al vestíbulo. Un joven con la cara llena de espinillas estaba sentado detrás del mostrador. Estudiaba medio adormilado un boleto de apuestas para las carreras. Kedzie se plantó ante el mostrador hasta que fue evidente que el joven no le hacía caso, entonces se inclinó sobre la mesa y le arrancó las apuestas de la mano. El chico se levantó de un salto, con la cara sonrojada.

–¿Qué pretende? –le preguntó.

–Sólo quiero que me hagas un pequeño favor –dijo Kedzie

tranquilamente poniendo el papel sobre el mostrador–. ¿Todavía vive aquí Madge Griffin?

El recepcionista intentó comportarse como un tipo duro.

–¿Quién quiere saberlo?

–No juegues conmigo, mocoso –replicó Kedzie secamente–, o te partiré el brazo. ¿Vive o no vive aquí Madge Griffin?

–Vive aquí –dijo el recepcionista, ahora asustado–; habitación dos doce.

Kedzie asintió. Se alejó del mostrador, cruzó el vestíbulo y subió un tramo de escalera. La dos doce era la última habitación al final de un sórdido pasillo. Llegó ante la puerta, encendió un cigarrillo y llamó con rapidez. La voz de Madge salió de detrás de la puerta.

–¿Quién es?

–Errol Flynn. Abre.

La escuchó andar por la habitación, luego abrió. Se quedó enmarcada en la puerta, con los ojos abiertos de par en par, sinceramente sobresaltada.

–¡Joe!

–Hola, Madge.

Dio un paso adelante y ella se hizo a un lado para dejarle pasar. Era una habitación pequeña, de mala muerte, aunque no tanto como él había esperado. Se acercó a una silla y se sentó. Madge le observó con curiosidad por un instante, luego cerró la puerta y se apoyó en ella.

–¿Cómo te ha ido, Madge? –le preguntó con su naturalidad habitual, como si la hubiera visto hacía sólo un mes en vez de diez años.

–Tirando, Joe. ¿Y a ti?

Él gruñó, pero no respondió. La miró de arriba abajo, tomándose su tiempo. Diez años mayor, pero seguía teniendo algo, además, justo donde debía. Llegó a la conclusión de que era un poco más gruesa de caderas que cuando había sido su chica. Aun así –y la idea le divirtió– ni entonces, ni ahora, era el tipo de mujer que uno querría a su lado si tuviera cien de los grandes.

–¿Cómo sabías dónde encontrarme, Joe? –le preguntó de repente.

–Lo supuse. Me imaginé que volverías aquí. Es tu ritmo de vida.

–¿Qué quieres decir? –le preguntó, con la mirada enojada.

–Olvídalo, nena –replicó tranquilamente y, para cambiar de tema, añadió–: ¿Tienes algo para beber?

Ella se acercó al armario y sacó una botella de ginebra casi llena del estante.

–No tengo nada con que combinarla –dijo–, ¿la quieres sola?

Negó con la cabeza.

–Probablemente me tumbaría. Olvídalo.

Volvió a guardar la botella en el armario. Kedzie apagó el cigarrillo aplastándolo y encendió otro. Era de imaginar, pensó. Una botella de ginebra en el armario. Madge nunca pudo aguantar el alcohol. Pero la ginebra siempre había sido la bebida favorita de Maxie. No está lejos. Sólo hay que esperar y ser paciente. Ya aparecerá.

Madge se acercó a la cama y se sentó. Empezaron a hablar distraída y relajadamente. Dos personas tienen un montón de cosas de que hablar después de diez años. Kedzie esperaba que ella mencionara a Maxie, pero no lo hizo. Aquello le convenció de que sabía dónde estaba. Y también de que en el momento en que Madge saliera de la habitación y cogiera un teléfono, Maxie se enteraría de que él había vuelto a la ciudad.

Estuvieron hablando hasta las cinco. Finalmente ella le preguntó:

–¿Qué vas a hacer ahora, Joe?

Decidió hablar claro.

–¿Qué quieres decir?

–Que si tienes algún sitio donde pasar la noche.

–No, todavía no. Estoy muy acostumbrado a tener mi litera esperándome. Supongo que he olvidado que tengo que cuidarme yo mismo de esas cosas.

El cebo estaba echado. Esperaría a que ella picara. Tras un momento de vacilación, picó.

–¿Por qué no me dejas que te consiga una habitación aquí, Joe? Así no tendrás que preocuparte por buscar un sitio.

–Bueno, no sé, Madge, no sé...

–Nada, te diré lo que voy a hacer: bajaré a recepción y te alquilaré una habitación, luego iré a Jasi's y compraré una pizza y cervezas frías. Puedes echarte y descansar mientras estoy fuera, cuando vuelva podemos comer aquí mismo. Pareces cansado, Joe. ¿Por qué no te quitas el abrigo y te acuestas un rato?

–Bueno, la verdad es que estoy bastante cansado. Ya sabes, ha sido el primer viaje en autocar en diez años.

–Pues descansa, Joe. –Cogió su monedero rápidamente–. Sólo tardaré un par de minutos.

Cuando hubo salido, se quitó el abrigo y se estiró en la cama. No tardaría mucho. En cinco minutos estaría en una cabina de teléfono. Maxie debería de aparecer antes de las ocho.

Madge volvió al cabo de una hora con la comida. Kedzie acercó un pequeño escritorio a la cama y puso la pizza encima. Se sentó en el colchón y empezó a comer. Madge abrió dos latas de cerveza y las llevó a la cama. Colocó una silla enfrente de Kedzie y se sentó.

Él comió poco y dejó media cerveza en la lata. No estaba acostumbrado a la comida muy condimentada y menos aún al alcohol. Más adelante, cuando tuviera su dinero, sólo comería lo mejor.

Eran casi las siete cuando acabaron. Kedzie encendió un cigarrillo y se acercó a la ventana abierta que daba a las luces de Main Street.

Madge se levantó y se puso a su lado.

–¿En qué estás pensando, Joe? –le preguntó.

–Sólo miraba las luces de ahí abajo..., recordaba cuántas veces había soñado con ellas cuando estaba en chirona.

–¿Fueron tan terribles, Joe, todos estos años? –Su voz era amable, sincera. Un tono que Joe Kedzie no le podía aceptar.

–No –respondió sarcásticamente–, fue una pasada de divertido. Quería quedarme, pero no me dejaron. Dijeron que tenía que irme a la hora señalada.

De nuevo volvió a ver un destello de rabia en la mirada de

Madge. No le importaba. Por lo que a él respectaba, ella ya había cumplido su cometido al informar a Maxie de dónde encontrarle.

–¡Siempre has sido el mismo, Joe! –le dijo acaloradamente–. Siempre arrastrándote dentro de tu concha, siempre guardándotelo todo, sin fiarte de nadie. ¡No has cambiado ni una pizca en diez años!

La miró con frialdad, sintiendo unas ganas imperiosas de darle un puñetazo en la cara. Quería decirle que no se había vuelto idiota en aquellos diez años, que no estaba tan ciego como para no haberse imaginado que Maxie y ella habían provocado su caída después del robo de la nómina. Quería gritarle que, incluso antes del trabajo, ya había tenido en cuenta aquella posibilidad. Quería hacerle saber que la razón de que ellos no hubieran conseguido completar con éxito su traición fue que había pensado de antemano otro escondite para el dinero, y que lo había ocultado en un lugar que sólo él conocía.

Kedzie estaba a punto de maldecirla cuando llamaron a la puerta. Tras un momento de duda, de aprensión, Madge fue hacia ella y la abrió.

Por segunda vez aquel día, Joe Kedzie vio una cara que no había contemplado desde hacía diez años. Maxie no había cambiado demasiado. Seguía pareciendo lo que era en realidad: una sabandija. Un tipo como él no pasa inadvertido en ningún sitio. Atractivo, siempre sonriente, nunca miraba directamente a los ojos de su interlocutor y vestía con exageración. El tipo de hombre que siempre estaba dispuesto a conseguir dinero rápido.

–Hola, Joe, muchacho –dijo Maxie con un falso tono amistoso.

–Hola Maxie. –Hijo de puta, pensaba Kedzie, me has robado diez años de mi vida.

Maxie entró y cerró la puerta. Se acercó distraídamente a la cama y se sentó. Madge se acomodó en una silla del rincón, alejada de los dos hombres. Kedzie tiró el cigarrillo por la ventana y se sentó apoyándose en el alféizar.

–Me dijeron que habías salido, Joe –dijo Maxie–, pensé que sería mejor que viniera a verte antes de que te fueras de la ciudad.

–¿Qué te hace creer que voy a irme? –le preguntó Kedzie con calma.

Maxie exhibió la amplia sonrisa que le identificaba. Se recostó, apoyándose en los codos.

–Sólo supuse que a lo mejor volvías a El Paso. Pensaba que podrías haber dejado algo por allí.

–Lo único que dejé en El Paso fue un día de gloria para los polis locales.

–¿Nada más?

–Nada que te interese, colega.

Maxie se incorporó rápidamente, sentándose de nuevo, con la mandíbula tensa y los puños apretados.

–Mira, Joe –dijo con brusquedad–, yo he esperado por esa pasta tanto tiempo como tú. ¡Tengo derecho a mi parte!

Kedzie conservó la calma. Encendió despreocupadamente otro cigarrillo.

–La única diferencia, Maxie –dijo tranquilamente–, es que tú esperaste fuera mientras que yo estaba dentro.

–Así es la vida, Joe. –Maxie se levantó. Su expresión era tensa, desafiante–. Sólo la mitad del dinero sigue siendo tuya.

Kedzie bajó la mirada al suelo. Había cien mil dólares en juego. A esas alturas, no tenía ningún sentido arriesgarlo todo con Maxie. Pensó en la comitiva que le había seguido desde que salió de la prisión, esperando que les condujera directamente a la pasta, y en los problemas que había tenido para desembarazarse de ellos. Después de todo aquello, lo más sensato era ir con cuidado un poco más.

–Precisamente a ti te lo voy a dar, Maxie –dijo–. Creo que ese dinero me corresponde por derecho más que a ti. Creo que me lo he ganado pagando el pato por el robo. De modo que no tengo la menor intención de repartir esa pasta contigo ni con ningún otro.

La rabia asomó en el rostro de Maxie. Tengo que hacerlo bien, pensó Kedzie. Si esto no sale, tendré que matarlo aquí y ahora. Siguió hablando:

–Lo único que me retiene es que necesito ayuda para llegar a la pasta. Me hace falta dinero en efectivo –un par de cientos, como mínimo– y un coche. Y quiero algo de ropa para quitarme este saco de encima.

La rabia de Maxie había dejado paso a una visible curiosidad. Está saliendo bien, pensó Kedzie.

–Te propongo un trato –prosiguió Kedzie–: me consigues un coche, doscientos pavos y ropa decente, y, a cambio, te paso un cuarto de la pasta, sin ponerte ninguna condición. ¿Qué me dices?

Maxie miró pensativamente a Kedzie, sabiendo que no sería nada fácil obligarle a que le contara dónde estaba el dinero.

–Me conformaré con eso, Joe –dijo, y añadió rápidamente–: pero yo sí te pondré una condición.

–¿Cuál?

–Estaré pegado a ti cada minuto e iremos juntos a buscar el dinero.

–¿Y qué pasa con el coche? –preguntó Kedzie–. ¿Y con todo lo demás?

–Lo organizaré todo para que Madge traiga lo que quieras. Tú y yo nos quedaremos en esta habitación hasta que estemos preparados para ir a por el dinero.

–Un trato es un trato –dijo Kedzie–. Si puedes conseguir lo que necesito esta noche, saldremos por la mañana.

–Cuanto antes mejor. –Maxie esbozó una mueca ansiosa–. Madge alquilará un coche esta noche. De vuelta, puede pasarse por mi casa y recoger algo de ropa para ti.

–¿Y los doscientos?

Maxie sonrió.

–Ahora mismo llevo tres billetes de cien en el bolsillo. Hoy he tenido un golpe de suerte en Hollywood Park. Así que está todo arreglado, Joe, muchacho. De aquí a dos días podemos estar en El Paso.

Ahora le tocaba sonreír a Joe Kedzie.

–No vamos a ir a El Paso, socio –dijo maliciosamente–. ¿Sorprendido?

La sonrisa de Maxie se desvaneció y una sombra de sospecha oscureció su rostro.

–¿Qué quieres decir? –le preguntó rápidamente.

–La pasta no está en El Paso. Está en Nuevo México, justo en el centro de ninguna parte.

De repente Maxie empezó a reírse, casi histéricamente. Se rió mucho, ruidosamente, durante un buen rato. Recordaba todas las horas y días que se había pasado haciendo preguntas en El Paso, intentando repetir todos los movimientos que había realizado Joe Kedzie antes de que le detuvieran, para descubrir dónde había escondido el dinero.

También Kedzie empezó a reírse, pero no estaba pensando en el pasado, sino en el futuro.

A las ocho menos diez de la mañana siguiente, Joe Kedzie y Maxie salieron del hotel Main Line y se dirigieron a Main Street. Kedzie se había deshecho del tosco traje gris que le habían dado al salir de la prisión y vestía pantalones anchos y una camisa de manga corta. Del brazo llevaba colgado un abrigo de Maxie. Éste le seguía con una pequeña maleta marrón con más ropa.

Recorrieron la manzana hasta un Ford verde que había alquilado Madge. Maxie abrió la puerta y tiró la maleta en el asiento de atrás.

–Conduce tú –dijo Kedzie–, yo no tengo permiso. –Maxie asintió y se deslizó detrás del volante. Metió la llave y puso el motor en marcha. Antes de que pudiera meter el embrague, Kedzie volvió a hablar–: ¿Y los doscientos, Maxie?

Maxie le miró con extrañeza.

–Los tengo yo –dijo secamente.

–Dámelos –insistió Kedzie.

Maxie sacudió la cabeza, molesto e irritado, pero se sacó la cartera del bolsillo interior del abrigo y separó doscientos dólares en billetes de diez y veinte. Tiró los billetes, con un gesto de rabia, en el asiento. Kedzie los reunió, los dobló cuidadosamente por la mitad y se los metió en el bolsillo de la camisa.

Pasaron por Sunset Boulevard, y luego salieron por la autopista Ramona. Kedzie se recostó y se relajó, sintiéndose animado y estimulado en su primera mañana de libertad en diez años. Ignoró completamente a Maxie y se concentró en mirar por la ventanilla las tiendas, los coches y las chicas.

El coche atravesó a toda velocidad Monterrey Park, Covina, dejó atrás Pomona y pasó por San Bernardino. Antes de las once ya habían llegado a Indio. Pararon a poner gasolina y Kedzie se bajó y compró un mapa de carreteras. Dejaron Indio y cogieron la Carretera 99, dirigiéndose hacia el sur.

A la una en punto entraron en El Centro. Maxie se detuvo en el primer restaurante de autopista que encontraron fuera de la ciudad. Entraron y encargaron la comida. Kedzie le pidió prestado un bolígrafo a la camarera y extendió el mapa de carreteras sobre la mesa. Empezó a trazar el recorrido. Cuando hubo acabado, dijo:

–Estamos a algo más de quinientos kilómetros de Tucson. Si conducimos sin parar podríamos llegar esta noche, a eso de las nueve.

–¿Cuánto más allá de Tucson tendremos que ir? –preguntó Maxie con irritación.

–No mucho –dijo Kedzie–. ¿Ansioso, Maxie? –le preguntó sonriente.

Maxie lanzó una maldición al levantarse de la mesa. Se acercó a un *pinball* y echó una moneda, Kedzie le observó. Y pensó: si te hubieras pasado los últimos diez años donde yo me los he pasado, rata, tendrías más paciencia.

Llegaron a Tucson, cansados y sucios, a las nueve y cuarto de la noche. A lo largo de la autopista sólo vieron rótulos luminosos que decían «OCUPADO». Finalmente, a diez kilómetros al este de la ciudad, encontraron una habitación en un motel.

Maxie hizo los trámites en la recepción, luego dejaron la maleta en la habitación y volvieron a Tucson para cenar algo. Era casi medianoche cuando regresaron al motel y se acostaron.

A las ocho de la mañana del día siguiente volvían a estar en la carretera. Kedzie decidió arriesgarse y conducir; estaba cansado de ir sentado sin hacer nada todo el tiempo. A noventa kilómetros al sudeste de Tucson, cogieron la Carretera 666 y se encaminaron hacia el norte. La autopista trazaba un arco amplio y pronunciado alrededor de la cadena montañosa de Dos Cabezas, y luego volvía a girar hacia el sur. Poco antes de las once, cruzaron la frontera estatal y entraron en Nuevo México. La primera señal que vieron decía: «Lordsburg, 20 millas».

–Estamos llegando –comentó Kedzie despreocupadamente–, pasado Lordsburg nos queda una hora, más o menos. –Maxie gruñó–. Tendremos que parar en el pueblo –prosiguió Kedzie–, he de comprar algunas cosas.

Maxie le miró con suspicacia.

–¿Cómo qué, por ejemplo? –le preguntó con irritación.

–Como un trozo de cuerda, por ejemplo.

–¿Y para qué coño necesitamos un trozo de cuerda? –volvió a preguntar.

–Quieres el dinero, ¿no? Pues necesitamos una cuerda para cogerlo. El paquete está en el fondo de un pozo de quince metros que debe de haberse secado hace mucho tiempo.

Maxie se quedó boquiabierto.

–Vaya, que me parta un rayo.

–Necesitaremos otras cosas: una linterna y quizá también una pala pequeña por si hemos de excavar. Calculo que durante todo este tiempo puede haber caído encima del paquete medio metro de arena.

En Lordsburg se pararon en el primer almacén que vieron. Dentro, Kedzie le pidió al dependiente veinte metros de cuerda fuerte. Éste le llevó a la parte de atrás y le enseñó varios rollos, Kedzie seleccionó la más fuerte y el dependiente empezó a medir los veinte metros. Mientras, Kedzie volvió a la tienda y cogió una pequeña pala del estante de un expositor. Se la alcanzó a Maxie. Cuando el dependiente salió con el pesado rollo de cuerda, Kedzie lo cogió y también se lo dio a su compañero de viaje.

–Mételo en el coche –dijo despreocupadamente–, aún tengo que comprar la linterna.

Maxie se dio la vuelta y sacó las cosas de la tienda. Tras coger una linterna y pilas, Kedzie se fue hasta una vitrina. Miró distraídamente los artículos expuestos. Cuando se le acercó el dependiente, le dijo:

–Enséñame una de esas pistolas de tiro al blanco.

El chico abrió la vitrina y sacó una pistola automática negra, de tamaño medio.

–Éste es el modelo deportivo estándar –dijo iniciando su habitual discurso de vendedor–. Una de las mejor acabadas. Sólo pesa doscientos veinte gramos. Dispara balas del calibre 22, largas o cortas. Una pieza muy cuidada, ideal para dianas o para jugar.

–¿Cuánto vale? –preguntó Kedzie.

–A ver, es la de cañón de seis y tres cuartos. Para usted serán cuarenta y cuatro cincuenta más impuestos.

–Muy bien –dijo Kedzie rápidamente, echando una mirada hacia la puerta–. Dame también una caja de munición y hazme la cuenta.

Fuera, Maxie cerró la puerta del coche y volvió a la tienda para ver qué estaba entreteniendo a Kedzie. Al mirar a través del escaparate, lo vio metiendo balas en un cargador. Había una pistola deportiva apoyada sobre el mostrador, ante él. Se puso blanco y empezaron a temblarle las manos. Observó cómo Kedzie metía el cargador en la empuñadura del arma y se la escondía en el cinturón, debajo de la camisa.

Maxie giró sobre sí mismo y volvió al coche. Se sentía enfermo. Abrió la puerta y se sentó tras el volante. Miró el salpicadero. Kedzie había conducido toda la mañana y tenía las llaves del vehículo.

Lo sabe, pensó Maxie desesperado. Sabe que le delaté después del robo de la nómina y ahora me va a matar por ello. Nunca tuvo la menor intención de darme ni un centavo de la pasta. Todo era un montaje para atraerme hasta aquí y asesinarme.

De repente, a Maxie le vino a la cabeza una idea, una posible escapatoria.

Se volvió y miró la cuerda y la pala que estaban sobre el suelo. Rápidamente, se metió en la parte de atrás y abrió la maleta. Revolvió entre la ropa sucia y sacó su neceser. Las manos le temblaron al descorrer la cremallera.

Cuando Kedzie volvió al coche, se encontró a Maxie sentado tranquilamente tras el volante. Entró y le dio las llaves.

–Coge la Carretera 80 –dijo– al sur de la ciudad y sigue adelante hasta que te avise para girar.

La autopista se extendía en una línea casi recta más allá de Lordsburg. Era una raya gris y delgada, rodeada a ambos lados por una tierra llana y seca. Sobre sus cabezas, el sol brillante fue deslizándose hacia el centro del cielo a medida que se acercaba el mediodía. Proyectaba su calor sobre las arenas del condado de Hidalgo, obligando a todos los seres vivos a buscar la sombra. A las doce, la temperatura había alcanzado casi los cuarenta grados.

Dentro del coche, Joe Kedzie iba sentado de lado, con una mano metida dentro de la camisa, tocando el frío metal de la pistola. Maxie mantenía la mirada fija en la carretera, entrecerrando los ojos para protegerse de la luminosidad del sol. Avanzaban en silencio, sin cruzarse con otros coches. Kedzie también había tenido eso en cuenta para su plan. En el desierto, era habitual que la gente evitase salir durante las horas calurosas del mediodía. Kedzie había planeado que tuvieran todo el desierto para ellos solos.

Media hora después, pasaron por un espacio amplio junto a la carretera llamado Separ. Kedzie había recordado ese nombre durante diez años; lo había grabado en su mente deletreándolo al revés, así era más fácil recordarlo[1].

–Llegarás a una curva un poco más adelante –dijo–. Saldremos unos cinco kilómetros después, por la primera carretera a la derecha.

Maxie no dijo nada. No había abierto la boca desde Lordsburg. Cuando llegaron a la carretera que le había indicado Kedzie, salió de la autopista. El asfalto estaba en mal estado, lleno de baches. Maxie miró a Kedzie esperando instrucciones.

–Sigue adelante –dijo Kedzie–, ya no falta mucho.

Avanzaron a trompicones durante quince kilómetros. El terreno a su alrededor empezaba a elevarse ligeramente en algunos puntos, formando lomas bajas y, más adelante, pequeñas

1. *Separ*, a la inversa, *rapes*, en inglés, violaciones, saqueos. *(N. del T.)*

colinas. Kedzie miraba fijamente el cuentakilómetros, oteando el paisaje de cuando en cuando en busca de señales reconocibles. Por fin descubrió el viejo camino de tierra que cortaba en ángulo la carretera.

–Gira allí –dijo señalándolo.

Maxie giró. El camino estaba en mejores condiciones que la carretera y el coche recuperó el equilibrio y la suavidad perdidos. El camino curvaba descendiendo hacia una hondonada artificial, que en tiempos había sido excavada como mina. Kedzie miró por el retrovisor hasta que la carretera se perdió de vista. Entonces se volvió hacia Maxie y dijo:

–Para aquí, socio.

Cuando el coche se detuvo, Kedzie se bajó rápidamente. Maxie salió por la puerta del conductor. Los dos hombres se miraron por encima del capó.

–Lo sabes, ¿verdad, Joe? –dijo Maxie sin rodeos.

–Sí, Maxie. –Kedzie se sacó la automática de debajo de la camisa y le apuntó sin demasiada precisión.

–No sé por qué lo hice, Joe –empezó a decir Maxie–, yo sólo...

–Yo te diré por qué lo hiciste, rata –le interrumpió Kedzie con brusquedad–, por dos cosas: ¡Madge y cien de los grandes!

–No sé qué me pasó, Joe –continuó Maxie con voz desesperada–, no me di cuenta de...

–¡Ya da igual! –le espetó Kedzie. Hizo un gesto con la pistola hacia el coche–. Saca la cuerda y la pala.

Maxie arrastró fuera la pesada cuerda, se la puso sobre el hombro y cogió la pala. Kedzie le hizo ir hacia un estrecho sendero, que descendía unos metros más adelante. El sendero iba a parar a la entrada de una mina, cerca del fondo de la hondonada. A un lado, a unos siete metros, estaba el pozo seco. En tiempos había estado rodeado por una pared de ladrillo y barro de un metro de altura, pero la mayor parte se había desplomado. Sólo quedaba una de las dos vigas que en el pasado habían sostenido un pequeño techo que protegía lo que entonces había sido una preciosa reserva de agua. La rueda que había subido y bajado el cubo estaba ahora tirada, rota y podrida, en el polvo.

–Ahí está, Judas –dijo Kedzie, sardónico–, el banco privado de Joe Kedzie.

Maxie se detuvo y se giró un poco cuando Kedzie habló.

–Sigue andando –le advirtió Kedzie levantando la pistola. Maxie reinició su lento caminar. Kedzie bajó el arma.

Cuando Maxie llegó al borde del pozo, dejó la cuerda en el suelo. Se quedó mirando por un instante al profundo agujero, con la mano derecha asiendo firmemente la pequeña pala. De repente, se dio la vuelta y tiró la pala a la cara de Kedzie.

Kedzie dio un paso a un lado, eludiéndola con facilidad. La pala golpeó contra la pared de la entrada de la mina. Kedzie se rió.

–Buen intento, rata –dijo. Entonces le apuntó con la pistola deportiva y apretó el gatillo.

La bala alcanzó a Maxie en el estómago. Dio un traspiés hacia atrás, apretándose la herida con ambas manos, pero no se cayó. Kedzie disparó por segunda vez, y al instante volvió a disparar. Las dos balas le dieron en el pecho. Cayó de espaldas, y la cabeza le quedó colgando dentro del pozo.

Kedzie se metió la pistola en el cinturón y se acercó lentamente al borde. Encendió un cigarrillo con calma, sacó la linterna y enfocó su rayo hacia el pozo oscuro. Era tan profundo que la luz no alcanzaba el fondo.

Cuando se acabó el cigarrillo, se agachó y cogió la cuerda. Llevó uno de los extremos hasta una gran roca, la enrolló a su alrededor y la ató con fuerza. Volvió al pozo y tiró la otra punta hacia la oscuridad. Oyó el ruido que hizo al golpear el fondo.

Se sentó con cuidado al borde del pozo y empezó a descender por el agujero. Apoyó los pies contra la pared y, arqueando el cuerpo, descendió cautelosamente, paso a paso. Pronto le rodeó la oscuridad. Poco a poco, con mucho cuidado, se iba alejando de la superficie.

La cuerda se rompió justo antes de que sus pies llegaran a mitad del descenso. Kedzie gritó; la oscuridad más absoluta se precipitó sobre él durante un fugaz segundo, luego chocó contra el duro suelo del fondo.

Rodó por el suelo, aturdido, con la cabeza dándole vueltas.

Extendió la mano en la oscuridad y tocó la pared. Le dolía todo el cuerpo y la cabeza le latía con violencia. La cuerda le había caído encima y se le había enrollado alrededor. Se la quitó del cuerpo y con esfuerzo se pudo incorporar un poco, quedándose sentado. Al apoyarse contra la pared del pozo se sintió mareado. Por un instante creyó que se iba a desmayar. Se quedó muy quieto, aspirando profundamente para tranquilizarse.

Todo va bien, se repetía una y otra vez, todo va bien. Puedo volver a subir sin la cuerda. El pozo no es muy ancho. Puedo apoyar los pies en un lado y la espalda contra el otro e ir subiendo. Será difícil y me llevará un buen rato, pero puedo conseguirlo. Puedo volver arriba sin la cuerda. Puedo lograrlo.

Descansó un momento, hasta que se le pasaron las náuseas, luego buscó la linterna en el bolsillo. Le dolía todo, pero los nervios de la caída y lo apurado de su situación no le dejaban prestarle atención al dolor. Se sintió aliviado cuando encendió la linterna y comprobó que no se había roto. Encontró el trozo de cuerda que había caído con él, lo fue recogiendo hasta que llegó al extremo cortado. Estaba asombrado de que una cuerda tan fuerte se rompiera bajo un peso tan leve. Examinó la punta detenidamente iluminándola con la linterna. Sólo se habían desgarrado unos pocos ramales; todos los demás habían sido cortados limpia y uniformemente... y en un ángulo que hacía muy difícil percatarse del tajo si no se buscaba expresamente.

Aparte de él mismo, Maxie era el único que había tocado la cuerda. ¡La debió de cortar mientras estaba solo en el coche!

Enfocó la linterna a su alrededor hasta que iluminó el rostro de Maxie. Maldijo al muerto en voz alta. Luego se rió. No te saldrá bien, Maxie, pensó. Todavía puedo lograrlo. Todavía puedo salir de aquí, ¡con cuerda o sin ella!

Kedzie se dio un impulso para ponerse de pie. Un dolor atroz le recorrió la pierna derecha y se cayó al suelo gimiendo. Lo intentó de nuevo, se tambaleó y se cayó por segunda vez. Una punzada lacerante le hizo chillar. El dolor de la pierna era insoportable. Desesperado, se revolvió para sentarse y tiró del pantalón. Iluminó la pierna y vio que se le había desgarrado la carne entre la rodilla y el tobillo, y que el hueso mellado sobresalía.

Se apoyó contra la pared, sintiendo que el miedo le inundaba de arriba abajo, eclipsando el dolor. Dejó caer la mano al suelo y tocó un objeto duro y cuadrado. Lo enfocó con la linterna y descubrió el paquete envuelto en plástico con el que había soñado durante diez años. Las lágrimas le cayeron por el rostro y empezó a temblar. De repente, agarró el paquete y maldijo. Al infierno su pierna rota. Maxie todavía no le había hecho perder aquellos cien grandes. Tenía una pierna en buen estado, saldría de allí.

Asió el paquete y recostó la espalda contra la pared intentando incorporarse. Lo logró entre fuertes jadeos y sudando. Ahora no le quedaba más remedio que apoyar su peso sobre la pierna rota. Descansó un momento, esperando a que se calmase su respiración.

En el instante en que intentó apoyarse levemente en su miembro herido, le taladró un dolor atroz. Se desplomó cuan largo era, sumido en el dolor y la desesperación. Seguía sosteniendo el paquete, pero la linterna se le había caído de la mano, no se había apagado, y su haz de luz enfocaba directamente al rostro de Maxie.

Kedzie tuvo la impresión de que el muerto le estaba sonriendo.

Un cambio para mejor

ARTHUR PORGES

Si se le compara con los demás criminales hay algo particularmente frustrante en un chantajista. A diferencia de un ladrón, un estafador o un maníaco sexual, él es igual de peligroso tanto detrás de los barrotes como en libertad. Vende su mercancía una docena de veces y, sin embargo, siempre conserva un derecho de propiedad sobre ella. Si la víctima compra un negativo, puede estar segura de que se han hecho copias, de modo que la transacción no resuelve absolutamente nada. Y si lo que se difunde es información, la situación es todavía más incómoda, pues una mercancía como ésa puede pasar por cien manos sin que el chantajista deje de poseerla. Sigue siendo suya y puede volver a venderla... durante toda la vida.

Toda la vida..., el único punto vulnerable del criminal se encuentra en esa frase. Los muertos no hablan. Al menos, no personalmente; aunque ningún chantajista digno de tal nombre pone su propia vida en primera línea de fuego. Siempre hay una carta, guardada en una caja de seguridad, o en manos de un amigo, que dice: «Ábrase en caso de que muera». Se le deja muy claro a la víctima que no ganaría nada matando a su torturador. En el peor de los casos, lo único que conseguiría sería la revelación del secreto; en el mejor, un nuevo parásito con el que negociar.

Gene Sinclair era un chantajista, y uno de los mejores. Pagaba bien, de su propio bolsillo, por secretos, y luego apretaba las clavijas. Se los compraba a personas demasiado miedosas o sin experiencia para utilizar ellas mismas lo que sabían: criadas, cocineros, peluqueros y gente por el estilo. Elegía a sus víctimas con sumo cuidado. Por encima de todo, tenían que estar forradas. Un hombre o una mujer ricos, con un nombre en la sociedad que proteger, ésos siempre funcionaban. Mejor aún si tenían hijos a los que ocultar alguna terrible verdad. De cuando en cuando, aunque no con frecuencia, encontraba incluso a un hijo que pedía a gritos que le chantajearan para evitar que sus padres descubrieran algo desagradable, sobre todo si ellos eran viejos, estaban enfermos y seguían tratando a su hijo, un hombre de cuarenta años, como si aún fuera su pequeñín.

Sinclair no era simplemente un chantajista normal, es decir, un gusano de alma mezquina, capaz sólo de cometer el más cobarde de los crímenes. No, Sinclair era inteligente, astuto, bien parecido, educado, e incluso les resultaba encantador a quienes no le conocían bien. Pero, en realidad, no tenía alma, aunque sí nervios de acero. Vivía bien, daba propinas generosas y subvencionaba a jóvenes rubias a las que les gustaran los descapotables, las pieles y jugar en Las Vegas. Para Gene Sinclair no había nada más que lo mejor, y, desmintiendo todos los sermones escritos desde el principio de los tiempos, dormía a pierna suelta diez horas todas las noches.

En aquel instante estaba haciendo una recogida de una de sus mejores fuentes. La joven que se sentaba frente a él en el salón de la mansión tenía un aspecto cansado que se traslucía en las ventanillas de la nariz. Sinclair siempre había admirado sus ojos, que eran grandes y de un color azul que le recordaba la neblina. El resto tampoco estaba mal, pensó, y no por primera vez. Una figura esbelta, pero redondeada en los lugares apropiados; piernas largas nada desgarbadas, como a menudo solían ser las de las rubias de Las Vegas; y ese aspecto de elegancia bien depurada que sólo se daba en las hijas de familias con muchas generaciones nadando en dinero.

–La última vez me aseguró que no me molestaría más durante un mes –dijo ella con amargura.

–Y lo decía en serio –reconoció Sinclair, mostrándole su blanca dentadura con una sonrisa asesina–. Pero la ruleta no es lo mío, y, pese a todo, siempre sucumbo a ella.

–De modo que tengo que financiar su afición al juego.

–Me temo que sí. En este preciso momento, usted es mi único cliente con suficiente efectivo.

–Se equivoca. Ya no me queda dinero. Quizás el mes que viene...

–No perdamos el tiempo. Su padre es el mejor neurocirujano del país. Y esa operación al príncipe Fuad le ha debido dejar al menos cinco mil dólares netos, probablemente más.

–No puedo pedirle dinero otra vez... Sencillamente, no puedo.

–¿Preferiría que fuera a ver a su prometido? Estoy seguro de que le encantaría saber que su futura esposa tuvo un hijo ilegítimo a los quince años. Los padres de su novio estarían aún más interesados; tengo entendido que creen que los Cabot y los Lodge son unos advenedizos.

Los ojos azules centellearon.

–Si George se enterara, le mataría a palos.

–Oh, podría hacerlo, con mucha facilidad. Es un gran atleta –dijo Sinclair pensativo–. No es que yo sea un debilucho; pero él está en buena forma, de eso no hay duda, mientras que yo me he estado descuidando. Las rubias y el juego no son lo que se dice reconstituyentes para los músculos. Pero el querido George jamás haría una idiotez así, ¿no es verdad? Usted conoce mis reglas: si me causa algún problema, mis tarifas aumentan proporcionalmente.

–¡George le mataría!

–Eso sería una estupidez doble. Le he dejado una carta a un amigo, contándole donde puede encontrar mis archivos secretos. Abrirá la carta en caso de que muera; es una precaución muy natural.

Los hombros de la mujer se hundieron, vencida. Era inevitable, pero a Sinclair siempre le resultaba placentero. La lombriz se retorcía y enrollaba, pero inexorablemente acababa bajo el tacón de la bota.

–A no ser que me consiga dinero en un suspiro, Lisa, querida, tendré que cobrarle de más por el retraso.

–Muy bien, usted gana. No sé cómo voy a explicárselo a mi padre... –Su voz se fue apagando hasta convertirse en un sollozo.

–No será necesario.

Ella se dio la vuelta y gritó; Sinclair se puso rígido.

–¡Papá! Creía que estabas en el hospital.

El hombre, alto, ligeramente encorvado, sonrió a su hija tranquilizadoramente, pero sus ojos, de un azul mucho más frío que los de ella, siguieron clavados en el chantajista.

–He sabido desde el primer momento el error que cometió mi hija –dijo con tono uniforme–. En aquella época era sólo una niña. Posiblemente los padres de George también lo entenderían, pero no puedo correr ese riesgo.

Ella le miró fijamente, asombrada.

–Pero..., durante todos estos años..., nunca dijiste...

–¿Por qué había de hacerlo? Sabía que tus visitas a Marilyn no eran sólo unas vacaciones; recuerda: yo soy médico. Me pareció mejor dejar que creyeras que era tu secreto. ¿Por qué piensas que la adopción se resolvió tan fácilmente y sin ninguna publicidad?

–Y aun así –dijo Sinclair con voz cansina–, usted permitió que ella me pagara. Muy tierno. Pero más vale que no se abran mutuamente sus corazones hasta que me haya ido. Págueme, y no les seguiré molestando.

–Me parece que no –dijo el doctor, con una mirada glacial–. No me he presentado de esta forma tan melodramática sólo para hacer de pagano. Está acabado, Sinclair.

Sinclair apretó los labios, e hizo una mueca de repugnancia que, de tan exagerada, resultó casi cómica.

–¿Es que tengo que volver a explicarlo de nuevo? ¿Cómo puede la gente ser tan estúpida? No sólo llevo la información aquí –se palmeó la cabeza–, sino que siempre le entrego una carta a alguien. Así que si está pensando en matarme, olvídelo. En cuanto se conozca mi muerte, sea por la causa que sea, mi amigo abrirá la carta. Y entonces, o bien descubrirá el pastel o bien retomará el trabajo que yo dejé.

–No tengo intención de matarle –dijo el cirujano con calma–, como usted ha señalado, ésa no es la solución.

Su hija le miraba absolutamente desconcertada.

–Pero, papá, no veo cómo...

–Déjalo en mis manos, Lisa.

Se sacó una pistola del bolsillo. La boca del arma apuntó directamente a Sinclair. El chantajista, incrédulo, sacudió la cabeza.

–¿Es que tengo que imprimir un folleto? –dijo con visible irritación–. ¿No le acabo de explicar cuál es la situación? No puede matarme, y yo no quiero hacerle daño; nunca llevo pistola. Así que aparte eso, me pone nervioso.

–Jamás me fiaría de su palabra –dijo el doctor–. Vaya hasta la pared y póngase de espaldas. Estoy seguro de que sabe cómo; sale en todos los programas de la televisión. ¡Muévase! –añadió con aspereza agitando la pistola–. Las manos contra la pared, separe los pies; ya sabe a qué me refiero.

Sinclair volvió a mirar al rostro ceñudo; los ojos parecían recubiertos de hielo. Era casi seguro que el viejo no tenía intención de disparar, pero, si se veía acorralado, ¿quién sabe? El chantajista conocía a la gente, y ese cirujano podía ser peligroso. Tal vez había pensado en matarle y esconder el cadáver. Conrad no abriría la carta si Sinclair simplemente desaparecía. Pero era algo que el doctor no sabía; además, ni siquiera un médico podía deshacerse fácilmente de un cadáver. Adoptando una expresión de aburrida condescendencia, el chantajista se dirigió hacia la pared.

Con cautela, el hombre le registró sin encontrar ningún arma.

–No se mueva –le ordenó y fue hasta un gran escritorio. Abrió una puerta y, mientras Lisa le observaba con los ojos muy abiertos, sacó dos pares de esposas. Diestramente, con sus dedos de cirujano, esposó las manos de Sinclair a la espalda.

–Ahora junte los pies –le ordenó. Cuando lo hizo, colocó las otras esposas en los tobillos.

–Todo esto es muy gracioso –comentó Sinclair con rabia, consciente de que, a esas alturas, pasase lo que pasase, Dollie se habría ido del bar Eagle muy mosqueada. Una lástima: la chica era un plato exquisito–. Les va a costar un recargo en el precio.

–Hay otros modos de callar a un hombre, aparte de matarlo –dijo el cirujano.

–¿Qué quiere decir? ¿Me va a cortar la lengua? ¿No se da cuenta de que sé escribir?

–Lo suponía. E incluso aunque quedara completamente

paralizado, no me cabe duda de que podría inventar un código de comunicación con las pestañas o algo por el estilo. Como ve, he dedicado un buen rato a pensar en usted.

Sinclair sintió que se le erizaba el vello de la nuca; la espalda se le heló de repente.

–¿Quiere decir que había pensado en dejarme paralítico deliberadamente? ¡Eso sería inhumano!

Incluso al decirlo, y antes de que el doctor se riera irónicamente, se percató de la fatuidad del comentario.

–A un animal tan despiadado como usted –dijo el cirujano– le cuesta aceptar que algún día, en alguna parte, tiene que encontrarse con otro animal aún más despiadado..., y más ingenioso. Y por lo que se refiere a ser inhumano, permítame que le cuente algo, Sinclair. Esta mañana me he visto obligado a dejar ciega a una niña de cuatro años. Tenía un glioma, un tumor cerebral, y si no se lo quitaba, moriría. O el nervio óptico o su vida. ¿Sabe lo que dijo la pobre criatura al recuperarse de la anestesia? Gritó: «¡Mami! ¡Mami! ¡No puedo despertarme!». Ni siquiera sabía lo que es la ceguera. Ahora, dígame: ¿qué importancia piensa que tiene su vida, Sinclair, en comparación con la de ella? Muy poca, créame, pero que muy poca.

–¿De qué está hablando? Dejarme ciego no le servirá de nada, ¡viejo idiota!

–No ha entendido el argumento. ¿Quién ha dicho nada de cegarle? Sólo estaba comentando el valor relativo de la vida; da igual lo que diga la gente: la vida no es un valor absoluto. No, no voy a hacerle ningún daño a sus ojos. Un chantajista vive de su memoria.

–¡Papá! –exclamó Lisa, lívida–. ¡No puedes!

–Oh, sí que puedo; y debo; y lo haré. Bien mirado, incluso es posible que le convierta en un tipo decente.

Asustado como nunca lo había estado en su vida, Sinclair intentó llegar a la puerta, pero las esposas le hicieron caerse de bruces. Se quedó tumbado, medio aturdido, y el viejo médico se cernió sobre él, como una pantera, con el narcótico en la mano. Antes de que el chantajista pudiera resistirse, la aguja se clavó implacable en su brazo.

–Ahora, relájese –dijo el doctor con un tono irónico–. No sentirá nada. Pero cuando recupere el conocimiento, no tendrá memoria.

–¡No! ¡No lo haga! –suplicó Sinclair–. ¡Me iré! ¡No volveré a molestarles jamás!

–Claro, por supuesto, con su palabra me basta. –Fue la respuesta pasmosamente brutal.

–¡Se descubrirá lo que ha hecho! ¡Irá a prisión!

–No es probable. En el caso de que se realizara una investigación en profundidad, un buen especialista podría descubrir el daño cerebral, pero ninguna pista que les llevara hasta mí. Le tendré aquí, en mi quirófano privado, hasta que cicatrice la herida que, en todo caso, es diminuta. Sólo hay que introducir una larga aguja a través de la cuenca del ojo para hacerlo. Si me desvío un poco, puede que quede con algunas incapacidades físicas menores, como una pierna coja, tics nerviosos, algo de distrofia muscular..., pero le aseguro que no se lo haría a propósito, sólo sería un desgraciado accidente.

–¡La carta! –jadeó Sinclair luchando con todas sus fuerzas por mantenerse consciente.

–Ah, sí, la carta con la localización de sus archivos secretos. Me pregunto dónde estarán. Una pequeña oficina en un tranquilo vecindario; o tal vez haya preferido un edificio grande y ajetreado, donde nadie se entromete en los asuntos ajenos. No importa: usted me dirá dónde.

–Espere, hagamos un trato. Le llevaré a los archivos. Usted mismo podrá destruir el certificado de nacimiento, todos los documentos.

–Lo siento –dijo el doctor–, no puede haber trato cuando sus archivos verdaderos están dentro de su cabeza.

–Tarde o temprano mi amigo abrirá la carta. No puede vencerme.

–Se equivoca. Le voy a inyectar tanta escopolamina que va a cantar como un pajarillo. Eligió al hombre menos oportuno para robarle sus secretos, Sinclair. El suero de la verdad y un poco de hipnosis harán el trabajo limpiamente. ¡Felices sueños! Está acabado, Lisa.

–Papá –dijo la chica con voz temblorosa–, ¿de verdad vas a operarle?

–No se puede noquear a un chantajista con guantes de niño. ¿Recuerdas a Mike Garrity, el que dicen que es el mejor ladrón vivo?

–Sí, el que tuvo aquella hija tan mona, Janie se llamaba ¿no?

–Exacto. Cuando le salvé la vida a la niña, gané un amigo. En cuanto hable Sinclair –y hablará–, le encargaré a Garrity que busque esos archivos y los destruya. Y moriría antes de contárselo a nadie.

Una sonrisa gélida asomó en los labios del cirujano.

–En cierto sentido, también estamos haciéndole un favor a Sinclair, le aplicamos la terapia que le hacía falta. Después de todo, ¿hay alguien que necesite más que él un cambio radical de personalidad?

Golpe de suerte en la Bolsa

ROBERT BLOCH

Puede que no me quede tiempo para dejar constancia escrita de lo sucedido.

Para empeorar las cosas, la pluma pierde tinta y no tengo mucho papel. Pensaba que por cuarenta dólares al día, el hotel proporcionaría una pluma decente. Al menos, podrían reponer los objetos de escritorio de cuando en cuando. Por supuesto, podría llamar al servicio de habitaciones y pedir más, pero no me atrevo a que entre nadie a husmear por aquí.

Lo que pasa es que quiero escribir esto mientras todavía pueda. Quizá sirva para ayudar a explicar algunas cosas. Al menos, les interesará a unas cuantas ávidas cigarras, esa gente que siempre ha soñado con tener un golpe de suerte en la bolsa de valores.

Ése era también mi sueño. Un golpe de suerte. Y ahora ya lo he conseguido, solamente que, más que de suerte, ha sido de gracia...

Supongo que debo empezar por el principio. Lo primero, decir que me llamo Albert Kessler y que hasta hace poco más de tres meses trabajaba en Wall Street. Era empleado de una correduría. Será mejor que no mencione el nombre de la empresa. De todos modos, tampoco es importante.

De hecho, hasta entonces nada era importante. Incluyéndome a mí. Era uno de tantos, esforzándome por conservar mi puesto de trabajo. La idea que tenía de hacer algo grande en la vida se limitaba a conseguir salir un cuarto de hora antes de la oficina para poder sentarme en el metro en vez de tener que ir de pie todo el trayecto hasta mi casa. Ésa es otra buena: mi casa. Una habitación amueblada, en el Bronx. Un humilde cuchitril ordenado. Pero era todo lo que tenía: mi casa... y mi gran sueño.

Imagino que todos los que han trabajado alguna vez en Wall Street han abrigado el mismo sueño. Es una de esas cosas en las que uno piensa cuando va tropezando con la gente en el metro o se mete entre las sábanas de su habitación de mala muerte. No se puede evitar pensarlo ni dejar de tener la esperanza de que al día siguiente se haga realidad.

Siempre es al día siguiente, mañana, cuando vas a tener el golpe de suerte, cuando tropezarás con ese personaje que tiene el *toque dorado*. Es un deshollinador, y cada vez que se mete en una chimenea hedionda, sale oliendo como una rosa. De algún modo te las arreglas para hacerte amigo suyo, y pronto te pasa información de un buen negocio. Antes de que te des cuenta, tú mismo eres todo un personaje. Un verdadero operador de los grandes.

Claro, ya sé lo que parece lo que acabo de contar. Pero tras pasar un tiempo, siquiera breve, trabajando en Wall Street, uno no puede evitar pensarlo. Porque además, de cuando en cuando, el sueño se hace realidad. Bernard Baruch no es el único que tuvo ese golpe de suerte. Uno escucha historias sobre tipos que empezaron como simples corredores y acabaron comprándose sus propios asientos en la Bolsa. Unas veces consiguieron todo su dinero en el tablero de cotizaciones, otras, extendieron sus actividades invirtiendo en sus propias empresas. Los peces gordos del petróleo, los magnates griegos del transporte marítimo, gente como ésa demuestra que suceden cosas así en la vida real.

Pero no le suceden a todo el mundo, y menos a los tipos que se pasan el tiempo mirando las musarañas y haciéndose ilusiones. Uno tiene que hacer algo más que soñar. Tiene que abrir bien los ojos y analizar todas las posibilidades. Y esperar.

A eso me dediqué en cuerpo y alma. Esperé durante más de dos años. E hice planes. Y también ahorré. No demasiado: tres mil despreciables dólares. Pero resistí. Muchos de los otros soñadores no están dispuestos a ahorrar y esperar. Son auténticos vampiros a la caza de cualquier rumor disparatado que corra por Wall Street y utilizan el índice Dow-Jones como un borrador. Se pueden ganar cinco dólares en Aceros, colocar diez en Industriales o sacarlos de beneficio en Servicios Públicos. El *Journal* es su boleto de apuestas, hacen gráficos y listados, y estudian los informes de actividad del mercado de años anteriores. Invierten siguiendo un sistema o por un presentimiento..., pero todos acaban pobres.

Esos negocios de tres al cuarto no eran para mí. No creía en las informaciones bajo mano ni en teorías. Claro, la Bolsa es un juego, pero los jugadores no siempre ganan. A largo plazo, sólo gana el que parte de algo seguro desde el principio.

Mantuve los ojos abiertos, intentando descubrir a ese ganador. En vez de estudiar el mercado, estudié a los clientes.

Y así encontré a Lon Mariner.

No hay razón para que me detenga en todos los detalles sobre cómo llegué a esa conclusión. Ya antes, en media docena de ocasiones, creí haber localizado a mi hombre: un gran inversor, que compraba con firmeza en el momento adecuado y luego vendía con un rápido beneficio. Pero todas las veces, más tarde o más temprano, el cliente que tenía en mi punto de mira cometía una pifia o empezaba a protegerse con títulos de máxima garantía que proporcionaban pocas ganancias. A lo largo de los años, seguí la pista de muchos inversores, tanto en Nueva York como en nuestras sucursales.

Pero hasta hace tres meses no hice mi descubrimiento. Lon Mariner, el único que siempre se sacaba algo seguro de la chistera. Invirtió quince mil en una pequeña empresa de aviación tres días antes de que consiguiera un gran contrato de la Armada. Salió de allí con cincuenta mil e invirtió en equipos electrónicos de los que yo nunca había oído hablar... hasta que hicieron una emisión para variar el precio de las acciones, fijaron el dividendo y... subieron dieciocho puntos. Cobró sus ganancias e invirtió en petróleo, vendiendo su participación la mañana antes de una caída en picado. Luego hizo una operación de alto riesgo en una empresa de ferrocarriles de Texas, que fue absorbida por un consorcio mayor al cabo de una semana. A esas alturas yo ya seguía con mucha atención sus movimientos, cuyas órdenes llegaban a través de nuestra delegación de Frisco. Me sorprendí al descubrir que un mes después operaba desde Cleveland. Pero el patrón seguía siendo el mismo. Daba igual lo que comprara, lo importante era que todo lo que tocaba se convertía en oro. Cobre, radares, televisiones en Cleveland; luego un gran negocio con servicios públicos, desde Boston. Nunca se equivocaba. Durante once semanas estuvo en todas las subidas espectaculares, en todos los negocios redondos que aparecieron en el tablero. Calculé que había convertido sus quince mil iniciales en varios millones. Luego realizó su siguiente orden de compra, descomunal, desde nuestra oficina en Chicago.

Fue entonces cuando dejé mi empleo y me vine a Chicago. Todo lo que tenía eran tres mil dólares y aquella idea descabellada. Al menos, al subirme al avión, pensaba que era descabellada. Allí estaba yo, atravesando medio país para localizar a un perfecto desconocido –o podía tratarse de un desconocido que no fuese tan perfecto como imaginaba–, con la esperanza de que me dejara participar en su negocio.

Cuando me di cuenta de cuál era el alcance real de la situación sudé como un condenado durante todo lo que me quedaba de vuelo. Después de todo, ¿qué sabía yo en realidad de ese Lon Mariner? No aparecía en el *Who's Who*. Ni en los listados de grandes inversores. No me había atrevido a hacer ninguna investigación directa a través de nuestras sucursales. De lo único que estaba seguro era de que se trataba del tipo que buscaba: el hombre con el toque dorado. De ahí en adelante, tendría que improvisar sobre la marcha.

Nada más bajar de la limusina del aeropuerto en Palmer House, cogí un taxi a nuestra oficina de Chicago en LaSalle Street. Conservaba todavía la tarjeta identificativa de la empresa –me había olvidado de devolverla, ¿es delito o qué?– y la enseñé. Dije que me habían enviado para contactar con uno de nuestros clientes, por casualidad ¿no se habría pasado por allí aquel día el señor Mariner?

Bueno, resultó que no, ni aquel día ni ningún otro. Sus órdenes de compra llegaban por teléfono y sus giros bancarios por correo. Fui a hablar directamente con el vicepresidente a cargo de la sucursal, pero nadie pudo decirme nada de aquel hombre.

Aunque sí averigüé que se alojaba en un hotel de Gold Coast. Este hotel.

Vine corriendo a toda prisa, ayer por la tarde, y apoquiné los cuarenta pavos por esta habitación, con todos los servicios, aire acondicionado, televisión y una pluma rota.

Los cuarenta dólares no fueron más que el principio de mi inversión. Diez más me aseguraron que el recepcionista me alojara en la misma planta, incluso me enseñó el nombre de Mariner en el registro, con su número de habitación, el 701, en la otra punta del pasillo. No recordaba muy bien el aspecto de Mariner pues no lo había visto desde que se había registrado. Me dijo que había llegado solo, sin mucho equipaje y que tenía una «pinta normal»: mediana altura, mediana edad y pelo castaño.

Me gasté otros diez dólares con el botones. Todo lo que pudo decirme fue que Mariner hacía que le subieran a la habitación todas las comidas y que no salía mucho, excepto por las mañanas, cuando la chica del servicio limpiaba la habitación.

En aquel momento eran casi las siete, y las mujeres de la limpieza ya habían acabado su jornada. Así que tuve que contentarme con una charla con el camarero que le servía las comidas, un tipo llamado Joe Franscetti.

A cambio de los diez pavos habituales, Franscetti dijo que sí, que vendría a verme después de haber retirado los platos de la cena de Mariner. Aparentemente, el huésped no le había causado ninguna impresión particular; me dio de él la misma vaga descripción: un tipo de «pinta normal». El camarero no recordaba que Mariner le hubiera dicho nada especial, ni siquiera supo describirme como solía vestir.

–Pero puedo explicarle lo que cenó –dijo–: cóctel de camarones, costillas selectas –poco hechas, me parece–, patatas cocidas, ensalada Waldorf, café y pastel de manzana. ¿Y sabe qué me dio de propina? Medio miserable pavo.

Le agradecí la información y se fue. Resultaba un tanto desalentador. Había recorrido todo aquel camino para enterarme de que a Lon Mariner le gustaba la carne poco hecha. Y el que un tipo que ha tenido una racha ganadora que le ha reportado cinco millones de dólares diera propinas mezquinas tampoco me parecía un buen augurio.

No parecía que pudiera hacer nada por el momento. No tenía sentido que recurriera al encargado de seguridad del hotel. Ya había sido bastante arriesgado hacer tantas preguntas porque lo último que deseaba era llamar la atención. Supongo que todos se imaginaron que era un detective privado, y eso ya era malo, pero hasta cierto punto al menos podía servirme de excusa.

En cualquier caso, no me enteré de nada útil, y de ahí en adelante, contaba sólo con mis propias fuerzas. Así que a eso de las siete y media volví a mi habitación y dejé la puerta abierta. Sentado en un silla colocada en el ángulo adecuado, podía ver la puerta de la 701. Por si a Mariner le daba por salir.

Por supuesto, nada me impedía cruzar el pasillo y llamar a su puerta. Salvo que todavía no estaba preparado para ello. Antes de hablar con él tenía que hacerme una idea más definida de con quién me enfrentaba. Cuando por fin le abordara, la conversación tendría una importancia capital. No podía dejar escapar el negocio, y había de tener muy claro qué quería decirle. Y eso dependía de que antes averiguara quién era exactamente mi hombre.

En aquel instante sólo tenía una imagen del tipo: Mariner debía de ser una especie de chiflado.

A primera vista, nada había especialmente raro en lo que me habían contado sobre él; muchísimos hombres de mediana edad son tranquilos y más bien tímidos, y prefieren guardarse para sí que viven solos. Pero ese patrón no se ajustaba en absoluto a aquellas circunstancias concretas. Si yo hubiera ganado millones en la Bolsa en tres meses no me escondería a solas en una habitación de hotel, eso lo saben hasta los santos del cielo.

De modo que probablemente fuera un psicópata, como esos solitarios excéntricos que acaban muriendo en un sótano con una fortuna en efectivo escondida debajo del colchón.

Estuve allí sentado un largo rato, pensando sobre ello. Y cuanto más lo pensaba, peor me sentía. Porque resulta bastante difícil entablar relación con un chiflado. Son tipos suspicaces, con manía persecutoria y cosas por el estilo. No se fían de los desconocidos y nadie es amigo suyo.

Por otro lado, había algo que no encajaba en esa imagen. Yo pagaba cuarenta pavos al día; y Mariner, aunque diera propinas roñosas, debía de estar aflojando cerca de cien por su suite. Además, durante los últimos meses se había trasladado de Frisco a Cleveland, de ahí a Boston y luego a Chicago, y viajes así cuestan su buena pasta. Incluso aunque estuviera ganando millones, si fuera un excéntrico común y corriente no debería mostrar esa propensión a gastarse un centavo de más. Esos tipos se esconden en un tugurio de mala muerte y no se mueven, y comen galletas rancias en vez de cócteles de camarones.

Así que debería de haber alguna otra razón para que Mariner se mantuviese oculto. Tuve un presentimiento repentino. ¿No sería un mero comparsa o un hombre de paja de alguna organización ilegal?

Aquello sí que me parecía un poco más lógico. Desde luego, explicaba muchas cosas; incluyendo el porqué no salía de su habitación. Probablemente recibía la información o las órdenes por teléfono. Estaba cantado que la una o las otras le llegaban de alguna parte, a menos que pudiera acceder a información privilegiada del mercado bursátil en sueños.

Empezaba a sentir unas ganas incontrolables de visitar su habitación y espiarle mientras estaba bajo los efectos de un pico de caballo, consultaba su bola de cristal o lo que hiciese. Tal vez tenía una colección de cabezas reducidas que le hablaban.

Por otro lado, sería mucho más inteligente hablar con la telefonista para averiguar si había escuchado alguna de las llamadas que recibía o hacía desde la suite, y si era tan amable de contarme algo.

Miré el reloj. Casi las diez, y no había sucedido nada. Más valía que lo dejara y me acostara. Por la mañana decidiría qué hacer.

Me levanté y fui hasta la puerta para cerrarla.

Justo en ese instante, la suya se abrió y salió.

Supe que era Mariner en cuanto le vi. Mediana edad, ni

muy alto ni muy bajo, pelo castaño. Llevaba un sencillo traje azul y una camisa blanca, y la cara que sobresalía por encima del cuello era de las que uno olvida incluso mientras la está mirando.

Calculo que habré visto mil caras como ésa en mi vida: atestando los ascensores, apretujándose en el metro, andando por las calles. Nunca me habían entrado sudores al verlas, pero en aquel momento estaba sudando. Porque ese rostro valía cinco millones de pavos. Lon Mariner, el hombre con el toque dorado.

Entonces le vi de espaldas. Comprobaba su puerta, asegurándose de que estaba bien cerrada. Tal vez guardara un montón de pasta dentro. Tal vez podría quedarme allí y abrir la cerradura. No, era demasiado peligroso. Lo que tenía que hacer era seguirle y sacar provecho de sus conocimientos.

Me puse el abrigo mientras él se dirigía al ascensor. Supuse que si salía rápido podría alcanzarle justo a tiempo, pero me equivoqué. Porque el ascensor llegó al piso antes que yo a la puerta y Mariner entró en él.

Empecé a soltar tacos y corrí escaleras abajo. Llegué al vestíbulo en un minuto exacto, pero él no estaba allí y el ascensor volvía a subir. Veía cómo parpadeaban los números luminosos: dos, tres y luego cuatro.

Sacudí la cabeza. ¿Debía esperar a que bajara de nuevo y hablar con el ascensorista con la esperanza de que recordara qué camino había cogido el hombre del traje azul? ¿O debía salir corriendo a ver si le encontraba?

Decidí salir. Empecé a cruzar el vestíbulo, esforzándome por no correr, y pasé a toda prisa por delante del salón. Algo me llamó la atención. La espalda de un traje azul.

Me paré en seco.

Mariner estaba sentado en la barra, solo, en la punta más lejana.

El sudor me caía a chorros por los costados cuando entré. Me senté en una banqueta a unos seis metros de él; no había nadie entre nosotros. En realidad, y con la excepción de una pareja sentada a una mesa, teníamos todo el local a nuestra exclusiva disposición.

El barman, un tipo gordo con bigote, le estaba sirviendo algo a Mariner. Por el aspecto de la copa, parecía coñac. Me vio y se acercó.

Pedí una cerveza y me giré en la banqueta para poder ver bien a mi hombre.

El camarero ciertamente había tenido razón: Mariner era un tipo con una «pinta normal». Nada llamaba la atención en su traje confeccionado en serie, y tampoco había ni rastro de nada extraño en su cara, igualmente común. Era un tipo más.

Cuanto más lo estudiaba, peor me sentía. Había estado seguro de que si tenía la ocasión de verle de cerca, podría hacerme una idea exacta de cómo era y planear el mejor modo de abordarle. Pero allí estaba el tipo sentado, un bulto encima de un traje azul que ceñía un tronco demasiado relleno. No parecía que disfrutara con su copa, no prestaba atención a la radio, y nunca cambió de posición para mirarnos ni al camarero ni a mí. Tenía tanta vida como un maniquí, y ni de lejos era tan atractivo.

De repente, hizo un gesto para que le sirvieran otra copa. Y cuando el barman llevó la botella y se la sirvió, la vació de un trago y le pidió que se la volviera a llenar. Luego, después de haber pagado, masculló algo y el camarero dejó la botella sobre la barra.

Aquello, por fin, sí que tenía algún significado para mí. Aquello y el modo en que estaba sentado: completamente rígido e inmóvil. No me cabía ninguna duda; Mariner estaba asustado. Reconocí los síntomas. Algo le provocaba un miedo de muerte, y todavía le daba más pánico que se le notara. De modo que se quedaba allí sentado y bebía.

Ya tenía la clave. Esperé hasta que se hubo servido y bebido la cuarta copa. Entonces miré alrededor, comprobando que el bar seguía casi vacío, y me bajé del taburete. Sin apartarme de la barra me acerqué a Mariner y me senté a su lado. Él me vio reflejado en el espejo y me percaté de como se le agarrotaban los dedos alrededor de la copa vacía.

–Señor Mariner –le dije–, le he estado buscando.

Lo esperable era que se volviera hacia mí y me tirara la

copa a la cara, o bien empalideciera, empezara a respirar hondo y se desplomara desmayado al suelo. Pero lo que no hizo fue todavía más eficaz.

No se movió.

Si antes había estado paralizado, en aquel momento parecía muerto. Se puso rígido, todo el cuerpo, como si le estuviera entrando el *rigor mortis*. Tuve la impresión de que había dejado de respirar, totalmente.

–Quiero hablar con usted, señor Mariner –murmuré.

No giró la cabeza ni sus labios se movieron. Pero emitió un sonido, seguido de palabras casi inaudibles.

–Debe de haberse confundido. No me llamo Mariner.

Me encogí de hombros.

–Oh, claro que no. Pero con ese nombre se ha registrado en el hotel. Y con ese nombre ha estado haciendo sus negocios. Lo sé.

Extendió el brazo y vertió el coñac en la copa. He dicho bien, no se la sirvió, la vertió. Le observé y esperé mientras se la llevaba a los labios y se tragaba el contenido. Luego volvió a hablar entre susurros.

–¿Cómo me ha encontrado?

–Eso no importa –le respondí–. Le he estado vigilando durante bastante tiempo.

–Entonces, eso quiere decir que estuve equivocado desde el principio, ¿verdad? Creí que podría conseguirlo. Pero ellos lo han sabido todo el tiempo, ¿verdad?

–Estoy completamente solo, señor Mariner.

–Sí, pero le han enviado ellos.

Vacilé un instante, luego decidí qué postura adoptar.

–No me ha enviado nadie. Todo es idea exclusivamente mía. He estado estudiando sus operaciones en Bolsa durante meses. Mire, trabajo para la empresa con la que usted ha estado haciendo negocios. Y quería hablar con usted de sus métodos.

–Mis... ¿métodos?

Por vez primera su cara adoptó una expresión reconocible. Casi se podía decir que era una sonrisa. Giró la cara apenas un milímetro y me miró fijamente.

–Entonces me estaba confundiendo. Usted... ¿usted es sólo un ciudadano normal?

–Muy normal, puedo asegurárselo. Pero siento una curiosidad extraordinaria por usted. O por cualquier hombre que pueda hacer lo que usted está haciendo en el campo de las inversiones. Creí que podríamos hablar de sus métodos.

Entonces sonrió de verdad. Se sirvió otra copa, esta vez con mano firme.

–Bueno, no sé...

Volvía a sentirse seguro de sí mismo, estaba a punto de librarse de mí. Yo sabía manejar estas situaciones.

–Escúcheme, señor Mariner. No soy un entrometido, pero por lo que me ha dicho, ya sé que tiene algún problema. No se alegraría precisamente de la publicidad de su caso, ¿verdad? Quiero decir que no querría que saliera ninguna noticia en la prensa sobre millonarios misteriosos u hombres que viajan por ahí con nombres supuestos y que tienen métodos secretos de forrarse en la Bolsa. Podría coger el teléfono ahora mismo y llamar a los periodistas...

–¡No lo hará!

–Claro que no lo haré. Porque usted va a hablar conmigo. Sólo conmigo. Y si me dice lo que creo que puede decirme, tendré motivos más que suficientes para mantener mi propia boca cerrada en el futuro, igual que usted. Señor Mariner, mis cartas ya están encima de la mesa. Quiero jugar.

–Muy bien, hablaremos.

–Perfecto.

–Pero no aquí. No de este modo. En mi habitación.

–Bien, subamos. –Esperé un momento, y lo repetí en voz más alta–. Subamos.

Pero no me escuchaba.

Tampoco me miraba. Tenía los ojos clavados en el espejo del bar. Seguí la dirección de su mirada.

A nuestras espaldas, en la puerta del salón, había aparecido una rubia muy alta. Tenía, entre otras cosas, los ojos más inmensos que yo había visto jamás. Merecía la pena mirarla por muchísimas razones, pero fueron aquellos ojos los que me atraparon.

También atraparon a Mariner. La miraba y se le abría y cerraba la boca. Se había vuelto a quedar paralizado. Absolutamente petrificado.

Ella no sonrió, no dijo nada, ni siquiera se acercó. Se limitó a mirarle largamente y luego le hizo una seña.

Mariner se levantó.

–Discúlpeme –musitó–. Ahora he de irme. Tengo un compromiso.

–¿Y qué pasa con nuestra charla?

–Oh, sí, supongo que podemos hablar mañana por la mañana, ¿le va bien a las diez en mi habitación?

Le cogí del brazo.

–¿No pretenderá escabullirse, verdad? Recuerde lo que le he dicho sobre los periodistas.

–Lo recuerdo.

–Muy bien, entonces nos vemos a las diez. Pero no me haga ninguna jugarreta. Yo no bromeo, señor Mariner.

–Se lo prometo.

Y con eso se fue hacia la mujer, saliendo tras ella. Les observé cruzando el vestíbulo y dirigiéndose a los ascensores. Desde luego, por aquel camino no iba a encontrar la salida, y yo estaba seguro de que tampoco la buscaba: no con aquella alta rubia del brazo. En cierto sentido, no le culpaba por haber cancelado nuestra charla y haberse librado de mí hasta mañana. Si una rubia como aquella me hiciera una seña alguna vez en mi vida, también yo cancelaría todos mis compromisos. Y hasta dudo de que estuviera en condiciones de ver a nadie a las diez de la mañana del día siguiente.

Pero seguía siendo un suspicaz. Esperé unos minutos, me levanté y fui a la recepción. El recepcionista de servicio era mi hombre de los diez pavos.

Me incliné sobre el mostrador y deslicé un billete en su dirección, con mucha suavidad.

Él lo cubrió con la palma de la mano y se lo guardó, con la misma suavidad.

–Dígame, señor.

–Es sobre el señor Mariner. No se habrá marchado, ¿verdad?

–No me consta que ningún individuo con ese nombre haya abandonado el hotel, señor.

–Bien, en caso de que lo hiciera en cualquier momento entre ahora mismo y mañana por la mañana, quiero que me avise. Y con rápidez, antes de que se haya alejado un metro de este mostrador.

–Por supuesto, señor, pero...

–Pero ¿qué?

El recepcionista frunció el ceño.

–Me temo que no tenemos a ningún individuo registrado con ese nombre en el hotel.

Entonces yo también fruncí el ceño.

–¿De qué me está hablando? ¿Cómo que no está en el hotel Lon Mariner, en la habitación 701? Si fue usted el primero que me confirmó su presencia.

–¿Yo? Debe de estar confundido, señor.

–Pero bueno, mire...

–No, mire usted. –El recepcionista sacó el libro de registros–. Aquí están las entradas de huéspedes de la semana pasada. No hay ningún Mariner. ¿Está seguro de que ése es el nombre que busca?

–¿Cómo que si estoy seguro? Si usted mismo me lo enseñó ayer. ¡Déme eso! –Cogí el registro y le eché un vistazo. Vi mi nombre y comprobé las firmas que había antes. Paige, Stein, Tenn, Klass, Philips, Graham..., ningún Mariner.

–¿Qué clase de negocio es éste? –Estaba empezando a sentir un extraño cosquilleo en el estómago–. ¿Quién se aloja en la 701?

–Comprobemos en el archivo de fichas, aquí, señor. –Se acercó al archivo donde guardaban las entradas de facturación. Sacó una ficha amarilla–. La habitación 701 ha estado libre toda la semana –me dijo–. La acaban de ocupar esta noche. Un individuo llamado Fairborn. Tenga, véalo usted mismo.

El cosquilleo me estaba empezando a subir por todo el cuerpo. El corazón me martilleaba.

–Pero, ésa es la suite de Mariner –le dije–. Un tipo pequeño de mediana edad, con un traje azul. Debe de haberle visto atravesando el vestíbulo hace un momento, con una rubia...

El recepcionista negó con la cabeza.

–No, señor, no le he visto.

–Pero si acabo de estar hablando con él en el bar.

–Lo siento, señor.

Me di la vuelta y corrí al ascensor. Para cuando llegué al séptimo, el corazón se me salía por la boca, y no se debía precisamente a la carrera.

Fui directamente a la 701 y llamé a la puerta. Aunque tenía el corazón en la boca aún podía hablar. Y cuando se abrió la puerta lo hice.

–Señor Mariner –dije. Entonces se me apagó la voz. Tenía ante mí a la rubia de grandes ojos. La miraba y ella me miraba a mí.

–Me parece que se ha equivocado de habitación.

–No, no me he equivocado. ¿Dónde está Mariner?

–¿Quién?

–El tipo del traje azul. Usted ha subido con él hace menos de media hora. Ésta es su habitación.

Ella negó con la cabeza.

–Lo siento, pero debe confundirse. Ésta es mi habitación. Soy la señora Fairborn.

–Pero si les he visto juntos...

Los grandes ojos se entrecerraron.

–Un momento, haga el favor. No he salido de esta habitación desde que he llegado esta noche. No sé de qué me está hablando. Si duda de mi palabra, puede comprobarlo abajo, en recepción.

–Ya lo he hecho. Pero sé que Mariner y usted estaban juntos. La vi saliendo del bar con él.

–Ah, claro, el bar. Ha estado bebiendo.

–Eso no tiene nada que ver. ¡No estoy borracho! ¿Qué ha hecho con Mariner?

La puerta se abrió un centímetro más. Un hombre asomó la cabeza por detrás de la señora Fairborn. Era un tipo corpulento, con el pelo gris, y no se parecía en nada a Mariner. Más bien, tenía aspecto de causar problemas con su sola presencia.

–¿Qué pasa aquí? –preguntó.

La señora Fairborn se encogió de hombros.

–No sé. Un borracho que está buscando a un amigo. Será mejor que te encargues tú, Harry.

–Con mucho gusto.

Pero yo no pensaba permitir que se encargaran de mí. Retrocedí.

–Muy bien –dije–. He cometido un error. Lo siento.

Harry iba a decir algo, pero se apartó de la puerta. Entonces vi al camarero, Joe Franscetti. Salía de la habitación, empujando una mesita de servicio con ruedas.

Saludé a los tres.

–Perdónenme, ¿eh? –murmuré–. No les molestaré más.

Me fui y doblé la esquina del pasillo. Oí cómo se cerraba la puerta. Me quedé allí, esperando a que Joe Franscetti llegara a mi altura. Iba empujando la mesita, con la cabeza baja. Di un paso adelante y le cogí por el codo.

–¿Qué está pasando? –le pregunté–. ¿Dónde está Mariner?

–¿Quién? No le he entendido bien, señor, ¿puede repetirme la pregunta?

–Que dónde está Mariner. El tipo de la 701.

–Pero si acabo de salir de allí. Usted me ha visto. Se alojan una dama y su novio, acaban de cenar.

–Ya lo sé, pero resulta que ésa es la habitación de Mariner. Le has estado sirviendo durante toda la semana, eso me dijiste. ¿Te acuerdas?

–Señor, ¿se encuentra bien?

–Claro que me encuentro bien. Pero todos los demás se han vuelto locos. Si fuiste tú el que me hablaste de él. El tipo de pelo castaño con un traje azul ¿recuerdas?, el que sólo daba cincuenta centavos de propina. Costillas de primera poco hechas, ensalada Waldorf.

–Señor, esa habitación ha estado vacía toda la semana. Y tampoco he visto a nadie como el que usted describe. Será mejor que se acueste, no tiene muy buen aspecto.

Yo sabía qué aspecto tenía, pero era un tontería seguir perdiendo el tiempo. Todavía me quedaba el encargado de los botones, él me diría si estaba de servicio uno de los muchachos en concreto.

Bajé y encontré al encargado. Mi chico estaba de servicio

esa noche. Le abordé en un rincón del vestíbulo. Esa vez estaba decidido a hacer otra inversión.

–Mira –le dije, agitando un billete delante de su nariz–, son cien pavos, ¿los ves?

–Sí, señor.

–No tengo ni idea de lo que te han pagado para cerrarte la boca, pero me da en la nariz que no han subido de veinte. Así que podrías venderte al mejor postor.

–No le entiendo, señor.

–Es muy sencillo. Ayer, tú y yo mantuvimos una pequeña charla. Te hice preguntas sobre un hombre llamado Lon Mariner. El de la suite 701. Me lo describiste, dijiste que sólo salía cuando iban las mujeres de la limpieza. ¿No es así?

Sus ojos miraban el billete de cien dólares mientras se lo agitaba delante de los ojos. Luego negó con la cabeza.

–Lo siento, señor. No recuerdo nada parecido. Es más, no podría haberle dicho algo así porque la 701 ha estado vacía hasta esta noche. Lo sé con seguridad, porque yo mismo llevé al cliente a la habitación hace sólo unas horas. Una rubia alta.

Los cien pavos volvieron a mi bolsillo y me dirigí al bar. Seguía desierto y el camarero se acercó a atenderme enseguida.

–¿Sí?

–¿Se acuerda de mí? –le pregunté–. He estado aquí antes, esta misma noche.

–Le recuerdo.

Bueno, al menos, éste admitía que yo había estado allí. Estaba dispuesto a jugármela a doble o nada.

–¿Recuerda el tipo con el que estuve hablando?

Silencio.

–Se fue antes que yo, con una rubia.

–¿Una rubia alta? –El barman se animó–. Claro, ha estado aquí hace un par de minutos. Le serví un..., se me ha olvidado.

–Había estado antes, vino a buscar a ese tipo con el traje azul. Él se había sentado en la punta de la barra, bebía coñac. Me puse a hablar con él. Entonces aparecio la chica y se fueron juntos. ¿No se acuerda?

El barman negó con la cabeza.

–No les vi. Y tampoco le vi a usted hablar con nadie, señor. Estaba solo. –Empezó a limpiar la barra–. ¿Qué le ocurre, señor? No tiene buen aspecto.

–No me siento muy bien –le dije–. Déjeme solo.

Se alejó y yo me quedé allí sentado. Era inútil seguir hablando. El camarero no recordaría nada. Ninguno del hotel recordaría nada. Pero yo sí.

Me vino a la cabeza una vieja película inglesa que reponen continuamente por televisión. *The Lady Vanishes*. Una mujer se encuentra con otra y hablan. Más tarde todos juran que la segunda no existe. Pero claro que existe: ha sido secuestrada por unos espías.

Luego también estaba aquella otra historia sobre una mujer en la habitación de un hotel, que también desaparece. Creo recordar que la cosa empezaba en la última década del siglo pasado, se suponía que había sucedido durante algún tipo de exposición internacional. Resultó que la mujer tenía cólera, y ellos echaron tierra sobre todo el asunto para evitar que se desatara el pánico cuando murió. Incluso empapelaron la habitación de nuevo de la noche a la mañana.

Pensando en ello, me di cuenta de que había leído un montón de novelas policíacas basadas en una idea parecida. Y solía haber una mujer implicada, y una trama de espías o asesinatos.

Pese a todo, me resultaba difícil relacionarlo con Mariner. Los espías no invierten en Bolsa. Y tampoco creo que tuviera cólera, ni siquiera gripe.

Pero estaba asustado, muy asustado.

De eso me acordaba. Se había asustado cuando me dirigí a él, y me había preguntado si ellos me habían enviado. ¿Quiénes eran ellos? ¿Acaso una organización criminal? Mariner había reconocido a la rubia, y se había ido con ella tranquilamente. Había subido a su suite, donde le esperaba el tipo de pelo gris que se llamaba Harry. Había ido voluntariamente, a pesar de que tenía un miedo de muerte.

Un miedo de muerte. ¿Se trataba de eso? ¿Le habían asesinado?

No parecía lógico, desde ningún punto de vista. No se mata a la gallina que pone cinco millones de huevos de oro.

Además, no puede hacerse tan fácilmente, ni siquiera en un hotel ostentoso.

Pero lo que estaba claro es que habían hecho algo. Y ésa era la parte más absurda de todo el asunto. Habían hecho que todos se olvidaran de que Lon Mariner había existido, incluyendo a la gente que lo había visto poco antes de que se desvaneciera. Habían borrado su nombre del registro, incluso de las fichas de las facturas. ¿Lo habían conseguido sólo mediante sobornos? Tenía mis dudas. No se puede correr ese riesgo. Tarde o temprano, aparecería alguien buscando a Mariner y presionaría a los testigos. No podían fiarse de que recepcionistas, camareros y botones mantuvieran las bocas cerradas cuando las cosas se pusieran al rojo vivo. Alguien vendría, alguien cantaría. El soborno no era suficiente.

¿Y las amenazas? Eso podría funcionar. Pero las personas con las que acababa de hablar no parecían asustadas. Sólo desconcertadas. Como si creyeran de verdad que Lon Mariner nunca había existido.

En ese punto de la historia me quedaba atascado una y otra vez.

¿Por qué era tan importante asegurarse de que todos creyeran que jamás había existido aquel hombre?

¿Y cómo habían hecho el truco? Si el asunto implicaba asesinato, los asesinos ciertamente estarían más interesados en ocultar su propia presencia que la de la víctima. Pero la rubia se había inscrito en el hotel públicamente, y se había dejado ver. Incluso había vuelto a bajar al bar, seguramente mientras yo estaba en el vestíbulo, y había hablado con el camarero. Dijo que le había pedido una bebida, pero no podía recordar cuál.

No podía recordar...

Me vino una imagen repentina. Una imagen de aquellos ojos inmensos, y los dos –el barman y la chica–, aquí, solos. La rubia inclinada sobre la barra diciéndole a él que no podía recordar. Sin sobornarle, sin amenazarle, nada más que diciéndole que no podía recordar. Hipnotizándole para que olvidara.

¿Una idea desquiciada?

Tal vez, pero yo mismo empezaba a estar desquiciado. Cuando los hechos simples no tienen sentido, uno ha de mirarlos con cierta imaginación. Y el hipnotismo funciona. En las condiciones apropiadas, con los especialistas apropiados, funciona, además, rápidamente. La rubia sería el especialista ideal. Podía acercarse al recepcionista o al botones; ellos, hombres, la mirarían... y escucharían con atención. Y el camarero, Joe Franscetti, había estado dentro de la habitación con ella, sirviéndole la cena. Aquello sólo dejaba al barman fuera de su control. Así que había vuelto sigilosamente al bar y sigilosamente le había cambiado la memoria.

Me sentí mejor, pero no mucho. Porque Mariner seguía desaparecido, y no sabía por qué. Y ellos sí que sabían que yo le recordaba.

Lo que necesitaba en aquel instante era sacarme un as de la manga. Pero no tenía ninguno. Todo lo que podía sacar era la pistola que llevaba en la maleta. Hasta entonces no me había hecho gracia llevar el arma. Me parecía muy arriesgado y no creía que me viera obligado a amenazar a Mariner. En aquel momento me alegré de tenerla.

Porque sólo me quedaba una cosa por hacer: tenía que subir a mi habitación, coger la pistola y llamar a la puerta de la suite 701 de nuevo.

Me levanté y crucé el vestíbulo. Subí al ascensor. Me bajé en el séptimo piso. Avancé de puntillas por el pasillo, pasando por delante de la 701, hasta llegar a mi habitación. Saqué la llave y abrí la puerta silenciosamente. Entré.

Y entonces, al ir a encender la luz, me tropecé. Empecé a maldecir en voz baja, aunque, en realidad, debería haber rezado. Porque mi traspiés me había salvado.

El golpe surgió en la oscuridad desde detrás de la puerta; si me hubiera alcanzado en la cabeza, habría quedado desahuciado. Gracias al tropezón sólo estuvo a punto de romperme el hombro. Pero me agaché, me di la vuelta e iba a incorporarme y soltar un derechazo cuando sucedieron dos cosas simultáneamente.

La luz se encendió, y el tal Harry me metió una pistola en las costillas.

–Ahora, muévase –me sugirió.

Nos movimos. En el pasillo no había nadie que pudiera contemplar el desfile. Ni nadie nos lanzó gritos de ánimo cuando nos detuvimos ante la puerta 701.

Llamó. Se abrió la puerta y la señora Fairborn miró a Harry.

–¿Lo has traído? –preguntó en un susurro.

–Sí –murmuró Harry–, lo he traído. –Me empujó dentro y cerró la puerta.

–¿Por qué no le has dejado inconsciente?

–Cambié de opinión –dijo Harry–. Creo que deberíamos seguir otros planes. –Le guiñó el ojo–. ¿Entiendes?

La señora Fairborn asintió y luego se volvió hacia mí. Aquellos grandes y hermosos ojos me miraron fijamente.

–Déjelo –le dije–, no soy fácil de hipnotizar.

Suspiró.

–Lo sé. Por eso no lo he intentado. De nada me serviría trabajarle porque usted no cooperaría. Es demasiado suspicaz.

–Lo siento. Es mi forma de ser.

–Yo también lo siento. Si no hubiera venido, si se hubiera ido a tiempo..., pero, bueno, ahora ya es demasiado tarde.

Miré hacia la cama.

–¿Dónde está el dinero? –pregunté–. Creía que estaría ahí amontonado, preparado para su transporte.

Harry se rascó la barbilla con su mano libre. Yo sabía donde tenía la otra: empuñaba la pistola. Y también sabía dónde estaba la pistola: seguía en mis costillas.

–Tenía que saberlo por encima de todo, ¿verdad? –dijo Harry.

–Sí. Así que, si se me permite la pregunta: ¿dónde lo tienen?

–No está en condiciones de preguntar nada, pero se lo diré. Ya está en camino.

–¿Y el señor Mariner?

–También está en camino. O lo estará pronto.

–Entonces, es lo que pensaba: un asesinato.

–Ha estado pensando mucho, ¿verdad?

–¿Y por qué no? –dije encogiéndome de hombros–. Sabía que Mariner temía por su vida. Por eso iba de ciudad en ciudad, por eso se había acabado escondiendo aquí. Casi se puso azul cuando le abordé, y reconoció que ellos le seguían. No sabía de qué estaba hablando hasta que apareció la señora Fairborn. Al verla, me di cuenta de que más que miedo le tenía pánico, pero aun así se fue con ella. Así que todo acaba encajando, ¿verdad? Todos íbamos detrás de lo mismo: el secreto de cómo se las apañaba para ganar tanta pasta tan rápido.

»La única diferencia es que yo trabajo solo y que pretendía conseguirlo por las buenas. Ustedes trabajan en equipo y presionándole. Estaban dispuestos a amenazarle, a asesinarle. Y lo hicieron. Todavía no entiendo cómo pensaron que podrían salirse con la suya, pero el caso es que lo lograron.

Me callé cuando me asaltó una idea.

–¿Cómo consiguieron borrar su nombre de los archivos de nuestra empresa? ¿También con hipnosis, como aquí en el hotel?

La señora Fairborn asintió.

–Tenemos equipos trabajando en todas las ciudades importantes.

–Eso debe de costar una pasta. Claro que... tratándose de cinco millones de dólares...

–Multiplíquelo por diez –dijo Harry–. Mariner se limitó a hacer un poco de pasta por su cuenta, cuando creyó que se había escabullido de nosotros.

–¿De ustedes?

–Me parece que se ha hecho una idea un poco retorcida de la realidad. Mire, todos trabajamos para el mismo equipo.

–¿Una organización criminal?

–No la que usted se imagina. Es un grupo de inversores. Sus nombres no importan. Digamos que son gente influyente y rica que quiere ser todavía más influyente y más rica. Están en una posición que les permite acceder por adelantado a información confidencial sobre una buena cantidad de negocios, pero hay leyes que limitan el derecho a especular por cuenta propia en los asuntos de las empresas que ellos mismos poseen. Así que concibieron este sistema para reunir sus fuentes de información, creando una organización privada que hiciera inversiones. Mientras se mantenga en secreto, pueden conseguir beneficios de muchos millones cada año. Todo lo que necesitaban era un hombre de paja.

–¿Mariner?

–Exacto. Un don nadie de ninguna parte. Alguien que cumplía las órdenes; y unos cuantos especialistas como nosotros para vigilarle, comprobar que no se salía de la línea. Y durante los últimos años funcionó bien. Él solo debe haber ganado más de cincuenta millones en bonos y acciones.

–Nadie puede ganar esa cantidad de dinero sin salir en todos los titulares. Y yo no había oído nada de él hasta que empecé a seguir sus huellas hace tres meses, cuando no era más que un pequeño inversor.

–Exacto, hasta hace tres meses no se llamaba Mariner. Ha utilizado media docena de nombres a lo largo de los años. Cambiar de identidad formaba parte del plan. Y parte de nuestro trabajo consistía en ir tras sus pasos, cada vez que se cambiaba de nombre, borrando los recuerdos de sus existencias previas. Como le he dicho, tenemos grupos de trabajo parecidos por todo el país. Pero hace tres meses, decidió cambiar de nombre por su cuenta. Ya se le había suministrado la información adelantada, y se le había dicho qué y dónde invertir. De modo que decidió pasar de nosotros y trabajar solo. Adoptó el nombre de Mariner y empezó a moverse por el país. En noventa días fue capaz de acumular casi cinco millones de beneficios en efectivo. Pero entonces dimos con él.

Harry se rascó la barbilla.

–¿Por qué me está contando todo eso? –le pregunté.

Sonrió.

–Porque me gusta su cara.

–No van a matarme a mí también –dije–, no podrían salir bien librados.

–Claro que no. –Me quitó la pistola de las costillas–. Tenga, quédese esto. –Y me alcanzó el arma.

–Pero...

–Vamos, cójala. En cualquier caso, no está cargada. Además, es suya. La encontré en su maleta.

Parpadeé.

–Pero...

La señora Fairborn me sonrió.

–Me parece que sé lo que se le ha ocurrido a Harry –dijo–. Le está pidiendo que se una a nosotros. ¿No es así, cariño?

–Eso es –dijo Harry.

–Mire –prosiguió ella–, nos hace falta alguien que ocupe el puesto del señor Mariner. Y usted parece estar solo en el mundo...

–Exactamente –coincidió Harry complacido–; un candidato ideal.

–¿Y si no me gusta la idea? –pregunté.

–¡Vaya tontería! Precisamente usted seguía a Mariner para eso, ¿no es así? –dijo la señora Fairborn–, porque quería ganar millones. Ha sido su gran sueño durante mucho tiempo, ¿verdad? Bueno, aquí tiene la oportunidad de hacerlo realidad. De ahora en adelante no hará otra cosa. Irá de ciudad en ciudad, con nombres distintos, por supuesto, e invertirá una fortuna en valores. Antes de que pase un año, probablemente habrá ganado más dinero que nadie en la Bolsa. ¿Qué más puede pedirle a la vida?

–Pero no se me permitirá quedármelo. Y tendré que vivir clandestinamente, en hoteles, con gente como ustedes espiándome día y noche, vigilando cada uno de mis movimientos.

–El precio de la riqueza –dijo la señora Fairborn.

–No tendré nada, ni siquiera un nombre. Nadie me conocerá, ni siquiera me recordarán después de que ustedes me hayan borrado de sus memorias.

–Pero piense en lo romántico que es ser un hombre misterioso.

–Lo estoy pensando –dije–. Y no me gusta. No me gusta su proposición, y tampoco me gustan ustedes. ¿Qué me va a impedir que salga de aquí, vaya a la policía y les cuente toda la historia? Y probablemente pueda lograr que encuentren el cadáver de Mariner.

–Probablemente. Haga lo que quiera. Pero si cambia de opinión durante la próxima hora, vuelva. Estaremos esperándole.

–No volveré –le dije abriendo la puerta.

–Sí que volverá –gritó la señora Fairborn a mis espaldas–. Es lo que siempre ha deseado. Estoy segura de que lo acabará entendiendo.

Pero, mientras recorría el pasillo hasta mi habitación, la verdad es que no lo entendí. No lo entendí en absoluto. Habían reconocido que habían asesinado a Mariner, y también me podían haber asesinado a mí, para ir sobre seguro. En vez de eso, me hacían aquella fantástica proposición: la muerte en vida. ¿Por qué?

No lo entendía. Hasta que volví a mi habitación, entré en el lavabo y le vi tumbado en la bañera, con una bala en la frente. La almohada a través de la que habían disparado estaba en el suelo, junto a la bañera. Habían pensado en todo. La almohada había amortiguado el sonido del disparo. Por eso había venido Harry a mi habitación. Había asesinado a Mariner con mi pistola. ¡No era sorprendente que me la hubiera devuelto!

Sí, entonces sí lo entendí. El cadáver estaba en mi habitación, las huellas dactilares en mi pistola. Había estado buscando a Mariner, le había hablado de él a todo el mundo. Escaparme no me serviría de nada. Para librarme de lo que se me venía encima dependía de ellos. Y eso significaba que debía ocupar el lugar de Mariner.

Sabiendo lo que sabía sobre su organización, yo jamás sería capaz de intentar lo que Mariner había intentado. Jamás reuniría el valor suficiente para escaparme y hacer dinero por mi cuenta. Iría siguiendo sumisamente sus órdenes para siempre o hasta que ellos decidieran que ya tenían bastante.

Pensé en ello la hora entera. Pero mucho antes de que hubiera pasado, ya había tomado la decisión.

Finalmente, volví a su habitación y llamé a la puerta.

Abrió la señora Fairborn. Sus grandes ojos, inmensos y luminosos, me dieron la bienvenida.

–Muy bien –dije–, ustedes ganan. Pero sáquenme de aquí, rápido. No puedo soportar ese cadáver ahí...

Sonrió.

–Claro. Hemos contactado con nuestros superiores y se

han hecho todos los trámites. Limítese a pagar la cuenta y abandonar el hotel y deje de preocuparse. Aquí tiene sus órdenes...

Eso sucedió hace tres semanas. Desde entonces he estado en Detroit, Dallas y ahora voy camino de Kansas. Me han dado un nombre, Lloyd Jones, y la documentación correspondiente. En todos los sitios a los que me envían, me espera un contacto que me da las instrucciones. Hago las inversiones y me quedo en la habitación de mi hotel. Sé que va a ser un trabajo pesado, interminable y monótono.

Eso puedo soportarlo. Pero, últimamente, me ha empezado a preocupar otra cosa.

Miren, recuerdo perfectamente cómo di con la pista de Mariner. Yo era ambicioso; quería encontrar a un hombre que tuviera la llave secreta para jugar y ganar en la Bolsa. Así que lo busqué y finalmente lo hallé. En consecuencia, soy responsable de su muerte. Como poco, de precipitarla.

Pero no es mi conciencia lo que me preocupa.

Es otra cosa.

En algún sitio, en alguna oficina, debe de haber otros como yo: hombres pequeños con grandes ideas. Y en alguna parte, tarde o temprano, otro pobre diablo va a empezar a buscar a un personaje fabuloso que parece tener el toque dorado. Va a tropezarse con mi nombre y va a tomar una decisión, como hice yo.

Y luego vendrá a buscarme.

Si me encuentra..., bueno, no se me ha borrado de la memoria lo que le sucedió a Mariner.

No tiene ningún sentido intentar escapar; estoy atrapado en mi nueva identidad. No me queda más que esperar a que ese hombre dé conmigo. Y, mientras tanto, sigo ganando millones. Haciendo realidad lo que siempre soñé: tener un golpe de suerte en la Bolsa.

Pero mañana, o pasado mañana, el golpe podría ser de gracia.

Hágalo usted mismo

CHARLES MERGENDAHL

–¡Por favor, Norman, por favor! –la voz de Corliss sonó áspera a través del auricular–. Te he hecho una simple pregunta y lo único que quiero es una simple respuesta. ¿Cambiaste el agua de la piscina o no? Respóndeme.

–Escúchame, Corliss...

–El sábado pasado estaba llena de porquería, y lo prometiste, Norman. Hoy es martes.

–Sé que lo prometí y sé que es martes, y de eso quiero hablarte. –Los labios húmedos del señor Pimsley se acercaron al micrófono, y bajó la voz hasta que apenas fue un ronco susurro–. Corliss, ¿va a... va a venir Gregg contigo esta noche?

–¿Es que no viene siempre?

–Sí, pero no esta noche, Corliss. Tengo que hablar contigo. Quiero decir que hace tanto tiempo que...

–Adiós –dijo Corliss.

El teléfono hizo un chasquido.

Pimsley colgó y se quedó sentado junto a la mesita del teléfono durante un largo y reflexivo rato. Pensaba: «Claro, ¿es que no viene siempre?» y «¿cuándo va a acabar esto?». Era inaudito y absolutamente asombroso que su esposa llevara a su propia casa a su joven instructor de natación tres veces por semana, para que le diera clases, según Corliss, aunque ambos permanecieran tan quietos allí fuera, en las oscuras noches veraniegas, mientras él esperaba a solas en el salón, casi asustado, temblando de arriba abajo porque sabía, por supuesto, que las clases no eran más que una farsa, y que los dos estaban allí mofándose de él en las aguas tranquilas y oscuras de la piscina.

El señor Norman Pimsley era un hombre rechoncho y calvo. «Inútil», le llamaba Corliss, aunque era un excelente jardinero, un ebanista casi profesional y un albañil de primera. Prácticamente había construido él solo su casa, todo para Corliss. Había plantado y cultivado rosas *American Beauty* y delicadas orquídeas en su pequeño invernadero, todas para Corliss. Una terraza para Corliss; una cancha de bádminton para Corliss. Y, el año pasado, la hazaña suprema: una preciosa piscina con forma de riñón: para Corliss y para el joven, rubio y arrogante señor Gregg *Adonis* Muller.

«Por favor, Corliss... Esta noche no, Corliss.» Pimsley contoneó torpemente su pequeño cuerpo por el salón con techo catedralicio y salió por la puerta de cristal a la terraza que había delante del inmenso ventanal. Anochecía lentamente, los grillos cantaban entre la hierba y unas nubes oscuras se reunían en el cielo, de un modo que pensó que tal vez llovería y así se solucionaría todo porque finalmente Corliss y Gregg no irían a nadar.

Se acercó al borde de la piscina, contempló los rayos de luz que cruzaban rápidamente las aguas oscuras, e intentó imaginarse exactamente lo que sucedía allí abajo las noches de los martes, jueves y sábados. Desde su silla en el salón, lo único que podía ver era el reflejo de la luz en el ventanal. Todo lo que oía era el grito de Gregg –«¡Yeeep!»– cuando saltaba desde el trampolín. («Siempre consigue dar vuelta y media», alardeaba Corliss.) Y luego el golpe contra el agua, seguido de la voz de Corliss –«Allá voy, Gregg»– y la vibración más débil y apagada del trampolín, acabando con el ruido de su cuerpo al dar contra el agua, mucho menos sonoro que el de él. Y a continuación siempre el silencio..., un silencio secreto, interminable.

¿Qué hacían en aquellas aguas oscuras y tranquilas? «Me enseña a flotar», le decía sonriendo Corliss algunas veces, o: «buceamos, claro». Pero ¿qué hacían en realidad? ¿Dónde se había hecho Gregg aquel arañazo en su hombro musculoso? Y en aquella otra ocasión ¿cómo llevaba una mancha de carmín un centímetro por debajo del labio? Y, lo peor de todo, ¿por qué no tenía él el valor viril, de marido, para detenerlos? ¿O, al menos, para salir fuera y ver de una vez por todas qué pasaba?

Bueno, sencillamente carecía del coraje para hacerlo. Y, por consiguiente, hacía ya mucho tiempo que había pensado instalar luces alrededor de la piscina, de modo que pudiera observarles fácilmente desde la seguridad del salón.

–Todo el mundo ilumina sus piscinas –le había insinuado como el que no quiere la cosa a Corliss–, quiero decir que está muy de moda.

Pero ella se había limitado a sonreír burlonamente y le había replicado:

–Construiste la piscina para mí, así que es mi piscina, y no quiero ninguna luz brillando en mi piscina. Es mi última palabra.

–Claro que no, tú no, Corliss. –Pimsley apartó la mirada de las aguas oscuras que guardaban sus oscuros secretos, volvió a prestar atención a los sonidos estivales y luego regresó al salón.

Se sentó y esperó. Pensó y recordó. Y cuando, al cabo de un rato, la frustración y la rabia se habían disparado convirtiéndose en un temblor por todo su pequeño cuerpo rechoncho, se levantó bruscamente, abrió el cajón del escritorio y sacó un revólver. Era un recuerdo de guerra japonés. De mala calidad, pequeño calibre y poca potencia de tiro. Pero mataría a un hombre, incluso a un joven corpulento. Y también a una mujer.

Un coche se metió en el camino de entrada de la casa y Pimsley guardó apresuradamente la pistola en el cajón, aliviado por no poder seguir pensando en el asunto. Porque aunque ciertamente odiaba a Gregg Muller, y aunque Corliss estaba burlándose de él, atormentándole, empujándole poco a poco hacia la locura, todavía no era tan estúpido como para cometer un acto irreflexivo impulsado por los celos que le llevara a la silla eléctrica.

La puerta delantera se abrió de par en par. Corliss llevaba un vestido de tarde de color rosa. Los brazos, descubiertos y bronceados. El cabello, largo y rubio, sobre su rostro juvenil iluminado por ojos azules y claros, y unos labios rojos que esbozaban una mueca de disgusto. Tras ella, se cernía, inmenso y con el pelo rizado Gregg Muller. Vestía pantalones, una camisa deportiva y una de esas chaquetas chillonas que sólo pueden llevar con soltura los jóvenes apuestos.

–Sabes que es martes –le espetó Corliss al cruzar el vestíbulo dirigiéndose al lavabo–, sabes que el sábado el agua ya estaba sucia, así que no tenías por qué montar ese numerito por teléfono.

–No monté ningún numerito, cariño.

–Cháchara y más cháchara.

–Sólo pensé que quizá por una vez vendrías sola a casa.

–Bueno, pues no. Y por el amor de Dios, no te humilles delante de Gregg.

Corliss salió y fue a ponerse el traje de baño.

–Intuyo que no le caigo bien, señor Pimsley –dijo entonces Gregg–. Pero tenga en cuenta que le estoy dando a su esposa clases de natación gratuitas... –Se rió con una carcajada masculina y socarrona. Luego se dio la vuelta y gritó–: ¡Prepárate ya, Cor! –Y salió a toda prisa del salón.

Pimsley esperó. Los grillos cantaban débilmente en la lejanía. El cajón del escritorio seguía ligeramente entreabierto, de modo que, si quería –si no le quedara otra salida–, podía abrirlo de golpe y agarrar el revólver, en un solo movimiento. «Pero no me obligues –pensó–, por favor, Corliss, no me obligues.»

Al momento, Gregg salió de la habitación de invitados. Como siempre, llevaba puesto un bañador mínimo. Parecía una escultura, pensó Pimsley. Bronceado, fuerte, musculoso, y tan insensible como cualquier estatua. Apenas si prestó atención al dueño de la casa.

–¡Vamos, Cor! –llamó a gritos. De repente se puso boca abajo apoyándose en las manos en medio de la alfombra. Y estuvo caminando un rato en aquella posición invertida.

«Como si viviera aquí», pensó Pimsley mientras entrecerraba un ojo y se preguntaba si sería muy difícil disparar a un hombre en el corazón mientras estaba boca abajo. Concluyó que la nuca de aquella cabeza de cabello rizado ofrecía, en aquella postura, un blanco mucho mejor, una diana perfecta.

Entonces apareció en escena Corliss. Llevaba el bañador blanco de dos piezas que dejaba al descubierto todas sus suaves curvas. Se rió y dijo:

–No seas tonto, Gregg.

Y Gregg, todavía boca abajo, respondió:

–Son ejercicios de precalentamiento, Cor. Preparación para las prácticas de verdad.

Pimsley observó la mirada húmeda que Corliss lanzaba al cuerpo invertido. Gregg se puso en pie de un salto y contempló a Corliss, examinándola con descaro, anticipando lo que había de venir. Luego salió saltando a la terraza, en dirección a la piscina.

Corliss le siguió.

–Cariño –dijo Pimsley antes de que saliera. Corliss se estaba metiendo el pelo rubio bajo un gorro de baño blanco, apoyándose en una pierna de un modo que le recordó aquellos raros momentos de intimidad de hacía algunos años, antes de que se casaran, cuando ella le había hecho tantas promesas–. Por favor, cariño..., no me dejes solo esta noche.

Ella se rió. Afuera, el trampolín vibraba arriba y abajo mientras los pies firmes de Gregg saltaban sobre él.

–Por favor –rogó Pimsley–, por favor, me parece que va a llover.

–No va a llover.

–Bueno, al menos siéntate conmigo..., un rato, sólo un ratito...

–Tal vez me quedaría si supieses nadar –se mofó de él–, si no te hundieras como una piedra, si no estuvieras tan gordo, si no fueras tan viejo y supieras jugar a tenis o hacer cualquier cosa como un hombre.

–Pero si sé hacer muchas cosas –se quejó Pimsley–, cultivo flores y soy muy bueno en el taller, lo sabes. Quiero decir que sólo porque sea mayor que Gregg..., bueno, un hombre encuentra otras diversiones...

–El «hágalo usted mismo» ya está pasado de moda –le espetó Corliss y se encaminó hacia la terraza.

–Por favor, Corliss. –Se levantó de un salto de la silla y dio un paso tras ella–. Te lo estoy suplicando, Corliss, por lo que más quieras.

Ella se dio la vuelta y le miró sin ocultar su desprecio.

–No supliques, Norman. ¡No supliques jamás!

Las vibraciones del trampolín siguieron resonando hasta que se oyó el grito fuerte y familiar de Gregg –«¡Yeeep!»– al dar el último salto. Luego un breve instante de silencio y por fin el ruido apagado de su cuerpo al entrar en el agua.

–Vuelta y media –dijo Pimsley.

–Bello –comentó Corliss con melancolía–, lo hace todo con tanta belleza. –Le dio la espalda de nuevo, y en aquel instante Pimsley supo que nada que dijera jamás impediría que su mujer siguiera a Gregg, como había hecho los últimos sábados, jueves y martes, semana tras semana, mientras él les escuchaba en silencio y se hacía preguntas y más preguntas; y también supo que no podía permitir que volviera a suceder.

–¡Corliss! –gritó repentinamente. Luego se giró, sacó el revólver del cajón y lo apuntó directamente a las costillas descubiertas de su esposa.

Corliss se volvió un poco, vio el revólver, y acabó de darse la vuelta mientras una sonrisa le asomaba en los labios.

–No debes jugar con armas, querido. Pueden ser peligrosas.

A Pimsley le temblaban las manos. Tenía los ojos clavados en la piel bronceada y desnuda que había entre las dos piezas del bañador, y pensó que si apretaba el gatillo, un feo agujero ensangrentado aparecería en el centro de aquella hermosa piel suave. Cerró los ojos, los apretó con todas sus fuerzas, luego los volvió a abrir. Le temblaba hasta la voz.

–Corliss..., te lo he pedido...., te lo he suplicado..., ahora te amenazo. No vayas a la piscina esta noche.

Ella seguía sonriendo, con una expresión que decía: «¿Pero qué tiene esta noche de especial?».

–Corliss..., escúchame..., las cosas van pasando..., durante mucho tiempo..., hasta que un día, un hombre ya no puede aguantar más.

–Oh, tú aguantarás, Norman.

–Corliss, te lo juro..., si das un paso más hacia la piscina, yo..., yo...

–Tú, ¿qué, cariño?

–Yo te mataré.

Corliss entrecerró los ojos un instante, estudiándole. Luego, inesperadamente, se rió, muy fuerte, burlona, sin el más mínimo temor.

–¿Quieres saber la verdad, querido? Pues te la diré: prefiero estar muerta antes que quedarme un minuto más contigo.

Pimsley bajó la pistola.

–¿Quieres estar con él hasta ese extremo? –le preguntó.

–Hasta ese extremo –respondió ella, y empezó a recular lentamente hacia la puerta.

Pimsley la contempló, con los ojos nublados y medio cerrados, mientras la pistola se balanceaba impotente en su dedo índice. Bajó la cabeza, se miró las manos y, al oír la risa burlona y los pasos apagados de los pies descalzos de su esposa andando por la terraza, por fin se dio cuenta de que hasta las amenazas eran inútiles, aunque lo había intentado, Dios lo sabía, lo había intentado. Luego oyó su voz:

–¡Ya voy, Gregg! ¡Mira esto!

Escuchó la lejana vibración del trampolín y el subsiguiente chapoteo. Luego vino el prolongado silencio secreto, con los grillos cantando de nuevo, haciendo que el silencio se volviera cada vez más profundo, hasta que ya no pudo soportarlo más.

Se levantó, metió la pistola en el cajón y se encaminó sigilosamente hacia la terraza. Le flaqueaban las piernas. Sudaba a chorro por debajo de la camisa. Se detuvo en la puerta, escuchó con toda su atención, luego salió deslizándose a hurtadillas y, sin que le vieran, atravesó la terraza y llegó al borde de la piscina. Jamás lo había hecho, porque nunca había osado inmiscuirse en su intimidad. Pero esa noche era diferente. Todo había salido a la luz. Él había pedido por las buenas, suplicado, amenazado, todo en vano. Ella prefería estar con Gregg, prefería morir, a quedarse junto a su marido.

–Corliss –murmuró para sí–, oh, Corliss..., Corliss. –Dio el último paso, se detuvo en medio de aquel silencio profundo y doloroso y luego miró más allá del borde de aquella piscina oscura como la noche.

Al principio no vio más que las aguas oscuras, apenas discernibles en la noche aún más oscura. Pero al momento atisbó las dos figuras.

Reculó; no pudo soportar verles así. Un sollozo le atascó la garganta y volvió tambaleándose a casa, sin preocuparse del ruido que hacía porque Gregg y Corliss se tenían el uno al otro y no estarían escuchando...

Se sentó en el salón. El silencio se hizo más profundo. Cantaban los grillos. Esperó y esperó..., temblando, sudando, sintiéndose mal, muy mal, hasta que finalmente, cuando aquel silencio iba a estallar en su interior, se levantó y fue tambaleándose hasta el teléfono. El dedo le temblaba incontroladamente al marcar los números, y al principio ni siquiera pudo articular palabra. Por fin, aunque tartamudeando y entre sollozos, le salieron todas de corrido:

–Oh, Dios..., lo intenté..., hice todo lo posible... Pero era demasiado tarde... Quise poner luces, pero ella no me dejó. Y yo había limpiado la piscina, vaciándola, como ella quería, ¿sabe?, pero no había tenido tiempo de acabar y sólo quedaban unos centímetros de agua, ¿entiende?..., sólo unos centímetros... Y la noche es tan oscura, y ellos no lo sabían....

El sargento de policía dijo que mandarían un coche patrulla inmediatamente.

–No se culpe, señor Pimsley. No debe culparse –añadió.

–Gracias –dijo Pimsley sollozando. Colgó y se quedó allí sentado inmóvil, luego dejó caer la cabeza entre las manos y lloró inconsolablemente, recordándose que había hecho todo lo posible por salvarla. Le había rogado y suplicado; le había ordenado y hasta amenazado. Pero, pese a todo, ella había preferido estar con Gregg. Mejor muerta que a su lado. De modo que, claro que no tenía que culparse. Jamás debería culparse de absolutamente nada.

Objetos perdidos

JAMES MICHAEL ULLMAN

Phil se estaba alejando de la cajera en la cafetería de un hotel junto al Loop de Chicago cuando vio algo que le hizo pararse. Un hombre bien vestido, con traje de ejecutivo y gafas de concha acababa de colgar su abrigo y su sombrero en un guardarropa desatendido. Al sacarse un pañuelo del bolsillo se le había caído la cartera.

Fue a parar justo a los pies del hombre, pero éste no bajó la mirada. Absorto aparentemente en sus pensamientos, se limpió las gafas con el pañuelo y luego se reunió con una joven en el vestíbulo. Juntos se encaminaron hacia el salón restaurante del hotel.

La cartera se quedó allí, en el suelo, repleta de quién sabe qué tesoros.

Fascinado, Phil la miró fijamente. Luego miró a su alrededor. Nadie parecía haberse dado cuenta. ¿Podía echarle mano antes de que nadie la viera? Bueno, el que no se moja, no pesca...

Había una máquina expendedora de periódicos al lado. Phil compró uno, salió de la cafetería y se aproximó al guardarropa. Cuando llegó junto a él, dejó caer el diario al suelo.

Recogió el periódico y la cartera a la vez, se irguió y volvió a mirar a su alrededor.

Por lo que había podido ver, nadie se había fijado en él. En la cafetería, la cajera estaba hablando con una camarera; una mujer, en la barra, encendía un cigarrillo; y un tipo fornido, sentado en una mesa, rellenaba un boleto de apuestas de carreras.

Con toda la naturalidad de que fue capaz, salió de allí y se dirigió a toda prisa al hotelucho de mala muerte donde se alojaban Doris y él. Un establecimiento que carecía hasta de instalaciones donde los huéspedes pudieran comer o beber.

Phil era un hombre delgado, pálido y de pelo rojizo, de poco más de treinta años. El viento helado del lago Michigan atravesó la desgastada chaqueta que cubría su escuálido cuerpo, pero el corazón le empezó a latir con fuerza por la expectación.

Acababa de llegar a Chicago desde Indianápolis, donde había quebrado la empresa de reformas de casas para la que había estado vendiendo toldos por un precio superior a su valor real. A Doris y a él no les quedaban más que treinta dólares. Si la cartera contenía algo de valor, les vendría que ni pintado.

Solo en el ascensor, subiendo a su habitación, sacó por fin la cartera de entre el periódico y miró en su interior.

No había pasta. Sin duda el tipo llevaba el dinero en efectivo en un monedero. Pero había algo mucho mejor que una pequeña cantidad contante y sonante: veinticuatro tarjetas de crédito, un permiso de conducir, varias tarjetas de presentación y la cartilla de la seguridad social. Todo a nombre de Felix K. Moore, quien, aparentemente dirigía una agencia inmobiliaria en St. Louis.

–¿Tarjetas de crédito? –Doris pareció defraudada. Era rubia, tenía las caderas un pelín demasiado anchas y los hombros un pelín demasiado estrechos. Phil la conoció cuando era una empleada de la oficina del vendedor de artículos para la reforma de casas. Llevaban casi dos meses viviendo juntos.

–¿De qué sirven? –prosiguió Doris–. Si intentamos utilizarlas, pueden pillarnos y meternos en chirona.

Phil tuvo que sonreír. Doris estaba lamentablemente desinformada de algunos temas. Tendría que aprender unos cuantos trucos si quería compartir su propio estilo de vida.

–No, si nos movemos rápido, no nos pillarán –le explicó–. Los cargos a cuenta con estas tarjetas tardan su tiempo en recorrer todo el sistema bancario. Incluso si el tipo que perdió la cartera informó inmediatamente del hecho, tendríamos una semana, o puede que más, de margen. Eso, si no somos muy avariciosos y no gastamos demasiado en el mismo sitio. Todo lo que tengo que hacer es aprender a imitar la firma, y eso sólo me llevará unos minutos. ¿Es que no te das cuenta de lo que significa?

–Francamente, no.

–Significa que, por ahora, no tendremos que deslomarnos buscando un trabajo.

–¿Estás seguro de que esas tarjetas valen tanto?

–No te quepa duda. Podemos hacer casi cualquier cosa con ellas. Alquilar coches, comprar, comer en los mejores restaurantes, alojarnos en los mejores hoteles. Incluso podemos ir al banco y sacar dinero. Tendrás todo lo que te apetezca: vestidos, abrigos, lencería, aparatos.

–¿Lo dices en serio?

–Claro. Coge tu monedero, iremos al Loop y visitaremos las mejores tiendas.

–No sé, Phil. Suponte que...

–Mira –la tranquilizó–, no te preocupes. Pasarán horas antes de que el tipo se dé cuenta de que se le ha perdido la cartera. La última vez que le vi estaba entrando en el salón del hotel, donde pagará en efectivo. Y si es un hombre normal y corriente, cuando se percate de que la ha perdido ni siquiera recordará algunas de las tarjetas que llevaba encima. Y si alguna vez se tomó la molestia de hacer un listado, el papel estará seguramente enterrado en el cajón de un escritorio de St. Louis.

–Muy bien, vale. –Doris estaba empezando a contagiarse de su entusiasmo. Con los ojos brillantes se dirigió al tocador–. Siempre he deseado entrar en uno de esos grandes almacenes y...

Llamaron a la puerta.

Phil y Doris se miraron.

Volvieron a llamar.

–¿Quién es? –preguntó Phil.

–Abre –dijo una voz de hombre–. Quiero hablar contigo de lo que encontraste en el guardarropa. Si no tienes ganas de conversar conmigo quizá prefieras hablarlo con el tipo que lo perdió.

Phil abrió la puerta con cautela.

Allí estaba el hombre fornido que había visto sentado en una mesa de la cafetería. El boleto de las apuestas de carreras le sobresalía del bolsillo de la chaqueta.

Mientras Phil cerraba la puerta a sus espaldas, él examinó la habitación y a la voluptuosa Doris.

–Vaya, vaya –dijo con voz cansina–, así que vosotros sois el señor Phil Brown y esposa. Al menos eso me ha dicho el recepcionista cuando le expliqué que era un detective privado investigando un caso de divorcio. ¿De dónde sois, Phil?

Phil entrecerró los ojos.

–No veo qué importancia puede tener. ¿Qué quieres?

El hombre se le acercó, cerniendo toda su corpulencia sobre él.

–Quiero una parte de lo que hubiera en la cartera que cogiste. Echémosle una mirada. –Se calló un instante y luego añadió–: ¿Me la vas a enseñar? ¿O tendré que quitártela? Mira, no quisiera tener que ponerme brusco, pero...

La amenaza no necesitaba muchos detalles. Pesaba cuarenta kilos más que Phil y a todas luces podría hacer lo que quisiera con él.

Mordiéndose el labio inferior, Doris dijo:

–No pierdas los estribos, Phil. No merece la pena. Dásela.

Con gesto sombrío Phil le pasó la cartera.

El hombre se sentó en una silla y empezó a mirar sus compartimentos.

–No había nada de dinero –dijo Phil–, sólo...

–Sí, ya veo, tarjetas de crédito. ¡Vaya! Tenía todas las buenas, ¿eh? Y algunas de gasolineras, y de cadenas de tiendas... ¡y hasta su permiso de conducir! ¡Está muy pero que muy bien!

Cerró la cartera y se la metió en el bolsillo.

–Vamos a ver –empezó a decir Phil acercándose al hombre.

–No te preocupes –le interrumpió el intruso con tono tranquilizador–. No voy a amedrentarte. Si lo hiciera irías corriendo a buscar al tipo del salón restaurante y cantarías por los codos. Y cuanto más tarde en enterarse de que ha perdido las tarjetas, mejor.

–Muy bien –suspiró Phil–, como se suele decir: el cincuenta por ciento de algo es mejor que el cien por cien de nada. Haré un trato contigo. Ambos vimos cómo se le caía la cartera. Si yo no la hubiera cogido lo habrías hecho tú, así que supongo que es justo. Pero si vamos a sacarle jugo a esas tarjetas más vale que empecemos cuanto antes.

–Es demasiado peligroso. Sí, ya sé que hay un noventa por ciento de probabilidades de que no nos cojan, pero ni siquiera puedo asumir ese riesgo. He estado antes en chirona. Los polis de por aquí no quieren saber nada de mí, así que a la mínima me volverían a enjaular.

–Bueno, entonces las usaré yo.

–Oh, oh. Tendría que perder un montón de tiempo paseando por ahí contigo. Y aunque lo hiciera, nadie, ni yo, podría sacarle todo el partido posible a estas tarjetas. No, lo que había pensado era venderlas en el acto a unos tipos que conozco. Están organizados, hacen cosas con estos plásticos que ni siquiera te podrías imaginar. Tienen montado un sistema de transporte aéreo a escala nacional. Esta misma noche, habrá tipos usando algunas de estas tarjetas en Nueva York, Miami Beach, Los Ángeles, Las Vegas y quién sabe dónde más.

El hombre se puso de pie.

–La gente de la que te hablo –prosiguió– no trata con cualquiera, sólo con quienes conocen. A ti no te conocen, a mí sí. Así que lo más fácil será que yo te compre a ti estas tarjetas y luego se las venda a ellos.

–Comprármelas, ¿por cuánto? –preguntó Phil con suspicacia.

–Cien pavos.

–¿Cien? –Phil no daba crédito a sus oídos–. Pero, si eso es...

–Eso es un precio justo, si quieres que te lo diga. –El hombre se sacó un fajo de billetes del bolsillo.

–De justo no tiene nada –replicó Phil con irritación–. En el mercado negro, esas tarjetas valen cien pavos cada una.

–Los valen, en efecto –respondió el hombre tranquilamente–, pero sólo si puedes encontrar el mercado negro. Y si la gente que lo controla quiere hacer negocios contigo. Míralo de este modo: por lo que veo en esta habitación, es obvio que está fuera de tu alcance andar por ahí haciendo el tonto con estas tarjetas, por no hablar de la posibilidad de que te cojan. A mi manera, te sacas cien pavos seguros, sin riesgos ni esfuerzos. Te ganas cien dólares por un cuarto de hora de tu tiempo o, lo que es lo mismo, cuatrocientos a la hora o tres mil doscientos por una jornada de ocho.

–No le veo la gracia.

–Yo tampoco. Sólo intento explicarte por qué creo que es un precio justo. Ten. –Le alcanzó cien dólares.

Phil se quedó mirándolos, pero no se movió.

El hombre estudió a Phil. Luego se encogió de hombros y tiró los billetes encima de la mesa.

–Te sentirás mejor –dijo– cuando te lo hayas pensado bien. Te dejo la pasta ahí. Una cosa: ahora que va a estar implicada la organización de la que te he hablado no le digas ni una palabra de esto a nadie. Si cantas, acabarás con los brazos y las piernas hechos picadillo y puede que hasta con un agujero en la cabeza. –Se dio la vuelta dispuesto a irse.

Phil estaba furioso. ¡Era injusto! Todo lo que podrían haber hecho Doris y él con aquellas tarjetas... Los cien pavos se acabarían en pocos días, y volverían a las mismas de antes.

–No, con esto no basta –dijo Phil, dio un salto hacia delante y cogió al hombre del brazo–. No puedes...

–Suéltame. –Sin ningún esfuerzo, el hombre empujó a Phil contra la pared y se dio la vuelta como si nada.

Sobre la mesa había un pesado cenicero de bronce. En un ataque de ira, Phil lo cogió con las dos manos, dio un paso a las espaldas del tipo, levantó el cenicero y le golpeó en la cabeza con todas sus fuerzas.

El hombre se desplomó.

Phil siguió golpeándole, una y otra vez, hasta que de repente se dio cuenta de que ya no hacía ninguna falta.

La ira se desvaneció dejando paso a una creciente comprensión de la gravedad de lo que acababa de hacer. Se quedó inmóvil mientras Doris se inclinaba sobre el cuerpo fláccido.

Levantó la mirada y dijo:

–Está muerto.

–No tenía intención de...

–Pues le has matado. Tú y ese mal carácter tuyo. –Doris se había puesto de pie y se retorcía las manos–. ¿Cómo voy a librarme de esto? Phil, cariño, no quiero meterte en ningún problema, pero tú sabes que yo no he tenido nada que ver. Tú encontraste la cartera, tú la trajiste aquí, ese hombre discutió contigo. Yo sólo miraba. Para protegerme, tendré que llamar a la policía y contárselo todo. Si no lo hago pensarán que estoy implicada, que soy lo que ellos llaman «un cómplice». Lo entiendes, ¿verdad?

–Claro, pero...

–Además –prosiguió ella–, no es como si hubieras querido matarle. Es lo que llaman «un ataque de cólera». Y como él es mucho más corpulento que tú, y probablemente una especie de gánster, no te encarcelarán por mucho tiempo. Seguramente sólo un par de años, aunque hubiera sido menos si no le hubieras golpeado tantas veces.

Extendió la mano para descolgar el teléfono, pero Phil la cogió de la muñeca.

–Escúchame –le dijo con voz tensa. Su mente trabajaba a toda velocidad, intentando pensar cómo controlar la situación–, no te asustes. La policía no tiene por qué cogernos a ninguno de los dos.

–No digas tonterías, Phil. Nosotros...

–Escúchame bien: sólo llevamos dos días en esta ciudad. Nadie nos conoce. Todo lo que tienen en la recepción es mi nombre, Philip Brown, un nombre muy común. Ni siquiera sabrán por dónde empezar a buscarme. ¿Te han arrestado alguna vez o te han tomado las huellas dactilares?

–No.

–A mí tampoco.

–Pero la gente del hotel puede dar nuestra descripción. Y hay un cadáver en esta habitación.

–No lo encontrarán hasta mañana por la mañana, cuando venga la mujer del servicio a limpiar. Sin duda, si mañana estuviéramos todavía en Chicago, la policía podría seguir nuestra pista, pero ya no estaremos. Y yo ya no seré Philip Brown nunca más.

–¿Qué quieres decir?

–Estaremos a miles de kilómetros, y yo seré Felix K. Moore. La primera parada la haremos en el banco de esta misma calle. Sacaremos cincuenta pavos de una de las tarjetas de crédito de Moore, para ir tirando. Cogeremos un taxi hasta el aeropuerto y compraremos billetes para Los Ángeles. Cuando hayamos llegado a California, ganaremos una fortuna.

–¿Con las tarjetas de crédito?

–Claro. No haremos el tonto comprando ropa. Nos concentraremos en billetes de avión, billetes de avión a todo el mundo. Si los vendemos por debajo de su precio, son casi tan buenos como el dinero en efectivo. Los venderemos a una gente que conozco allí y nos desharemos de las tarjetas. Luego me cambiaré de nombre, y tendremos cuatro o cinco mil dólares. Lo suficiente para tomárnoslo con calma durante un tiempo en México, donde el dinero dura mucho más, hasta que pensemos qué hacer después.

–No sé...

–¿No te gustaría? –insistió–: nada que hacer más que holgazanear por la playa todo el día, en lugar de pasar el invierno aquí, en Chicago; y sin dinero; matándote en un trabajo sin porvenir, mientras esperas para testificar en mi juicio.

–¿De verdad crees –se preguntó en voz alta– que podríamos conseguirlo?

–Sé que podemos. Nos iremos sin equipaje ni nada. Coge sólo tu documentación o cualquier cosa que pueda identificarte. Ya verás qué fácil es.

–Muy bien –dijo ella, pensando ya en los cuatro o cinco mil dólares. Cuando llegaran a California, no le costaría presionar a Phil para que le diera la mayor parte, y luego se libraría de él–, lo haré.

Mientras tanto, en la cafetería el hombre con gafas de montura y la joven que le acompañaba se acercaron a la cajera.

–Perdóneme –dijo él–, ¿no habrá encontrado alguien una cartera por aquí durante el último cuarto de hora más o menos?

–No –le respondió la chica–, pero pregunte en recepción.

–Ya lo he hecho.

–Lo siento mucho señor, pero aquí no...

–Oh, no se preocupe. –Sonrió–. En realidad, estoy casi seguro de que me la dejé en otro traje. Sólo preguntaba por si acaso.

El hombre y su acompañante salieron de la cafetería.

–Ha funcionado –comentó con satisfacción evidente–. La cartera ya no está delante del guardarropa, donde la dejé caer, y nadie la ha devuelto. Lo que significa que quien la haya encontrado intentará utilizar las tarjeta de crédito.

–Que quede entre nosotros –dijo la mujer con voz divertida–, pero eso ha sido un truco muy sucio. Ya nos hemos debido endeudar por más de quince mil dólares con esas tarjetas. A estas alturas debemos encabezar todos los listados de morosos del país.

–Exactamente –explicó él–. En cuanto el tipo intente hacer uso de cualquiera de ellas, le detendrán. Y, al menos durante un tiempo, la policía y las empresas emisoras de las tarjetas de crédito creerán que fue él quien realizó todas esas operaciones. Nos quitará el muerto de encima. Y cuando se acabe el dinero, robaremos otro juego de tarjetas a cualquier borracho en un bar, como se las robamos a Moore en St. Louis, y empezaremos de nuevo.

Pasaporte en regla

LAWRENCE BLOCK

Marcia se levantó, bostezó y aplastó el cigarrillo en el cenicero redondo de cristal.

–Es tarde. Debo irme a casa. ¡Cómo odio tener que dejarte!

–Dijiste que esta noche jugaba a póquer.

–Y juega, pero podría llamarme. O, como sucede a veces, podría perder un montón de dinero rápidamente y volver temprano a casa, y con un humor de perros, naturalmente. –Suspiró y se volvió a mirarle–. Me gustaría que no fuera de esta manera, tan en secreto, en habitaciones de hotel, en moteles de carretera.

–No puede durar mucho tiempo.

–¿Por qué no?

Bruce Farr se pasó la mano por el cabello ondulado, buscó a tientas un cigarrillo y lo encendió.

–Han programado un inventario dentro de un mes –dijo–, no tardarán ni diez minutos en descubrir que he metido la mano hasta el codo. Son una gran empresa, pero no se puede sacar joyas por un cuarto de millón de dólares de las cajas fuertes sin que alguien se dé cuenta tarde o temprano.

–¿Te has llevado tanto?

Él sonrió.

–Tanto –dijo–, un poquito cada vez. Cogía piezas que nadie echaría en falta en condiciones normales; pero el inventario general descubrirá que han desaparecido. Me fueron muy bien las ventas, cariño: vendí algunos de los artículos al contado y los demás los dejé en préstamo. Saqué algo más de cien mil dólares, que ya están guardados a buen recaudo.

–Un montón de dinero –dijo ella. Apretó los labios como si fuera a silbar–. Cien mil...

–Más la calderilla.

La sonrisa de Farr se hizo más amplia, y ella pensó en lo satisfecho que estaba de sí mismo aquel hombre. Luego se puso serio.

–Casi la mitad de su valor en venta al por menor. Salió muy bien, Marcia, pero no podemos dormirnos en los laureles. Tenemos que irnos, irnos fuera del país.

–Lo sé, pero tengo miedo –dijo Marcia.

–No nos cogerán. Una vez que estemos en el extranjero, no tendremos que preocuparnos por nada. Hay países en los que se compra la ciudadanía con unos pocos miles de dólares americanos, y eliminar para siempre el peligro de extradición. No pueden cogernos.

Ella guardó silencio un momento. Cuando él le cogió de la mano y le preguntó qué pasaba, ella se dio la vuelta, pero finalmente le miró.

–No es la policía lo que me preocupa. Dices que podemos librarnos de ella sin problemas, y yo te creo.

–Entonces, ¿qué es lo que te asusta?

–Ray –dijo y bajó la mirada–, Ray, mi dulce y amante marido. Él nos encontrará, cariño. Sé que lo hará. Nos encontrará y le dará igual que seamos ciudadanos de la Patagonia o de Camboya o de donde sea. No querrá extraditarnos. Él... –se le quebró la voz–, él nos matará –añadió por fin.

–¿Y cómo va a encontrarnos? ¿Qué te hace pensar que...?

Ella sacudió la cabeza.

–Tú no le conoces.

–Y tampoco tengo ningunas ganas. Cariño...

–Tú no le conoces –repitió–, yo sí. Ojalá no fuera así, ojalá jamás le hubiera conocido. Soy una de sus posesiones, le pertenezco, y no permitirá que me vaya de su lado, ni en un millón de años. Conoce a todo tipo de gente, gente terrible. Criminales, gángsteres. –Se mordió el labio–. ¿Por qué crees que no le he abandonado? ¿Por qué imaginas que sigo con él? Porque sé lo que sucedería si lo hiciera. De un modo u otro, daría conmigo y me mataría y...

Se vino abajo. Los brazos de Bruce la rodearon, sosteniéndola, consolándola.

–No te voy a abandonar –le dijo– y tu marido no va a matarnos. A ninguno de los dos.

–No le conoces. –Estaba aterrorizada–. Es malvado, es cruel, es...

–¿Y si le matamos a él primero, Marcia?

Tuvo que repetírselo varias veces antes de que ella le escuchara. Pasase lo que pasase debían salir del país. Ninguno de los dos estaba dispuesto a pasarse la vida, o parte de ella, en prisión. Una vez estuvieran fuera, podrían quedarse para siempre. Así que ¿por qué no quemar otro puente en el camino? Si Ray suponía una amenaza real para ellos, ¿por qué no quitarlo de en medio?

–Además –dijo–, me gustaría verle muerto. De verdad. Aunque hace meses que eres mía, sigues teniendo que volver a casa con él.

–He de pensarlo detenidamente –dijo Marcia.

–Tú no tendrás que hacer nada, nena. Yo me encargaré de todo.

Ella asintió y se puso de pie.

–Nunca había pensado en... el asesinato –dijo–. ¿Sucede así? La gente normal pierde la cabeza cuando ya no puede aguantar más y entonces... ¿Así es como empieza?

–Nosotros no somos gente normal, Marcia. Somos especiales. Y no hemos perdido la cabeza. Saldrá bien.

–Lo pensaré –dijo ella–. Yo... lo pensaré.

Marcia llamó a Bruce dos días después.

–¿Te acuerdas de lo que hablamos? Pues ya no nos queda ni un mes para tomar una decisión.

–¿Qué quieres decir?

–Anoche Ray me dio una sorpresa. Me enseñó dos billetes de avión para París. Saldremos dentro de diez días. Todavía tenemos los pasaportes en regla del viaje que hicimos el año pasado. No podría soportar otro viaje con él. Acabaría conmigo.

–¿Has pensado en...?

–Sí, pero éste no es el momento oportuno para hablar de ello –dijo ella–. Creo que podré hacer una escapadita esta noche.

–¿Cuándo y dónde?

Ella dijo la hora y el lugar. Cuando colgó el teléfono, Marcia se sorprendió de que no le temblara la mano. Qué fácil, pensó. Estaba decidiendo el destino de un hombre, planeando el fin de una vida humana, y tenía la mano tan firme como la de un cirujano. Se asombró de que la vida o la muerte ajena pudiera tomarse tan a la ligera.

Aquella noche llegó a la cita unos minutos tarde. Bruce ya la estaba esperando delante de una taberna en Randolph Avenue. Al acercarse a él, Bruce se adelantó y la cogió del brazo.

–No podemos hablar aquí –dijo–. No creo que debamos arriesgarnos a que nos vean juntos. Podemos dar una vuelta en coche. Lo tengo ahí enfrente.

Cogió la calle Claibourne hacia el este de la ciudad. Ella encendió un cigarrillo con el mechero del coche y fumó en silencio. Bruce le preguntó qué había decidido.

–Estuve intentando no pensar en ello –le contó–. Pero anoche me sale con ese paseo, ese viaje por Europa. Tiene pensado que pasemos tres semanas allá. No creo que pudiera soportarlo.

–¿Entonces?

–Bueno, pues ya no me pude quitar de la cabeza esa idea descabellada. Pensé en lo que habías dicho sobre..., sobre asesinarle...

–¿Y?

Inspiró profundamente y luego dejó que el aire saliera despacio.

–Creo que tienes razón. Tenemos que matarle. Nunca podría sentirme a salvo sabiendo que él nos persigue. Me levantaría aterrorizada en medio de la noche. Sé que lo haría. Y tú también.

Bruce no dijo nada. La miró a los ojos y le cogió las manos.

–Supongo que soy una aprensiva. También me da miedo la policía. Incluso aunque pudiéramos hacer lo que dijiste, comprar los papeles para impedir nuestra extradición. Con las cosas que se leen, no sé. Odiaría tener que sentirme como un animal acosado durante el resto de mi vida. Desde luego, preferiría que fuera la policía la que me persiguiera antes que Ray pero aun así, tampoco creo que me gustara.

–¿Entonces?

Ella encendió otro cigarrillo.

–Probablemente sea una tontería –dijo–, imaginé que a lo mejor podría haber algún modo de impedir que ellos te persiguieran y, a la vez, de librarnos de él. Anoche se me ocurrió que tenéis una complexión física muy parecida. Mides uno noventa, ¿no?

–Más o menos.

–Lo que pensaba. Eres más joven y mucho más apuesto que él, pero los dos tenéis casi el mismo peso y altura. Así que pensé... oh, bueno, es una tontería.

–Sigue.

–Bueno, es el tipo de historia descabellada que sale por la televisión. No sé qué cabeza tengo para que se me ocurran estas cosas. Pero pensé que podías dejar una nota. Irte a dormir a tu casa, luego levantarte en mitad de la noche y escribir una larga nota explicando cómo robaste las joyas de tu empresa, cómo perdiste dinero en el juego y continuaste robando y robando, hundiéndote cada vez más, hasta que ya no hubo modo de que pudieras salir de ese pozo. Y que ibas a hacer lo único que te liberaría de ese círculo infernal..., que habías decidido, bueno, suicidarte.

–Me parece que empiezo a entenderlo.

Ella bajó la mirada.

–Es una completa tontería, ¿verdad?

–En absoluto. Ni a un zorro se le habría ocurrido una idea tan astuta. Luego mataríamos a Ray y haríamos que pareciese que era yo.

Ella asintió.

–He pensado cómo podríamos llevarlo a cabo. ¡No me puedo creer que sea yo la que está hablando! Me parece que podríamos hacerlo todo la misma noche. Vendrías a casa y yo te franquearía la entrada. Podríamos coger a Ray durmiendo. Ahogarle con una almohada o algo por el estilo. No sé. Luego le meteríamos en tu coche y lo llevaríamos a algún sitio y...

–Y lo tiraríamos por un acantilado. –Los ojos de Bruce mostraban una admiración sincera–. Hermoso, sencillamente hermoso.

–¿De verdad lo crees?

–No podría ser mejor. Ellos encontrarán una nota perfecta, escrita por mi propia mano. Tendrán mi coche despeñado por un acantilado, con un cadáver calcinado dentro. Y tendrán un buen motivo para un suicidio. Eres genial, cariño.

Ella esbozó una sonrisa.

–Entonces tu empresa no te perseguiría, ¿verdad?

–Ni a mí ni al dinero. Perdí hasta el último centavo jugando... eso les descolocará. En toda mi vida no he apostado más de dos pavos en las carreras. Pero tu amante esposo habrá desaparecido y alguien podría empezar a preguntarse dónde está. Oh, espera un segundo...

–¿Qué?

–Esto se pone mejor cuanto más lo pienso. Él ocupará mi sitio en el coche y yo el suyo en el avión hacia Europa. Somos de la misma complexión, su pasaporte está en regla y ya están hechas las reservas. Utilizaremos los billetes, para hacer el *Grand Tour* previsto, con una diferencia: nosotros no regresaremos. O, si volvemos, iremos a otra ciudad donde nadie nos conozca, nena. Habremos quemado todos los puentes en cuanto los hayamos cruzado. ¿Cuándo tenéis previsto salir?

Ella cerró los ojos, intentando recordarlo.

–Del viernes en una semana –dijo–. Volaremos a Nueva York por la mañana, y la tarde siguiente saldremos para París.

–Perfecto. Prepárate para recibir una visita el jueves por la noche. Sal de la habitación a hurtadillas cuando se haya quedado dormido. Yo ya tendré la nota escrita. Nos encargaremos de él e iremos directamente al aeropuerto. Ni siquiera tendremos que volver a tu casa.

–¿Y el dinero?

–Lo llevaré conmigo. Puedes hacer las maletas el jueves y así lo tendremos todo preparado, los pasaportes y lo demás. –Sacudió la cabeza con incredulidad–. Siempre supe que eras maravillosa, Marcia, pero no me daba cuenta de que, además, eres un genio.

–¿De verdad crees que saldrá bien?

Él la besó y ella le abrazó con todas sus fuerzas. La volvió a besar y luego le sonrió.

–No puede fallar.

Los días pasaron lentamente. No podían arriesgarse a volver a verse hasta el jueves por la noche, y, aunque Bruce le había asegurado a Marcia que no se les haría largo, la verdad es que la hora señalada no parecía llegar nunca. Pese a que ella se sorprendió de estar más calmada de lo que había imaginado, no podía evitar sentirse angustiada porque no sabía cómo acabaría todo.

Sí, fueron días largos, muy largos. Bruce la llamó el miércoles por la tarde para los últimos detalles. Acordaron un sistema de aviso. Cuando Ray se quedara profundamente dormido, ella se levantaría de la cama y bajaría al vestíbulo. Marcaría su número de teléfono. Él ya tendría escrita la nota y el dinero guardado en el maletero del coche. En cuanto le llamara, iría a su casa, donde ella le estaría aguardando y le dejaría entrar.

–No te preocupes de lo que sucederá después –dijo Bruce–, yo me encargaré de todos los detalles.

Aquella noche y el día siguiente se le hicieron interminables a Marcia. Por fin, marcó el número de teléfono de Bruce a las tres menos veinte de la madrugada del viernes. Él respondió al instante.

–Creía que ya no ibas a llamar –dijo.

–Se acostó muy tarde, pero ya se ha quedado dormido.

–Enseguida estoy ahí.

Ella le esperó en el piso principal, junto a la puerta delantera. Oyó frenar su coche y le abrió antes de que él llamara. Entró rápidamente y cerró la puerta a sus espaldas.

–Todo preparado –dijo–, la nota, todo.

–¿El dinero?

–Está en el portaequipajes, en un maletín, lleno hasta los topes.

–Muy bien –dijo Marcia–, ha sido divertido, cariño.

Pero Bruce no llegó a escuchar la última frase. Mientras los labios de Marcia pronunciaban las palabras, una figura surgió por detrás de él empuñando en alto una cachiporra envuelta en cuero, que le golpeó con destreza y contundencia detrás de la oreja derecha. Se desplomó como una piedra, sin emitir el más mínimo sonido.

Ray Danahy se irguió.

–Ha perdido el conocimiento –dijo–. Limpio y fácil. Echa una mirada fuera y comprueba el tráfico. No es momento para vecinos entrometidos.

Marcia abrió la puerta y salió. La noche era oscura y silenciosa, como estaba previsto. Se llenó los pulmones de aire fresco.

–Mete su coche en la calle al lado de la casa –dijo–. Espera un segundo, me parece que lleva las llaves encima. –Se inclinó sobre Farr y sacó un llavero de su bolsillo–. Toma.

Ella llevó el coche junto a la puerta lateral. Ray apareció en el umbral cargando con la figura inerte de Bruce sobre el hombro. Lo arrojó al asiento de atrás, dio la vuelta al coche y se sentó tras el volante.

–Coge nuestro buga –le dijo a Marcia–. Sígueme, pero no demasiado cerca. Voy a ir por la 32 hacia el norte. Hay un buen precipicio a unos dos kilómetros más allá del límite del condado.

–Espero que no sea demasiado alto –dijo ella–. Podría quedar irreconocible si se quema entero.

–Imposible. Los rayos X dentales nunca fallan. Menos mal que no se le pasó por la cabeza.

–La verdad es que no andaba muy sobrado de neuronas.

–No anda –la corrigió–, todavía no está muerto.

Siguió a Ray, dejando una distancia de manzana y media entre ambos. Se detuvo en el lugar elegido y esperó mientras él sacaba el dinero del maletero y comprobaba los bolsillos de Farr para asegurarse de que no llevaba nada que pudiera incriminarles. Luego le empujó detrás del volante, puso el coche en punto muerto y ató el pie de Farr al pedal del gas. El hombre estaba empezando a removerse.

–Adiós, Bruce –dijo Marcia–, no sabes lo pelmazo que eras.

Ray se metió dentro del coche, lo puso en marcha y se apartó de un salto. El pesado vehículo se precipitó a través de una barandilla inútil, se quedó suspendido un instante en el aire y luego inició una larga y rápida caída. Primero resonó el ruido del impacto, seguido de otro, una explosión, y luego el coche se incendió.

Se alejaron conduciendo despacio, con el maletín repleto de dinero entre ambos, en el asiento.

–Un tonto menos –comentó Ray complacido–. Tenemos dos horas para coger nuestro vuelo a Nueva York, y luego a París.

–París –suspiró Marcia–, y esta vez lo haremos con estilo y no como la última, que parecíamos dos muertos de hambre.

Se miró las manos, aquellas manos firmes. Pensó que era increíble lo tranquila que estaba y una sonrisa morosa asomó en su rostro.

Jardinero nocturno

ROBERT L. FISH

–¡Y las peleas! ¡Oh, las peleas! ¡Vaya peleas! –dijo la señora Williams con afectación inclinándose hacia delante, con su sombrero toscamente floreado casi cayéndosele, con sus pequeños ojos de porcelana azul absortos en el rostro impasible del joven sargento–. ¡Terribles! ¡Terribles! –Hizo una pausa a propósito–. Sobre todo la última, anteayer por la noche..., el miércoles –añadió y volvió a hacer otra pausa, dejando casi de respirar–; la noche que ella desapareció –añadió intencionadamente.

–Desaparecida. –El sargento empezó a escribir la palabra en su bloc pautado, pero se detuvo a la mitad, acabándola con un garabato tembloroso que culminó con un punto y aparte casi vengativo. No era la primera vez que deseaba haber enfocado su vida profesional. Tenía un fuerte presentimiento de que sabía lo que vendría a continuación.

–Desaparecida. Eso he dicho –repitió la señora Williams con aspereza–. No se la ha vuelto a ver desde entonces..., y eso es una desaparición, ¿no es así? –El filo cortante de un desprecio apenas disimulado tiñó su voz–. Y luego aquel hombre intentó explicarme, cuando me acerqué a pedir prestado un poco de azúcar...

–Se había quedado sin azúcar –murmuró el sargento educadamente y escribió la palabra «azúcar» con pulidas letras de imprenta en su bloc. Odiaba a todos los entrometidos, pero especialmente a las mujeres como la que tenía delante, y no sólo porque le daban un montón de trabajo a la policía, un trabajo que casi inevitablemente no servía de nada. Se preguntó cómo sería la vida en aquellos esplendorosos días en que no había vecinos cerca. Hermosa, sin ninguna duda.

La pequeña barbilla de la señora Williams se endureció.

Sus ojos le retaban a que intentara eludir las responsabilidades de su cargo con tales débiles excusas. Sus manos bien cuidadas se aferraron con más fuerza a su monedero, como si no estuviera a salvo en aquel mundo de depredadores, ni siquiera allí, en la comisaría.

–Aquel hombre pretendió explicarme –prosiguió inexorable su discurso, ni un tren la habría parado– que la mujer había salido a comprar. Antes de las ocho, ¡si las tiendas de la ciudad no abren hasta las nueve!

El sargento dibujó una serie de pequeños «9» bordeando la mutilada «desaparecida» y el intacto «azúcar».

–Y no volvió a casa en todo el día –afirmó la señora Williams categóricamente–, porque la estuve vigilando. Y luego, esta mañana, me he pasado por allí otra vez porque estaba preocupada por ella, y él sale y me cuenta una historia completamente distinta: que su mujer había decidido inesperadamente a última hora de la noche de ayer ir a visitar a su hermana. Lo cual es un poco raro, porque no tiene hermanas, ¡eso es tan cierto como si estuviera escrito en el evangelio!

El sargento escribió cuidadosamente en el papel con letras de molde «sin hermanas», luego rodeó la palabra con una línea y empezó a sombrear el paralelogramo que había dibujado. Apartó la mirada del rostro de la mujer que tenía delante. Aunque era bastante bonita, en aquel momento no se lo parecía en absoluto.

–¿Y cómo iba a irse en plena noche, según dijo él, sin que yo la hubiera oído? ¿Eh? –preguntó la señora Williams–. Mi casa es la única que está cerca, y estoy segura de que tanto si el señor Jenkins hubiera venido a buscarla en su taxi como si la hubiera llevado él mismo a la estación de tren o a la de autocares yo lo habría oído.

–De eso no me cabe la menor duda –dijo el sargento y, en voz baja, añadió–: a cualquier hora del día o de la noche. –Y trazó una serie de diminutos bucles bordeando la caja sombreada de su bloc, que se entrelazaban perfectamente con la hilera de nueves.

Los ojos azules de la señora Williams estudiaron el rostro inexpresivo del sargento y luego descendieron a la caligrafía artística que garabateaba en el bloc. Se le tensó la mandíbula peligrosamente, pero pudo controlar la voz para sacar su artillería más pesada.

–Y por fin, anoche –dijo con un tono casi perverso–, pasadas las dos de la madrugada, él sale al jardín, excava y arranca uno de los pequeños melocotoneros que tiene plantados. Luego, al cuarto de hora, o como mucho media hora más tarde, le oigo replantarlo. ¡Y ella fuera –desaparecida– durante más de veinticuatro horas! Y bien –dijo. Su tono, el ángulo desde el que le miraba, toda ella le desafiaba a que se atreviera a cuestionar su declaración–, ¿qué respuesta sabihonda le da a eso, joven? ¿Es que tiene algún sentido que un hombre desarraigue un árbol en mitad de la noche para replantarlo media hora después? ¿Eh? ¿Qué me dice?

El sargento dejó el bolígrafo a un lado con cierta desgana y por primera vez estudió detenidamente a la mujer que le encaraba. La expresión malévola estropeaba lo que supuso que, en otras circunstancias, podía haber sido un rostro bello; la leve sonrisa de desprecio le desagradaba. Pero no podía negar la consistencia de sus argumentos.

–No –admitió con voz cansina–, no tiene ningún sentido.

–Bueno, me alegro de que por fin se dé cuenta, joven. Además, el dinero era todo de ella –añadió la señora Williams como si se hubiera acordado tarde del detalle. La mujer sabía que aquella afirmación rompía el clímax que había creado, pero quería incluirla en su declaración.

–¿Dinero?

–En la caja de seguridad, con sus joyas. El dinero con el que compró la casa, aunque todo esté a nombre de los dos. Espere y verá –añadió inclinándose de nuevo hacia delante–: lo pondrá todo a la venta en una semana. No ha trabajado un solo día desde que se casaron..., si es que alguna vez lo hizo antes, que lo dudo mucho.

Ambos se quedaron en silencio durante un momento. El primero en moverse fue el sargento, levantando su más que respetable corpulencia para indicar que la entrevista había acabado. Esperó a que la mujer incorporara su metro sesenta de estatura sin dejar de mirarle desafiante.

–Me ocuparé del asunto con el sheriff, señora –dijo.

–Ciertamente eso espero, joven –le replicó con frialdad, examinándole de nuevo con unos ojos que no parecían nada impresionados. Luego salió de la comisaría; la bufanda de piel que llevaba alrededor del cuello ondeaba a su espalda, como si intentara ponerse a su altura.

–Supongo que tendremos que comprobarlo –dijo el sheriff cansinamente–. No conozco a mucha gente de este pueblo, paso la mayor parte del tiempo en Bellerville, en la sede del condado, pero resulta que sí sé quién es Charley Crompton. La idea de que se haya cargado a la arpía con la que se casó es sencillamente ridícula. Si ese tipo tiene carácter, yo nunca se lo he visto. Es un ratón. Si hubiese sido al revés, podría creérmelo. ¡Pero Charley! Imposible. En cualquier caso, de momento no se trata más que de una habladuría de esa entrometida.

Miró al joven y corpulento sargento.

–No creo que hayas tenido tiempo de hacer nada al respecto, ¿verdad?

–Bueno –dijo el sargento, reflexionando–, el viejo Sol Jenkins, nuestro taxista, no la fue a recoger, ni anoche ni nunca. Cuando le pregunté se rió y dijo que no creía que esa mujer hubiera cogido un taxi en toda su vida. Cuestan dinero. Y si Charley la llevó en coche o ella cruzó a pie los campos hasta la estación lo cierto es que nadie se subió al tren de las ocho ni al de medianoche, el último. Y los empleados de las taquillas tanto de la estación como de la terminal de autocares no recordaban haberla visto coger ningún tren ni autocar durante los dos días anteriores, ni por la tarde ni por la noche.

–¿Y qué dice el marido de la señora Williams? –preguntó el sheriff–. ¿Confirma o niega la versión de su esposa?

–No hay señor Williams –respondió el sargento. Con su tono alabó al fantasma de quien había sido el señor Williams por su sabiduría al haber dejado de ser el esposo de la entrometida señora Williams–. Es viuda desde hace cuatro años. –Hizo un gesto de negación con la cabeza–. Sólo tiene cuarenta, pero me da la impresión de que ha tenido la misma edad toda su vida. Durante todo el día no tiene otra cosa que hacer que sentarse a hablar por teléfono o escribir cartas al editor del *Bugle*. Es feminista. Me imagino que hasta puso al día a la señora Crompton sobre la materia.

El sheriff sonrió.

–¿Pero no a tu esposa? –dijo.

–Todavía no, de momento –respondió el sargento y le devolvió la sonrisa.

La expresión afable del sheriff se desvaneció.

–¿Hay más vecinos?

–El más cercano, a casi un kilómetro. Esas dos casas están aisladas al final de la carretera. De hecho, hasta las oculta una curva de las demás; están bastante apartadas.

–Ya veo. –El sheriff tamborileó con los dedos sobre la mesa y levantó la mirada–. ¿Y qué hay de lo del dinero?

–Bueno –dijo el sargento lentamente, frunciendo el ceño–, el dinero era de la señora Crompton..., es, quiero decir. Todos en el pueblo lo sabían, pero si los hombres que se casan por un par de dólares asesinaran a sus esposas, tendríamos graves problemas. Y por lo que respecta a que Charley Crompton le dijera a esa vecina chafardera que su esposa había salido de compras o se había ido a visitar a una hermana que no tiene, la verdad, no veo ninguna razón por la que esté obligado a contarle nada. Si hubiera sido yo, le habría contestado que mi mujer se había ido a Tombuctú y que pensara lo que quisiera.

–Eso es precisamente lo que ha estado haciendo –señaló el sheriff–. Aun así, un hombre que replanta un árbol en plena noche..., bueno, parece bastante...

–Lo sé –dijo el sargento con tristeza y suspiró–. Tendremos que investigarlo más, lo sé.

El hombre que abrió la puerta de la inmensa casa antigua era una persona anodina, con pelo castaño fino pegado a la cabeza y grandes ojos marrones que oscilaban detras de unas gafas gruesas. Vestía suéter y pantalones, nada llamativo, y llevaba una pequeña hacha en una mano, uno de cuyos dedos estaba aparatosamente vendado. Se había metido una piedra de afilar bajo el brazo para que le quedara una mano libre con la que abrir el pestillo. Se sacó la piedra de la axila y sostuvo colgando las dos herramientas; parecía que su peso iba a doblegar sus delgados brazos.

–Hola, sargento. ¿En qué puedo ayudarte?

–Hola, Charley. En realidad era a tu esposa a quien quería ver.

–Pues no va a poder ser –dijo disculpándose–. No está aquí. Se ha ido fuera.

–¿Ah? ¿A visitar a su hermana?

El hombre volvió la cabeza y lanzó una mirada de reproche a la casa que había al otro lado de la calle, un poco más abajo de la suya. Sus ojos retornaron al rostro paciente del sargento.

–A su hermano. No tiene ninguna hermana.

–¿Nombre y dirección? –El sargento sacó el bloc y el bolígrafo.

–Brown. John Brown. –Ni un sólo músculo se movió en la delgada cara de Crompton, ni su voz reveló nada en especial. Parecía como si repitiera maquinalmente unas palabras aprendidas–. No tengo su dirección ni su teléfono, todo lo que sé es que está en Chicago.

–John Brown. Chicago –repitió el sargento cordialmente y lo anotó sin mostrar ninguna inquietud. Levantó la mirada del bloc–. Mira Charley, ¿te molestaría que pasáramos a hablar dentro? Quiero decir que aquí, en la puerta...

–¿Tienes una orden judicial para entrar en esta propiedad?

El joven sargento se sorprendió. Se las arregló para esbozar una expresión de estar un poco dolido.

–¿Una orden judicial? ¿Para visitar a un viejo amigo un rato? Aunque –añadió como si se lo pensara– supongo que la podría conseguir, pero parecería bastante estúpido.

Los finos labios de Crompton se apretaron. Dudó un instante y luego, encogiéndose de hombros, le hizo pasar. Dejó el hacha y la piedra sobre una estantería del recibidor y se dirigió al salón. El sargento cogió el hacha y le siguió. Dejó caer su corpachón en una silla y estudió la herramienta que tenía en las manos, acariciando el filo con cautela.

–Muy afilada –comentó.

–Me gusta tener mis herramientas en buenas condiciones –dijo Crompton con tono inexpresivo y contempló al sargento a través de sus gruesas gafas.

–¿Ah sí? Entonces es una pena que esté tan sucia. Excepto en el filo, claro. –El sargento la miró más de cerca–. Estas manchas marrones, por ejemplo...

–Si te interesa, son de sangre –dijo Crompton bruscamente–. Me corté el dedo ayer, afilándola.

–Los dedos sangran como demonios –reconoció el sargento, y dejó el hacha en el suelo, junto a la silla. Echó una mirada al amplio salón bañado por el sol y asintió–. Tienes una bonita casa, Charley. Te envidio. Precisamente el otro día mi mujer me comentaba lo pequeña que se estaba quedando la nuestra, con dos niños y otro en camino. Pero es muy difícil encontrar una casa lo bastante cerca de la comisaría como para no tener que gastarme una semana de salario en gasolina, o una de tamaño decente. Una casa en venta, me refiero. –De repente se le ocurrió una idea–. Supongo que tú no, vamos, que no tienes intención de vender, ¿verdad?

Hubo un largo silencio mientras Charley Crompton parecía evaluar al hombre que tenía sentado delante. Un reloj que estaba sobre la repisa de la chimenea llenaba la quietud con un tic tac alto y uniforme.

–Podría ser –dijo Crompton finalmente.

–¿Estás seguro de que tu mujer no se opondrá?

–No. –Fue su respuesta terminante. Crompton dio la sensación de que la conversación ya le había hecho perder demasiado tiempo. Se puso de pie–. Bueno, sargento, estoy muy ocupado, y si eso es todo lo que querías decirme...

El sargento se levantó obedientemente y sonrió.

–Dado que hay alguna posibilidad de que la casa sea puesta en venta en un futuro próximo –dijo–, supongo que no te molestará que le eche un vistazo. Estamos muy interesados, ya sabes. –Se dio la vuelta y entró en la cocina, con Crompton pegado a sus talones–. ¡Vaya! Esto es una señora cocina. Mi mujer guarda muchas cosas en la cocina, para ella es como un almacén. Por mi parte, me fijo más en el sótano y el patio, que es donde paso la mayor parte de mi tiempo libre. –Abrió una puerta, vio escobas y la cerró. Probó con otra–. Las escaleras que llevan al sótano, ¿no? ¿Te importa? –Apretó el interruptor de la luz sin esperar el permiso y bajó con el otro hombre a sus espaldas. Se paró al llegar abajo y sacudió la cabeza con desolación–. ¡Qué pena! ¿Qué le ha pasado a tu magnífico suelo de hormigón?

–Reventó una cañería que estaba instalada por debajo –explicó Crompton con una voz bastante tensa. Se aclaró la garganta–. La cañería que iba de los lavabos a la fosa séptica. Tuve que levantar todo el suelo y cambiar un codo.

–Mala suerte –comentó el sargento comprensivo–, supongo que los contratistas de obras no eran mucho mejores en el pasado que ahora. Pero, aparte de eso, es un bonito sótano. Con calefacción a gas y todo. Bueno, ya que estoy aquí, echémosle una mirada al patio trasero, seguro que no te importará.

Subieron las escaleras, pasaron por la cocina y fueron al porche trasero que daba al patio vallado. Ciertamente, uno de los melocotoneros estaba levemente inclinado, y la tierra fresca aplastada a su alrededor no tenía hierba y era de un color marrón rojizo, como una magulladura. Pero el sargento ya se lo esperaba. Lo que no esperaba era encontrarse un segundo melocotonero arrancado, en el suelo junto a un gran hoyo, con la raíz cuidadosamente envuelta en lona, y un tercero con un agujero apenas abierto a su lado y una pala tirada en la tierra. Miró a su anfitrión.

–¿Problemas con tus melocotoneros?

–Las raíces de los árboles necesitan aire –dijo Crompton. Su voz sonó forzada como si también él necesitara aire–. Es idea mía, pero funciona. Arranco los árboles y los vuelvo a replantar con frecuencia. Yo... –Se calló un instante, miró al sargento como si le suplicara que le creyera, luego prosiguió–: ¡Es la verdad! Lo que te digo, necesitan aire fresco. Son seres vivos, no pueden estar sin aire. Las ramas y las hojas reciben su parte, pero no es suficiente. –Sacudió la cabeza. Tras las gruesas gafas, resultaba imposible interpretar la expresión de sus ojos–. Son las raíces. Lo más importante. Necesitan aire. Es la verdad.

Se echó hacia atrás, balanceándose sobre los talones, le costaba respirar, miró fijamente el melocotonero arrancado y el agujero negro que había dejado en la tierra.

–Unas cuantas horas más –dijo como si hablara para sí mismo– y las raíces estarán bien. Preparadas para enterrarlas de nuevo.

El joven y corpulento sargento suspiró y se encaminó hacia la puerta que daba a la calle en la que tenía aparcado el coche patrulla.

–Seguramente me volveré a pasar por aquí –dijo en tono cordial–. Supongo que no te molestará. Esta casa me interesa mucho.

–¿Estás diciéndome que Charley Crompton está chiflado? –preguntó el sheriff–. ¡Si eso es lo último que haría un tarado, hombre! Nos está tomando el pelo. Aparece un policía en su casa y le pregunta dónde está su mujer..., y ni siquiera quiere saber por qué se lo pregunta. ¡Por no mencionar el suelo levantado del sótano y el hacha! ¡El tipo se corta afilándola el día anterior, y al día siguiente continúa como si tal cosa con el hacha en la mano, por favor!

–Era sangre de verdad, ¿no sería *ketchup* ni pintura, eh?

–Era sangre, sí. Y del mismo tipo que la suya. No sabemos el de su mujer. Ella nunca dio nada, ni siquiera sangre.

El sargento se dio la vuelta y paseó por la sala, con sus largas manos a la espalda y expresión torva. Se paró y miró directamente al sheriff.

–Y lo peor es que tenía un corte profundo debajo del vendaje. Creo que si no lo hubiera tenido habría preferido dar crédito a sus incoherencias. –Sacudió la cabeza con el ceño fruncido–. Han pasado más de diez días y estamos donde empezamos. O peor aún. Se está riendo de nosotros, se lo digo yo.

El sheriff se mordió una uña que le sobresalía.

–Conseguiste la orden judicial, ¿no? Hablé con el juez...

–Oh, sí, la conseguimos, es verdad –respondió el sargento con tono sombrío, y se sentó en la silla, apoyando una rodilla contra el borde de la mesa–. Y excavamos el suelo del sótano. Y sólo encontramos un codo.

–¿Un codo? –El sheriff se sentó erecto.

–Un codo de cañería –explicó el sargento con tono apagado–, lo que él nos había dicho. Uno nuevo. Aun así excavamos un metro más, hasta llegar a la roca sólida, por si acaso. Puedo asegurarle que su mujer no está enterrada allí.

–¿Y pudo haber estado enterrada?

–Eso sí que no lo sé –reconoció el sargento con amargura–. Hay espacio de sobras para un cuerpo, pero no encontramos ningún indicio. Todo lo que sé es que ahora no está allí.

–E intuyo que tampoco bajo los melocotoneros.

–No está debajo de nada en todo el condenado patio trasero, y eso que a las raíces de sus árboles le dimos más aire del que podían respirar. ¡Diez días y nada de nada! –Sacudió la cabeza reflexivamente y levantó la mirada–. Oh sí, ha puesto la casa en venta esta mañana. He hablado con Jimmy Glass en el banco: Crompton y su esposa se intercambiaron poderes el día que se casaron, así que puede hacerlo.

El sheriff frunció el ceño.

–¿Y qué explicación le da Crompton a la desaparición de su mujer?

–Al final se vino abajo y confesó –dijo el sargento con tono sombrío–; según Charley, mantuvieron una discusión que a él le avergonzaba admitir, ella se levantó y le abandonó..., y, claro, su orgullo no le permitía contárselo a unos completos desconocidos como nosotros. Sencillamente se pelearon y ella cogió y se fue.

–¿Y se volatilizó sin dejar rastro?

–Él cree, o al menos eso dice, que probablemente se dirigió a la autopista y que algún alma caritativa la recogió en un coche o un camión. Ésa fue su segunda teoría. La primera era que había cogido un autocar Greyhound, hasta que le expliqué que habíamos comprobado todas las salidas. Afirma que no tiene la más remota idea de hacia dónde haya podido ir, pero no espera que vuelva porque es muy testaruda. Dice que puede que se haya ido con su hermano, pero no sabe su dirección. Sólo que se llama John Brown y vive en Chicago –resopló–. Todo lo que hemos conseguido de la policía de allí es un par de indirectas; y no les culpo.

El sheriff tamborileó con los dedos sobre la mesa.

–¿Y cuál es tu teoría?

–¿Que cuál es mi teoría? –repitió el sargento lentamente, pero se calló cuando el teléfono que tenía junto al codo empezó a sonar. Lo cogió–. ¿Diga? –Puso la mano sobre el micrófono y sacudió la cabeza con gesto de desesperación hacia el sheriff–. Nuestro agente en la escena del crimen. –Apartó la mano–. No, señora Williams. No, señora Williams. Sí, señora Williams. Sí, estamos en ello, señora Williams. Todo cuanto podemos, señora. Sí, señora Williams. Sí, sin duda, señora Williams. –Por fin colgó el teléfono y suspiró.

–La señora Williams –explicó y levantó la mirada al techo–. ¡Qué mujer! Llamó el otro día, hecha un manojo de nervios. Parece que Charley Crompton creyó que ella no estaba en casa porque llamó a su puerta y estuvo mirando por las ventanas. Ella se mantuvo oculta y él volvió a su casa, salió con algo pesado y voluminoso que metió en el maletero del coche y luego se fue. Nos llamó inmediatamente. Cuando llegamos, Charley ya había vuelto. Las ruedas estaban cubiertas de barro, arcilla roja como la que hay en Wiley Creek. Registramos el maletero, pero no descubrimos nada.

–Y así, ¿cuál es tu teoría?

–Mi teoría –dijo el sargento, mirando, sin verlo, el calendario con fotografías de chicas colgado en la pared– es que Charley Crompton no podrá ser acusado del asesinato que cometió. Mi teoría es que su mujer está enterrada en los bosques y que, si alguna vez llegamos a encontrarla, será por pura suerte. Y sin su cadáver no podemos hacer nada. No tenemos caso ni manera de retener a Crompton. Mi teoría es que él montó todo este galimatías de arrancar árboles y destrozar un suelo de hormigón en perfecto estado porque quería pasarnos por las narices un crimen perfecto.

–O porque eso le permitía desviar tu atención mientras él

tenía el cadáver guardado en cualquier otro sitio. –El sheriff sacudió la cabeza–. Pese a todo, sigo sin creerme que un ratón como Charley Crompton haya reunido el valor suficiente para hacer una cosa así.

–Pues créaselo –dijo el sargento categóricamente.

–Así, ¿qué hacemos?

El joven agente hizo girar su silla y contempló a través de la ventana la plaza desierta que había ante el viejo juzgado.

–Esperaremos –dijo en voz alta–, esperaremos hasta que unos *boy scouts* de excursión, un grupo que haya ido de merienda, unos adolescentes haciendo manitas o un perro curioso lleven a cabo lo que los periódicos llaman «un espantoso descubrimiento». Porque una cosa está clara: tanto si estuvo enterrada dentro de esa casa como si lo estuvo en el patio en un momento u otro, ahora ya no lo está. Ésa es prácticamente la única certeza que tenemos.

El sheriff suspiró e hizo rodar hacia atrás su silla giratoria.

Una voz quejumbrosa, malhumorada y desagradable atravesó la noche silenciosa, salía del garaje y se abría paso por el patio trasero, acallando el canto de los grillos. En aquella voz había un tono de continuidad, como si hubiera estado hablando desde hacía tiempo y fuera a proseguir indefinidamente, o hasta que la silenciaran.

–... pero ¿a quién se le ocurre? Es absurdo que vinieras a recogerme a Joliet, tres estaciones antes del pueblo, cuando ese tren también para aquí; y ya fue otra tontería que me hicieras cogerlo antes allí, como si la gasolina manara gratis de los árboles, aunque, claro, eso a ti no te importa lo más mínimo, porque de tus bolsillos no sale ni un solo centavo. Y sólo Dios sabe por qué, en primer lugar, insististe tanto en que fuera a visitar a tu madre, no le pasa nada, sólo que está acabada, como todas las mujeres de su edad, y no para de chochear con su querido Charley –querido Charley por aquí, querido Charley por allá– y cómo su querido Charley podría haberse casado con cualquier chica que hubiera querido, lo que claramente demuestra que ella no conoce a su querido Charley tan bien como lo conozco yo; y tres semanas con ella en aquella casa horrorosa no fueron ningún placer, encerrada en aquel mausoleo sin periódicos, sin radio ni televisión; no sé cómo pude soportarlo, pero a ti no te importa lo que yo tenga que aguantar mientras te salgas con la tuya..., bueno, pues ésta ha sido la última vez, y si has estado haciendo las tonterías habituales con chicas mientras estaba fuera, lo lamentarás, y lo lamentarás donde más te duele, en el bolsillo.

La puerta del garaje que daba al patio trasero se abrió y volvió a cerrarse.

–... y, por el amor de Dios, ¿qué le ha pasado a ese melocotonero que está arrancado y tirado en el suelo? ¿Y qué hace esa lámpara encendida a su lado? Espero que sepas que en la ferretería Chaber's no regalan el queroseno, y, si quieres transplantar un árbol, lo menos que puedes hacer es transplantarlo a la luz del día, aunque ni siquiera sé por qué se te ocurre hacer tal cosa a ninguna hora, porque los melocotoneros siempre han estado bien que yo recuerde, así que quiero que lo replantes mañana mismo, ¿me has oído? No quiero verlo ahí tirado y menos aún que entre toda esa suciedad en mi casa, que está como los chorros del oro...

La puerta de la cocina se cerró de golpe. La voz prosiguió, repicando con acidez en los tímpanos de Charley.

–... y has ido a buscarme a Joliet dejándote la luz encendida; la electricidad cuesta dinero, pero a ti no te importa, ¿por qué iba a importarte? Tú no pagas las facturas; y te has dejado esa horrible hacha en el mármol de la cocina... te tengo dicho mil veces que el sitio de tus sucias herramientas está en el sótano... vaya, al menos veo que has tenido el detalle de preparar dos tazas de café, sólo espero que no usaras la cafetera eléctrica y te la dejarás encendida al salir, la electricidad no la regalan, pero, claro, tú ni te acuerdas de eso; y...

Hubo una pausa repentina.

–... ¡Charles! Estas tazas están sucias..., han sido usadas. Si has estado invitando a gente a mi casa mientras estaba fuera, a esa señora Williams de enfrente, no creas que estoy ciega, ya he visto cómo os miráis. Charles, ¡espera! ¡Mira! ¿Quién está ahí entre las sombras? Charles, ¿no me oyes? Charles...

–Hola, querida –dijo la señora Williams con voz calmada. Extendió la mano y cogió el hacha que estaba sobre el mármol de la cocina–. Bienvenida a casa.

Visita de cortesía

SONORA MORROW

El jefe de policía de una ciudad pequeña como yo disfruta de mucha más libertad de acción que el de una gran urbe. No tenemos un bonito laboratorio ni un sistema de comunicación a larga distancia, pero, qué demonios, tampoco nos hacen falta. Nos las tenemos que ver con unos cuantos ladronzuelos de manzanas y con un pequeñajo que tira piedras, cosas de los chicos del pueblo; y con algunos excesos de velocidad, cosa de los turistas de paso. De cuando en cuando, rompemos el alambique de un granjero, pero sólo si es muy sucio. Es muy difícil conseguir un buen whisky, limpio y barato, y aunque todos los miembros del cuerpo sabemos que Lars Kipple lo destila, no le molestamos. Es muy higiénico y sólo cobra cinco dólares por galón.

Todo esto no tiene nada que ver con la cuestión, pero quería que supieran que Chitterden, California, es un sitio muy agradable para ser jefe de policía, o lo era, hasta hace un par de meses.

Todos lamentamos la muerte de Eliza Chitterden. Era la mayor de las cuatro hermanas Chitterden, cuyo padre había fundado el pueblo. Eliza había vivido con sus hermanas en la mansión que se levanta sobre la colina, y vivido bien, gracias al dinero que les había dejado el anciano. La mina de su propiedad se había agotado treinta años atrás, pero él había sabido invertir sus beneficios con prudencia. Había gobernado su casa con mano de hierro desde la muerte de su esposa durante el parto de Kate, en 1920. Vivió hasta los noventa y dos sin un indicio de senilidad, y no aprobó jamás a ninguno de los jóvenes que se acercaron a cortejar a sus hijas.

–Todos van detrás del dinero –solía decir.

Eliza tenía sesenta y dos años; Janet, cincuenta y ocho; Sarah, cincuenta y cinco; y Kate cuarenta y siete. El doctor Kilton diagnosticó que un ataque de corazón se llevó a Eliza.

Fue un funeral muy bonito. Luego, naturalmente, tuve que hacer una visita de cortesía. Conocía a las chicas de vista, pero nunca había tenido ninguna relación social con ellas. La casa victoriana estaba rodeada de diez acres de árboles, hierba y flores. La rodeaba una valla de hierro labrado claveteada, pero las puertas, desde que tengo memoria, siempre habían estado abiertas.

A la visita me llevé a *Sergeant*, mi pastor alemán, que ha sido mi única compañía desde hace siete años. Habitualmente se comporta muy bien, pero no pudo resistirse a los árboles y la hierba. Le dejé correr y juguetear un rato, luego le ordené que se echara en el porche, lo que hizo lanzándome una mirada de reproche con sus ojos marrones.

Me recibieron las señoritas Janet, Sarah y Kate. Me habían invitado a tomar el té con galletas y todos nos sentamos en un inmenso salón dominado por una chimenea de cuatro metros. Era noviembre y aunque en California nunca hace frío, lo que se dice frío, el leño encendido venía muy bien.

Una doncella y un mayordomo entraban y salían sigilosamente dándole mensajes a la señorita Jane y reponiendo la bandeja de té. Después de presentar mis condolencias, que fueron recibidas en silencio, ya no sabía muy bien qué decir.

–Esto, miss Kate, tengo entendido que usted es la jardinera de la familia..., las flores son muy hermosas.

Tenía una bonita sonrisa y una cara sin arrugas coronada por un cabello suave y moreno.

–Gracias, oficial. Espero que me permita regalarle un ramo de mis mejores flores otoñales antes de que se vaya.

Se lo agradecí y mordí un trozo de la tarta de manzana de hojaldre.

–Estas tartas son excelentes, muy ligeras.

–Las hago yo –dijo miss Sarah tímidamente–, yo me encargo de preparar todo el pan, pasteles y bollos, y los jueves, el día libre del cocinero, yo misma cocino todas las comidas. Me encanta la cocina. –Sarah no aparentaba los cincuenta y cinco, posiblemente debido a las buenas costumbres y a no tener vicios, aunque un poco de maquillaje y un peluquero habrían mejorado mucho su aspecto. También pensé que un cinturón no le haría daño.

Mientras miraba a las tres mujeres, pensé que les sentaría bien pasar una noche en la ciudad.

Miss Janet se levantó.

–Ha sido muy amable por su parte viniendo a visitarnos. –Era una despedida. Me pregunté si no la pondría nerviosa tener en casa a un soltero de cincuenta y dos años.

Yo también me puse en pie.

–Gracias por su amabilidad. Y ya saben que siempre me tienen a su disposición.

Miss Kate me acompañó afuera con unas tijeras y un cesto.

–Le cortaré unas flores.

Sergeant nos siguió, olisqueó a miss Kate y gruñó un poco.

–No se preocupe –la tranquilicé–, no está acostumbrado a las mujeres. Quizá esté celoso.

Veinte minutos más tarde, salí de allí con una gran cesta de adelfas rosas y blancas, rosas rojas, margaritas y un pequeño acebo en una maceta. También miss Sarah había hecho su contribución. El pan iba envuelto en una servilleta de té limpia y se entreveían media docena de tortitas de manzana a través de un papel de cera cuidadosamente doblado. Miss Janet ni siquiera me despidió, pero uno no puede conquistarlas a todas.

Pensé bastante en las hermanas Chitterden, en aquella hermosa e inmensa mansión, en todo aquel dinero. Con lo ansiosas que estaban de tener compañía masculina, serían una presa fácil para cazadores de fortunas. Sin embargo, tenía la sensación de que miss Janet estaría a la altura de las circunstancias. Ella sola era lo bastante Chitterden como para proteger a las dos más jóvenes. Decidí no perderlas de vista y di órdenes a mis agentes para que me informaran de cualquier recién llegado desconocido a nuestra ciudad. Las solteronas ricas, incluso en una ciudad apartada como la nuestra, suelen ser descubiertas de un modo misterioso por estafadores y timadores profesionales que buscan sacar provecho de matrimonios interesados.

El día que fui a devolver la cesta y la servilleta de té, lavada y planchada por mi casera, me encontré a miss Kate en el jardín.

–Oh, comisario –me gritó mientras yo avanzaba por el caminito que conducía al porche–, me alegro de verle. ¿Quiere venir a ver mis flores? –Me cogió la cesta, la dejó en el suelo y me llevó por un camino de ladrillos–. Mi hortensia tiene unas flores enormes, ¿no le parecen bolas de nieve?

Asentí entre dientes y proseguí admirando arbustos y flores que había visto antes, pero cuyos nombres nunca había sabido: altramuz, anís estrellado, vid silvestre y glicina.

Finalmente nos sentamos en un banco de cemento bajo un inmenso pimentero.

Miss Kate vestía el uniforme de las Chitterden, un vestido azul oscuro de manga larga, medias oscuras y unos cómodos zapatos negros. Sin embargo no era fea, aunque, a causa de la vida que había llevado, tampoco andaba muy sobrada de personalidad.

Sus ojos azul claro me miraron.

–Quisiera que me diera su consejo sobre algo.

–Por supuesto, miss Kate.

–¿Cree usted que a los cuarenta y siete ya es demasiado tarde para ver el mundo? Quiero decir, el mundo real. Nuestro padre nos llevó a San Francisco hace treinta años y lo pasamos muy bien. Desde la ventana de la habitación de nuestro hotel, veía ir y venir los barcos, y pensaba en lo maravilloso que sería subirme a uno de ellos y viajar por el mundo. –Los ojos le brillaban con el recuerdo.

Tuve que sonreír.

–Señora, usted tiene el dinero, el tiempo, y el deseo..., no hay nada que la detenga. Pero, si se va, permítame que le advierta que ande con cuidado con los amigos que hace. Hay criminales de todo tipo dando vueltas alrededor del dinero, como las agujas alrededor de un imán.

–Oh, ya lo sé.

–¿Lo sabe? –Me había sorprendido.

–Dos estanterías enteras de la biblioteca de mi padre contienen información sobre asesinos, estafadores, timadores, falsificadores y diversos métodos para robar la propiedad y, oh..., toda clase de cosas.

El viejo había sido tan inteligente como yo pensaba.

–Entonces creo que debería irse. Ya conoce el viejo dicho: «no dejes para mañana...».

Me devolvió una sonrisa de agradecimiento.

–Vamos, le llevaré a la cocina para que vea a Sarah. Es el día que se encarga de preparar la comida.

–¿Y miss Janet?

–Ha ido a ver a nuestro abogado y al sacerdote. No volverá hasta dentro de una hora más o menos.

La cocina olía a pan cocido, carne hervida y cebollas. Era inmensa, limpia y bañada por el sol, con cazuelas de cobre, ollas y todo tipo de utensilios colgando por todas partes. En algunos aspectos era antigua. El enorme horno debía de tener unos cuarenta años, pero en él se habría podido cocinar fácilmente comida para cien invitados. Sarah, casi completamente envuelta en un delantal blanco almidonado, estaba ante una mesa grande en el centro de la cocina, enrollando grandes trozos de masa. Al verme se limpió las manos en el delantal.

–Comisario, me alegro mucho de verle. Por favor, tómese un café.

Los tres nos sentamos alrededor de la mesa central, y bebimos un café delicioso.

–Comisario –Sarah me miró como un niño contempla el árbol de Navidad–, ¿le ha comentado Kate nuestra idea de viajar alrededor del mundo?

–Sí, me lo ha dicho, y creo que es una gran idea.

Las dos sonrieron y se miraron.

–Me parece que incluso se lo podemos decir a Janet –dijo Sarah. Kate se encogió de hombros.

–Podemos intentarlo.

Poco minutos más tarde, cuando las estaba entreteniendo con una historia sobre un alambique que habíamos destruido, resonó una voz estentórea:

–Señoritas, nosotras no recibimos visitas en la cocina. –Miss Janet apareció en la puerta.

Sarah y Kate parecieron afligidas.

–Yo..., yo tenía intención de invitar a cenar al comisario esta noche, Janet –dijo Sarah–, estoy preparando mi estofado especial de cordero con budín relleno.

La hermana mayor canceló la invitación.

–Tal vez en otra ocasión.

Después de agradecerles su hospitalidad, salí de allí lo más airosamente que pude.

A las nueve de la mañana del día siguiente, me llamó el doctor Kilton para decirme que Janet Chitterden había muerto de un ataque al corazón.

–¿Estás seguro? –le pregunté.

–Claro que estoy seguro –me replicó con malhumor–, las he estado tratando tanto a ella como a Eliza durante un par de años, recetándoles las dosis apropiadas de digitalina y supervisando su dieta y sus actividades. Su muerte tiene todos los síntomas de un corazón que se ha cansado de bombear.

Aunque sea policía de una pequeña ciudad, no soy tonto. Una cosa es que una familia tenga un historial médico de enfermedades del corazón, y otra, que dos de sus miembros, solteronas curtidas sin ningún deseo de cambiar, mueran. Bueno..., cuando hay millones de por medio, los supervivientes siempre son sospechosos, pueda probarse o no su intervención en las muertes.

Sin embargo, todo el mundo sabía que las hermanas compartían la herencia a partes iguales, que hacía mucho que habían cumplido los veintiuno y podían hacer lo que les viniera en gana, de modo que era incapaz de imaginarme un motivo. A lo que hay que añadir que me resultaba difícil sospechar que Kate, la amante de las flores, y Sarah, la cocinera, pudieran realizar ninguna barbaridad de ese tipo. En consecuencia, asistí al funeral, presenté mis condolencias a las dos hermanas que quedaban y lo olvidé.

Durante los meses siguientes pasé todas las noches de los jueves en la mansión de las Chitterden, disfrutando de las exquisitas cenas de Sarah, de las exposiciones florales de Kate y de partidas de cartas a tres manos. Algunas veces Kate tocaba el piano y los tres cantábamos las viejas canciones que todo el mundo conoce. Teniendo en cuenta que no había ni radio ni televisión, no estaba nada mal. Siempre llevaba a *Sergeant* conmigo, pero él se negaba a entrar en la casa y me esperaba acurrucado en el porche. Sarah le había pedido al cocinero que le guardara todos los huesos, pero él nunca los tocó, ni uno.

Una noche, mientras degustábamos el café y los bollos preparados por Sarah, les pregunté:

–Y bien, señoras, ¿cuándo salen para Europa?

Se miraron confundidas.

–Creo que pronto, comisario –respondió Kate–. Resulta difícil lanzarse a algo nuevo, no importa durante cuánto tiempo se haya deseado.

Sarah asintió.

–Hay tantas cosas que hacer. Sacar los pasaportes, comprar ropa, organizarlo todo para que la casa esté cuidada. No conocemos ninguna lengua extranjera, y tendremos que fiarnos de muchos desconocidos. –Sarah se puso muy seria–. Kate me ha contado lo que le advirtió. Supongo que ser rico tiene sus inconvenientes.

Negué con la cabeza.

–Señoras, la gente no tiene por qué saber que ustedes son ricas. Viajen como un ciudadano normal. Dudo que nadie fuera de California reconozca su apellido. No tendrían ningún problema.

Sarah pareció arrebatada.

–Claro, Kate, tiene razón. Podríamos hacerlo, por supuesto que podríamos.

Kate asintió.

–Y lo haremos.

Así las dejé. A la una de la madrugada me telefoneó el doctor Kilton.

–Sarah y Kate tienen convulsiones, comisario. Uno de los sirvientes me llamó hace media hora, y las he trasladado al hospital para que les hagan una limpieza de estómago. Parece un envenenamiento de algún tipo..., accidental, estoy seguro. Lo más probable es que confundieran champiñones con setas venenosas o algo por el estilo.

Fui corriendo inmediatamente a nuestro pequeño hospital.

Fueron tres horas muy largas. No pudieron salvar a Sarah, pero Kate saldría adelante.

–No sé –me dijo el doctor en el pequeño salón donde los médicos tomaban café–. Me gustaría disponer de un laboratorio para este tipo de casos. –Me miró–. Si hasta tengo que enviar mis muestras para las pruebas del cáncer a noventa kilómetros. Puedo encargarme de cortes y roturas de huesos, de partos y apendicitis, poner inyecciones..., pero de nada que se salga de lo normal. –Sacudió su cabeza desgreñada.

–Vamos, doctor, tranquilízate –le palmeé en el hombro–. Dame las muestras y yo las llevaré a la ciudad.

Tuve que quedarme allí dos días, lo que no me molestó. Me dio la oportunidad de pasear y agradecer que no tuviera que enfrentarme a aquellos problemas de tráfico. Fui a la central y me recibieron amablemente. También me enteré de que podía haber hecho el análisis de los contenidos de los estómagos de Kate y Sarah gratuitamente, en lugar de pagando los cincuenta dólares que me costó en un elegante laboratorio privado.

En cualquier caso, finalmente me dieron los resultados. Volví a casa y se los enseñé a Kilton.

–¿Crees que cometí un error con Eliza y Janet? –Parecía muy inquieto.

–Si lo cometiste, fue algo normal –repliqué–. Yo mismo jamás creería que ninguna de las Chitterden fueran capaces de matar. Tenían que ser accidentes, no había ningún motivo para que no lo fueran. –Reflexioné un rato–. Voy a ir a enterarme de adónde irá a parar el dinero si mueren todas las hermanas.

Salí disparado de la consulta del doctor y fui a buscar al señor London, el viejo abogado de la familia.

Había sido el abogado de la ciudad durante tantos años que ya era como los árboles que se vuelven invisibles en el bosque. Todo el mundo sabía que estaba ahí, pero nadie se percataba de su presencia. Supongo que el doctor Kilton y yo también entramos en esa categoría, como el carnicero, el dueño del almacén, el cartero y casi todos los que hacen lo mismo día tras día, año tras año.

Al principio se mostró reticente a revelar lo que él consideraba información secreta, pero, cuando le puse por delante las tres muertes habidas y lo cerca que había estado la cuarta, cedió.

–Comisario, doy por entendido que esta información no saldrá de aquí.

–Si está relacionada con asesinatos, señor London, no puedo mantenerla oculta. Si no lo está, le prometo que no saldrá. –Era todo lo que podía prometerle, y pareció bastarle.

Una hora más tarde ya conocía las disposiciones testamentarias sobre la fortuna de las Chitterden. Uniéndolas a los análisis del laboratorio, sabía que había dado con la respuesta que buscaba.

Cuando subí por el camino hacia la casa, miss Kate estaba sentada en el banco de cemento del jardín. No me llamó, pero me acerqué a ella y me senté a su lado. Hablé en voz baja y suave.

–Sé lo que ha pasado, miss Kate. Sé que Eliza, Janet y Sarah murieron a causa de una fuerte dosis de hojas de adelfa. Es un veneno que provoca los mismos síntomas que un ataque al corazón y por eso no se trata como debería y el paciente muere.

Ella no dijo nada.

–También sé que las hermanas no recibían la herencia a partes iguales en el testamento de su padre. El control de todo lo asumía la mayor, en orden sucesivo.

Suspiró.

–Había esperado engañar a todo el mundo tomando yo misma una pequeña dosis. –Me cogió de las manos–. ¿Sabe lo que es vivir como yo he vivido durante los últimos cuarenta y siete años? Creía que cuando Eliza y Janet hubieran desaparecido podría empezar a vivir mi propia vida. Pero luego Sarah no quería irse, y, aunque hubiera querido, ¿a quién le gusta viajar con su hermana? –Se cubrió la cara con las manos. Sus palabras llegaron amortiguadas–. Yo quería conocer el amor, los brazos de un hombre. Quería ver el resto del mundo. Chitterden no es todo lo que hay, ¿verdad?

Apartó las manos y me miró.

Fue fácil convencer al doctor Kilton y a London de que se

había tratado de muertes accidentales, y ambos volvieron satisfechos a sus quehaceres. Y aunque he de admitir que me pone nervioso estar casado con una asesina, sé que mientras la haga feliz en nuestros viajes y en todo lo demás, estoy a salvo. Sin embargo, he decidido aprender jardinería uno de estos días.

Prueba restaurada

PATRICK O'KEEFFE

El capitán Somme lo consideraba, con no poco regocijo, uno de los secretos mejor guardados de la guerra. Por pura casualidad se había puesto al tanto de él, casi veinticinco años después de que acaecieran los incidentes. Volvía de visitar a un miembro de la tripulación que estaba ingresado en el hospital Marine y, al dejar el ferry y subir por State Street respirando el aire cortante de la primavera, sintió unas súbitas ganas de tomarse una taza de café y le dio por entrar en el edificio recién abierto del Centro Eclesiástico de los Marineros.

Mientras lo bebía a sorbos junto a los ventanales de la cafetería que daban a Battery Park, su mirada vagó por las demás mesas. Era media tarde y no había muchas ocupadas, pero en una estaba sentado un anciano que le miraba fijamente. El capitán Somme le devolvió la mirada sintiendo vagamente que algo le resultaba familiar en aquel rostro surcado de profundas arrugas y con el pelo cano muy corto.

El anciano se levantó de repente y se acercó.

–¿No es usted el capitán Somme, el capitán del *Delcrest* durante la guerra?

–Sí. –El rostro del capitán se iluminó al reconocer a su interlocutor–. ¡Vaya, el viejo Pop Seymour! Tenía la sensación de que tu cara me sonaba de algo.

–Supuse que era usted, capitán. –El anciano parecía complacido–. Pero no estaba seguro, con esas patillas y ese bigote.

El capitán sonrió.

–Sigo la moda de las nuevas tripulaciones de estos días. ¿Qué has estado haciendo todos estos años, Pop? Seguro que sigues navegando.

Pop Seymour nego con la cabeza tristemente.

–Tuve que dejarlo después de la guerra. Son las normas

para conseguir la pensión. Demasiado viejo, me dijeron. Así que ahora hago pequeñas reparaciones por el Centro. Y también tengo mi habitación aquí, con pensión completa. –El viejo miró al capitán con curiosidad–. A usted tampoco le debe de faltar mucho para echar el ancla, ¿eh?

–Un par de años más o menos, Pop. Pero, anda, siéntate y cuéntame qué ha sido de tu vida todo este tiempo.

–Déjeme pedir otra taza de café antes, capitán.

Mientras el antiguo camarero de hombros encorvados se dirigía sin prisas al mostrador, los pensamientos del capitán vagaron hacia el incidente del café que había sucedido a bordo del buque congelador *Delcrest*.

Estaban en Nápoles, descargando carne para los soldados, poco después de que el Quinto Ejército Aliado hubiera ocupado la ciudad. Era su primera singladura como capitán, relevando al oficial a cargo durante su permiso. Pop Seymour estaba sirviendo la comida al oficial de seguridad del ejército, un teniente, cuando su mano golpeó accidentalmente una taza de café al intentar eludir un movimiento inesperado del brazo del teniente, y un poco de café salpicó la solapa de un bolsillo lateral de su chaqueta caqui.

La mancha apenas se notaba, pero el oficial, muy quisquilloso sobre su aspecto, murmuró:

–¡Viejo estúpido y torpe! Mi única chaqueta limpia.

–Lo siento, mi teniente –se excusó Pop, desolado.

El teniente miró al capitán Somme, sentado al otro lado de la mesa.

–Este hombre debería quedarse en tierra para que los demás estuviéramos a salvo.

El capitán no hizo ningún comentario. El teniente Harmson tenía un genio rápido y probablemente más tarde lamentaría su apresurada salida de tono. Era un oficial joven, nombrado en tiempo de guerra, y asignado al *Delcrest* como oficial de seguridad, responsable del cargamento de carne. El incidente preocupó mucho a Pop Seymour, sabedor de que la Armada tenía sus prevenciones con el personal de la marina mercante al que consideraba mal preparado o indeseable. Si el oficial de seguridad presentaba un informe negativo sobre su comportamiento, la Armada quizá le prohibiera volver a navegar.

Él no era un viejo estúpido y torpe, se dijo para sí, ofendido por el comentario. Quizás estuviera un poco nervioso, eso sí, por la guerra. Cumplidos los sesenta, ya no era tan ágil ni su pulso tan firme como lo había sido en los tiempos en que era camarero de primera clase en los grandes transatlánticos como el viejo *Leviathan* y el *America*, pero sin duda era mucho mejor que la mayoría de aquellos muchachos formados apresuradamente para la guerra que navegaban como oficiales de rancho.

Pop no dejó de darle vueltas en la cabeza al incidente del café derramado mientras se preparaba para bajar a tierra después de la comida. El Gobierno Militar Aliado daba permiso para bajar a puerto al veinte por ciento del personal de los mercantes entre la una y las cinco, pero debido a la escasez de lanchas oficiales, cada buque había de proporcionar sus propios medios de desembarco. No quedaba más remedio porque todos los muelles estaban bloqueados por los barcos que habían barrenado los alemanes en retirada, obligando así a los buques de suministro aliados a anclar en grupos en los rompeolas y a descargar en gabarras y «camiones» anfibios. Los navíos que carecían de lancha motora, como el *Delcrest,* dependían de las barcas de aprovisionamiento o de remos para poder mandar a sus tripulaciones a tierra.

Pop Seymour dejó el buque en una barca de aprovisionamiento junto con otros tres miembros de la tripulación, jóvenes que se disponían a pasárselo bien en tierra las pocas horas que les permitían. Pop se fue a dar una vuelta solo por la zona de los muelles, recorriendo las calles bombardeadas del frente marítimo de la ciudad, hasta Via Roma. El tráfico militar atascaba la calle y las aceras estaban atestadas de soldados, marinos y enfermeras con los variopintos uniformes de las fuerzas aliadas, así como de italianos amigos. La mayoría de las tiendas estaban cerradas a cal y canto, pero los vendedores callejeros habían montado sus puestecillos de baratos camafeos de imitación, conchas y artículos religiosos.

Pop Seymour paseaba sin rumbo concreto, pues había bajado a tierra sobre todo a estirar las piernas en el último día que pasaban en puerto; el buque había acabado de descargar a mediodía. No prestó atención a los gritos de los vendedores de postales y de los niños que ofrecían unos dulces de nuez pegajosos. En un cruce, un joven policía italiano moreno que llevaba un brazalete del Gobierno Militar Aliado le siguió con la mirada cuando pasó por delante de él, pensando sin duda que aquel viejo vestido con una camiseta rota, pantalones de sarga y gorro de fieltro era un marino americano, un primo al que asaltar y asesinar para robarle la ropa, el pase de entrada al puerto o cualquier documento que llevara encima.

Pop Seymour acabó descansando un rato en una pequeña bodega al final de una empinada calle lateral. Se había pasado casi una hora vagando por las calles estrechas y accidentadas del sórdido barrio que se extendía al otro lado de Via Roma. Estaba cansado y sediento.

Unos cuantos civiles estaban sentados a las mesas y, excepto un hombre corpulento que frunció el ceño al entrar él, le miraron con indiferencia. Se sentó en una mesa vacía junto a la puerta, haciendo caso a los avisos pegados por todo el *Delcrest* que advertían al personal para que no hablara con desconocidos en tierra, fueran o no de uniforme. Le pidió un vaso de Marsala al camarero y lo pagó con las liras emitidas por el Gobierno Militar Aliado.

Encendió su pipa y se puso a contemplar la tranquila calle. Pensó que el Marsala ya no sabía igual que antes de la guerra. Al cabo de un rato se le apagó la pipa. Cuando la encendía de nuevo levantó la mirada a tiempo para ver entrar en una tienda de enfrente a dos hombres vestidos con el uniforme de oficiales del ejército americano. Uno era el encargado de seguridad del *Delcrest*, el teniente Harmson. A Pop no le sorprendió verle entrar en una tienda como aquélla, cuyo rótulo exterior incluía las palabras «Objets d'Art», ya que por las conversaciones de los oficiales durante las comidas sabía que Harmson tenía un negocio similar con su padre en la Sexta Avenida de Nueva York. Incluso le había oído comentar que esperaba encontrar una o dos piezas raras a precio de ganga durante su estancia en Nápoles.

La visión del oficial de seguridad reavivó los temores de Pop de tener que acabar viviendo con su hija menor al final de aquella travesía. Su hija le pedía constantemente que llevara una vida tranquila y segura en tierra, con ella y su familia, pero desde que su esposa falleciera, justo antes de la guerra, él siempre había tenido la esperanza de seguir en el mar hasta el fin, y ser lanzado por la borda en una lona, causando pocas molestias y gastos a todos.

Pop miró su reloj de pulsera y pidió otro vaso de vino. Se estaba acercando la hora de regresar a los muelles. Miró hacia la tienda de arte al otro lado de la calle. El oficial de seguridad todavía no había salido. El escaparate estaba vacío y Pop no podía ver nada del interior sin iluminar.

La puerta se abrió de repente y salieron dos hombres. Uno era el oficial que había entrado con el teniente Harmson, pero antes incluso de que su acompañante volviera la cara hacia la bodega, Pop supo, por la chaqueta que no le quedaba bien, que el otro no era el quisquilloso Harmson, aunque tuviera una altura y complexión similares. Vio que el otro oficial lucía los dos galones plateados de capitán.

Harmson todavía no había salido de la tienda cuando Pop Seymour apagó la pipa y echó hacia atrás la silla en que estaba sentado. El teniente, pensó Pop, con su zancada joven, llegaría al muelle en la mitad de tiempo que él. Había empezado a sentirse el fresco de última hora de la tarde y fue caminando con paso decidido. A las cuatro y media llegó a la puerta de la parte baja de la Piazza Municipal. Un policía militar le miró de arriba abajo y estudió detenidamente su pase antes de hacerle un gesto para que siguiera adelante.

Cuando llegó al muelle, dos guardias de la Armada y un engrasador estaban llamando una barca de aprovisionamiento. No había rastro del oficial de seguridad. La mayoría de las barcas que vendían vino y recuerdos turísticos a los buques anclados ya estaban empezando a regresar a los muelles, temerosas de quedar descubiertas a mar abierto durante la esperada lluvia de bombas y metralla de los cañones antiaéreos que caería al anochecer. El penacho blanco que surgía del Vesubio en la oscuridad se teñiría de rojo a intervalos proporcionando a los aviones nazis una baliza natural con la que guiarse.

Mientras el pequeño grupo esperaba que la barca se acercara a la orilla, una explosión de humo negro y escombros estalló en el cielo, encima de una calle cercana del frente marítimo. Los hombres apenas le prestaron atención, pues las bombas de explosión retardada y las trampas explosivas que había dejado el enemigo habían estado estallando casi a diario desde el día en que atracaron en puerto.

El oficial de seguridad todavía no había aparecido cuando el dueño de la barca encaró los remos en dirección al *Delcrest*. Pop pensó que el teniente tendría que pasar toda la noche en tierra, a menos que tuviera la suerte de poder subirse a una lancha de la Armada después del esperado ataque aéreo.

Pero aquella noche no hubo ningún ataque sobre el puerto; dos tentativas acabaron en nada cuando los cazas aliados hicieron retroceder los bombarderos. Al amanecer, el *Delcrest* dejó atrás el rompeolas y ancló en mar abierto, en la bahía, entre otros muchos navíos que esperaban a formar un convoy. En el desayuno, Pop Seymour oyó que el capitán Somme le comentaba al jefe de ingenieros que el oficial de seguridad seguía en tierra.

–Si no se presenta antes del mediodía, enviaré un mensaje informando de su ausencia.

Durante el café de media mañana, Pop salió a cubierta y pudo ver una lancha alejándose del *Delcrest* en dirección al puerto. De pie sobre la popa y mirando hacia el buque, había un hombre que Pop reconoció como el capitán del ejército que había visto entrar en la tienda de arte con el teniente Harmson.

Se volvió hacia un guardia que estaba a su lado, junto a la barandilla.

–¿No acaba de subir a bordo el oficial de seguridad?

El guardia asintió con gesto solemne.

–Sí, pero no era el teniente Harmson. Murió ayer por la tarde, cuando una bomba de explosión retardada estalló en la pared de un edificio cuando pasaba por delante. Ese capitán del ejército ha traído a su sustituto.

Pop Seymour se quedó perplejo, y se dijo que debió de haber sido la explosión que había oído mientras esperaba la barca en el muelle.

–Fue uno de los desafortunados –comentó con tristeza.

–Pues el nuevo es uno de los afortunados –dijo el marino–, le he oído contarle a nuestro oficial que se salvó por los pelos de un barco torpedeado, llegó ayer aquí sin nada más que el uniforme. Era el único oficial disponible para ocupar el puesto de Harmson. Las ropas del teniente se han dejado a bordo para que las utilice hasta que le den el nuevo equipo.

Pop no vio al nuevo oficial de seguridad hasta la hora de la comida. Cuando fue a tomar nota de lo que quería, el capitán Somme se lo presentó:

–Teniente Sanford, éste es Pop Seymour, el Matusalén de los camareros, y maestro supremo del arte de servir. Y también un viejo lobo marino, aunque decore su uniforme con una mancha de café de cuando en cuando.

Pop Seymour sonrió. Tras varios años con el capitán Somme como jefe adjunto del *Delcrest* estaba acostumbrado a sus bromas.

Sanford se rió.

–Bueno, mientras no me escalde la nuca y pague la lavandería, no hay problema.

Pop Seymour se alegró. Parecía más fácil llevarse bien con el teniente Sanford que con Harmson, e incluso podría hacerle un informe favorable. Le estudió un momento. Era un poco mayor que su predecesor, más moreno, con una frente protuberante y una mandíbula cuadrada.

–¿No le he visto en algún sitio antes, teniente?

Sanford levantó la mirada al instante, y escrutó el rostro arrugado del viejo camarero. Sonrió.

–Debes de confundirme con algún otro, Pop. –Entonces miró al capitán Somme y se rió–. Aunque también podría haber tropezado con él y no recordarle.

Pop fue a la cocina, sacudiendo la cabeza como si quisiera remover su memoria. Estaba seguro de que lo había visto en alguna parte. Cuando volvía a la mesa, lo recordó de repente. Al poner un plato de sopa ante Sanford, le dijo:

–Sabía que le había visto en algún sitio, teniente. Fue ayer por la tarde, cuando salía de aquella tienda de arte.

–¿Tienda de arte?

–Sí, seguro. No recuerdo el nombre de la calle. Yo estaba sentado en una pequeña bodega que había enfrente de la tienda y le vi salir.

Sanford negó con la cabeza lentamente.

–Pop –dijo con paciencia–, ayer por la tarde no pasé ni de lejos por ninguna tienda de arte. Estuve todo el día metido en el cuartel general, intentando que me equiparan y averiguar qué iba a ser de mí.

–Es gracioso, teniente, verá, mis ojos ya no pueden leer bien, pero funcionan a las mil maravillas de lejos. Y usted salió de aquella tienda con otro oficial.

–¿Estás insinuando que soy un mentiroso? –preguntó Sanford en un súbito estallido de ira.

–No, señor –se apresuró a responder Pop–, no pretendía decir nada parecido. No me malinterprete. Sólo que..., bueno, no sé, quizá mis ojos tampoco sirvan ya para ver de lejos.

–Y quizá Pop se tomó un vaso de vino de más –dijo el capitán Somme sonriendo.

–Cuando un hombre mayor empieza a ver cosas raras es una señal de que se acerca la senilidad –gruñó Sanford–. No tuve permiso para abandonar el cuartel general en todo el día.

Pop se apartó de la mesa, desolado. Después de la comida, salió a la cubierta de popa a fumarse una pipa. Se sentó solo, fumando tristemente. Había empezado con mal pie con el nuevo oficial de seguridad. Si al teniente le daba por informar de que estaba senil, ésa podía ser su última travesía.

Se dijo con rabia que Sanford era un mentiroso. Le había visto salir de aquella tienda de arte con tanta claridad como había visto entrar al teniente Harmson. Aquella mañana había reconocido al capitán del ejército así que ¿por qué iba a confundir a Sanford?

¿Por qué aseguraba que no era él el que salió de la tienda de arte? También era muy raro que el teniente Harmson entrara con aquel capitán y luego saliera el teniente Sanford, y que más tarde se presentaran los dos a bordo, con el nombramiento de Sanford como nuevo oficial de seguridad.

Por las conversaciones entre los oficiales que había oído durante las comidas, Pop sabía que Nápoles era un hervidero de espías y saboteadores nazis y fascistas, algunos disfrazados con uniformes aliados. Un tipo con acento sureño auténtico había sido descubierto haciéndose pasar por un teniente de la armada americana, según parece era hijo de alemanes emigrados y había crecido en Texas, aunque vivía en Alemania cuando estalló la guerra. Él y otros agentes se habían quedado tras las líneas después de la caída de Nápoles para hostigar a los aliados, aprovechándose de la confusión y la falta de coordinación que reinaría entre las distintas unidades hasta que se restableciera el suministro de energía eléctrica y el servicio teléfonico y hubieran sido eliminadas todas las bombas de explosión retardada y las trampas explosivas.

Tras reflexionar mucho sobre la tienda de arte y el nuevo oficial de seguridad, Pop Seymour decidió comunicar sus desvelos al capitán Somme. Siempre servía café a los oficiales a eso de las tres y media, y cuando esa tarde entró en el camerino del capitán, éste acababa de despertarse de una breve siesta. Se sentó en la cama mientras el camarero dejaba la bandeja sobre la mesa, y le miró con curiosidad cuando Pop, en lugar de retirarse, cerró la puerta y se volvió hacia él.

–Capitán, la persona que vi saliendo de la tienda de arte ayer por la tarde era el teniente Sanford. Ni había bebido mucho vino ni le confundí con otro. Y tampoco me estoy volviendo senil.

El capitán Somme sonrió.

–No tienes por qué preocuparte, Pop. Yo estaba bromeando, y el teniente Sanford lo dijo sin intención de herirte. Te falta mucho para volverte senil, viejo lobo de mar.

–No es eso lo que me preocupa, capitán, sino el que el teniente Sanford mienta al decir que no pude verle saliendo de aquella tienda.

–Posiblemente fuera alguien muy parecido, Pop. A veces pasan cosas así.

–Pues ayer no pasó. Otra de las cosas que me inquieta es que el teniente Harmson entró en aquella tienda con el otro oficial, un capitán, y luego fue el teniente Sanford el que salió. ¿No le parece a usted un poco raro?

–Bueno, lo que podría haber sucedido es que el teniente Harmson entablara una conversación con el capitán del ejército sobre tiendas de arte, y él le llevara a visitar alguna. Ya sabes que Harmson decía que se dedicaba a eso. Un oficial con un aspecto parecido al del teniente Sanford estaba ya en la tienda cuando ellos entraron y salió con el capitán. Fue una desgracia que el teniente Harmson no saliera con ellos; ahora estaría vivo.

–No es eso lo que yo me imagino que pasó –dijo Pop, testarudo–. Usted lo piensa porque no cree que el teniente Sanford está mintiendo. Y otra cosa que usted no sabe es que el capitán del ejército que trajo a bordo esta mañana al teniente era el mismo oficial que salió de la tienda con él. ¿No le parece también un poco raro?

–Si es como tú lo cuentas, sí que parece raro –admitió por fin el capitán Somme–; pero puede que no sea más que una coincidencia. Tal como están las cosas ahora en Nápoles, no me sorprendería nada.

–¿Sabe lo que pienso, capitán?: que son un par de espías alemanes; que la tienda de arte es una especie de guarida fascista. Creo que el teniente Sanford salió de allí vistiendo el uniforme del teniente Harmson. Tal vez se haya percatado usted de que la chaqueta no le queda bien. Y por eso se ha dejado a bordo la ropa de Harmson, no porque Sanford perdiera la suya en un buque torpedeado sino porque es un espía alemán y el único uniforme que tiene es el que le costó la vida al teniente Harmson.

El capitán Somme miró con expresión circunspecta a su viejo lobo de mar. Si lo que decía Pop Seymour era cierto, los agentes alemanes habrían aprovechado una oportunidad para infiltrar a uno de los suyos en el *Delcrest*. Quizás él mismo había sido engañado con toda facilidad por una carta falsificada que asignaba al nuevo oficial de seguridad a su barco y por el posiblemente falso capitán que le acompañaba. Con el buque amarrado y a punto de zarpar, y con las órdenes del convoy ya a bordo, era poco probable que la asignación de un nuevo oficial de seguridad se conociera en tierra y mucho menos que levantara sospechas. El teniente Sanford podría haber embarcado con un pequeño radiotransmisor, uno así había sido utilizado en otro convoy, permitiendo que los submarinos siguieran a los barcos. El falso oficial de seguridad desaparecería en el momento en que el buque llegara a su puerto de destino para operar como espía en tierra, habiéndose aprendido los códigos secretos y la manera de proceder del convoy.

–Pop, ahora sí que me has preocupado de verdad. Podrías estar en lo cierto.

–¿Y qué le hace pensar que no tengo razón, capitán?

El joven rostro del capitán adoptó una expresión abstraída.

–Mira a qué tengo que enfrentarme, Pop: si envío un mensaje a tierra solicitando la confirmación de la muerte del teniente Harmson y de la asignación del teniente Sanford, en las condiciones actuales sabe Dios cuánto tardará en llegar al cuartel oportuno, y puede que todavía tardemos más en recibir la respuesta. Si el convoy se pone en marcha, según el horario previsto, a las cinco en punto, y yo aún no he recibido la confirmación desde tierra, tendré que retrasarme. Hay escasez de buques congeladores, así que, si al final resulta que estás equivocado, y tengo que demorarme una semana esperando al siguiente convoy, la Armada me crucificará. No me volverán a dar el mando de ningún barco mientras dure la guerra. Dirán que hice caso de la fantasía descabellada de un camarero viejo, porque era mi amigo, en lugar de fiarme de la palabra de un oficial del ejército estadounidense.

–Capitán –dijo Pop Seymour, comprensivo–, le entiendo. Es su primera travesía como patrón, y no cree que pueda arriesgar el cuello tanto como haría un veterano. No pretendo decirle lo que ha de hacer, para mí ya está bien que prefiera jugar sobre seguro. Tal vez a usted se le ocurra el modo de, una vez nos hayamos hecho a la mar, descubrir que el teniente Sanford es un falsario y ponerle las cadenas.

–Si aquella tienda de arte es un escondrijo de agentes enemigos y aquel capitán del ejército es uno de ellos, debería hacerse algo ahora mismo; las autoridades militares deberían saberlo inmediatamente. Pop, si pudiera estar seguro de que no te equivocas con el teniente Sanford... –El capitán se calló e hizo un gesto de impotencia.

–Ojalá pudiera ayudarle, capitán –dijo Pop con tristeza–, pero todo lo que sé es que no me equivoco. –Se dio la vuelta hacia la puerta–. Será mejor que siga sirviendo el café a los demás oficiales.

Pop salio del camarote. A los pocos minutos volvió a toda prisa, muy excitado.

–Capitán –dijo cerrando la puerta casi de golpe a sus espaldas–, tengo algo que contarle. Cuando llevé el café al camarote del teniente Sanford, había salido a cubierta. Tenía su chaqueta colgada. No pude evitar fijarme en la mancha de café, justo donde le salpiqué ayer, en la solapa del bolsillo, del mismo tamaño. ¿No prueba eso que es la del teniente Harmson?

El capitán Somme estaba sentado, no había probado el café, y miró al viejo camarero como si todavía no estuviera convencido.

–Capitán, esta vez no tiene por qué creerme a mí. Puede ir usted y verlo por sí mismo, para asegurarse.

El capitán se levantó de repente.

–Pop, me parece que ha llegado el momento de que empiece a hacerte caso.

Cuando el viejo Pop Seymour volvió a la mesa del capitán Somme en la cafetería del edificio del Centro Eclesiástico de los Marineros, éste sonreía evocadoramente. El antiguo camarero dejó la taza y el platillo sobre la mesa y acercó una silla.

–Ahora mismo estaba recordando aquella mancha de café de hace tantos años –comentó el capitán–. Chorreaba sudor mientras esperaba que llegara el mensaje y veía al convoy preparándose para ponerse en marcha. La visión más magnífica que he tenido en mi vida fue cuando vi acercarse aquella lancha al barco con los policías militares. Si al final hubiera resultado que la mancha no era más que otra coincidencia, creo que me habría tirado por la borda.

Pop esbozó una extraña sonrisa.

–Yo sabía con toda seguridad que no lo era.

–Pop, en aquel momento no podías estar tan seguro.

–Pues lo estaba, porque en la chaqueta no había ninguna mancha.

El capitán pareció desconcertado.

–¿A qué te refieres, Pop? Yo la vi; todo el mundo la vio.

Pop sonrió.

–Cuando me encontré la chaqueta colgada, recordé la mancha. Así que la busqué. Pero no estaba. Supuse que el teniente Harmson se la habría quitado con una esponja húmeda antes de bajar a tierra el día antes, o quizá lo hubiera hecho el falso oficial. No creí que si se lo contaba de ese modo usted se sintiera lo bastante seguro como para arriesgar su cuello. Así que salpiqué un poco de café en el sitio apropiado.

El capitán Somme parecía haberse quedado sin habla. Todavía sonriente, Pop Seymour añadió:

–Cuando todo el mundo me empezó a hacerme creer que era un héroe por haber descubierto la manchita me sentí muy a gusto con la Armada y no vi ninguna razón para contar que no había sucedido de aquel modo.

El capitán Somme respiró profundamente, como si estuviera a punto de explotar.

–Pop, si yo lo hubiera sabido mientras estaba esperando la respuesta a mi mensaje, te habría hecho pasar por debajo de la quilla. –Rompió a reír–. Solía llamarte viejo lobo de mar, pero en realidad eras una astuta águila ratonera.

Empate

FRANK SISK

El último aviso para pedir bebida en el local de Marvin Morrell sonaba cuando el reloj del anuncio de cerveza que había sobre la barra marcaba la una menos cuarto. El reloj siempre iba cinco minutos adelantado, lo que dejaba margen de tiempo suficiente para apartar a los bebedores lentos y a los borrachos de sus vasos antes de la hora legal de cierre. A la una y cinco, Morrell y Pete Lavelle, el camarero del turno de noche, solían disponer de todo el establecimiento para ellos solos. Las lámparas del comedor estaban apagadas y la única luz de la zona de bar y salón provenía de un flexo que había junto a la caja registradora. Las puertas delantera y trasera estaban cerradas.

La rutina apenas variaba. Morrell examinaba la cinta registradora, luego abría el cajón del dinero y empezaba a contarlo. A veces se mordisqueaba su pequeño bigote con aire de concentración, y sus hábiles dedos con uñas arregladas se movían con la rapidez de los de un mago bajo el pálido círculo de luz.

Lavelle se ocupaba de recoger los vasos y los ceniceros de las mesas del salón, limpiaba todo lo que había caído sobre las superficies de formica con un trapo seco, y luego repetía la operación en la barra. Después limpiaba los ceniceros y los colocaba amontonados y encajados unos en otros en la estantería de atrás. Sumergía los vasos en agua templada con detergente y los aclaraba en frío con un pulverizador. Cuando el último vaso ya estaba en el escurridero, se secaba las manos en una toalla limpia, se bajaba las mangas y descolgaba su chaqueta de una percha cercana, y todo lo hacía en una sucesión de movimientos casi ininterrumpidos.

Tras echar una última ojeada a las sombras que formaban ángulos, dijo, como siempre:

–¿Quieres que te prepare un combinado antes de irme, Marv?

Mientras guardaba los recibos de la jornada en una bolsa de lona, Morrell, como de costumbre, respondió:

–No, gracias, Pete. No te molestes.

–¿Todo cuadra?

–Eso parece. Puede que haya alguna calderilla de más.

–Pues bueno, entonces creo que me largaré.

–'*Nas* noches, Pete. Asegúrate de cerrar el pestillo de la puerta de atrás.

–Muy bien, Marv. Hasta mañana.

La invariable rutina varió esa noche. Lavelle se perdió en la penumbra del comedor que daba a la puerta trasera, pero reapareció a los pocos segundos. Su sombra se proyectaba extrañamente alargada contra la pared. Sostenía las manos encima de la cabeza y otra sombra más compacta parecía surgir justo a sus espaldas.

Morrell se disponía a echar mano de su mejor coñac cuando vio la figura borrosa de Lavelle en el espejo de la barra y, sin volverse, dijo:

–¿Te has olvidado algo, Pete?

–En realidad, no –respondió con voz tensa.

–Entonces, ¿qué ocurre?

–Tenemos compañía, Marv.

Morrell dejó la botella donde estaba.

–No me digas. –Miró con atención entre las lóbregas tinieblas y vio que la sombra compacta que había tras Lavelle no era tal. Se dio la vuelta despacio–. ¿Un amigo sediento, Pete?

–No pienso que se trate de eso, Marv.

–Muy bien pensado, colega –dijo la sombra con voz amortiguada.

–Me ha puesto algún tipo de arma en la columna, Marv –añadió Lavelle.

–Una 38 grande, con balas gruesas como puños –especificó la sombra con aquella voz amortiguada–. Así que no te pases de listo, Marv, o este antro tuyo cerrará para siempre de la noche a la mañana.

Morrell echó una mirada furtiva a la automática del 32 metida en una funda que tenía colgada en el rincón interior de la barra, bajo la caja registradora.

–No hagas ninguna temeridad, Marv, por favor –le rogó Lavelle.

–No temas, Pete. Soy un jugador, no un primo.

–Así se habla, tío. –La sombra se separó de Lavelle y se convirtió en un hombre de alrededor de uno ochenta que pesaría unos setenta kilos. Llevaba una máscara de goma con la caricatura de un demonio, lo que explicaba lo turbia que sonaba su voz, y también guantes de goma. Por lo demás, iba vestido con ropa veraniega normal: un camisa deportiva con el cuello abierto, pantalones oscuros y zapatos de lona de suela gruesa.

–Usted tiene todas las cartas, señor –dijo Morrell.

–Y la pistola –señaló el enmascarado.

Morrell se dio cuenta de que el arma no estaba en manos de un experto. Aquello le puso nervioso, pero su rostro siguió impasible.

–Bueno, ¿qué podemos hacer por usted?

–Entregarme la caja que hayáis hecho hoy, eso es todo.

–Es muy fácil –dijo Morrell y se volvió hacia el estante que tenía a sus espaldas para coger la bolsa de lona.

–Ni un paso más, Marv –dijo el enmascarado con una nota de nerviosismo en su voz apagada.

–Sólo voy a...

–Quieto, Marv, o te arrancaré ese bigotito del labio de un balazo.

Morrell se dio la vuelta de nuevo, lentamente. «El estúpido gilipollas –pensó–. Es su primer trabajo y está tan nervioso que lo va a echar todo a perder.»

–Muy bien, amigo –dijo con paciencia–. Tú hablas y yo obedezco. Me gusta el dinero, pero no estoy enamorado de él.

–La pasta, dámela.

–Eso es lo que iba a hacer.

–De la caja registradora.

–Ya no está ahí –explicó Morrell–, la he contado y ensacado para el depósito nocturno.

–¿Ensacado?

–Ya veo que has estado por aquí –dijo Morrell.

–Corta el rollo, Marv, y pásamela.

–Para hacerlo tengo que darme la vuelta.

–Pues muévete muy despacio.

Morrell obedeció. Con la bolsa en la mano calculó las posibilidades que tenía si se la arrojaba a la cara enmascarada, pero desechó la idea al momento. El tipo estaba lo bastante loco como para disparar e incluso podía tener la suerte de darle a algo o a alguien.

–¿Te la tiro?

El idiota estuvo a punto de asentir, pero se controló.

–Déjala en la barra, tipo listo.

Morrell obedeció.

El enmascarado le dio un codazo a Lavelle.

–Ve a cogerla.

En tres obedientes zancadas, Lavalle llegó a la barra y cogió la bolsa de lona.

–Ahora retrocede.

Lavalle empezó a andar arrastrando los pies hacia atrás.

El hombre le quitó la bolsa.

–Sigue retrocediendo hacia la puerta delantera y, cuando lleguemos a ella, la abres.

Lavelle hizo lo que le mandó.

En el umbral de la puerta abierta el enmascarado soltó lo que pretendía ser una advertencia.

–Quedaos dentro al menos cinco minutos. Si no... –Cerró la puerta de un fuerte golpe. Oyeron sus pasos al correr por el aparcamiento y perderse más allá.

–Si tiene coche –dijo Lavelle–, ha de estar aparcado en la calle.

Morrell asintió y cogió el teléfono.

–Póngame con la policía –le dijo a la operadora.

Mientras esperaban a que llegara la policía, Morrell preguntó:

–¿De dónde demonios salió, Pete?

–Debe de haberse quedado en el lavabo de hombres después de que las camareras cerraran.

–¿Salió del lavabo?

–No. Cuando entré en el comedor, lo vi sentado en la mesa del rincón. Como si esperara a que contáramos el dinero y acabáramos de limpiar.

–Pues no es un profesional.

–¿Cómo lo sabes?

–Hay algo en él que me resulta familiar. No sé el qué, pero algo.

–¿Crees que es un cliente?

–Algo así. ¿No te habrás fijado antes en esa camisa?

–Hay mil iguales, Marv. Y ésta ha sido una noche de mucho trabajo, para ser viernes. Ni tiempo tuve para fijarme en la ropa que llevaba nadie.

–Y los zapatos de lona –dijo Morrell pensativamente, más para sí que para Lavelle.

–Por aquí se ven zapatos como ésos a porrillo en verano, Marv. Tú lo sabes.

–Sí, supongo que sí. –Una luz barrió las ventanas delanteras–. La policía. Será mejor que abras, Pete.

El atracador se había llevado 483,28 dólares. Lo bastante como para que le doliera un poco a Morrell, aunque ni la mitad de lo que le dolía haber sido cogido desprevenido por alguien que a todas luces era un pardillo. En su vida, había sido asaltado unas pocas veces por profesionales, y hacia ellos no sentía más que un respeto rencoroso. Pero el tipo con la máscara de goma era distinto, distinto hasta en sus zapatos de lona de suela gruesa. Suela de cuerda, tal vez, de las que se llevan en las cubiertas pulidas de los barcos...

Eran cerca de las tres de la madrugada cuando Morrell abrió la puerta principal de su casa y entró. Tillie todavía estaba levantada, en el vestíbulo; su amplia silueta en bata se recortaba contra la luz de la cocina.

–Llegas más tarde de lo normal –dijo.

–Me asaltaron –explicó Morrell.

–¿El qué? ¿Las dudas?

–¿Cómo que el qué? Quiero decir que fui literalmente asaltado por un tipo con una pistola.

–Oh, caramba, amorcito, es terrible, ¿cuándo sucedió?

–Un minuto después de cerrar. –La voz de Morrell sonó cansada. Empezó a subir las escaleras.

Tillie le siguió corriendo.

–¿Se llevó mucho, Marv?

–Toda la caja que habíamos hecho por la tarde y por la noche.

–¿No te hirió ni te pasó nada?

–No.

–Bueno, algo es algo. –Ya habían llegado al rellano superior, delante de una puerta abierta de un dormitorio iluminado–. ¿Por qué no entras y me lo cuentas, cariño?

–Esta noche no, Tillie. Estoy muerto.

–No me refería a eso, Marv. –La mujer, a su edad, se había ruborizado–. Sólo quería escuchar los detalles del atraco.

–Si es eso todo lo que te interesa –dijo Marv burlonamente–, sintoniza las noticias locales mañana por la mañana. Buenas noches.

Tillie abrió la boca para reprocharle sin acritud aquel comentario, pero la flexible espalda de su marido desapareció tras el umbral de su propio dormitorio.

Morrell había estado bastante encariñado de Tillie cinco años atrás, pero no se casó con ella por eso. Entonces era más delgada, y un lustro más joven, pero el factor determinante fue el dinero. Tillie tenía una bolsa bien llena. No era rica en el sentido estricto de la palabra, pero sí acaudalada. Y, lo más importante, estaba más que dispuesta a montarle un negocio con ciertas condiciones. Morrell, que instintivamente había eludido el matrimonio durante treinta y cinco años, había acabado aceptándolas finalmente.

Ahora que el negocio era un éxito y estaba a su nombre, ya no necesitaba a Tillie, y su moderado cariño anterior había ido menguando hasta convertirse en una indiferente familiaridad. Aun así, ella seguía teniendo una buena hucha y a él, siendo jugador por naturaleza, le gustaba sentir la seguridad de una reserva, sólo por si volvían las vacas flacas. Además, Tillie era una barrera muy útil contra las serias intrusiones de otras féminas.

Una de esas mujeres era un exquisito bocado de pelo color

miel llamada June Reeve. Le llamó la tarde siguiente alrededor de las cuatro. Le llamaba todas las tardes sobre esa hora, excepto los viernes. Y la verdad era que, incluso tres meses después del primer encuentro, la voluptuosidad insinuante de su voz seguía tocándole donde más le dolía.

–¿Estás solo, cariñito? –empezó.

Morrell se reclinó en la silla giratoria y puso sus mocasines de ante encima de la mesa de la oficina.

–Completamente solo al teléfono, nena.

–Por aquí tampoco hay moros en la costa.

Morrell dio un ruidoso y teatral beso al micrófono.

–Me tientas, nena. Créeme, me tientas.

–Y los de la puerta de al lado se han ido a las montañas el fin de semana.

–Ya he caído en la tentación. ¿Qué llevo?

–Con tu propio corpachón basta. Aunque tampoco vendrían mal un par de botellas de champán.

–Lo único frío serán los vasos.

June era la primera persona con la que hablaba aquel día que no le había mencionado el atraco. Era típico de ella considerar un suceso como aquel algo secundario en comparación con el interés principal de su vida. Sólo podía pensar en una cosa, y él, cuando le convenía, la amaba por eso. Pero no envidiaba a su marido, una figura fantasmal.

Pocas horas después, daban cuenta de lo que quedaba del champán.

–Ojalá te hubiera conocido antes, Marv –dijo June.

–¿Antes de qué, cariño?

–De que los dos nos casáramos con las personas equivocadas.

Él estaba de pie, ante el espejo de la cómoda, abotonándose la camisa.

–Míralo de este modo, cariño: esto es mejor que nada.

–No, para una mujer no es así.

–Bueno, en todo caso, no podemos remediarlo.

–Siempre podría divorciarme. Y tú también, Marv.

Sonriendo, se volvió hacia ella.

–Sería divertido, nena, pero mi vieja dama no me da ningún motivo. ¿Qué hay de tu viejo caballero?

–Podría inventarme alguna historia, con un poco de imaginación.

–¿Una historia? Viniendo de ti seguro que te inventas una amante. –Guiñándole el ojo, se acercó a la silla sobre la que había dejado su chaqueta. Mientras la quitaba del respaldo, su pie golpeó algo y se agachó a mirarlo. Una expresión de sorpresa cruzó su rostro, pero su voz siguió sonando con naturalidad–. A propósito, June ¿tu marido sospecha algo de lo nuestro?

–No me sorprendería.

–¿Qué te hace pensarlo?

–Bueno, cielito, qué demonios, probablemente vea las botellas de champán vacías por aquí. Si ni siquiera me da dinero para comprar cerveza.

–Así que te pregunta cómo han llegado aquí, ¿y tú vas y se lo cuentas?

–¿Y qué, Marv? No te preocupes. Es inofensivo.

En el coche, de vuelta a su negocio, Morrell intentó encajar las piezas. Alguien le había señalado a Reeve, el marido de June, unos meses atrás. Morrell le recordaba con claridad: un hombre de la misma complexión que el atracador. Seis noches por semana, Reeve conducía un camión vacío a Rockland, en Maine, y volvía con él cargado de langostas vivas. Subía a barcos, así que no era raro que llevara zapatos de suela gruesa. El viernes era su noche libre, lo que le hubiera permitido hacer el trabajo. Y luego estaba aquel chistecito acerca de hacerle un agujero «arrancándote ese bigotito del labio de un balazo», si eso no era la típica mofa de un cornudo celoso es que Morrell era tonto.

Si le quedaba alguna duda, June se la disipó definitivamente pocos días después, durante una de sus conversaciones telefónicas vespertinas.

–Tengo algo increíble que enseñarte, cielito –le dijo–, ven corriendo.

–Te tengo toda muy vista, nena.

–Oh, qué obseso. Es otra cosa. La acaban de traer: una televisión en color.

–¿La ha enviado Santa Claus?

–Te lo creas o no, la ha comprado Fred.

–Me lo creo.

–Su jefe le dio una prima por conseguir un cargamento de langostas por debajo del precio de mercado. Vente para aquí, cielito; no sé, me parece que tengo un poco de sed.

–Supongo que me lo merezco –dijo Morrell, más para sí que para June.

Lo más realista era contemplar la situación como un empate. No podía entregar a Reeve a la policía sin arriesgarse a provocar un escándalo. Que aquel estúpido gilipollas gritaría a los cuatro vientos el asuntillo entre su esposa y su víctima era algo tan seguro como que Dios estaba en los cielos. La vergüenza consiguiente podría bastar para mortificar tanto a Tillie que le pidiera el divorcio, y Morrell no quería que sucediera nada parecido, al menos, mientras siguiera siendo tan vulnerable a June. Necesitaba un parachoques entre él y sus deseos incontrolables, y Tillie era uno sólido y legal.

Al cabo de un mes el establecimiento de Marvin Morrell volvió a ser atracado. De nuevo, fue un viernes, justo después de cerrar. Y de nuevo el atracador hizo desfilar a Lavelle tras el cañón de su pistola desde el comedor.

Esa vez, sin embargo, Morrell les oyó acercarse. Instintivamente, echó mano de la automática que tenía metida en la funda colgada en el rincón interior de la barra, pero al momento se dio cuenta de que no dispararía contra Reeve esa noche, de la misma manera que no haría que le detuvieran. Matarle significaría liberar a June de sus lazos maritales; y una June libre, se temía, sería irresistible.

–Esta vez estaba esperando en la puerta de atrás, Marv –dijo Lavelle, casi disculpándose.

–No quiere ser un esclavo de la rutina –soltó Morrell–, si puede evitarlo.

–No te pases, Marv –dijo Reeve, con su voz amortiguada por la misma máscara de goma y algo pastosa por el valor que daban unas cuantas copas–, limítate a *pasadme* la *pazta*, ¿eh?

Morrell colocó la bolsa sobre la barra sin decir una palabra. No era tan pesada como la última vez, pero aun así abultaba lo suyo. Morrell decidió que, en adelante, los viernes cerraría la caja a las diez de la noche. Aquello reduciría la cantidad de dinero en efectivo en el local a la hora de cierre a una suma más en concordancia con el valor que él le daba a los favores de June. Podía aguantar la situación hasta que ella saliera de su vida.

Reeve cogió la bolsa de la barra dándole descuidadamente la espalda a Lavelle. Por un instante, Morrell temió que el camarero tuviera la inspiración y el suficiente valor para hacer algo, pero Lavelle se quedó inmóvil, mudo y lívido, mientras Reeve se daba la vuelta y se encaminaba tambaleándose hacia la puerta principal, ofreciendo de nuevo un blanco facilísimo.

Morrell miró la automática escondida y suspiró con pesar. «Paciencia, ya llegará el momento», se consoló a sí mismo, y echó mano a su mejor coñac.

Un lugar íntimo y elegante

VIRGINIA LONG

Era una de aquellas grandes espadas curvadas –cimitarras, creo que las llaman–, como las de *Noches de Arabia*, suspendida por una cadena de una armella del techo de piedra. No veía ningún mecanismo que la mantuviera en movimiento, pero se balanceaba en un arco amplio y uniforme. A cada pasada se acercaba un poco más a mi vientre desnudo. Tenía una cuerda que se hendía en mi estómago, se enroscaba alrededor de mis muñecas y pasaba por debajo del bloque de madera mellada sobre el que estaba tumbado con los miembros extendidos. Acompañando a cada descenso letal, oía a mi izquierda el estremecedor estrépido de una campana que se quedaba suspendida en silencio un instante, mientras la espada titubeaba al llegar a su apogeo, y luego volvía a tañer cada vez más fuerte cuando la espada reemprendía su descenso. Calculé la distancia que bajaba la hoja a cada pasada, y cuando me di cuenta de que a la próxima me destriparía como un pescado, tensé los músculos y me lancé a un lado, rompiendo la gruesa cuerda como si fuera un cordón. Mientras rodaba alejándome del bloque, a apenas unos milímetros de la hoja asesina, mi codo izquierdo se dio un golpe entumecedor contra... la mesita de noche.

Me llevó un rato orientarme. Me senté en el borde de la cama estremeciéndome, no tanto por el miedo persistente del sueño como por el horror del escritor al plagio inconsciente. La espada había desaparecido, pero la campana seguía resonando con su compás infernal.

Por fin extendí la mano para descolgar el teléfono, con la furtiva sospecha de que sería el viejo Edgar en persona, comunicándome que me iba a demandar por todo lo que tenía; o por la mitad...: al fin y al cabo, sólo le había plagiado el péndulo, no el pozo.

No era la voz de Edgar sino otra, suave, vacilante, algo cansina, que no había oído con frecuencia durante seis años y en absoluto los dos últimos. Y mi corazón, que apenas se había conmovido en mi pecho esos dos años, se me cayó a los pies y empezó a latir como un martinete.

–¿Max?

Contuve la respiración un minuto entero, dejé que la habitación a mi alrededor volviera a ponerse en su sitio, y luego dije:

–Julia –fue todo lo que pude articular, y no era una pregunta.

–Max... –añadió rápidamente y luego se paró–. Max, ¿te dice algo el nombre Marvell?

Llevaba dos años sin verla, pero habría hecho falta mucho más tiempo para que se hubiera convertido en el tipo de mujer idiota que llama a horas atroces para hacer preguntas estúpidas. Si me llamaba a aquella hora de la noche..., entonces miré el reloj y me di cuenta de que marcaba las once; y luego a la ventana: era de día. Muy bien, vale, no era una hora intempestiva, salvo para un escritor que ha vuelto tarde a la ciudad el día anterior y se ha pasado levantado casi toda la noche para acabar un relato. Daba igual, el simple hecho de que me llamara significaba que tenía una buena razón y, por lo que a mí se refería, ni siquiera hacía falta que la tuviera.

«Marvell», pensé, y mi mente asumió el control un momento para darle a mi corazón, que seguía disparado, un descanso.

–Bueno, hay un abogado en la ciudad, Louis Marvell; un tipo mayor, que lleva cuarenta o cincuenta años ejerciendo. Otro Marvell, Buck, tiene una gasolinera enfrente del auditorio. Y también hay una Little Marvell Manufacturing Company en la autopista de circunvalación del sur.

No hubo ninguna reacción al otro lado de la línea, así que rastreé un poco más profundamente en mi memoria.

–Ah, y había una chica en el instituto, Marvell Hudson, una chica corpulenta...

–No, no, ha de ser un Marvell que tenga algún significado para mí. Oh, Max, me estoy comportando como una maleducada. ¿Cómo estás? He leído docenas de tus cuentos y estoy muy orgullosa de ti.

–Gracias –dije, pero ella no había puesto fin a un silencio de dos años para decirme que le gustaban mis cuentos, que, además, tampoco eran tan buenos. Servían para tener la nevera llena de cerveza y queso mientras escribía mi novela.

La voz de Julia sonaba intranquila, aunque estaba seguro de que no por la misma razón que me temblaba la mía.

–¿Algo va mal? –le pregunté–. ¿Qué es ese asunto de Marvell?

Hubo un largo silencio y la oí respirar hondo.

–Estoy asustada, Max. Recibí una carta..., bueno no es una carta en realidad..., ¿podría verte?

–¿Sigues viviendo en el mismo sitio? Puedo estar ahí en media hora.

–¡Oh, por favor! Sí, en el mismo apartamento. Será tan agradable volver a verte.

Después de colgar, me quedé sentado al borde de la cama, recordando la última vez que la había visto: esbelta y pálida, con sus ojos oscuros y brillantes por las lágrimas que no se había permitido derramar diciéndome que no quería verme por un tiempo. Había un montón de cosas en su vida que debía poner en su sitio, y era algo que tenía que hacer sola. Ella sabía desde hacía mucho tiempo que yo la amaba, y yo sabía que ella lo sabía, pero era algo de lo que nunca habíamos hablado. Hay cosas que uno sencillamente no le cuenta a la mujer de su mejor amigo, ni tan siquiera a su viuda..., a menos que haya transcurrido un intervalo decente.

Una semana no lo es, y sólo hacía ese tiempo que Lang Winters había muerto cuando ella me dijo:

–No me llames, te llamaré yo.

Yo ya había ayudado todo lo que podía. Fue a mí a quien llamó cuando un policía de tráfico le dio la noticia de que el coche de Lang se había salido de la carretera cayendo por un barranco, había dado una docena de vueltas y se había quemado hasta quedar convertido en un amasijo negro retorcido. Parte de ese amasijo negro era Lang y yo la acompañé a la morgue a identificar el anillo monogramado, el portamonedas y el juego de llaves, que era todo lo que había quedado identificable. Pero nadie tuvo nunca la menor duda de que era Lang. En su bar preferido, a las afueras de la ciudad, numerosos testigos le habían visto salir solo y tambaleándose poco antes de que cerrara y subirse a su coche; media hora después ocurrió la desgracia. Los parroquianos no se sorprendieron del accidente, sino de que hubiera sido capaz de conducir veinte kilómetros antes de sufrirlo.

En la facultad, Lang era una especie de excéntrico, y supongo que yo también. Vivíamos en la misma residencia e hicimos buenas migas desde el principio. Los dos asistimos a un montón de cursos de literatura y de escritura creativa, pero a él le interesaba la poesía mientras que yo estaba destinado a escribir la Gran Novela Americana. Me enseñó un poco de su obra, pero para mi gusto era demasiado caótica.

Recuerdo la noche que eligió su seudónimo.

–Lang Winters –dijo, entonándolo con pronunciación alemana–. Kurt Sommers. ¿Qué podía ser más lógico para mi otra mitad, mi alter ego? Largos inviernos y cortos veranos forman un hermoso círculo cerrado[1]. ¿Qué te parece?

Le aseguré que era una elección inspirada.

Durante nuestro primer año de facultad empezó a mandar poemas, firmando «Kurt Sommers», a varias revistas, pero no creo que nunca le aceptaran ninguno. Aunque yo siempre me enteraba cuando recibía un rechazo. Venía a mi habitación, vagaba a mi alrededor un rato pretendiendo parecer despreocupado, y luego, repentinamente, decía:

–Lo que necesitamos es una cerveza.

El último año, Julia compartió con nosotros uno de los cursos de literatura. Empezamos a salir por ahí, primero los tres juntos y luego, paulatinamente, el grupo se fue reduciendo a ellos dos. Dejé de recibir invitaciones a beber cerveza y, por lo que sé, tampoco volvió a escribir más poemas. A mitad de curso, Lang cambió su programa de estudios para asistir a cuan-

1. En alemán, *Lang* significa «largo»; *Winters*, «inviernos»; *Sommers*, «veranos»; y *Kurt* tiene grafía y pronunciación similar a *Kurz*, «corto». En inglés, *Lang* y *Kurt* son asimismo nombres propios habituales. *(N. del T.)*

tas clases de periodismo le fuera posible, y aquello me confirmó, aunque él no me lo hubiera dicho, que se tomaba lo suyo con Julia absolutamente en serio. Las cartas de rechazo no sirven de mucho para mantener a una esposa.

Se casaron justo después de graduarse, en cuanto él consiguió un empleo escribiendo textos para una agencia de publicidad. También demostró su valía en eso y, en un par de años, ya era uno de los ejecutivos.

Al principio me invitaban a menudo a cenar a su casa. Me gustaban aquellas veladas, la buena mesa y la buena conversación. El problema era que, poco a poco, me di cuenta de que esperaba con demasiada ansia aquellas invitaciones, y no precisamente por la comida ni por la conversación, así que empecé a buscarme excusas para rechazarlas, hasta el punto que llegué a salir con chicas que no me importaban nada, sólo para estar ocupado cuando llamaba Lang. Por amigos comunes, supe que las cosas no marchaban muy bien en la pareja. Lang empezó a beber y perdió su empleo, pero se llevó un par de clientes importantes y montó una agencia propia. Era un negocio que no daba mucho, pero pudo salir adelante gracias a que Julia se encargaba de la oficina y de que él estuviera lo bastante sobrio en los momentos apropiados para mantener contento al reducido grupo de clientes.

Seguía yendo a cenar algún domingo, pero había pizza en vez de filete y cerveza en lugar de vino. No fui capaz de reunir el valor suficiente para romper de una manera radical con ellos, pero me propuse que sólo miraría a Julia cuando ella me hablara, y limitaba la mayor parte de mi conversación a Lang. Sin embargo, cada vez se me hacía más difícil. Él había ido desarrollando una profunda amargura interior, junto con su creciente dependencia de la botella. La mayor parte de su hostilidad la dirigía hacia Julia, que se quedaba sentada con una mirada herida e impotente en los ojos tras cada una de sus diatribas. Yo casi estaba empezando a odiarle.

La última vez que le vi, un par de semanas antes del accidente, fue al final de una velada dominical particularmente desagradable. Tuve que ayudar a Julia a acostarlo después de que él, borracho, intentara darme un puñetazo sin ninguna razón y luego se desmayara. Al irme, dejé de lado las disculpas de Julia y cogí sus dos manos en las mías.

–Julia, siempre que necesites algo, llámame. Pero la amistad que alguna vez compartimos... –miré hacia el dormitorio donde Lang roncaba ruidosamente–, me parece que se perdió en algún punto del camino.

Ella asintió, aferrando mis manos como una jovencita asustada, y cuando me incliné para tocarle la frente con los labios, fue como si besara a una niña. Pero ninguno de los dos éramos críos, y yo sabía que por eso tenía que irme y no volver jamás.

Volví, por supuesto, pero sólo cuando recibí aquella llamada desesperada una noche dos semanas después...

Mis pensamientos retornaron al presente.

Preparé algo de café para darme ánimos mientras me afeitaba y duchaba, y luego me escaldé los labios al intentar beberlo a la vez que me vestía.

A los treinta y cinco minutos de haber colgado el teléfono, metía mi antigualla con ruedas en el aparcamiento del edificio de Julia, y me maldije a mí mismo por llegar cinco minutos tarde. Pero cuando abrió la puerta ya no me importó, ni siquiera importaban los dos años transcurridos. Allí estaba ella, alta, esbelta y absolutamente encantadora, con el pelo corto y rubio peinado de un modo distinto, aunque sus increíbles ojos violetas eran idénticos.

Nos saludamos torpemente. Intenté decirle que me alegraba de verla sin que se notara cuánto me alegraba en realidad, y ella intentó cumplir con las formalidades por más que a todas luces quisiera ir al grano lo antes posible. Me disculpé por haber tardado tanto en responder al teléfono y le expliqué que había estado fuera hasta muy tarde y que me había quedado a escribir el resto de la noche, y luego ella se disculpó por haberme despertado.

Finalmente se acercó a una mesa, extrajo una hoja de papel doblada de un sobre, se dio la vuelta y me la alcanzó.

La cogí y la miré. Tres palabras, garabateadas por una tosca mano masculina, me saltaron a los ojos: «¡Marvell se equivocaba!». Era todo lo que decía.

La miré a los ojos y descubrí una especie de terror latente. En aquellas palabras no había nada terrorífico, pero obviamente no eran ellas las que la habían puesto al borde de la histeria.

–¿Todavía no has averiguado de qué se trata?

–No, no tengo ni idea de lo que pueden significar. Pero, Max, ¿no notas nada raro?

Examiné de nuevo el papel y negué con la cabeza. Ella empezó a hablar, pero se interrumpió, cogió un cigarrillo y lo encendió con manos temblorosas. Al darme la espalda, su voz se volvió casi inaudible y perdió toda inflexión.

–Es la letra de Lang.

Tenía los ojos clavados en la nuca de Julia, y los bajé al papel, preguntándome si tantas penas no la habrían llevado a algún tipo de locura.

–Julia, no puede ser. Es imposible, tú lo sabes. –Pero mi voz no sonó convincente, ni siquiera para mí mismo. Comparando los burdos garabatos con lo que yo recordaba, me di cuenta de que tenía razón. La «s» de «se» tenía las mismas ondulaciones aplanadas, acabadas en un bucle innecesario, que yo había visto mil veces en la firma de Lang, tanto cuando utilizaba el nombre de Winters como el de Sommers.

Ella se dio la vuelta para ver cómo reaccionaba y asintió levemente ante la expresión desconcertada de mi rostro.

–Una voz salida de la tumba –comentó con aquel tono mortecino.

Cuando lo dijo empecé a sentir un cosquilleo en la nuca: había algo que teníamos en común Lang, Julia, las tumbas, Marvell y yo a la vez... Por fin me acordé.

–Julia, ¿recuerdas la clase de literatura en la facultad a la que asistíamos los tres? –Vi que dudaba, intentando recordar, por fin asintió–. Estudiábamos los poetas metafísicos del siglo XVII: John Donne, George Herbert y Andrew Marvell.

Los ojos se le abrieron de par en par y su voz recuperó algo de vida:

–¡Claro! Marvell era uno de los preferidos de Lang. Siempre citaba... –Se levantó, fue a una estantería que había junto a la chimenea y su mano recorrió lentamente una hilera de libros. Encontró el que buscaba y me lo trajo. No hacía falta que miráramos el «Lang Winters» escrito en la guarda, pero coloqué el papel junto al nombre. Ni la menor duda: estaba escrito por la misma mano.

Julia hojeó el libro. Encontró a Marvell y empezamos a repasar los poemas a toda prisa. Pasó la página y de repente dejó caer la mano dando una palmada.

–Aquí. Éste es el poema que citaba continuamente. «A su amante tímida.»

Al tenerlo delante, a ambos nos resultó conocido, pero lo leímos despacio:

> Si nos sobrara el tiempo y el mundo fuera más grande,
> esta timidez, señora, no sería un crimen...

Era una obra inteligente, pero nosotros seguíamos igual de desconcertados que al empezar hasta que leímos más de la mitad de los versos. Entonces lo vimos los dos a la vez.

> La tumba es un lugar íntimo y elegante,
> pero no creo que en ella nadie se abrace.

Cerró el libro y lo dejó sobre la mesita de café, apartándolo de un empujón como si fuera un objeto vivo y amenazante. Durante unos minutos había sido una especie de desafío, un extraño juego de preguntas y respuestas, pero ahora la había sobrecogido.

–Oh, Max, ¿quién era el hombre que iba en el coche? ¿A quién enterramos?

Yo estaba tan conmovido como ella, pero intenté controlarme. Me acerqué a la mesa donde había dejado el sobre. Su nombre y dirección estaban escritos en letras de imprenta, con mano ligeramente temblorosa, y la tinta se veía algo borrosa y corrida, como si se hubiera mojado. No tenía remitente y el matasellos también estaba emborronado. Lo acerqué a la luz para intentar descifrarlo. Al principio no pude leerlo –yo mismo temblaba– pero, poco a poco, las letras se fueron asentando lo bastante como para ver que decía «Overton».

No pude descifrar el estado, pero el código postal era fácilmente legible. Yo lo conocía.

Julia permanecía sentada, en fuerte estado de ansiedad. Le cogí la mano, pero siguió helada incluso en la mía. Podía adivinar algunas de las cosas que le estaban pasando por la cabeza: en el mejor de los casos, que Lang la había abandonado, dejándola creer que había muerto; en el peor, que su marido había asesinado a un hombre y estaba escondido. Mientras intentaba compartir su dolor, un plan fue tomando forma en mi mente. Sabía que tenía que hacer algo. A mí también me iba mucho en aquello.

–Julia. –Me miró aturdida desde la lejanía, parpadeó y volvió a la realidad–. Mira, hace poco he acabado un cuento, así que no tengo nada que hacer durante unos días. Me acercaré a este Overton y echaré una mirada, ¿te parece?

Salió de su aturdimiento con un gran esfuerzo, y con un resquicio de su antigua eficacia encontró un mapa de carreteras. Buscó Overton y encontró muchos pueblos con ese nombre, pero sólo uno en la zona del código postal del matasellos, a unos quinientos kilómetros. Quería acompañarme, pero la convencí de que sería mejor que yo hiciera el primer reconocimiento; la llamaría si encontraba alguna pista.

Un par de horas más tarde, después de meter unas cuantas cosas en una bolsa y pararme a comprar una hamburguesa que fui incapaz de comerme, ya estaba en camino. Mi coche es viejo, pero lo mantengo en buen estado, así que hice el trayecto en cinco horas sin forzar la marcha, incluyendo un par de paradas para poner gasolina.

Overton no era precisamente una gran ciudad. El rótulo de entrada rezaba: «Población: 35.247», pero no creo que lo hubieran cambiado tras los últimos censos. Me alojé en un hotel, me lavé un poco y salí a echar un vistazo.

Encontré un bar en un barrio decoroso y pedí un escocés con hielo. Mientras me lo tomaba, vi un teléfono al final de la barra y le pregunté al camarero si tenía una guía telefónica. De debajo del mostrador sacó un listín sucio y sobado y me lo lanzó deslizándolo sobre la barra.

Lo abrí en la «W» y busqué automáticamente los Winter.

No era muy probable que hubiera continuado utilizando su propio nombre, pero es un hecho que, igual que en la ficción, la mayoría de la gente que se cambia el nombre se pone otro con las misma iniciales. Además, tenía que empezar por algún sitio. Encontré un Lloyd Winton y un Lawrence Walters. También aparecía un L. Robert Winters, pero iba seguido de «Doctor», lo que le eliminaba.

La primera moneda que metí me sirvió para escuchar una grabación que decía que el número que acababa de marcar ya no estaba en servicio. Cuando volví a meter la moneda para probar suerte con Lawrence Walters, respondió una mujer. Pregunté por el señor Walters y ella me dijo que esperara un momento. Luego se puso una voz chirriante que debía de tener ochenta años. Me disculpé por haberme equivocado de señor Walters y colgué. Me bebí el whisky reflexionando, sin tener una idea clara de qué hacer a continuación. Estaba pasando abstraído las páginas del listín cuando me llamó la atención uno de los encabezamientos alfabéticos. Volví a ella inmediatamente, y me recorrió un escalofrío eléctrico.

«Short-Summers.»

Era demasiada coincidencia para pasarla por alto. Kurt Sommers..., Lang muy probablemente habría utilizado su antiguo seudónimo. Mi dedo recorrió el listado y sentí una leve decepción al no encontrar ningún Kurt Sommers. Seguidamente comprobé si había algún Curt Summers, sólo para asegurarme, y luego llamé a información para ver si había un listín telefónico posterior en el que apareciera alguno de los nombres. No lo había, pero yo seguía teniendo la sensación de que había dado con algo sólido..., un fantasma todavía, pero al menos con un nombre. Lang Winters estaba muerto, y parecía mucho más lógico buscar a Kurt Sommers.

Después de cenar un buen filete volví a mi hotel. Era demasiado tarde para hacer nada más y mañana sería otro día. Leí un rato y luego dormí intranquilo, con el rostro de Julia entrando y saliendo de mis sueños con tortuosa regularidad.

A la mañana siguiente, me demoré desayunando, intentando imaginar cómo actuaría uno de mis detectives de ficción en una investigación como aquélla. No recurriría a la policía, eso por descontado. Tenía la esperanza de que el problema no se acabara convirtiendo en un asunto policial y, al menos de momento, fuera una cuestión estrictamente personal.

Un hombre puede cambiar su nombre, sus costumbres, toda su identidad, pero no puede transformar fácilmente su propia naturaleza. Lang siempre había sido un lector insaciable, y yo sabía que dondequiera que viviera –si es que vivía– sus pasos habrían desgastado un tramo de las escaleras de la biblioteca pública. Conseguí la dirección de la biblioteca, y ya estaba a la puerta cuando se abrió a las nueve. En recepción había una mujer de rostro severo y de pelo muy rizado. Recompuse mi cara dándole una expresión de tímido recién llegado a una ciudad desconocida y fui hacia ella.

Le dije que estaba de paso en la ciudad y que intentaba encontrar a un antiguo compañero del ejército. No aparecía en el listín telefónico, pero estaba convencido de que si viviera cerca sería socio de la biblioteca pública. Funcionó porque mientras ella me explicaba las normas que le impedían ayudarme, a la vez pasaba el dedo por el fichero, hasta que llegó a «Sommers, Kurt». Pude leer «1323 W. 16th, 2B» y lo grabé en una muesca de mi memoria, a la vez que le aseguraba a la mujer que la entendía perfectamente pero que, de todos modos, se lo agradecía.

Ya tenía un nombre y una dirección, y casi me asustó que las cosas fueran saliendo tan rápido. Pensé en llamar a Julia, pero lo descarté. Tal vez todo era una coincidencia, y ese Kurt Sommers resultaría ser un rechoncho carnicero de mediana edad, con mujer y seis hijos. Más valía que aclarara las cosas antes de llamarla.

Compré un plano de la ciudad en una tienda y fui en coche a la West Sixteenth Street. Era un barrio ruinoso, con unos cuantos negocios mezclados con viejas casas de dos pisos y edificios de apartamentos. Encontré el 1323 en el centro de un bloque desolado y aparqué enfrente.

Reacio a entrar, observé la sórdida entrada del edificio mientra me fumaba un cigarrillo. Era triste pensar que un viejo amigo vivía en un sitio como ése, y todavía más triste pensar en las razones que tendría para hacerlo.

Cuando reuní el valor suficiente para entrar, llamé al timbre del apartamento 2B un par de veces. Ya me estaba dando la vuelta para irme cuando oí movimiento en su interior. Eran unos pies que se arrastraban silenciosamente, como si alguien se alejara de la entrada intentando no hacer ruido. Contuve el aliento y escuché. Creí que oía respirar al otro lado de la puerta, pero pudo haber sido sólo mi imaginación. Luego se oyó una especie de maullido apagado y casi me reí de mí mismo en voz alta. Un gato. Pero, aun así...

Obviamente el gato, o quien estuviera dentro, no tenía intención de abrirme así que decidí volver al coche. Al empezar a andar eché un mirada de refilón y, esa vez, no fue mi imaginación la que corrió una cortina, cerrándola. Podría haber sido un gato saltando desde el alféizar, pero no lo creía.

Tenía la impresión de que había llegado a un callejón sin salida, así que hice lo que suelo hacer cuando me abandona la inspiración en medio de un cuento. Me quité todo el follón de la cabeza y me concentré en otras cosas que tenía que hacer. Comí algo, me corté el pelo, me abrillanté los zapatos y estuve hojeando libros y revistas en una librería. Me complació ver tres revistas de misterio que incluían cuentos míos. Me consolé pensando en la competencia con que había sabido resolver los problemas en aquellas historias. Con el ánimo un poco más reforzado fui al hotel y me acosté un rato. Cuando me desperté ya estaba oscureciendo y no se me había ocurrido ningún plan mejor que volver al 1323 de la West Sixteenth y probar de nuevo.

Esta vez, en cuanto pulsé el timbre oí unos pasos taconeando por un suelo desnudo, y la puerta se abrió un palmo, dejándome entrever a una joven de grandes ojos y cabello oscuro recogido hacia atrás en una cola de caballo. Por su pelo y ropa aparentaba unos diecisiete años, pero sus ojos la hacían otros cinco mayor.

–¿La señora Sommers? –En ningún momento había esperado encontrarme con una chica.

–Sí, soy yo. ¿Qué desea? –La pregunta no fue maleducada ni antipática, sólo práctica.

–Estoy buscando a un viejo amigo de la facultad, Kurt

Sommers. Alguien me dijo que vivía aquí. –La miré de cerca, sin saber bien qué reacción esperar por su parte. Lo que recibí fueron lágrimas.

No es que el llanto estallara de repente. Sencillamente la chica estaba allí de pie, con dos enormes lágrimas cayéndole por las mejillas. Por extraño que parezca ni su voz ni su expresión cambiaron.

–No está.

–¿Cuándo volverá? Me gustaría mucho volver a ver a Kurt.

–¿Cuándo ha dicho que le conoció? –Seguía manteniendo la puerta entreabierta.

–Vivimos en la misma residencia de estudiantes en la facultad. ¿Todavía escribe poesía?

Su expresión cambió, se echó hacia atrás despacio y abrió la puerta del todo. Entonces pude ver la sala: un espacio deslustrado, con mobiliario barato y un fregadero y una estufa a un lado. Sin embargo, tenía un aspecto limpio y arreglado, como la chica. Entré y ella me indicó el único sofá que había. Ella cogió una silla de la cocina y se sentó enfrente de mí.

–¿Cómo se llama?

–Oh, vaya, lo siento, soy Maxwell Mannington. No sé si le habrá hablado de mí alguna vez.

–Mannington –repitió ella sin apartar sus ojos solemnes de mi rostro–. Nunca habla demasiado del pasado. ¿Para qué quiere verle?

–Sólo quería saludar a un viejo amigo –dije sinceramente–, me enteré de que vivía en Overton y se me ocurrió hacerle una visita mientras estaba en la ciudad.

–¿Cuándo fue la última vez que le vio? –Vaya un investigador que estaba hecho. Ella hacía todas las preguntas.

–Bueno, me parece que hará unos dos años. –Supe que había metido la pata nada más decirlo. Se levantó inesperadamente, su expresión se había petrificado.

–No está aquí y yo tengo mucho que hacer.

También yo me levanté y, al incorporarme, vi que se movía imperceptiblemente una puerta que había al otro lado del salón. Oí un débil tintineo que no pude ubicar bien, pero supe que había alguien tras aquella puerta, mirando por la abertura. Sabía que a la gente se le ponía la piel de gallina, pero aquella era la primera vez que me pasaba a mí.

Me di cuenta de que ella no me había contado absolutamente nada. Tal vez hubiera un Kurt Sommers en la habitación de al lado, pero que nada tuviera que ver con Lang. Uno de mis héroes habría abierto la puerta de golpe y habría sacado al mirón, pero yo no estaba preparado.

Ella había ido a la puerta de entrada y la había abierto. No me quedaba más remedio que marcharme, pero hice una última tentativa.

–Cuando Kurt vuelva a casa, ¿querrá decirle que me alojo en el hotel Starlite en North Central? –Me miró con expresión glacial y me fui.

Permanecí indeciso junto a mi coche durante unos minutos antes de coger las llaves para abrirlo. Había oscurecido del todo y la tenue luz de las esquinas de la calle no iluminaba el centro de la manzana. Tenía la llave en la mano y estaba tanteando a ciegas buscando la cerradura cuando más que oír sentí un movimiento a mis espaldas, y, a la vez, me llegó un olorcillo dulce y acre. Antes de que pudiera volverme, algo me golpeó en la nuca, y lo último que pensé antes de desplomarme sobre el pavimento fue que aquello era demasiado: la gente no ve de verdad estrellas cuando le dan un golpe; pero yo sí, novas, supernovas y estrellitas.

No sé cuánto tiempo transcurrió hasta que me desperté. Estaba tumbado boca abajo, en la calle; afortunadamente, justo al lado de mi coche, de modo que me libré de ser atropellado por otros vehículos. Quizá ni tan sólo hubiera habido tiempo para que pasara ninguno. La cabeza me dolía horrores y tenía náuseas. Me levanté con esfuerzo y me di cuenta de que todavía sostenía las llaves del coche aferradas en el puño. Me las arreglé para abrir la puerta y me dejé caer en el asiento. Bajé el cristal de la ventanilla, respiré profundamente varias veces el aire nocturno y las náuseas remitieron un poco. Me palpé la nuca. No tenía ni cortes ni rasguños, sólo sentía un gran círculo de dolor.

Encendí la luz interior y comprobé mi cartera. No faltaba

nada, pero tampoco lo esperaba. Si hubiera sido un asalto normal, podría haber pedido ayuda a la policía, pero no quería meterla en el caso. Una cosa estaba clara: alguien no quería que encontrara a Kurt Sommers, y aquella chiquilla no había podido darme el golpe que me derribó.

En cuanto me sentí lo bastante recuperado, conduje hasta el hotel, me di una larga ducha caliente, y me acomodé en la cama. Puse una botella de whisky escocés y un vaso al alcance de la mano y me acerqué el teléfono. Era el momento de que Julia supiese qué estaba pasando.

Me escuchó en silencio mientras la ponía al corriente. No editorialicé, sólo informé. Me sentí un poco tonto al contarle que me habían zurrado, pero no le oculté nada. Cuando acabé, permaneció un instante en silencio y luego afirmó categóricamente:

–Entonces, ¡Lang está ahí!

Le dije que yo también me inclinaba por esa posibilidad, pero no sabía por qué estaba ella tan segura.

–Dijiste que ella te dejó entrar tras preguntarle si todavía escribía poesía. Así que el Kurt Sommers que conoce esa chica es poeta. Y te echó cuando le dijiste que no le veías desde hacía dos años. ¿No te parece demasiada coincidencia que existan dos Kurt Sommers que escriban poesía y cuyas vidas oculten un acontecimiento turbio sucedido justamente dos años atrás?

–Pues más bien lo parece, en efecto –admití, y empecé a decirle que la llamaría al día siguiente. Pero ella tenía otros planes.

–Ya he consultado los horarios del aeropuerto, si cojo un vuelo regular a las 7.40 mañana por la mañana estaré en Overton a las 9.30. ¿Puedes ir a recogerme?

–Claro que puedo, lo que no sé es si deberías venir. Si alguien se va a poner violento... –Me acaricié la nuca con cuidado.

–Allí no voy a tener más miedo del que tengo quedándome aquí, sin saber nada. ¿Nos vemos mañana?

Seguía sin gustarme la idea de que se metiera en un asunto que, acabara como acabara, tenía toda la pinta de ponerse desagradable; aunque sí me atraía la perspectiva de volver a verla. Le dije que la estaría esperando en el aeropuerto.

Acababa de colgar y ni siquiera había retirado la mano del auricular cuando sonó el teléfono. Lo descolgué de nuevo, y era una voz femenina.

–Señor Mannington, soy Elsie Sommers.

Me quedé pensándolo un momento y concluí que era lógico que la chica tuviera un nombre de pila, aunque su apellido no fuera lo que se llamaría legítimo. Fui bastante brusco, lo cual, dadas las circunstancias, creí justificable.

–Dígame.

–Usted es de verdad un viejo amigo de Kurt, ¿no es así?

–Le dije que lo era.

–No estaba segura. Creí que tal vez le estuviera buscando por..., por alguna otra razón.

–¿Qué otra razón? –Tenía curiosidad por averiguar cuánto sabía la chica.

–Ninguna en especial, supongo. Pero acabo de mirar unos papeles suyos y he encontrado un sobre dirigido a usted.

Aquello me dejó de piedra. Resultaba demasiada casualidad. Me presento haciendo preguntas y ella, oportunamente, encuentra una carta que quizá me las respondería.

–Si pudiera volver a pasarse por aquí –prosiguió– se lo daré. Lamento mucho haberme comportado como lo hice.

Miré el reloj.

–Ahora es muy tarde, y mañana por la mañana tengo que ver a alguien. Pero luego... ¿estará usted en casa a eso de las once?

–Aquí estaré, señor Mannington. –Colgó sin despedirse. Tardé mucho tiempo en poder conciliar el sueño.

Aquello se estaba convirtiendo en un enigma, podría incluso tratarse de una trampa y, si lo era, yo me encaminaba directamente a ella. Julia quería encontrar algunas respuestas y yo tenía que buscárselas. Como mínimo, la próxima vez tendría muchísimo cuidado con quién se ponía detrás de mí. Sabía que Julia insistiría en acompañarme, y ella era la única persona en el mundo a la que no sabía decirle que no.

Llegué temprano al aeropuerto. Cuando el pequeño avión

descendió suavemente y frenó sobre la pista de aterrizaje, ella fue el único pasajero en bajarse en esa escala, yo me dirigí hacia la puerta. Al verme, apresuró el paso hasta ponerse casi a correr. Por la mirada en sus ojos, pensé que, fueran cuales fueran los tecnicismos legales que nuestra investigación variara, la persona que buscaba ya no tenía ningún derecho emocional sobre ella. Ambos nos paramos en seco a un paso, sin saber muy bien qué hacer. Finalmente le puse un brazo sobre los hombros y Julia me tocó fugazmente la mejilla con la suya. La llevé al coche y recorrimos los pocos kilómetros que nos separaban de Overton.

En el trayecto, la informé de la llamada de la chica sobre la carta y, como había previsto, quiso acompañarme a buscarla. Paramos en el hotel, pedimos una habitación para ella y esperé a que se refrescara. Luego nos dirigimos a la Sixteenth Street.

Nos detuvimos un par de puertas más abajo de la dirección, sobre el bordillo de enfrente cuando todavía faltaba media hora para la cita con la señora Sommers. Me disponía a salir cuando miré al otro lado de la calle y me volví a sentar, me deslicé para quedar oculto a la vista, haciéndole gestos a Julia para que me imitara.

Elsie Sommers estaba bajando por las escaleras del edificio; llevaba un traje oscuro de hombre en el brazo. En el cuello de la percha iba colgada una corbata a rayas verdes y negras, y en la otra mano llevaba una bolsa de papel. Recorrió la calle a paso rápido, en dirección contraria al coche. Cuando se acercaba a la esquina, una inmensa furgoneta negra se interpuso en nuestra línea de visión, de modo que no pudimos ver hacia qué lado giraba.

Puse el coche en marcha y di la vuelta a la manzana, dirigiéndome a la esquina donde la habíamos perdido de vista. Estuve dando vueltas durante diez minutos más o menos pero no volvimos a atisbarla. Finalmente abandonamos y regresamos para aparcar enfrente de su apartamento. Mientras esperábamos que volviera la chica, Julia empezó a especular: Lang se había mudado a alguno sitio cercano y Elsie había ido a darle ropa limpia mientras se libraba de mí con una carta inventada.

Elsie volvió a las once menos cinco, con las manos vacías. Esperamos unos minutos y entramos. Abrió la puerta al instante y sólo pareció moderadamente sorprendida al ver que no iba solo.

–Ésta es Julia Winters. Señora Sommers. –Hice la breve presentación sin dar ninguna explicación, pero puse el brazo alrededor de Julia para dar la impresión de que sencillamente había llevado a mi novia conmigo. Las cosas ya estaban bastante enredadas como para poner más complicaciones. Desde luego, no iba a decir: «Señora Sommers, le presento a la esposa de su marido».

–¿Cómo está? –preguntó Julia, tranquila y educada, como si de verdad le interesara saberlo, aunque, amparada en su serenidad superficial, examinó a la chica y el salón detenidamente. La antigua rabia que sentía hacia Lang se disparó. Era una situación muy dolorosa para ella.

Elsie Sommers no nos invitó a sentarnos, fue directamente al mármol de la cocina y cogió un sobre grueso. Me lo alcanzó sin decir palabra. Sabía que ella esperaba que lo cogiera y me fuera, pero yo estaba escuchando con todos mis sentidos, y lo oí: un movimiento muy leve en la otra habitación que jamás habría percibido de no haberlo esperado. Vi que Julia inclinaba imperceptiblemente la cabeza y supe que también lo había oído. No se ajustaba a la teoría que ella había construido antes, pero decidí ir a por todas, ya que no parecía muy probable que nos volviera a invitar otra vez.

Resistiendo el impulso alocado de gritar «¡Lázaro, levántate y anda!», miré a Elsie con lo que pretendía ser una mirada acerada e hice un gesto hacia la puerta del dormitorio.

–Dile que salga de ahí.

Ella casi nos había dado la espalda, se giró para encararme y pareció asombrada y confusa, pero yo diría que nada asustada. Entonces asumió un curioso aspecto de resignación y fue hacia la puerta, la abrió un poco y dijo algo en voz muy baja. Volvió y se colocó a nuestro lado. Los tres nos quedamos esperando, con los ojos clavados en la puerta.

Él salió lentamente y a desgana, mirando al suelo, al salón, a todas partes menos a nosotros. Era alto, pesado y el centro de su cuerpo parecía fofo. Mientras le observábamos, rebuscó en un bolsillo, sacó un caramelo de menta, lo desenvolvió y con la concentración más absoluta se lo llevó a la boca.

Aquel gesto me sacó de mi parálisis. Yo había escuchado aquel sonido crujiente de una envoltura de papel antes, y también me resultaba familiar el aroma dulce y penetrante de la menta. Era lo que había olido justo antes de que me golpearan en la nuca. Di tres pasos, le cogí de la camisa con el puño justo por debajo de la barbilla y lo alcé, obligándole a ponerse de puntillas.

–Debería romperte la cabeza –grité.

Julia me estiraba inútilmente del brazo y Elsie empezó a darme golpes en la espalda, chillando, cuando de repente me di cuenta de que algo no encajaba. El hombre –no, sólo era un muchacho, de diecisiete o dieciocho años– me miraba, y vi el vacío en los ojos y la relajación en la boca que distinguen a los retrasados mentales. Solté la camisa sintiéndome un completo estúpido.

Una Elsie a la defensiva se puso junto a él, le rodeó con el brazo.

–Es mi hermano, Jodie, mi ayudante grande y fuerte –lo dijo con la intensidad forzada de una madre que intenta que su hijo de cuatro años se sienta bien–. Es un poco tímido con los extraños.

Él se había aferrado a Elsie, llorando, pero me miró furtivamente.

–No quería hacerle daño. Pero usted asustó a mi hermana. Ella estaba muy triste ¡y usted la asustó!

Ella seguía dándole palmaditas, igual que se consuela a un niño, y me di cuenta de que era la primera noticia que tenía de que el chico se hubiera escapado y me hubiera golpeado la noche anterior. Se lo expliqué, minimizándolo al ver a qué se había debido. Ella se limitó a asentir, como si no fuera importante, lo cual era verdad.

De repente se oyó una especie de maullido apagado proviniente de la habitación, y Jodie dejó de llorar, se irguió y entró a toda prisa para salir inmediatamente con un bebé con cara de sueño.

Las cosas estaban yendo demasiado rápido para mí, y no pude hacer otra cosa que quedarme allí quieto, mirando estúpidamente. Elsie cogió al bebé, sacó una botella de una cazuela de la cocina y se sentó a darle de comer. Parecía haber olvidado nuestra presencia, pero no estábamos dispuestos a marcharnos con tantos flecos sueltos agitándose. Encontré unas sillas para Julia y para mí y nos sentamos a esperar. Jodie se había apoyado en el mármol de la cocina y contemplaba a su hermana y al bebé como un gran cachorro protector.

Por fin, la chica levantó la mirada. Tenía el rostro transfigurado.

–Ésta es Amy –dijo como si estuviera soñando–, bueno, Amarantha –Kurt le puso el nombre–, pero Amarantha es demasiado grande para una niñita tan pequeña... –Su voz se fue apagando.

–Amarantha –oí que susurraba Julia mientras extendía una mano vacilante para acariciar el pelo dorado de la cabecita. Mi memoria añadió un par de versos más: ... «dulce y clara, ah, no trences más ese cabello reluciente». Lovelace, otro de los poetas ingleses del siglo XVII.

Como si nos hubiera leído los pensamientos, la chica dijo de repente:

–Kurt ha escrito mucho últimamente. Si lo quieren ver, hay un montón ahí, detrás de Jodie.

Encontré una pila de libretas sobre el mármol, las cogí y volví a sentarme junto a Julia, le pasé la mitad de arriba. Empezamos a mirar las páginas de letra apretada. No sé qué impresión le causó a Julia –parecía casi en trance–, pero el material era bueno; no genial pero sí bueno, muy bueno. Los versos de un poeta que finalmente está encontrando su propia voz. Sentí una punzada de comprensión. Cuando por fin escribía buena poesía, no se atrevía a publicarla.

–No soy muy aficionada a la lectura, pero suenan preciosos cuando Kurt me los lee en voz alta. –Elsie apoyó al bebé contra su hombro y le palmeó la espalda cariñosamente–. No creo que Kurt quisiera que se los diera a ustedes, pero sé que no le molestará que los lean.

Leímos las seis libretas allí sentados, luego las recogí y las dejé sobre el mármol. Jodie me sonrió amistosamente, aceptándome una vez que su hermana lo había hecho, pero yo sólo quería salir de allí cuanto antes y leer la carta que me quemaba como un hierro al rojo vivo en el bolsillo de mi chaqueta. Cogí a Julia del brazo y se levantó. Al darle la espalda, Elsie me miró, examinándome detenidamente.

–No han venido a causarle ningún problema a Kurt, ¿verdad?

Era una pregunta difícil, así que sólo le respondí con lo que esperaba fuera una sonrisa tranquilizadora. Julia era una autómata a mi lado.

–¡Estaba segura de que era a usted a quien escribió la semana pasada! –dijo Elsie–. ¡Estaba segura de que era una locura y que usted se preocuparía por él!

La miré con ojos penetrantes.

–Pues no estaba tan claro –repliqué.

–Tenía ese terrible dolor de cabeza y empezó a beber para aplacarlo. Pero fue a peor, comenzó a gritar y a hacer locuras. Puso el apartamento patas arriba para encontrar un sello y salió a mandar la carta cuando llovía a cántaros. Le dije que yo lo haría, pero eso le puso frenético. Dijo que no tenía nada que ver conmigo. No estaba acostumbrado a beber, así que supongo que por eso se comportaba así.

Casi podía ver a Lang, fuera de sí por la bebida y el dolor y tal vez con la conciencia trastornada, enviando una pequeña señal de humo, como un cazador perdido pero que no está seguro de que quiera que lo encuentren. Nos dispusimos de nuevo a salir.

–Vuelvan dentro de una hora, y les llevaré con él. –Elsie dejó caer la bomba distraídamente y se metió en la habitación, canturreando suavemente en la oreja del bebé.

Subimos al coche y esperé a que Julia dijera algo. Yo había hecho lo que había prometido. Había encontrado a Lang para ella, y dentro de una hora lo veríamos. Para bien o para mal, lo que hiciéramos a partir de ese momento estaba en sus manos. Contra toda lógica, yo esperaba que diría: «Dejémoslo correr. Volvamos a casa». Pero, claro, eso no fue lo que dijo.

–¿Tienes hambre? –me preguntó sin mirarme.

–No.

–Yo tampoco, pero me gustaría tomar una taza de café. –Sus ojos intentaban mantenerse apartados del borde de la carta que sobresalía de mi bolsillo, pero apenas si podían.

Puse el coche en marcha.

–Muy bien, tomemos algo y veamos qué nos tiene que decir el propio Lang. –Me estaba asustando. No quería saber qué ponía aquella carta. Había un montón de vidas que podían echarse a perder, y estaba seguro de que la mía era una de ellas.

Empezamos a leer con los cafés en la mesa. Acabé la primera página y se la pasé, mientras, se nos habían enfriado los cafés y una camarera los reemplazó por nuevas tazas calientes. Finalmente, Julia reunió las siete páginas, las dobló con cuidado y las metió dentro del sobre. Lo colocó justo en el centro de la mesa, en medio de los dos.

–Bueno –dije–, ahora ya lo sabemos.

–Durante dos años me he sentido casi como una asesina. Creía que le había fallado y que él bebía para conseguir la confianza que yo no sabía darle. –Dio un sorbo a su café, que se había quedado frío otra vez–. Dice que intenté convertirlo en un hombre de negocios. Y no lo intenté, ¿verdad? Podía haber escrito poesía, o conducido un taxi o haberse ofrecido voluntario como astronauta, a mí no me habría importado.

–No. Estaba frustrado y es más fácil culparte a ti. Y recoger a aquel vagabundo borracho en el bar de la carretera es el tipo de tontería que Lang consideraría un buen chiste: intercambiar identidades con un desconocido, canjeándose incluso las joyas y todos los objetos personales que llevaban en los bolsillos para que pareciera real. Normalmente habrían recuperado la sobriedad más tarde, se habrían devuelto todo y tú jamás te habrías enterado de nada. –Le ofrecí un cigarrillo y se lo encendí con el que yo estaba fumando.

»Él no estaba en condiciones de conducir, así que lo hizo el otro tipo, que probablemente no iría mucho mejor. Cuando Lang salió despedido e ileso del accidente, todavía estaba lo bastante borracho como para hacerse el listo. Tenía una oportunidad perfecta para ser una persona diferente, así que empezó a caminar. Debió de haber andado un largo trecho. Nadie informó de haber recogido a ningún autoestopista en las cercanías aquella noche.

–Es triste pensar que el hombre que murió no fue echado en falta por nadie. –Julia acarició la carta con un dedo fino–. Pero Lang dice que eso es lo que le atrajo, el anonimato absoluto del fallecido: sin lazos de ningún tipo, sin familiares, sin responsabilidades. Haciéndose pasar por él, Lang podía ser quien quisiera. Y decidió ser Kurt Sommers.

–Supongo que conoció a Elsie poco después de establecerse en Overton. Dice que están casados, y que se las arregló para conseguir una documentación falsa, de modo que nadie puso en duda su nombre. –Me devanaba los sesos pensando cómo lo habría conseguido: para lograr un permiso de conducir tendrían que tomarle las huellas dactilares, así que probablemente no tuviera, pero cualquiera podía acceder a una cartilla de la seguridad social y a unas cuantas tarjetas de crédito.

–Te escribió la carta a ti, y apenas me menciona, así que obviamente no tiene intención de volver. Tiene a Elsie y a Amarantha. Oh, Max, ese bebé encantador sería ilegítimo si... Entonces, ¿por qué me envió aquella extraña nota?

–La conciencia, supongo. Te dio una pista críptica y si no la seguías, era culpa tuya y él sería libre. O puede que simplemente te estuviera pinchando, como solía hacer cuando se emborrachaba. Elsie dijo que aquella noche había bebido, y que no estaba acostumbrado.

Cogí el sobre.

–La carta está fechada hace casi dos meses. Tal vez no pudo decidirse a enviarla. Dice que quería que quedara constancia de todo en manos de alguien lo bastante cercano a él para entenderlo pero no tanto como para inmiscuirse.

–Si la hubiera escrito después de que llegaras a Overton, seguramente no habría entrado en tantos detalles. Después de todo, estás aquí, y podría habértelo dicho. –Julia miró su reloj–. Démosle la oportunidad ahora.

Por el tono de voz no parecía que se muriera de ganas de escuchar a su marido. Yo me sentía igual, pero había llegado la hora, y teníamos que acabar con aquello.

Al entrar en el vestíbulo, vimos a Elsie en el umbral de su puerta, dándole instrucciones de última hora a Jodie, que sostenía cuidadosamente al bebé contra su hombro y la miraba con el ceño fruncido por la concentración. Elsie se dio la vuelta para saludarnos.

–Podemos ir andando, está sólo a unas manzanas. –Al salir, giró a la derecha, Julia y yo nos pusimos a andar cada uno a un lado de Elsie. No apartaba la mirada de Julia, pero su rostro era completamente inexpresivo. A cada paso me pesaban más los pies. No quería verle. Sólo deseaba coger a Julia y volver a casa. Lang Winters estaba tan muerto como nosotros creíamos y el que nos esperaba era Kurt Sommers, marido, padre, poeta y desconocido. Pero no había escapatoria de aquella atrocidad.

Elsie volvió a girar para subir las escaleras de un edificio de aspecto deprimente, y nosotros la seguimos obedientemente. Entramos en un vestíbulo largo y poco iluminado, en cuyo aire flotaba un olor dulzón, como a incienso o a los aromas mezclados de cien tipos de flores secas. Se paró ante una puerta, y tuve la vaga sensación de que un hombre mayor se acercaba a nosotros, con pasos amortiguados por una alfombra desgastada. Elsie negó con la cabeza y él retrocedió cuando ella abrió la puerta y entramos.

Nos quedamos quietos, en completo silencio, contemplando por fin a Lang Winters. Su rostro era más fino que dos años atrás, más sensible, y habían aparecido algunas canas en su cabello, fuera de sitio en un hombre de sólo veintiocho años; pero era Lang, o Kurt, o ambos. Llevaba puesto el traje oscuro que habíamos visto llevar a Elsie y la corbata a rayas verdes, y mostraba una expresión impenetrable de serenidad. Involuntariamente, apoyé una mano en el ataúd para no perder el equilibrio y con la otra rodeé a Julia, que se había quedado tan lívida e inmóvil como una estatua de mármol.

Elsie habló con una voz suave y monótona.

–La mañana después de que saliera bajo la lluvia a enviar la carta –era un jueves–, la cabeza le seguía doliendo tanto que le hablé de ir al médico. Le hicieron rayos X y dijeron que tenía aneurisma cerebral, una arteria del cerebro casi obturada.

–Pronunciaba las palabras muy despacio, como si se las hubiera aprendido de memoria–. El doctor le dio algo para calmar el dolor, pero le dijo que debía tener cuidado y no hacer esfuerzos ni ponerse nervioso con nada. Tenía que ir al hospital a hacerse unas prueba al día siguiente, pero...

Yo estaba sudando y me zumbaban los oídos. No había contado con verle así, pero no me perdí una palabra de la explicación de Elsie.

–Volvimos a casa y se quedó sentado mucho tiempo en el sofá –prosiguió–, me imagino que pensando en lo mal que se le ponían las cosas. Luego dijo que tenía que salir un rato. Eso era el jueves al mediodía; a las ocho y media de esa noche unas personas le encontraron medio muerto a las puertas de un bar del centro de la ciudad. Había estado bebiendo, y dijeron que el aneurisma estalló.

Elsie apartó con dolor los ojos del rostro de Lang y los volvió hacia mí.

–Siempre creí que había hecho algo terrible antes de venir a Overton, pero nunca me explicó nada y yo jamás insistí. Tenía miedo de que usted fuera un policía, y no sabía qué hacer. Ya era demasiado tarde para que le hicieran daño a él, pero a Amy...

Le acaricié la mejilla y le dije con voz temblorosa:

–Hiciste lo que debías, Elsie. Y gracias por habernos dejado verle.

–¿Se quedará para el funeral? ¿Y usted, señora Winters?

Esperé a que Julia respondiera la pregunta y tardó un minuto. Miró directamente a los ojos de la chica y tomó una decisión.

–Me temo que no podremos quedarnos, pero gracias de todos modos. Ah, y es señorita Winters.

–Pero, pensaba... –Elsie miró los dedos sin anillos de Julia y luego me miró a mí, un poco desconcertada–, yo pensaba que...

–Soy viuda –dijo Julia lentamente–, perdí a mi marido hace muchos años.

Dejamos a Elsie y a Kurt Sommers allí dentro, juntos, y salimos a la luz del sol, que casi nos cegó después de las tinieblas de la morgue.

Julia guardó silencio y yo también, durante un rato, pero pronto se me hizo insoportable. Me estaban aumentando los temblores que me estremecían desde que entramos en la sala y vimos a Lang. Tenía que decir algo, cualquier cosa.

–Ha sido un golpe muy duro, pero tal vez ahora puedas olvidarle. Tenía buen aspecto, ¿verdad? A pesar de la mala caída...

–¿La mala caída? –Se volvió hacia mí y me contempló con la mirada vacía–. Elsie no mencionó...

Algo en mi rostro debió hacer que se contuviera, y vi una curiosa expresión asomando en sus ojos violeta: aquella misteriosa capacidad suya para leer los pensamientos. Se apartó de mí y cuando volvió a hablar su voz sonó como hielo cortante:

–¡Lo sabías! Y aun así, me permitiste entrar allí dentro con la esperanza... Me dijiste que habías salido de la ciudad el jueves por la noche. ¿Dónde fuiste?

–Julia, Julia... –Extendí la mano hacia ella, pero se alejó de un salto, que la hizo caer más allá del bordillo, justo en la trayectoria de un taxi. Frenó chirriando y cuando Julia lo vio, dio la vuelta a su alrededor y se subió al asiento de atrás.

Me quedé allí, en la acera, pensando, con el olor del humo del tubo de escape en las narices y un gusto a ceniza en la boca. Probablemente podrían averiguar que Lang me había llamado el jueves, poco después del mediodía, pidiéndome que viniera a Overton. Tal vez incluso descubrieran las gasolineras en las que había llenado el depósito en aquel primer viaje. No había intentado ocultar mis huellas; estaba medio aturdido por la conmoción al enterarme de que estaba vivo. El aturdimiento desapareció y dejó paso a una especie de ira fría cuando me pidió ayuda para poner las cosas en orden. Dijo que no sabía si Julia querría que volviera, ni siquiera si él mismo quería hacerlo, pero era muy importante para él aclararlo todo. No mencionó que le hubiera enviado nada a Julia –nunca había recordado lo que hacía cuando estaba borracho–, ni me dijo el nombre que usaba. Así que tanto mi sorpresa cuando me llamó Julia como la búsqueda de Lang fueron auténticas. Me imaginé que estaba pasando una mala racha y quería que yo le sacara de la depresión, igual que hacía en la facultad. La cerveza que teníamos delante era la misma, pero mis sentimientos habían cambiado considerablemente desde aquellos tiempos.

Siempre había imaginado que, con Lang muerto, finalmente conseguiría a Julia si jugaba bien mis cartas y no la presionaba. Soy un hombre paciente y sabía que merecía la pena esperar por ella; pero, con él vivo, no estaba tan seguro. Sabía que no podría soportar perderla de nuevo.

Al salir de aquel pequeño bar situado en un sótano en el que me había citado, tuvimos que subir catorce o quince escalones hasta la calle. Yo iba por delante y cuando llegué al último escalón no había nadie a la vista. No lo había planeado en absoluto, sólo me di la vuelta, le puse las manos en el pecho y le di un empujón fuerte y seco. Recuerdo sus ojos, abiertos de par en par e incrédulos, mientras caía hacia atrás. Luego se quedó yaciendo inmóvil a los pies de la escalera, junto a la puerta del bar. Bajé rápidamente, con la intención de golpearle una o dos veces la cabeza contra el cemento para rematarlo, pero cuando le vi los ojos todavía desorbitados, con una mirada ciega y perdida, supe que no hacía falta. Nadie vio nada, de eso estoy totalmente seguro.

Si no hubiera escrito aquella maldita carta a Julia...

Mientras perseguía su taxi ni siquiera podía imaginarme qué iba a hacer Julia: dejar que la muerte antigua enterrara la nueva o tocar a rebato contra mí. Lo uno o lo otro, daba igual. Una vez lo hubiera reconstruido todo, Julia estaba sin duda perdida para mí, que era la peor pena que me podía caer.

Además, ¿qué puede hacérsele a nadie por asesinar a un muerto?

Muerto, ¿sabes?

JOHN LUTZ

Dale Buzzly había entrado en el salón restaurante del edificio Hockley para tomarse el cóctel de media tarde cuando le vislumbró: el mismo Phillip Curtendon, zalamero y elegante, de los viejos tiempos de la facultad. Desde su perspectiva privilegiada en una mesa de un rincón, Buzzly contempló a su antiguo conocido. Curtendon había ganado algo de peso en los cinco años que hacía que no le veía, pero allí seguían tanto la mirada imperturbable, aunque con un matiz de ansiedad, en sus ojos azul claro como aquella nariz perfectamente recta, tan mona. Era la mirada de un ganador y Buzzly supo inmediatamente qué estaba haciendo Curtendon en el salón restaurante del Hockley.

Curtendon descubrió a Buzzly, durante un instante pareció desconcertado, pero al momento recuperó la compostura y se acercó a su mesa. Buzzly se levantó sonriendo y le tendió la mano.

–¡Vaya, vaya, Dale Buzzly! –dijo Curtendon mientras se estrechaban las manos calurosamente.

–Phil Curtendon –dijo Buzzly–, ¿qué demonios estás haciendo aquí?

El rostro de Curtendon se mantuvo perfectamente sereno mientras se sentaba.

–Oh, vengo por aquí alguna que otra tarde.

Buzzly se acabó su martini, vio que Curtendon estaba tomando lo mismo y le hizo una señal a Billy, el camarero, para que les sirviera dos más de lo mismo.

–¿A qué te dedicas ahora, Phil? –le preguntó.

–Soy una especie de representante de una empresa –explicó Curtendon–, el trabajo es difícil de describir, pero el salario está bien.

Buzzly sonrió.

–Eso es lo que cuenta.

El camarero trajo los martinis, y los dos hombres permanecieron en silencio hasta que se alejó de la mesa.

Buzzly dio un sorbo y empezó a remover lentamente el vaso cogiéndolo por la fina base.

–Pues es raro que no nos hayamos tropezado antes. Yo vengo a este local con bastante frecuencia.

Curtendon se encogió de hombros.

–Supongo que es una coincidencia.

–No vives por aquí cerca, ¿verdad Phil?

–No. En el oeste de la ciudad. –Curtendon apartó la mirada mientras bebía–. ¿Dónde vives tú, Dale?

–Aquí arriba –dijo Buzzly–, el edificio tiene apartamentos a partir de la quinta planta, yo vivo en la séptima.

Curtendon pareció apropiadamente sorprendido.

–¿No me digas? Es un sitio estupendo.

–Sí, sí que lo es –dijo Buzzly lentamente.

Curtendon se aclaró la garganta.

–Nada que ver con nuestras habitaciones en la vieja universidad pública. –Sonrió a su vaso–. Ya han pasado sus buenos años desde...

–Casi diez.

–¿Te acuerdas del profesor Newcombe? –preguntó Curtendon–. ¿Y de Molly Wallace?

–No podría olvidar a Molly Wallace –dijo Buzzly–. ¿Sabes, Phil? nunca me caíste muy bien en aquella época.

Curtendon pareció sorprendido, y más dolido de lo que Buzzly había imaginado.

–Bueno, me dejas de piedra, Dale. Si incluso compartimos habitación durante un tiempo.

–Es verdad –dijo Buzzly–, tal vez por eso nos hicimos amigos. Siempre parecías mejor que yo en todo: mejor en deportes, mejores notas, mejor coche, más apuesto... Me quitaste más chicas de las que soy capaz de recordar.

Curtendon se rió pero sin demasiadas ganas.

–Bueno, no te quité a la que importaba. –Hizo girar el diamante barato que llevaba en el dedo corazón de la mano izquierda–. ¿Cómo está Babs?

–Me sorprende que no me lo hayas preguntado antes –dijo Buzzly–, sobre todo teniendo en cuenta que estuvisteis comprometidos.

–Bueno, amigo mío, ésa me la quitaste tú, y hace ya seis o siete años. Para mí es agua pasada.

–Olvidas con mucha facilidad, Phil.

Curtendon negó con la cabeza.

–Sencillamente sé asumir mis fracasos y no me hago mala sangre. Es algo que tú deberías haber aprendido, Dale.

Buzzly se encogió de hombros.

–Supongo que algunos nacemos resentidos para toda la vida.

–Sí, supongo que sí –dijo Curtendon–, pero bueno, ¿cómo está Babs?

–Está muerta, ¿sabes? –dijo Buzzly–. Se suicidó hace dos años.

Buzzly observó cuidadosamente el rostro de Curtendon mientras lo decía. Los atractivos rasgos recibieron el golpe, y casi esbozó una mueca de incredulidad. Luego, las implicaciones del comentario de Buzzly empezaron a hacer mella en él y la esperable expresión de tristeza asomó en su rostro, pero sin demasiada intensidad.

–Había tenido algunos problemas de nervios –prosiguió Buzzly–, y tendencias suicidas. Visitó a todo tipo de médicos y tomó toda clase de medicinas durante tres años. Intentó acabar con su vida muchas veces, hasta que un día lo consiguió.

–Resulta difícil de creer –dijo Curtendon con un dolor escasamente convincente–, estaba tan...

–¿Tan llena de vida hasta hace tan poco? –le interrumpió Buzzly.

Curtendon le miró fijamente con una inequívoca mirada de ira.

–Sí –dijo–, no puedo creerme que nos haya dejado.

–Bueno –explicó Buzzly–, se hizo todo lo humanamente posible para evitarlo, pero... –colocó las manos sobre la superficie tibia de la mesa con gesto decidido–, acabó sucediendo.

–Una verdadera pena –dijo Curtendon. La rabia apenas contenida había borrado por completo el dolor de su rostro, y Buzzly pareció satisfecho.

Curtendon se bebió de un trago lo que quedaba del martini y se levantó, abotonándose su chaqueta deportiva de buen corte.

–Será mejor que me vaya, Dale. Tengo mucho trabajo pendiente que he de acabar esta noche.

–¿Seguro que no te quieres tomar otro? –preguntó Buzzly. Se fijó en que a la camisa de Curtendon le hacía falta un planchado y que su corbata estaba un poco arrugada.

–No –dijo Curtendon saliendo de lado de la mesa–, me gustaría, pero no puedo.

–Pásate por casa alguna vez ahora que sabes donde vivo –dijo Buzzly levantándose–, apartamento 742. –Se sacó una pluma y un trozo de papel del bolsillo mientras hablaba.

–No hace falta, me acordaré –dijo Curtendon con tono cortante–. Ya nos veremos, Dale. –Esbozó una sonrisa forzada y se marchó.

Sin sentarse, Buzzly se acabó su martini. Luego se acercó a la barra.

Billy la estaba limpiando con un trapo blanco.

–Ese tipo con el que estaba sentado –dijo Buzzly–, ¿lo has visto mucho por el salón?

–En la vida.

–Pues dice que se pasa a menudo por aquí.

Billy metió el trapo en un escurreplatos, invisible tras la barra.

–Tal vez se refiriera al edificio en general. Desde luego, si entra en el salón, lo hace cuando yo no estoy de servicio, y mi turno es de tres a medianoche. Por lo que sé, ésta es la primera vez que viene.

–Una vez ya es mucho –dijo Buzzly en voz baja.

–¿Cómo ha dicho, señor Buzzly?

–Nada, nada. Estaba pensando en él. Es un antiguo compañero de la facultad. –Se dio la vuelta y salió del salón, cruzó el vestíbulo y pulsó el botón del ascensor.

El ascensor lo dejó en la séptima planta y recorrió los pocos metros del pasillo embaldosado que le separaban del apartamento 742. La puerta, como esperaba, estaba abierta, y entró sin titubear.

Babs estaba acabando de poner la mesa para la cena.

–Hola, cariño –le saludó saliendo de la cocina con dos vasos de té helado–, cenaremos en unos minutos.

Buzzly le sonrió. Era una mujer atractiva, que estaba en sus mejores años, cuya belleza sólo enturbiaban las arrugas de nerviosismo permanente grabadas en su pálida frente.

Mientras esperaba a que acabara de poner la mesa, Buzzly paseó por el piso ociosamente, observando el espacio desde una nueva perspectiva. Las cosas eran como siempre, puede que incluso demasiado normales. Entró en el pequeño lavabo de la habitación de matrimonio y se lavó la manos.

Buzzly se sentó enfrente de Babs en la mesa, le explicó cosas ingeniosas, miró furtivamente sus ojos brillantes y su cabello rubio y suave, y esperó a que llegaran a la mitad de la cena para sacar el tema a colación. Entonces habló despreocupadamente, moviendo un trozo de filete que había pinchado con el tenedor y casi se le caía del plato.

–¿Recuerdas a Phil Curtendon, verdad, cariño?

Los ojos de su esposa parecieron incluso más brillantes y su cara empalideció.

–Claro. Hace..., ¿cuánto hace que no le vemos?

–Oh, cinco o seis años, como mínimo.

Ella bebió un sorbo de té helado, soltando el vaso rápida y torpemente para que Buzzly no se percatara de que le temblaba la mano.

–¿Qué te ha hecho pensar en él?

–Está muerto, ¿sabes? –dijo Buzzly–. Pensaba que lo habrías oído por la radio. Cuando volvía para casa esta noche vi un tumulto de gente y a la policía a sólo unas cuantas manzanas de aquí. También había un par de esas unidades móviles de las emisoras de radio, y apenas había recorrido unos metros cuando escuché la noticia por la radio del coche. Phillip Curtendon, de treinta y tres años, atropellado por un automóvil entre la calle 14 y Brent, murió en el acto. Un accidente muy desagradable. Quedó atrapado entre la rueda y el guardabarros y el coche le arrastró casi una manzana. Los policías estaban esparciendo serrín por toda la calle.

Buzzly dejó de hablar al oír el tenedor de Babs repiqueteando ruidosamente contra su cuenco de madera lleno de ensalada. Se estaba mordiendo el labio inferior con tanta fuerza que se iba a hacer sangre. Tenía los ojos desorbitados y la mirada perdida. Parecía completamente inconsciente del tenedor que sostenía en la mano temblorosa.

–Claro –prosiguió Buzzly–, que podría no tratarse del Phillip Curtendon que nosotros conocemos, pero tampoco hay tantos Curtendon por ahí.

Babs intentó dar otro sorbo al té helado, pero el vaso se le resbaló de la mano, golpeó contra el borde de la mesa y el té se derramó sobre la alfombra. Se quedó mirándolo, sin moverse.

Buzzly se levantó y fue junto a ella, colocándole una mano comprensiva sobre el hombro.

–Eh, eh, vamos –dijo amablemente–, no pensaba que te iba a afectar tanto. Iré corriendo a la farmacia y traeré tu medicina. –Cruzó el comedor y se puso la chaqueta. Se paró en la puerta y se volvió a mirar a Babs, que seguía sentada en la mesa, lívida y temblorosa.

–Volveré tan rápido como pueda –dijo–, quizá me entere de algo más sobre el accidente en la farmacia.

Sin embargo, Buzzly no fue a la farmacia. Salió del ascensor y se encaminó directamente al salón. Se sentó en la barra y pidió un martini.

Seguía allí sentado, unos minutos más tarde, cuando oyó gritar a una mujer en el vestíbulo junto a la entrada del salón. Luego, una voz masculina exclamó:

–¡Dios mío! –Después Buzzly escuchó un alboroto de pasos apresurados corriendo por el vestíbulo hacia la puerta principal, luego se hizo el silencio.

Permaneció tranquilamente sentado tomándose el martini, esperando a que identificaran el cuerpo. No sería fácil, tras una caída de siete plantas. Se permitió esbozar una leve sonrisa ante el vaso levantado, preguntándose qué le diría Phillip Curtendon la próxima vez que se encontraran.

Sensación de poder

EDWARD D. HOCH

Llevaba casi un mes en la isla, levitando en esa especie de vacío indescriptible que parece afectar a todos los soldados estadounidenses en tiempo de guerra. Mis deberes allí, siempre a la vista de la delgada torre de televisión que coronaba el Empire State Building, eran a un tiempo leves y rutinarios, y a veces transcurrían días enteros sin que pensara una sola vez en aquella jungla neblinosa y remota en la que estaban muriendo hombres que vestían el mismo uniforme que yo.

Bankers' Island era un buen destino. Formábamos parte de una unidad del Cuartel General, lo que significaba un montón de máquinas de escribir y multicopistas, e incluso secretarias bastante jóvenes que venían en el ferry matutino del continente. Yo trabajaba en la oficina del capitán preboste, encargándome de las faenas rutinarias y supervisando a las dos chicas civiles que hacían casi todo el papeleo a máquina. Los fines de semana cogía el ferry a la costa, y luego el autobús hasta la estación de tren para hacer finalmente el trayecto de media hora que me dejaba en Manhattan. Algunas veces quedaba con las chicas de la oficina.

El primer mes estuvo bien, con muy poco trabajo y mucho tiempo libre. Con frecuencia, durante la hora de la comida paseaba por la isla, de poco más de cuatro hectáreas, observaba los pájaros marinos que se posaban en el rompeolas y contemplaba los grandes caserones antiguos que en el pasado habían dado cobijo a los miembros de la Sociedad de Navegación de Long Island y ahora servían de residencias para los oficiales. Otras veces caminaba hasta la punta norte de la isla, donde se levantaba el Castillo.

El Castillo era una fortaleza deprimente, con muros de ladrillo y mortero de casi medio metro de grosor en algunos puntos. Decían que se había erigido originalmente como bastión defensivo contra los barcos piratas que navegaban por el estrecho de Long Island, pero la verdad es que había sido construido al acabar la Guerra de Secesión para realizar exactamente la misma función que ahora: servir como prisión militar.

Unos doscientos soldados cumplían condena tras los sólidos muros del Castillo; militares que habían sido declarados culpables de delitos que iban desde conducir borracho e insubordinación a deserción y homicidio involuntario. Algunos cumplían su condena completa en la isla, otros estaban a la espera de que los trasladaran a una penitenciaría federal.

Los veía de cuando en cuando en pequeños destacamentos de trabajo por la isla, acompañados de uno o dos «perros de presa» –policías militares, guardias de la prisión o simples soldados– que siempre llevaban las carabinas M-2, el armamento habitual para esa vigilancia. Los presos, con su traje de faena verde claro, formaban un grupo triste que se dedicaba a limpiar la zona de colillas mojadas o recoger con rastrillos las escasas hojas otoñales que empezaban a caer de los árboles. Desde el primer momento me di cuenta de que nunca parecían sonreír. Incluso en las escasas ocasiones en que intentaban bromear con sus guardias, había algo de falso. Nunca olvidaban quiénes eran los presos.

Durante aquel mes pensé mucho en ellos, en particular en un joven rubio. La primera vez lo vi en un destacamento de trabajo en el muelle del ferry, sonriendo y charlando mientras ayudaba a sacar maderas medio podridas que flotaban en el agua. Parecía mostrar un muy buen talante, en contraste con el aspecto lúgubre de los demás. Me pregunté por qué estaría tan animado.

La guerra avanzaba lentamente y, según los días, daba la impresión de que era algo muy cercano o muy remoto. El otoño se respiraba en el ambiente, y algunos de mis compañeros ya estaban saliendo con las empleadas civiles, llevándolas a la ciudad a ver los partidos de fútbol americano de la liga universitaria los sábados por la tarde, o los profesionales, los domingos. Aunque yo todavía no salía con ninguna de las chicas de la cosecha local, había estado pensando en hacer el viaje solo.

Un viernes por la tarde el capitán echó por tierra los vagos planes que me hubiera hecho para el fin de semana.

–Mañana entra de servicio, Kenton –me dijo–, andamos escasos de guardias para los destacamentos de trabajo.

–¿Se refiere a vigilar a los presos, señor? –Nunca lo había hecho, y no se me había pasado por la cabeza que algún día me tocaría.

–No puede pasarse todo el tiempo sentado en la oficina, Kenton. –Encendió uno de sus cigarrillos habituales y miró por encima los papeles que había sobre la mesa–. No tiene por qué preocuparse. Si intentan escaparse, lo único que ha de hacer es dispararles.

–¿Y luego qué me pasará a mí?

El capitán se encogió de hombros.

–Me parece que aquí tienen por costumbre regalarte un cartón de cigarrillos y un cambio de destino. Pero no suele pasar muy a menudo. Nadie intenta escaparse cuando está encerrado en una isla como ésta. Así que no se preocupe.

Y así me vi convertido en guardia. Me puse en camino el sábado a las ocho de la mañana, me crucé con algunos de mis compañeros que ya se dirigían al puerto. Era la primera vez que traspasaba las gruesas paredes de piedra del Castillo, pero no pude ver más que el patio donde nos formaron.

Aquella mañana nos asignaron a cuatro la vigilancia de los prisioneros, y a mí me tocó de pareja un policía militar llamado Craig. Era alto y tenía aspecto de tipo duro, acababa de volver del frente, donde, según afirmaba, le habían herido dejándole una leve cojera que se volvía más pronunciada cuando había bebido. Su conversación estaba salpicada de las más burdas obscenidades y me había empeñado en evitarle siempre que me había sido posible durante el mes que llevaba en la isla.

–Recoged vuestras carabinas en la armería –nos ordenó el sargento de guardia–, y no tengáis miedo de usarlas si es necesario. Os llevaréis a dos grupos para que limpien y pinten las habitaciones de los oficiales para unos nuevos ocupantes. En ningún momento debéis perder a ningún preso de vista.

Les hicimos marchar por delante, con un guardia por cada pareja de penados. Yo tenía dos a mi cargo que me eran familiares: un soldado profesional rechoncho y calvo que había estado de cocinero en el comedor durante mi primera semana en la isla y el tipo rubio que me había llamado la atención en los destacamentos. Los dos llevaban una gran «P» blanca en la espalda de sus trajes de faena, el único símbolo visible de su condición.

–Muy bien –ordenó Craig a nuestro pelotón al llegar al gran caserón vacío en la punta más lejana de la isla–, ¡rompan filas!

Los pusimos a trabajar en las tareas asignadas, pero pronto estuvo claro que no podíamos seguir las órdenes al pie de la letra. Tres de los presos tenían que permanecer fuera de la casa, pintando, recogiendo hojas y haciendo una limpieza general de la zona, mientras que otro, el rubio, trabajaba dentro.

–No puedes vigilar a tus dos presos a la vez –concluyó Craig finalmente–, entra con ése, y yo me encargaré de estos tres. –Mientras hablaba tocaba el gatillo de la carabina con el dedo, y tuve la clara impresión de que se moría de ganas por tener una oportunidad de apretarlo. Tal vez, para él aquello era exactamente igual que la guerra, y los presos eran el enemigo.

No podía hacer otra cosa que acatar sus órdenes, así que llevé a mi único preso dentro de la casa. Era un lugar grande y viejo con vigas en el techo del salón y un bar empotrado en la esquina del cuchitril..., serviría de alojamiento a un coronel, como mínimo.

–Muy bien –le dije–, manos a la obra. Antes que nada, el suelo necesita un fregado.

Se puso de rodillas para rascar una mancha gomosa, y luego, en esa postura, me miró, sonriendo.

–¿Cómo te llamas, soldado? Yo me llamo Royce, Tommy Royce.

Incomodado, cambié de posición.

–Kenton –respondí sin molestarme en decirle mi nombre de pila. No tenía sentido mostrarse amistoso.

–No te había tenido de guardia antes –dijo.

Me pareció que me hacía falta un cigarrillo, cualquier cosa que me librara de la obligación de mantener una conversación, pero no sabía cómo encenderlo sin demostrar cierta torpeza con la carabina. Decidí no fumar, y le respondí.

–Trabajo en una oficina. Les faltaban hombres para la guardia del fin de semana.

Se incorporó y fue a la cocina a por un cubo de agua. Yo le seguí, pegado a sus talones, con la carabina preparada.

–No tienes que ponerte tan nervioso –me dijo volviendo al salón con el cubo–, no voy a morderte. Anda, fuma o haz lo que quieras. –Había empezado a fregar las paredes.

–No fumo –le mentí, y al momento me pregunté por qué había creído necesario engañarle.

–¿Has estado en el frente?

–No.

–Yo sí. Me dieron enseguida. Una bala me hizo una muesca en el tacón de la bota de combate. ¡Mierda! Nunca imaginé que volvería para acabar aquí, fregando las paredes de la residencia de un oficial.

Farfullé algo entre dientes, intentando no seguir la conversación, pero casi me vi arrastrado contra mi voluntad, forzado a una extraña intimidad con aquel hombre al que vigilaba. Quería saber más de él, descubrir, quizás, por qué siempre parecía sonreír.

–¿Por qué estás aquí? –pregunté. Había dado el primer paso.

–Es una larga historia –me dijo todavía sonriendo–, tardaría el día entero en contártela.

–Me parece que disponemos de todo el día o, al menos, hasta que acabes la faena.

Sus ojos descendieron hasta la carabina, sólo un instante, luego volvieron a encontrarse con los míos.

–Le di a un sargento con una pala –dijo despreocupadamente–. Estuve a punto de cargármelo. Bueno, ya está, ésa es la larga historia.

–¿Cuánto te ha caído?

–Seis meses de trabajos forzados, aunque, la verdad, esto

no es muy duro. Quizá me busquen una pila de piedras que acarrear por algún lado.

–Tuviste suerte de que no te condenaran a cinco años.

–Lo que tuve fue un buen abogado. –Dejó la faena y volvió a echar un vistazo al arma–. ¿Me dispararías si intentara escapar?

–Probablemente. –La pregunta hizo que me sintiera incómodo, y no sabía por qué me la había hecho–. Dicen que un guardia que deja escapar a su prisionero acaba cumpliendo la condena del fugado.

–Habladurías.

–Pues me parece que pasa algunas veces. –Empezaba a desear que entrara Craig con los demás, pero no había ningún indicio de que lo fuera a hacer. Podía verlo a través de las ventanas delanteras, repantigado en un árbol con un cigarrillo que de algún modo había podido encender, posiblemente con el simple acto de apoyar la carabina en el árbol o colocándosela debajo del brazo durante un breve y peligroso instante.

–Eso te da mucho poder, ¿verdad? –preguntó Royce.

–¿El qué? ¿El arma?

–¿Nunca te han echado una bronca por llamarla arma? Rifle, carabina... ¡nunca jamás arma!

Sentí que me sonrojaba ante su corrección.

–No, no me da poder –repliqué–, de hecho, no me gusta.

–Pero la usarías contra mí.

–Si tuviera que hacerlo.

–¿Te gusta el ejército? –me preguntó al cabo de un rato.

–Estoy en él. Le saco todo el partido que puedo.

–¿Y qué piensas del coronel que se va a instalar aquí? ¿Crees que a él le gusta?

–Supongo que sí, es coronel.

Había dejado por completo su faena y me contemplaba desde la otra punta de la habitación.

–Tal vez, ellos sientan también cierto poder, como tú cuando empuñas esa carabina. Tal vez, si uno tiene un botón justo debajo del pulgar siempre siente un deseo incontenible de pulsarlo.

–Tal vez –coincidí cortante. No estaba de humor para filosofías el sábado por la mañana.

–Aquel sargento al que le pegué, supongo que también era así. El poder puede ser algo terrible. Alguien dijo que el poder corrompe, y el poder absoluto corrompe absolutamente.

–Fue lord Acton, aunque no con esas mismas palabras.

–Sabes mucho, ¿verdad?

–No demasiado.

–Poder sobre la vida y la muerte, a eso le llamo yo poder absoluto. Podrías apretar el gatillo ahora mismo, meterme en el cuerpo media docena de balas en un par de segundos. Podrías decir que estaba intentando huir, y nadie lo pondría en duda.

Me moví un poco con la carabina.

–Será mejor que cortes la cháchara y vuelvas al trabajo.

–¿Y si no lo hago?

Estaba empezando a sentir el sudor formándose en el nacimiento del pelo. Era como si él me estuviera incitando a propósito.

–¿Qué quieres, Royce? ¿Buscas problemas?

Sonrió con aquella misma sonrisa que había hecho que me fijara en él la primera vez que le vi; y tuve la sensación de que sabía por qué sonreía. Él tenía el poder, no yo. Sus palabras resultaban más poderosas que la carabina que yo sostenía en las manos.

–Estás temblando, Kenton –dijo lentamente.

–Voy a llamar al otro guardia.

–¿Es que no puedes controlarlo tú solo?

–¿El qué? ¿Controlar el qué?

–A mí.

En aquel momento me di cuenta de cuánto me odiaba. Y no sabía por qué precisamente a mí, tal vez sólo porque me había tocado vigilarle ese día; pero el odio era auténtico, real y tan intenso que casi podía palparlo con los dedos. Tal vez me había convertido para él en aquel sargento al que había pegado.

–¿Por qué haces esto? –pregunté–. ¿Por qué se lo hiciste?

–¿Te refieres a la pala?

–Sí.

–Supongo que aquella pala me dio una sensación de poder, como la carabina te la da a ti.

–Pero ¿él no te hizo nada?

–Me habló –respondió Royce–, estuvo hablando conmigo igual que yo he estado conversando contigo, y quise matarle por eso. Tenía el poder, y lo utilicé.

Entonces supe que probablemente había estado hablando a los demás guardias de ese modo, provocándoles, pinchándoles como antes le habían pinchado a él, hasta llevarles al borde del asesinato.

–No soy como tú –dije, pero la boca se me había quedado seca.

–Claro que lo eres. Alguien tiene que serlo. Supongo que me volvería loco si creyera que soy el único que puede ser provocado hasta acabar asesinando. He probado a los demás. Tú eres el último. –Abrió los brazos de par en par y comenzó a andar hacia mí.

–Yo no soy el último de nada.

–Claro que lo eres. Tienes el poder. El poder.

Seguía avanzando hacia mí cuando quité el seguro y disparé una descarga de la carabina contra su pecho y estómago. Ni siquiera pareció sorprendido.

El sargento de guardia contempló con desagrado la sangre que había empapado el suelo y salpicado las paredes.

–¡Maldita sea! ¡Tendremos que trabajar toda la noche para limpiar la casa!

–Intentó escapar –mascullé–, tuve que matarle.

–Sí.

–Supongo que eso significa un traslado.

El sargento contempló fríamente el cuerpo cubierto mientras se lo llevaban en una camilla.

–Me temo que significa algo más que eso, Kenton. Tendremos que realizar una investigación completa. Tommy Royce no habría intentado escaparse porque mañana debían ponerle en libertad.

Cazadores

BORDEN DEAL

Intento permanecer alejado de los bosques el primer día de la temporada de caza del ciervo. En jornadas como ésa, un destilador prudente esconde su alambique y se sienta junto a la chimenea. Además, hay gente que guarda algún resentimiento al sheriff y es un momento que ni pintado para saldar antiguas deudas a tiros. Siempre se puede afirmar que fue un accidente.

Así que tenía muchas razones para no hacer lo que estaba haciendo en ese preciso instante. Pero allí estaba, poco antes del alba, vestido con una chaqueta roja, subiendo silenciosamente por la ladera de una colina cubierta de espesos arbustos, cumpliendo con la tarea más importante que puede corresponderle a un sheriff. Estaba intentando impedir que se cometiera un asesinato.

Y, lo que es más importante, intentaba evitar que un buen hombre se convirtiera en un asesino. Él estaba allá arriba, por delante de mí, y yo sabía que no había salido a cazar ciervos. Llegué a la cumbre y miré hacia abajo, por la otra vertiente; vi a Webb atravesando un claro. Era joven, aún no había cumplido los treinta, y sabía manejar bien el rifle que llevaba en la mano. Le había visto matar su primer ciervo cuando tenía trece años y todavía recordaba la sonrisa que había iluminado su cara. Pensé con tristeza que me iba a resultar muy difícil pararle. Cuando a un hombre se le mete en la cabeza que ha de matar a alguien, todo lo bueno que hay en él se retuerce para lograr esa sangrienta finalidad.

Dejé la cumbre de la colina, introduciéndome de nuevo en la zona de arbustos. Estaba seguro de que Charley Woodring, el hombre que perseguía Webb, se encontraba trabajando por las faldas de la colina. Así que, sabedor de que el momento de tomar la decisión no había llegado, todavía no me dominaba la ansiedad. Tenía que parar a Webb justo en el momento crucial pues ya había intentado hablar antes con él sin ningún resultado.

Todo había empezado con la esposa de Webb, una mujer bonita con mucha vitalidad y poco sentido. Por qué les gusta a las mujeres Charley Woodring, no lo sé, pero lo cierto es que tenía mucho éxito..., sobre todo con las de los demás.

Algunos hombres hacen carrera por su mezquindad. Charley Woodring era bueno con las armas, y tenía agallas y valor. En una ocasión le contraté como ayudante, pero le despedí al cabo de seis meses por traer demasiados detenidos sangrando por las palizas que les daba. A Charley le gustaba pegar a la gente con la pistola. Así que le quité el arma y la insignia. No voy a permitir que ninguno de mis ayudantes golpee a los detenidos con la pistola por diversión, ni tampoco por ninguna otra razón.

Seguí el descenso, vislumbrando a Webb de cuando en cuando. Aunque Charley fuera tan mezquino como un perro rastrero, tenía que impedir que Webb le matara. Yo nunca había sido de ésos policías que eluden su deber, ni aunque Charley no me cayera bien. No se puede hacer cumplir la ley según los gustos o aversiones personales de cada uno.

Las colinas se iban alisando a medida que se aproximaban al valle por el que corría el río. Charley era un buen cazador y supuse que hoy cazaría su ciervo. Si Webb no le cazaba antes a él. Tal vez podría haber encerrado a Webb hasta que hubiera pasado el primer día de caza. Pero de ese modo sólo habría conseguido posponer el problema. Tarde o temprano, Webb y Charley se encontrarían cara a cara, con la muerte por medio, y aquélla era la mejor oportunidad que tenía de estar presente, para salvarlos a ambos.

Recordé lo que había pasado el día anterior en los billares. Charley estaba jugando una partida cuando entró Webb. Yo estaba en la parte de atrás, tomándome una Coca-Cola. Webb se acercó a Charley y le cogió del brazo. Webb es un hombre bajo, bien proporcionado, y tenía que levantar la vista para mirar a Charley a la cara.

–Charley –dijo tranquilamente, y sus palabras se extendieron por el salón, acallando las otras conversaciones, y haciendo que se volvieran hacia ambos hombres los rostros atentos de los demás parroquianos–, Charley, quiero que dejes en paz a mi mujer.

Charley se quitó de encima la mano que le asía. Yo ya me estaba acercando a ellos, pero todo sucedió demasiado rápido, antes de que me diera tiempo a intervenir.

–Si un hombre es incapaz de retener en casa a su mujer –dijo Charley con una sonrisa ruin–, no sé por qué tendría yo que...

Webb le golpeó en la boca. El puñetazo hizo que Charley se tambaleara hacia atrás, y atisbé un hilillo de sangre entre sus dientes. Entonces blandió el taco de billar y alcanzó a Webb de lleno, derribándolo. Empezó a soltar golpes con el taco, apuntando a la cara del caído, que rodaba por el suelo intentando eludirlos. Fue un acto inesperado, despiadado, innecesariamente cruel. La verdad es que, teniendo en cuenta su corpulencia, Charley podría haberle dado una paliza a Webb usando sólo las manos. Pero empleó el taco de billar.

Sujeté el hombro de Charley con fuerza.

–Basta –le dije. Ni siquiera tuve que levantar la voz porque él ya sabía quién era.

Paró y miró cómo Webb se ponía en pie lentamente. Entonces le miré yo. Puedo oler el asesinato, casi palparlo, cuando miro a un hombre con ganas de matar hirviéndole en la sangre. Webb las tenía.

–Sal de aquí, Charley –dije sin apartar la mirada de Webb–. Sal de aquí ahora mismo.

Tuvo suficiente sentido común para irse. Se alejó, sin correr, sin prisas, pero se fue. Miré a Webb.

–Ven –le dije–, déjame que te limpie.

Él me observaba.

–¿Va a detenerme?

–No –dije con calma–. Vamos, en la cabeza tienes un golpe con muy mala pinta.

Me acompañó. Salimos juntos del billar y fuimos andando a la comisaría. No hice ningún comentario hasta que llegamos a mi oficina.

–Charley tiene razón, ¿sabes? –dije por fin–, si un hombre es incapaz de retener a su esposa...

Webb me estaba mirando, y el dolor que sentía se transparentaba en sus ojos con la misma intensidad que en los de un animal acosado.

–¿Y qué puede hacer un hombre? –dijo–. Elsie es joven. Le gusta ir a esos bailes. ¿Eh? ¿Qué puede hacer un hombre?

Suspiré y me senté en mi mesa.

–Ojalá supiera decírtelo, hijo. Pero ni las peleas ni los asesinatos son la solución.

Webb se calló y me miró.

–Usted sabe que voy a matarle.

Sentí que mi mirada y mi expresión se endurecían involuntariamente.

–No, si yo puedo evitarlo, Webb.

Seguía mirándome.

–Sé que le gusta Charley Woodring tan poco como a mí. –Hizo una pausa–. A nadie de esta ciudad le molestaría verle muerto, usted lo sabe –volvió a callarse sin quitarme los ojos de encima.

Asentí.

–Sí, es así –dije. Un cansancio absoluto estaba empezando a apoderarse de mí. Le miré mientras me inundaba la abrumadora sensación de inutilidad que uno va adquiriendo con los años en un trabajo como el mío.

–Webb –dije–, Charley Woodring es un ser humano. Y cuando matas a un ser humano cometes un asesinato. Y para el asesinato nunca se levanta la veda. Siempre hay otro modo de resolver los problemas, un modo mejor. Ojalá pudieras entenderlo.

–Hablando de vedas –comentó Webb casi con alegría–. Mañana es el primer día de la temporada de caza del ciervo. ¿Va a ir?

–Nunca entro en los bosques el primer día –dije, intentando compartir su tono distendido–, pueden suceder muchos accidentes.

Su voz siguió sonando alegre, pero allí estaba de nuevo aquella mirada. La veía, la sentía, pero también sabía que de nada servía hablarle, intentar convencerle de que se equivocaba. Ya no atendía a razones.

–Pues me parece que yo sí iré –dijo–. Puede que tenga la suerte de cazar un ciervo.

Se dio la vuelta y salió de la oficina.

Suspiré al recordarlo. Avanzaba con más facilidad, la maleza se iba aclarando. Había abrigado la esperanza de hacerle entender la estupidez que significaba echar a perder su propia vida por matar a Charley. Pero había fracasado, y la única posibilidad que quedaba era pararle en el momento en que tuviera a Charley Woodring a la vista. Debía pararle aunque tuviera que matarle para ello.

Volví la cabeza al oír un alboroto en la cima. Un grupo de tipos de ciudad intentaban espantar la caza hacia su zona. Esperaba que no bajaran tras de mí y se enredaran en mi pequeña operación. Apresuré el paso para acercarme a Webb. Poco más adelante había una vieja cabaña de tramperos, ahora abandonada y en ruinas. Sabía que Charley había abatido más de un ciervo desde allí, limitándose a esperar que una partida de cazadores urbanitas espantara al ciervo hacia las faldas de la colina. Coroné la última cumbre y pude ver el claro, todavía vacío.

Me desvié hacia el este para poder localizar a Webb antes de que empezara el tiroteo. Cuando ascendía lentamente por los matorrales, descubrí a Charley sentado en los escalones podridos de la cabaña, con el rifle entre las piernas, encendiéndose un cigarrillo. Miré a todos lados, buscando desesperadamente a Webb. No estaba a la vista. Pensé que tendría que dar la vuelta alrededor del claro que rodeaba la cabaña, con la esperanza de que el joven no le tendiera una emboscada demasiado pronto. Pero, pensé, seguro que ha planeado algo más inteligente. Al menos, algo que él cree más inteligente.

Empecé a rodear el claro, buscando a Webb, cuando de repente le vi avanzando hacia mí, caminando ágilmente por entre los árboles. Me puse rígido, temeroso de que me descubriera, pero se paró a pocos metros y atajó en dirección al claro. Todavía le tenía a la vista cuando se escondió tras un árbol; supe que había vislumbrado a Charley.

Webb no llevaba ni el abrigo ni la gorra rojos. Vestía todo de marrón, el color de las hojas, y, a no ser que se moviera, resultaba difícil distinguirle en la maleza. Conocía muy bien el bosque. Y yo sabía que era un buen tirador con el rifle. Depués de todo, le había visto abatir su primera pieza y formarse como cazador.

Charley continuaba sentado en los escalones delanteros de la cabaña, aunque ahora tenía el rifle en las manos. Vigilaba los límites del claro con rápidos parpadeos. La espera se alargaba y el sol empezó a ahuyentar el frío del aire. Me levanté sigilosamente, sabiendo que todavía no era el momento oportuno para intentar frenar a Webb. Y tenía que pararle sin hacerle daño..., sin permitir que Charley resultara herido. Volví a mirar a Charley en el claro. Alguien debería haberte dado una zurra como a un perro sarnoso, pensé, y alguien te la dará uno de estos días. Me tranquilicé de nuevo. Pero no va a ser Webb, me dije. No, si yo podía evitarlo.

Oí que algo se movía entre la maleza a mis espaldas. Me tensé y me di la vuelta, muy despacio. Era un ciervo de gran tamaño, con una de las cornamentas más hermosas que jamás había visto. Portaba aquella mecedora en alto y con orgullo, y avanzaba como el humo por entre la hojarasca. Desde donde estaba, podría haberlo abatido con mi pistola.

Le observé pensando que tenía ante mí una pieza mucho mejor de la que ninguno de aquellos cazadores vería jamás. Y no puedo cazarlo, pensaba, aunque ni siquiera sé si lo haría si pudiera. Porque aquel animal había sobrevivido a muchas temporadas de caza. Y en su calendario mental de ciervo seguro que tenía marcado en rojo ese día. Está buscando un sitio para ocultarse hasta que acabe la temporada, pensé, avanzando sin miedo delante de las pistolas y los hombres.

Le vi confundirse con el sotobosque. Su visión me había fascinado. Pero no tenía tiempo para pensar en los ciervos, ni siquiera en un ejemplar como aquel. Volví a buscar a Webb, comprobando su posición. Estaba vigilando a Charley con todos sus sentidos, hasta el punto de que ni siquiera se había percatado de la presencia del ciervo.

Entonces vi cómo Charley se tensaba y levantaba su arma.

Mis ojos barrieron el borde del claro, hacia el lugar al que apuntaba, y allí atisbé una cierva en el sotobosque. Idiota, pensé, ¿es que no ves que es una hembra? Pero él seguía levantando el rifle, girándose levemente mientras seguía sentado. Acabó de apuntar y disparó en un solo movimiento, que fue seguido de un agitación en el lugar donde había estado la cierva. Tras el estallido del disparo, Charley permaneció completamente inmóvil durante un largo minuto, escuchando atentamente por si alguien se acercaba a la caza. Sabía que era una hembra, pensé con frialdad. Y aun así había disparado.

Charley se levantó, se dirigió rápidamente hacia la cierva y se detuvo junto a ella. Un cuchillo resplandeció en su mano y supe que la estaba desangrando. Mis ojos volvieron al segundo hacia Webb. Seguía de pie, inmóvil, petrificado, y pude vislumbrar que su rostro se había tensado y crispado mientras contemplaba a Charley. Yo podía percibir el olor a muerte en el aire de la mañana, corrompiéndolo como una mofeta.

Charley se levantó y miró a su alrededor con cautela. Pensé que la arrastraría hasta la carretera y la escondería en un matorral. Esa noche regresaría en su coche para recoger la carne; la carne de una hembra, cuya caza está prohibida todo el año. Charley volvió a pararse y levantó el animal muerto. El cuerpo se dobló encima de su hombro como una masa fláccida y marrón. Le miré, y me di cuenta al instante. No podía atisbarse ni un centímetro de su ropa roja, cubierta toda por la cierva, y Charley se había confundido con la hojarasca de los arbustos.

Miré a Webb rápidamente. Se había apoyado el arma en el hombro y pude ver la tensión de su rostro. Sabía que iba a matar. Se trataría de un accidente premeditado. Pero estaba convencido de que todos le creerían a él, pues, pese a la pelea que había tenido con Charley, a nadie le caía bien aquel tipo, y el primer día que se levantaba la veda de caza solían ocurrir numerosos accidentes. Cuando encontraran a Charley desplomado debajo de la cierva muerta...

Ahora era el momento. Si podía lograr que superara ese instante en que estaba decidido a cometer el asesinato, sabía que Webb se recobraría, que nunca querría volver a pasar por lo que había pasado. Pero tenía que hacerlo bien..., o hasta yo mismo podía convertirme en víctima.

Enfocó la mirilla hacia Charley, sosteniendo el rifle con manos diestras y suaves. Sabía manejar armas. Sabía matar. Pero no sabía que ese asesinato le perseguiría el resto de sus días..., incluso aunque yo no hubiera estado allí para presenciarlo.

–Webb –dije. Hablé en voz baja, lo justo para que me oyera–. Webb. No va a ser un accidente.

Se sobresaltó y se puso tenso al oír mi voz. Tenía la pistola preparada en la mano. Le mataría si no me quedaba otro remedio. Sabía que lo haría. Y él también lo sabía.

–No puede impedirlo, Jess –dijo. La tensión hizo que su voz sonara áspera–. No es lo bastante rápido para pararme.

–No –repliqué suavemente–, pero puedo colgarte por ello, Webb.

Giró la cabeza, pero siguió con el arma apoyada en el hombro. Al mirarme, vi que se había quedado lívido.

–Sabe que se lo merece –dijo con amargura–. Déjeme que le mate. Es un accidente. Está debajo de la cierva. Ya no hará más daño a nadie.

Ni siquiera le escuché.

–No –dije–, baja ese arma, Webb. Ahora.

Podía oír su respiración. Charley andaba ahora por el claro, tambaleándose bajo el peso de su pieza de carne ilegal. Si no tuviera que encargarme de Webb, pensé con acritud, ahora mismo te detenía. Te metería en chirona por matar esa cierva, aunque no sea mi trabajo. Pero no podía perder el tiempo pensando en Charley Woodring ni en su infamia.

Porque, fuera lo que fuese, no podía olvidar que era un hombre, un ser humano, y su muerte sería un asesinato.

Webb todavía no había bajado su arma. Yo sabía que podía apretar el gatillo antes de que pudiera impedírselo. Levanté la pistola, sopesando la posibilidad de herirle, derribarle.

–Tiene que dejarme hacerlo –dijo con una voz baja dominada por la tensión–, tiene que dejarme.

–Webb –le dije en el mismo tono–. Has visto cómo Charley mataba a esa cierva. Te dolió, ¿no? Porque fue un asesinato.

Si matas a Charley Woodring, aunque no te pase nada, también te va a doler. El resto de tu vida. Escúchame, Webb, sé lo que me digo.

Le apuntaba con la pistola amartillada, y sentía el metal del gatillo en el dedo.

–Alguien acabará matándole –dijo Webb–, tanto da que sea yo.

–Charley recibirá lo que se merece –coincidí–, se lo está buscando a pulso.

–Y le disparó a esa cierva –añadió Webb–, la mató..., la asesinó...

Se volvió a mirarme de nuevo, y esta vez empezó a bajar el arma.

Pude ver que se le movían los labios, y luego un estremecimiento le recorrió todo el cuerpo, como un escalofrío.

–Muy bien, Jess –dijo, casi musitando las palabras–, usted gana, Jess.

Entonces me moví, avancé hacia él metiéndome la pistola en la funda. Ya no me haría falta. Sabiendo la confusión en la que estaba sumido, le puse la mano en el brazo y percibí el temblor de sus músculos.

–Vamos –le dije con amabilidad–, volvamos al coche.

Ni siquiera se giró a mirar el claro donde Charley seguía inconsciente de lo cerca que había estado de la muerte. Webb caminó por delante de mí, trastabillando, como si sus pies no sintieran el suelo.

Subimos hacia la cumbre, el último promontorio desde el que podíamos atisbar el claro. Oí que alguien venía hacia nosotros y me detuve, permaneciendo en un claro donde podía verse el rojo de mi chaqueta. Al instante me tranquilicé.

–Hola, Jim –saludé al guarda de caza–, te había tomado por uno de esos condenados cazadores de ciudad.

–¿Qué hay, Jess? –me dijo–, sólo estaba dando una vuelta para controlar.

Reiniciamos nuestro camino, pero me paré de repente y me volví hacia Jim.

–Oye –le dije–, si te das prisa, me parece que encontrarás algo interesante ahí abajo.

Me lanzó una mirada inquisitiva.

–¿Ah sí?

–Sí, creo que encontrarás una cierva muerta en el claro –respondí sin querer entrar en demasiados detalles.

Me volvió a mirar, luego se fijó en Webb, e imaginé lo que estaba pensando.

–¿Sólo una cierva? –preguntó–. ¿Una cierva muerta?

–Y el hombre que la mató –dije con calma–. Yo le vi hacerlo. Y lo declararé donde haga falta.

–Muy bien. Gracias, Jess.

Entonces se marchó, bajando por la ladera rápidamente, mientras Webb y yo seguimos subiendo hacia la cumbre.

La alcanzamos y nos detuvimos, jadeando un poco por la empinada ascensión. Me fijé en Webb, viendo que ahora sus ojos estaban más tranquilos y sus manos más firmes.

Él me miró y respiró hondo.

–Me alegro de que me impidiera hacerlo –dijo. La voz aún le temblaba–. Debí de volverme loco. Mira que querer matar a un hombre de ese modo... –Se calló, con la voz estremecida.

–Ahora ya está –le dije–, olvídalo, ya ha pasado todo. –Le miré–. Y procura salir a bailar con Elsie de cuando en cuando. ¿Qué me dices, eh?

Me sonrió avergonzado.

–Nunca me ha gustado bailar –dijo–. Pero supongo que puedo hacer un esfuerzo.

–Eso es todo lo que hace falta. Anda, volvamos a la ciudad.

Se quedó mirándome un instante.

–¿Va a...?

Negué con la cabeza.

–Lo olvidaremos todo. No presentaré cargos contra ti. No se puede colgar a nadie por lo que tenga metido en la cabeza.

Pero él miraba más allá de mí, y ni siquiera escuchaba mis palabras. Le vi levantar el arma, la tensión asomó de nuevo en su rostro. Se me nubló la mente al lanzarme hacia él, demasiado tarde para detenerle. «Creía que estaba bien –me susurraba para mis adentros–. Creía que todo había terminado.» Me abalancé sobre él, pero me apartó de un empujón, derribándome. Recuperó el equilibrio y disparó en un único movimiento fluido.

El disparo retumbó cuando me incorporaba, con la pistola en la mano.

–Tendría que matarte –le dije crispado–, tendría que meterte un balazo, después de todo lo que he...

Le miré a la cara. Estaba calmado.

–Yo no le he matado –dijo lentamente–, mire.

Me volví y miré hacia el claro. Charley estaba desplomado en el suelo, con el arma a su lado, y Jim se estaba poniendo de pie, tambaleándose.

–Golpeó a Jim con el rifle –dijo Webb–, y se disponía a dispararle. Tenía que hacer algo..., tenía que intentarlo.

Contemplé el claro, intentando ordenar los sucesos en mi cabeza. Había sido un disparo muy lejano, pero Webb le había arrancado el rifle de las manos a Charley y le había derribado con el impacto, dando tiempo a que Jim se recuperara. Ahora estaba de pie, vigilando a Charley, que se removía por el suelo.

Estudié a Webb.

–Podrías haberle matado –dije–, lo sabes.

Me miró con firmeza.

–Sí –dijo–, lo pensé durante el segundo que tuve apoyado el rifle en el hombro. Pero me di cuenta de que no podía. Me di cuenta de que...

Se calló, confundido. Le sonreí, dándole una palmada en el hombro.

–Vamos –le dije–, Jim necesitará ayuda. Bajemos.

Y de nuevo volvimos a descender juntos hacia el claro.

El conductor

WILLIAM BRITTAIN

Al conductor le habría resultado difícil explicar, incluso a sí mismo, por qué se ofreció a llevar a aquel hombre que estaba de pie con el pulgar extendido a un lado de la carretera. Había oído docenas de historias espeluznantes sobre personas solas y hasta familias enteras que habían recogido autoestopistas que habían resultado ser peligrosos. Los afortunados habían perdido sus coches y pertenencias. Los desafortunados habían acabado sobre una mesa en la morgue; algunos, con los cuerpos desfigurados por un único y limpio balazo; y otros, horriblemente mutilados.

Tal vez fue la soledad. Aquella tarde llevaba conduciendo desde las cinco, y ya eran cerca de las nueve. El coche era casi nuevo, y apenas una fina capa de polvo deslustraba el reluciente exterior, pero algo le pasaba a la radio, cuando la encendía siseaba y saltaba continuamente, de modo que ninguna voz humana aliviaba el tedio que le embargaba. Sólo tenía por delante aquella cinta de cemento, que entraba en el haz de luz de los faros y desaparecía de la vista bajo las ruedas, kilómetro tras kilómetro, sintiéndose cada vez más embotado.

Pero tal vez también fue el recuerdo de cómo, en su juventud, él mismo solía hacer dedo para recorrer el país. Había habido ocasiones en que hubiera dado hasta la camisa a cambio de que alguien le recogiera, y recordaba lo difícil que se ponían las cosas cuando oscurecía y no había llegado a su destino.

El conductor acababa de pasar por la barrera de peaje en Spring Valley. Según el empleado, la autopista estaba despejada, al menos hasta Albany. Bueno, se esperaba algo de lluvia entre Albany y Utica, pero nada preocupante. El conductor recogió el *ticket*, lo metió encima de la pantalla, y se introdujo en la oscuridad, que estaba puntuada sólo por los indicadores kilométricos reflectantes en los postes al borde de la carretera. Uno cada cincuenta metros, parecían clavarse en él como los ojos brillantes de un gato. Durante los setecientos kilómetros siguientes no tendría que preocuparse de semáforos, coches que vinieran de frente ni cruces, sólo de los reflectores, uno cada cincuenta metros.

Cuando las barreras empezaron a cerrarse tras el peaje, los faros del vehículo iluminaron al hombre que estaba a un lado de la carretera. Tenía una bolsa barata a los pies. Al pasar el coche, agitó el pulgar, con una expresión interrogativa en el rostro.

Llevado por un impulso, el conductor frenó. Antes de que pudiera dar marcha atrás, el hombre le había alcanzado y había metido la cabeza por la ventanilla abierta del asiento del pasajero.

–¿Me lleva, señor? –preguntó.

El conductor giró la luz de arriba y miró al hombre. Vestía chaqueta y corbata –aquello era una buena señal– y aunque le hacía falta un corte de pelo no iba muy desgreñado, al contrario que aquellos muchachos *hippies* con sus mochilas y sus sacos de dormir. El hombre le sonrió tímidamente.

–Sube –dijo el conductor.

Abrió la puerta, dejó la bolsa en el suelo y se sentó, relajándose con un hondo suspiro. El conductor apagó la luz y metió el coche en uno de los tres carriles centrales que llevaban hacia el norte. La aguja del velocímetro pronto marcó los ciento diez.

–¿Vas muy lejos? –preguntó el conductor.

–A Albany –dijo el hombre–, es decir, si no sale antes de la autopista. Tengo un trabajo allí, pero he de presentarme a las ocho de la mañana como muy tarde.

–Llegarás a tiempo. Voy directo a Buffalo. Aunque tendré que dejarte en la rampa de salida.

–Eso me valdrá. Estoy seguro de que alguien me llevará desde allí a la ciudad.

Avanzaron rápido por la autopista, en silencio durante bastantes minutos.

–¿Cómo te llamas, joven? –preguntó el conductor finalmente.

–Sam. Sam McCullough. Y no soy tan joven, tengo casi veinticinco.

–Para mí, eso es ser joven –dijo el conductor–. ¿Quieres que te diga una cosa, Sam? Me alegro de poder ayudarte si tienes un empleo esperándote en Albany, pero ¿no sabes que va contra la ley hacer dedo en las autopistas? –Percibió cómo McCullough se removía incómodo en el asiento.

–¿Va a denunciarme? –preguntó McCullough con la boca pequeña.

–No. En realidad ni siquiera sé por qué he hecho ese comentario. También yo he tenido que hacer dedo unas cuantas veces en mi vida. Aunque supongo que en aquellos tiempos la gente se fiaba más de los demás. Muy pocas veces tuve problemas en llegar a mi destino.

–Llevaba esperando en donde me ha recogido desde que oscureció –dijo McCullough–. Cada vez que creía ver algo parecido a un coche de policía me metía entre los arbustos. Lo que quiero decir es que tenía que moverme esta noche. No podía arriesgarme a que me detuvieran por hacer dedo.

Mientras el coche seguía avanzando con un zumbido constante, unos puntos brillantes en la oscuridad indicaron que se acercaban a un pueblo.

–Ésa es la salida de Suffern –comentó el conductor–. Te diré qué vamos a hacer. Hay un restaurante un poco más allá. ¿Qué te parece si nos paramos unos minutos? Estiramos las piernas y nos tomamos un café.

–No me apetece tomar café –dijo McCullough.

–Estás pasando una mala racha, ¿verdad? Yo invito. ¿Qué me dices?

–Nada de café –repitió McCullough–. No quiero nada.

–Oh, bueno, pues espero que no te moleste esperarme mientras yo me tomo una taza. No tardaré mucho. Me gusta beberlo cuando está caliente.

Oyó un frufrú de ropa, seguido del chasquido de una cremallera al abrirse. «Tal vez McCullough lleva algo de dinero en su bolsa –pensó el conductor–, tal vez...»

–No vamos a pararnos, señor –la voz de McCullough surgió raspando ásperamente su garganta.

–Mira, muchacho, éste es mi coche, y hago lo que quiero. ¿Qué derecho tienes a decirme lo que...?

–El derecho que me da esto, señor.

El cañón de la pistola se aplastó dolorosamente contra las costillas del conductor. Con un gesto involuntario, dio un volantazo y el coche dio un bandazo hacia la valla divisoria central.

–Tenga cuidado –gruñó McCullough.

El conductor llevó el coche de vuelta al carril central y pisó el freno.

–No pare –le advirtió McCullough–. Limítese a seguir conduciendo, ni muy rápido ni muy despacio. Suave y normal, ¿me entiende?

Pasaron deprisa por delante del restaurante y continuaron por zonas despobladas. Durante los siguientes veinticinco kilómetros, hasta el paso elevado de Harriman, ninguno de los dos dijo palabra.

–La autopista se reduce a dos carriles a partir de aquí –murmuró por fin el conductor con brusquedad.

–¿Y qué? No nos hemos cruzado con más de media docena de coches. No se haga el listo si ve un coche de policía. Ni se le ocurra hacer trucos con las luces ni nada por el estilo. Tengo todos los ases aquí, en la mano. –McCullough agitó la pistola delante de las narices del conductor.

–¿Hasta..., hasta dónde piensa llevarme? –El conductor notó que el miedo le hacía un nudo en el estómago, y se preguntó si no le acabarían entrando ganas de vomitar. Manteniendo una mano en el volante, con la otra se aflojó un poco el cinturón de seguridad y la sujeción del hombro.

–Lo bastante lejos. Cuanto más lejos llegue, menos probable será que me descubra la policía. Y lo lamento. Me gustaba mucho ese sitio. –Dio unos golpecitos sonoros en el salpicadero con la culata de la pistola–. Maldita sea la vieja –añadió en voz baja.

–¿Vieja? ¿Te refieres a tu madre? –preguntó el conductor.

–No. Me refiero a la vieja urraca de la casa de las afueras de Spring Valley. Cuando vi al tipo salir con su esposa y los niños, supuse que la casa quedaría vacía, ¿entiende? Madura para la cosecha. Y con la puerta trasera abierta. ¿Cómo iba a saber que se habían dejado a la abuelita? Recorrí todo el primer piso y recogí buen material. Una televisión portátil, una máquina de escribir, incluso un buen fajo de billetes. Entonces, cuando ya estaba a punto de irme, allí apareció ella, en las escaleras con un viejo camisón, con el aspecto de que debería de haber muerto hace diez años, pero lamentablemente tenía los pulmones sanos. Gritó tan alto que podría haber despertado a toda la ciudad.

–¿Qué...? ¿Qué hiciste? –preguntó el conductor.

McCullough frotó reflexivamente la pistola con la mano que le quedaba libre.

–Digamos que ya no volverá a gritar más –respondió.

–Así que te has escapado. ¿Qué pasará ahora?

–Depende de usted. No se ponga nervioso, pórtese bien, como ha hecho hasta ahora y puede que salga de ésta con vida. Si intenta hacerme alguna jugada, tendrán que recoger su cadáver de una zanja. No tengo nada que perder.

–No intentaré nada. Yo..., yo no quiero morir.

–No hay demasiada gente que lo quiera, jefe.

A medida que el coche iba recorriendo kilómetros, el conductor intentó sin éxito controlar el temblor de su cuerpo. Quería vivir, claro, pero ésa, al fin y al cabo, era la misma razón por la que McCullough le estaba apuntando con la pistola. McCollough también quería vivir.

En la salida de Newburgh, un camión con remolque surgió de repente ante ellos desde la rampa de entrada. El conductor pisó el freno, y McCullough contuvo la respiración, aplastando los pies contra el suelo del vehículo, como si pudiera parar el vehículo sólo con la fuerza de su voluntad.

–¡Idiota! –gritó McCullough cuando el camión, que iba al menos a ciento cincuenta, se perdió retumbando en la oscuridad y el coche se zarandeó, de nuevo bajo control.

El conductor no replicó. En vez de eso, miró pensativamente el dibujo que formaban los faros en la autopista. Luego giró un tirador que encendió las luces del panel de mandos. Echó una mirada hacia su pasajero, y vio a McCullough señalando a la sujeción del hombro que estaba enganchada al techo del coche, encima de la puerta.

–¡No toques eso! –rugió el conductor. McCullough, sobresaltado por el inesperado tono imperativo, apartó instintivamente la mano. Luego sonrió lentamente.

–No entiende nada, jefe –susurró en voz baja–. Soy yo el que da las órdenes, no usted.

–Escúchame, y escúchame con atención, o ninguno de los dos va a tener que preocuparse de quién da las órdenes porque la patrulla de carreteras tendrá que desempotrar nuestros cadáveres de un árbol o de la barrera de la autopista.

–Siga hablando, jefe. Ayuda a pasar el tiempo.

–En primer lugar, quita las manos del cinturón del asiento y de la sujeción del hombro. No intentes abrocharlos.

McCullough se encogió de hombros.

–Hasta ahora no he tenido ningún problema sin ellos –dijo.

–Muy bien, mantén las manos donde pueda verlas. Porque, si no lo haces, voy a aplastar este coche contra la primera cosa sólida que encuentre.

–No se crea que me asusta –dijo McCullough–, después de todo, usted también moriría. Ni siquiera su cinturón de seguridad le serviría de mucho en un coche que va a ciento treinta.

–Pero la diferencia entre tu situación y la mía es que yo voy a morir de todos modos. ¿No es así, McCullough?

–Mire, ya le he dicho que si no me hace una jugarreta, le dejaré marchar. Lo único que quiero es el coche.

El conductor negó con la cabeza lentamente.

–No me lo trago –dijo–. Ya has asesinado una vez. La única posibilidad que tienes de escaparte es desaparecer en algún sitio donde la policía no pueda encontrarte. Y si me dejas ir, yo les daría información suficiente para que siguieran tu pista. Así que, ¿qué te importa volver a matar?

–¡Por todos los fuegos del infierno! ¿No puede ir más despacio? Vamos casi a ciento cincuenta.

–La velocidad, ésa es mi arma, McCullough. A ciento cincuenta kilómetros por hora no te atreverás a disparar. –El conductor pisó el acelerador y el coche saltó hacia delante todavía más rápido.

–Vigile. Si las llantas pasan por esa gravilla suelta de ahí al lado y pierde el control, daremos una voltereta.

–No te preocupes por mi manera de conducir. ¿Lees alguna vez las páginas deportivas, McCullough? ¿La sección de carreras de automóviles?

–No me gusta el tema.

–Qué pena. Te podías haber tropezado con mi nombre. Esta noche estás compartiendo vehículo con *Lucky* Algood, muchacho. Ganador en dos ocasiones del Grand Prix, Le Mans y Watkins Glen. Nunca he volcado en un circuito de carreras en toda mi vida y no pretendo hacerlo ahora.

–¿Qué va a...? ¡Cuidado! Casi le da a ese coche que hemos adelantado.

–La pistola, McCullough.

–¿Qué pasa con la pistola?

–Tírala por la ventana. Es el precio por reducir la velocidad.

McCullough se rió un poco.

–Debe de creer que me he vuelto loco. Si tiro la pistola, usted me entrega al primer poli que vea y tengo que hacer frente a un cargo de asesinato. Pero si choca, tal vez haya alguna posibilidad de que salga bien librado. Me quedaré con la pistola.

–Además de dedicarme a las carreras –dijo el conductor–, también soy asesor de seguridad de una empresa de automóviles. ¿A que tampoco lo sabías?

–¿Y qué?

–Que intentes calcular las probabilidades de salir ileso de un choque frontal a ciento cincuenta kilómetros por hora. Tal vez pueda ayudarte. Nosotros hicimos algunos experimentos en nuestra pista de pruebas. Claro que nuestros vehículos sólo alcanzaban los noventa kilómetros, pero te dará una idea aproximada de lo que te pasaría.

»Tras el encontronazo, en la primera décima de segundo, los parachoques delanteros, la rejilla y el radiador quedan triturados, convertidos en un amasijo de metal. En la siguiente décima de segundo, la capota se aplasta y salta hacia el parabrisas mientras las ruedas traseras se levantan del suelo. ¿Sabes? La parte delantera del coche se habría quedado parada en ese momento, pero la trasera sigue empujando hacia delante. Instintivamente, el pasajero se pone rígido, como hiciste tú cuando aquel camión dio un viraje delante nuestro. Los huesos de las piernas se rompen limpiamente a la altura de las rodillas.

–¡Cállese ya, Algood!

–¿No quieres saber cómo vas a morir? Durante la tercera décima de segundo, el cuerpo sale despedido hacia delante. El salpicadero te machaca las rodillas. En la cuarta y quinta, tú y la parte trasera del coche seguís avanzando a unos sesenta y cinco kilómetros por hora. Tu cabeza golpea el panel de mandos.

»En la sexta décima de segundo la estructura del coche cede. A esas alturas, el panel te ha roto el cráneo. Tus pies crujen contra el suelo. La fuerza de la parada en seco te arranca los zapatos.

El conductor hizo una breve pausa.

–Así sucede, más o menos –concluyó–. Las puertas se abren de golpe y las bisagras revientan. El asiento delantero se suelta y aplasta tu cuerpo desde atrás. Pero eso no tiene que preocuparte. Porque para entonces ya estás muerto.

–Usted..., ¿usted lo ha visto? –preguntó McCullough.

El conductor asintió.

–En películas a cámara lenta, con maniquíes de cera en la pista de pruebas. Claro que, habiendo corrido tanto como yo, he visto las consecuencias en vivo de algunos accidentes graves. Y no es nada agradable, McCullough.

McCullough, recobrándose del susto, se forzó a reír a través de sus labios secos.

–¿Sabe? Me ha tenido atrapado por un rato –dijo–; pero sé que no va a chocar a menos que se vea obligado, Algood. ¿Qué pasa si me quedo esperando? Tarde o temprano tiene que quedarse sin gasolina.

–Voy muy por delante de ti. Soy piloto de carreras, ¿recuerdas? Estas máquinas son mi pan de cada día. ¿Por qué crees que no te dejo ponerte el cinturón de seguridad?

–¿A dónde quiere ir a parar?

–Hay una velocidad –en realidad, no muy alta– a la que puedo chocar contra algo sólido y la sujeción que llevo será suficiente para mantenerme a salvo. Oh, bueno, me magullaré el pecho, pero el cinturón me mantendrá dentro del coche. Tú, por otra parte, saldrás disparado hacia delante. Ahí se da una gran variedad de interesantes posibilidades. Tal vez, sólo quedes inconsciente junto al salpicadero. O podrías atravesar el parabrisas con la cabeza y fracturarte el cráneo o puede que te cortes el cuello con el cristal. En cualquier caso, yo saldré ileso y tú... Por favor, no toques el cinturón de seguridad.

El coche dio un viraje muy pronunciado, y McCullough puso rápidamente las manos encima del salpicadero.

–Ahora, la pistola, McCullough. Tírala.

McCullough aferró la pistola con fuerza.

–Voy a... –Apuntó al conductor con el arma. Ninguno de los dos habló, los únicos sonidos que se oían eran los que producían las ruedas sobre el pavimento y el aire al atravesar el coche. El conductor casi sentía la mente de McCullough sopesando sus opciones. La captura significaba que se enfrentaría a una acusación de asesinato fácil de probar y, por tanto, se pasaría el resto de su vida en una pequeña celda; años perdidos para siempre por culpa de los gritos de una vieja. El conductor oyó un clic cuando McCullough palpó el gatillo; sus manos sudorosas se tensaron sobre el volante.

Pese a todo, si disparaba corría el riesgo de la carnicería que provocaría un choque a casi ciento ochenta por hora: el chirrido del metal retorcido y mellado atravesando la carne y rompiendo los huesos, la mutilación de cuerpos vivos mientras los restos los comprimían convirtiéndolos en una masa informe y sangrienta.

McCullough soltó un juramento y bajó la ventanilla del coche. Un golpe de viento llegó al rostro del conductor mientras su acompañante tiraba fuera la pistola. En el retrovisor se vio una lluvia de chispas cuando el arma golpeó la superficie de la carretera. El conductor redujo la velocidad a unos legales ciento veinte kilómetros por hora.

En un paso subterráneo, un poco más allá de Kingston, localizó un coche de policía, con la puerta abierta y las luces giratorias encendidas. Se acercó al automóvil gris, colocando su coche lo bastante cerca para que a McCullough le fuera imposible abrir la puerta y escaparse corriendo.

–¡*Lucky* Algood, piloto de carreras! –bramó McCullough mientras el patrullero le colocaba las esposas en las muñecas–. De todos los coches que pasan por la autopista, tenía que cogerme usted. Ni siquiera tiene la pinta que se supone debe tener un piloto. Es demasiado pequeño y flaco.

–Ser piloto no requiere fuerza, McCullough. Sólo reflejos rápidos.

–Si no hubiese sido un piloto profesional ni hubiese sabido todo ese rollo de coches accidentados, ahora estaría libre –gruñó McCullough–. La policía nunca habría dado conmigo..., ni tampoco con usted.

Sin miramientos, el agente empujó a McCullough hacia el coche gris y lo metió dentro. Luego volvió junto al conductor.

–He oído que McCullough mencionaba el nombre de *Lucky* Algood –dijo–. Le he visto algunas veces en la televisión, y hay algo de lo que estoy seguro, señor: usted no es.

–No –fue la tranquila respuesta–. Me llamo Entwhistle, Ernest Entwhistle. Tengo una pequeña librería en Filadelfia. Iba de camino a visitar a mi hija y a su familia en Buffalo. De hecho, le llevaba un regalo a mi nieto, un libro. A mí me parece una lectura fascinante. Pero, pensándolo bien, quizá le interese al señor McCullough. Siempre puedo comprar otro ejemplar en cualquier sitio.

El conductor sacó un volumen delgado y en rústica de su bolsillo. El patrullero lo cogió y miró el título: *Seguridad sobre ruedas*, por Charles W. *Lucky* Algood.

Desde la portada le devolvió la mirada la fotografía de un apuesto joven que se estaba poniendo unas gafas de carreras.

Reunión de antiguos alumnos

CHARLES BOECKMAN

La pancarta que colgaba a lo largo de una pared del salón de banquetes del hotel Plaza saludaba a los reunidos: «Escuela Secundaria de Jacksonville, curso del 53». El grupo que se apiñaba en el salón bordeaba la mediana edad. Las sienes ya encanecían y las calvas eran bien visibles.

Tad Jarmon paseaba por entre la gente. En la barra encontró a su viejo amigo Lowell Oliver, a quien no había visto desde la graduación.

–¿Qué tal, Lowell? –dijo.

Oliver vació su vaso.

–¿Qué hay, amigo? –le saludó con una sonrisa fláccida. Arrugó la cara en un esfuerzo por enfocar sus ojos. De pronto recuperó extrañamente la sobriedad.

–Tad Jarmon.

–En carne y hueso.

–Vaya..., me alegro de verte, Tad. No has cambiado mucho. –Tendió el vaso hacia el camarero para que se lo volviera a llenar. La mano le temblaba ligeramente.

–Todos hemos cambiado algo, Lowell. Han pasado veinte años.

–Veinte años. Sí..., veinte años...

–¿Has visto a Jack y a Duncan?

–Andan por ahí –dijo entre dientes.

–Tenemos que reunirnos después del banquete y recordar los viejos tiempos –dijo Tad.

Oliver le miró fijamente con una expresión peculiar. En su frente aparecieron gotas de sudor.

–Los viejos tiempos. Sí..., claro, Tad.

Tad Jarmon volvió a serpentear entre la multitud. Al poco tiempo vislumbró a Jack Harriman en un círculo de amigos en un rincón del salón. Jack era la viva imagen de un próspero hombre de negocios. Iba vestido con ropa cara. Su rostro estaba muy bronceado, pero estaba echando barriga. Habría engordado unos veinte kilos desde la graduación.

–Hola, Jack.

Harriman se dio la vuelta. Se le heló la sonrisa.

–Vaya, ¿no tenemos aquí a Tad Jarmon? –Extendió la mano para estrechársela–. Seguro que todos recordáis a Tad –dijo con una voz tal vez demasiado alta. Al darle la mano, Tad notó que la de su amigo estaba húmeda.

Uno de sus viejos compañeros sonrió.

–Sí, ya recuerdo como vosotros dos, con Duncan Gitterhouse y Lowell Oliver siempre andabais gastando bromas pesadas por la ciudad.

–Sí –añadió otro–, si sucedía algo raro, todo el mundo pensaba inmediatamente que vosotros teníais algo que ver. Como cuando el reloj de la torre de los juzgados empezó a andar hacia atrás. Tardaron una semana en averiguar cómo hacerlo girar en la dirección correcta. Nadie pudo probarlo, pero todos sabíamos que habíais sido vosotros cuatro.

El grupo se rió.

–He visto a Lowell en la barra –le dijo Tad a Harriman–, le he comentado que teníamos que reunirnos después del banquete para recordar los viejos tiempos.

–Los viejos tiempos... –repitió Harriman. En su voz resonó una nota hueca y profunda–. Bueno..., claro, Tad. –Se pasó una mano nerviosa por la barbilla–. A propósito, ¿dónde vives ahora?

–Sigo aquí, en Jacksonville, en la vieja casa antigua que está sobre la colina. Cuando murió mi padre, me quedé allí.

Tad se disculpó y fue a buscar a Duncan Gitterhouse. No tardó en encontrarle, convertido en un hombre que había encanecido prematuramente, con grandes arrugas en la cara y ojos cansados.

–Bueno, Duncan, supongo que ahora debería llamarte «doctor Duncan».

–El título sólo es para mis pacientes –replicó Gitterhouse,

sus ojos hundidos se clavaron sombríos en Tad–. Estaba seguro de que te encontraría aquí.

–Bueno, ya sabes que no podía dejar escapar la oportunidad de recordar los viejos tiempos contigo, y con Jack y Lowell. Podríamos reunirnos los cuatro después del banquete, ¿eh?

Los ojos del médico parecieron hundirse más todavía en sus cuencas y en su mirada se agudizó una expresión de resignación.

–Sí, Tad.

Al acabar el banquete se pronunciaron discursos y se explicaron anécdotas. Uno por uno, se fueron levantando los antiguos alumnos, y contaron brevemente qué habían hecho desde la graduación. Cuando el maestro de ceremonias se acercó a Tad, dijo:

–Bueno, estoy seguro de que todos recordaréis al siguiente muchacho. Él y sus tres colegas animaron nuestros años de estudiantes. ¿Os acordáis de la fiesta de Halloween en que encontramos la silla de ruedas de la vieja señorita Gifford en el tejado del edificio de la escuela? ¿Y de las bombas fétidas que estallaban en las reuniones? Nunca se pudo probar nada, pero todos sabíamos quién estaba detrás. ¿Por qué no lo confesáis ahora, Tad? Los actos punibles ya han prescrito.

Tad se levantó entre risas y aplausos. Sonrió y negó con la cabeza.

–No hablaré. Mis labios están sellados...

Tras el banquete, los cuatro compinches de la secundaria salieron, cruzaron la calle y se dirigieron a un pequeño y tranquilo parque urbano. Jack Harriman encendió un puro muy caro.

–No ha cambiado, ¿verdad? –dijo Duncan Gitterhouse contemplando el viejo juzgado abovedado, el monumento a la Guerra de Secesión, los grandes magnolios y las calles tranquilas–. Es como si todo se hubiera quedado suspendido en la noche que nos graduamos y el tiempo no hubiera pasado desde entonces.

–La noche que nos graduamos –repitió Jack Harriman como un eco. Se apretó la mejilla, que volvía a crispársele, con un dedo–. A mí me parece que han pasado mil años.

–¿Te lo parece? –dijo Tad–. Qué raro. El tiempo es relativo. Para mí es como si hubiera sido anoche.

–No tenemos nada de que hablar –dijo Duncan Gitterhouse con aspereza–. No sé a qué he venido a esta ridícula reunión de antiguos alumnos. Fue una insensatez.

–¿No sabes por qué has venido, Duncan? –preguntó Tad en voz baja–. Pues yo creo que sí lo sé. No podías faltar. Ninguno de vosotros podía. Teníais que averiguar si alguien llegó a sospechar lo que hicimos aquella noche. Y también queríais saber qué consecuencias había tenido lo sucedido entonces en las vidas de los demás, cómo las había cambiado. Compartimos algo tan fuerte que nos unirá para siempre. Estaba convencido de que asistiríais todos.

–¿Sigues siendo el psicólogo aficionado de siempre, Tad? –preguntó Harriman con acritud.

Tad se encogió de hombros.

–Lo que hicimos aquella noche, Tad, fue culpa tuya –dijo Lowell Oliver, y empezó a gimotear con un llanto de borracho–. Tú siempre fuiste el cabecilla. Nosotros te seguíamos como borregos. Fueran cuales fueran las locuras y estupideces que se te ocurrieran...

–Sólo éramos unos chiquillos –le interrumpió Gitterhouse irritado–, nada más que unos chiquillos irresponsables, los cuatro. Nadie puede ser considerado responsable...

–¿Sólo unos chiquillos? En este estado éramos lo bastante mayores para que nos juzgaran por asesinato –señaló Tad.

Se hizo un silencio absoluto. Luego Tad murmuró despacio:

–Solía pasar por el riachuelo donde el viejo Pete Bonner tenía su caravana. Durante años pudo verse el lugar donde había habido el incendio. El suelo estaba negro y la estructura oxidada de la caravana seguía allí. La retiraron cuando construyeron el centro comercial, pero cada vez que paso por delante, pienso en la noche que el viejo Pete Bonner murió allí. Y pienso en nosotros. Una persona actúa; el acto se realiza en pocos minutos; pero sus consecuencias perviven en nuestras emociones, en nuestras mentes, quizá para siempre. Nosotros hicimos algo hace veinte años. Al día siguiente, enterraron lo que quedaba del viejo Pete. Pero los cuatro habremos de cargar con ello durante el resto de nuestras vidas.

Volvieron a quedarse en silencio, todos recordaron aquella noche. Era cierto que Tad había sido el cabecilla de su pequeño grupo, y también que la noche de su graduación se le había ocurrido a él la última, la monstruosa broma:

–Prendamos fuego a la caravana de Pete Bonner.

–Pero Pete puede estar dentro –había dicho otro.

–Ahí está la gracia. –Tad había sonreído, y luego explicó–: Después de esta noche, todos partiremos a distintos destinos. Duncan va a ir a la facultad de medicina; Lowell al ejército; Jack a una escuela de negocios; y yo probablemente me quede aquí. Tenemos que hacer algo tan formidable, tan importante, que nos una a los cuatro para siempre. Así que asaremos vivo al viejo Pete Bonner.

Tad les había explicado que Pete era el borracho oficial de la ciudad, un alcohólico sin familia. Sería como hacer que un perro viejo dejara de sufrir.

Debido al control casi hipnótico que Tad ejercía sobre ellos, los otros tres habían aceptado, sudando y con miedo, pero habían aceptado.

Aquella noche, tras los actos de la graduación, Tad los había conducido a la caravana de Pete Bonner, llevando latas de gasolina y cerillas. Cuando se alejaron corriendo de la pira funeraria en llamas, les siguieron los gritos del pobre borracho agonizante.

–Todavía puedo oír los aullidos de aquel viejo –dijo Duncan Gitterhouse. Las manos le temblaban al encender un cigarrillo tras otro.

–Tad, has dicho que hemos de cargar con ello durante el resto de nuestras vidas –dijo Jack Harriman suspirando–. Es cierto. He hecho un montón de dinero, pero ¿de qué me sirve? No puedo dormir sin tomar pastillas. Como demasiado. Mi médico me ha dicho que si no dejo de comer tanto voy a tener problemas coronarios dentro de cinco años, pero no puedo parar. Es algo emocional, compulsivo. Y mira al pobre Lowell. Se ha pasado los últimos cinco años entrando y saliendo de clínicas de desintoxicación de alcohólicos.

Duncan Gitterhouse asintió.

–Yo tengo éxito en mi profesión. Supongo que es un modo de compensar. Creo que si soy capaz de salvar muchas vidas, pagaré por la que quitamos entre los cuatro. Hago cinco, hasta diez operaciones cada día. Pero mi vida privada está en ruinas..., mi mujer me abandonó hace cinco años; mis hijos están enganchados a la droga. –Se volvió hacia Tad Jarmon–. Sospecho que a ti no te ha ido mejor que a los demás, Tad. No te casaste. Sigues aquí pegado, en la misma casa en la que naciste. No creo que seas capaz de irte...

Se quedaron sentados un rato más en el parque. Luego se levantaron y se marcharon a sus respectivas habitaciones del hotel, menos Tad, que volvió a su inmensa casa antigua con columnas blancas.

Ya en su estudio, Tad sacó uno de sus diarios de una estantería. Con su letra clara y precisa escribió cuidadosamente lo que había sucedido esa noche, anotando hasta el más mínimo detalle de cuanto habían dicho Jack, Duncan y Lowell. Al acabar la nota, añadió su pronóstico para el futuro: «Calculo que Jack habrá muerto de aquí a diez años, probablemente se suicide, si no sufre antes un ataque de corazón. Lowell se convertirá en un alcohólico irrecuperable y pasará sus últimos años en una clínica. Duncan seguirá con su trabajo, pero tendrá que recurrir a las drogas para salir adelante».

Se apoyó en el respaldo de la silla un momento. Luego, como si se le hubiera ocurrido algo a destiempo, añadió: «Yo seguiré malgastando mi vida en esta vieja casa, gracias a la herencia que me legó mi padre, y finalmente me acabaré convirtiendo en una especie de recluso. Duncan tenía razón: no puedo irme. Es una prisión psicológica. Pero me siento razonablemente satisfecho, me mantengo ocupado con mi afición: el estudio de la naturaleza humana, que llenará varios volúmenes cuando lo concluya».

Dejó a un lado el diario. Luego se acercó a otra estantería. Estaba llena de diarios fechados, todos encuadernados igual. Recorrió la estantería hasta que dio con uno de 1953. Lo abrió y pasó rápidamente las páginas, deteniéndose cuando llegó a la fecha de su graduación, luego empezó a leer.

«Esta noche ha sido la graduación –había escrito–. Decidí que debíamos hacer algo espectacular. Un acto supremo que superara todas las gamberradas anteriores.

»A primera hora de la tarde me pasé por la caravana de Pete Bonner. Había pensado darle unos dólares para que nos comprara whisky para esta noche. Como somos menores de edad, no podemos ir nosotros mismos a la licorería, pero Pete siempre está dispuesto a hacer cualquier cosa por una pequeña propina.

»Me sorprendí de verdad cuando entré en la caravana y vi al viejo Pete desplomado en el suelo. Estaba muerto, aparentemente de un ataque al corazón. Si no le hubiera encontrado, probablemente se habría quedado allí durante días hasta que alguien se hubiera pasado accidentalmente por la caravana como había hecho yo.

»Inmediatamente se me ocurrió una idea genial para hacer una broma colosal que, además, me daría la oportunidad de comprobar una teoría mía. Dicen que el tiempo es relativo. Yo creo que la relatividad es relativa. Si alguien cree que ha hecho algo, para él es exactamente igual que si lo hubiera hecho. Las consecuencias, en todo lo que le afecte, deberían ser las mismas.

»Esta vez les gastaría la broma a Jack, Duncan y Lowell. Son tan bobos que harían todo lo que les dijera. Corrí a casa y birlé el magnetófono del estudio de papá. Grabé unos gritos de agonía y lo puse debajo de la caravana de Pete, enganchándolo de un modo que me permitiera encenderlo en un segundo. Luego fui a hablar con Jack, Duncan y Lowell. Les convencí de que sería una gran idea quemar la caravana de Pete y asarlo vivo. Por supuesto, no podían saber que el viejo ya estaba muerto.

»Esta noche, tras la graduación, nos acercamos furtivamente a la caravana de Pete con gasolina y cerillas. Di la vuelta a la caravana, simulando que vertía mi gasolina por todas partes, me metí debajo del vehículo y puse el magnetófono en marcha. En cuanto prendieron las llamas, empezamos a oír unos gritos muy convincentes. Resultará muy interesante comprobar, en los años venideros, qué efectos tendrá el acto de esta noche en las vidas de Jack Harriman, Duncan Gitterhouse y Lowell Oliver.»

Tad Jarmon cerró el diario y se recostó en la silla esbozando una sonrisa fría y pensativa.

Policía ruin

W. SHERWOOD HARTMAN

El local de Harry no es el restaurante más exquisito de la ciudad y tampoco está situado en la zona más elegante. Si quitaran del menú los perritos calientes, las hamburguesas y la cerveza nos quedaríamos sin negocio; pero mantenemos el lugar limpio y permanece abierto toda la noche, así que Harry se gana bien la vida y yo estoy apartado de las calles. Llevo de encargado nocturno desde hace poco más de dos años, de las nueve de la noche a las seis de la mañana. Después de haberla pifiado tres veces, en un estado en que a la cuarta te consideran perdido para la vida honrada, siempre le he estado agradecido a Harry por haberme dado una oportunidad, y, cuando estoy de servicio, intento llevar el negocio como si fuera el mío propio. Lo cual no siempre es fácil.

Un restaurante que no cierra en toda la noche, en un barrio problemático, no atrae lo que se dice a una clientela de primera. El momento más duro de la noche llega cuando cierran los bares. Entonces aparecen los músicos, camareros y los matones de los locales, junto con una variada gama de borrachos, también repartidores de leche y basureros, que vienen a desayunar antes de ir al trabajo, y un grupo de gente informe y sin rostro que sale por la noche y se desvanece con las primeras luces del alba. La mayoría se porta bastante bien, ríen y bromean o comen tranquilamente y siguen su camino. Algunas veces un par de borrachos se pelean, pero apenas sucede nunca nada que pueda considerarse un problema grave. Tal vez ello se deba en parte a Hemphig, aunque yo siempre he preferido tener más problemas y menos Hemphig.

Leo Hemphig no era un policía corriente. Medía casi dos metros, y con sus cien kilos largos, sus músculos reventaban las costuras de su uniforme. Si tenía un solo gramo de grasa, el único sitio donde se le veía era en la cara. Sus labios eran gruesos y había una leve hinchazón bajo los ojos azules más fríos que jamás he contemplado. Sus mejillas parecían lonchas de bacon colgadas sobre un cuello de toro, y un músculo que asomaba sobre sus ojos se ondulaba bajo cejas negras que se le juntaban cuando hablaba. Su voz era aguda, no afeminada, aunque con una estridencia parecida a la de una sierra eléctrica serrando un roble. Hacía la ronda nocturna en el barrio y solía entrar en el restaurante a última hora, cuando más atestado estaba. Las conversaciones se acallaban antes de que la puerta se hubiera cerrado a sus espaldas. A partir de ese momento, el único sonido que se oía era el tintineo de los cuchillos y tenedores de acero inoxidable contra los platos de cerámica barata. Se sentaba al final de la barra, cerca de la caja, se zampaba tres bollos, se tragaba dos tazas de café, luego se levantaba sin hacer el menor gesto que indicara que tuviera intención de pagar lo que se había tomado, y se volvía hacia los clientes que estaban en las banquetas.

–¡Buenas noches –decía con desprecio–, pajilleros, palurdos! –Y luego escupía su insulto de despedida–: ¡MUERTOS DE HAMBRE! –Dicho lo cual, se daba la vuelta y se iba.

El silencio se prolongaba aún unos cuantos minutos hasta que alguien inventaba una nueva obscenidad con la que celebrar su salida y las conversaciones volvían lentamente a su tono habitual.

Mi primer encuentro con Hemphig sucedió justo cuando acababa de salir por tercera vez. No tengo disculpa. No puedo responsabilizar a nadie más que a mí mismo. Las dos primeras veces me equivoqué y pagué por ello. La tercera también fue un error. Estaba en el lugar inadecuado en el momento inoportuno. También pagué el pato. Pero ahora no es el momento de hablar del tema. Cuando pude pedir la libertad condicional, el oficial encargado había acudido en mi ayuda y Harry me había dado el empleo. Estaba decidido a aprovechar la oportunidad que me brindaba aferrándome a aquel trabajo. Hemphig me abordó la primera noche que me quedé solo detrás de la barra.

–¿Eres el estafador que ha contratado Harry? –me preguntó.

–Estoy en libertad condicional.

–Ni te se ocurra pestañear –dijo, y sus labios se contrajeron en una sonrisa tan perversa que hasta el aire empezó a oler a podrido–. No hay nada que me guste más que reventar gusanos muertos de hambre. No lo olvides jamás.

Pidió sus bollos y cafés y pasó por alto la factura que le puse delante. Me recorrió un escalofrío cuando por fin se fue. La factura impagada seguía metida bajo la taza de café vacía. La cogí, escribí «Poli» encima y la guarde en la caja registradora.

Harry la encontró cuando se disponía a pagarme, la mañana siguiente. Se la quedó mirando, luego la hizo pedazos y la tiró al cubo de la basura.

–¿Te hizo pasar un mal rato? –me preguntó pasándose los dedos rechonchos por el pelo canoso.

Le contesté con una evasiva:

–No. Supongo que se olvidó de pagar la factura.

–Debería haberte avisado, pero no me acordé. No vuelvas a intentar cobrarle. Sírvele lo que te pida y olvídalo. Y, por favor, no te busques problemas con él. No es un buen tipo.

Me disponía a irme cuando Harry me puso la mano en el hombro.

–Todo te irá bien, muchacho. Sólo ten cuidado.

Asentí y me fui sintiéndome más a gusto.

Oí muchas historias sobre Hemphig durante los meses siguientes. La mayor parte debía descartarse por ser meros rumores, pero la gente que vivía por la noche se las creía. Para ellos eran algo más que habladurías. Andaban en parejas, temerosos de quedarse solos en las calles a altas horas de la madrugada. Su miedo nacía del hecho de que apenas pasaba una semana sin que apareciera algún borracho muerto a golpes en un callejón. Una vez encontraron a un pensionista, que caminaba apoyándose en un bastón, con la espalda rota de una patada en la columna. Y durante todo ese tiempo, Hemphig seguía humillando a mis parroquianos con sus insultos febriles.

La mayoría de los vecinos del barrio vivían al margen de la ley, así que, ¿a quién iban a recurrir sin correr el riesgo de acabar boca abajo en una cuneta? Hemphig era la ley. Hemphig era la vida o la muerte. Nadie tenía las agallas necesarias para presentar una denuncia que sólo se basaba en sospechas. ¿A quién le apetece firmar su propio certificado de defunción?

Así estaban las cosas cuando vino mi primo Joe a visitarme desde la costa. Le llamo primo, aunque siempre hemos sido como hermanos. Desde que murieron mis padres, viví con Joe y los suyos hasta que ellos murieron también, en un accidente de coche. Entonces nos llevaron a diferentes orfanatos, pero siempre nos mantuvimos en contacto. Nunca se metió en ningún problema y me escribía cartas que hacían que me sintiera como un auténtico capullo por los líos en que me metía. Tenía una gran idea sobre cómo podíamos trabajar juntos en cuanto consiguiéramos el dinero suficiente para la primera inversión.

Entró en el local de Harry a la hora punta de la noche, con una sonrisa de oreja a oreja, como un gran gato mascando una apetitosa hoja de menta. Me moría de ganas de tirar el delantal, saltar por encima de la barra y darle un beso, pero no podía. El bar estaba atestado y yo intentaba, a la vez, servir a la gente, tomar nota de los pedidos y escucharle. Me sentía tan feliz que casi gritaba...

–Cuatrocientos sesenta acres –dijo–, la mayor parte cubiertos del bosque maderable más hermoso que jamás hayas visto.

Entró Hemphig y el salón se heló al instante bajo un paño mortuorio de silencio, pero Joe siguió hablando. Su voz sonó fuerte y matizada en medio de la tensión cortante que no había percibido.

–¡Y una zona con la mejor tierra de pastoreo del mundo! Podemos tener trescientas cabezas de ganado, y se pondrán más gordas que peponas. ¡Por fin vamos a lograrlo, Buddy!

Hemphig se bajó de su banqueta y se encaminó hacia donde Joe estaba sentado.

–Déjeme ver su permiso de conducir –dijo. El bar se había quedado tan silencioso como una tumba. Ni las cucharillas se movían.

Intenté advertir a Joe con la mirada, pero ya se había dado la vuelta y encaraba a Hemphig.

–Mire, señor –le dijo–, estoy sentado en el taburete de un restaurante. ¿Qué clase de chiflado es usted para venir a pedirme el permiso de conducir?

–Soy un oficial de policía –chirrió la voz de Hemphig, una octava más alta de lo normal–, ¡y quiero ver su permiso!

–He llegado a la ciudad en avión y he venido hasta aquí en taxi –dijo Joe–. Ahora búsquese un rincón y vaya a pulirse su insignia de hojalata. ¡Y déjeme en paz!

Joe empezó a volverse hacia mí. La mano vuelta del revés de Hemphig al golpear la boca de Joe resonó como una loncha de jamón estrellándose contra la superficie del mostrador. Cayó hacia atrás, contra una mesa, tenía los labios ensangrentados. Se levantó frotándose la cara con el brazo. Luego sacudió la cabeza.

–Señor –dijo–, ¿tiene agallas para salir a la calle sin esa insignia y sin el arma? ¡De hombre a hombre y al infierno con las reglas!

Hemphig pareció alegrarse. Se quitó la insignia, la guardó en su abrigo, y todos salimos fuera. Aquella sonrisa de felicidad no le duró mucho. Joe medía uno ochenta y pesaba setenta kilos largos, pero su puño izquierdo golpeaba con la potencia de un martillo, y cada vez que alcanzaba a Hemphig, le seguía como un disparo un derechazo directo a su cintura, cortándole el aliento como un cuchillo que le hacía resollar como un fuelle. Leo alcanzó a Joe dos veces, pero antes de que pudiera machacarle, Joe le esquivaba, saltaba y su coronilla golpeaba a Leo en la barbilla, haciéndole tambalearse hacia atrás y dejándole a merced de sus puños. Luego le dio cinco golpes duros y seguidos de derecha e izquierda en la mandíbula, y Leo cayó de rodillas, se derrumbó hacia delante y su cara golpeó el escalón de entrada al restaurante. Le arrastramos al callejón y le dejamos que la durmiera.

Pasó una semana y Hemphig no volvió a dejarse ver por el restaurante. La gente de la noche empezaba a hacer bromas sobre el asunto, pero yo no me sentía tranquilo. Intenté convencer a Joe de que permaneciera alejado, pero no me hizo caso.

Una noche, pasada ya la hora de máxima afluencia, Joe y yo estábamos sentados solos después de que se hubieran ido todos, hablando de lo magnífico que sería que pudiéramos trabajar juntos y hacer algo por nuestra cuenta. Sólo me faltaba una semana para acabar de cumplir el período de libertad condicional, y entonces sería libre para volver al oeste. En ese momento entró Hemphig. Su rostro todavía mostraba los moratones negros y azulados de la pelea, pero sus labios sonreían. Se acercó a Joe y le tendió la mano.

–Eres un buen hombre, amigo –dijo–. Fue una pelea limpia. Sin resentimientos...

Joe le estrechó la mano, luego Leo se palmeó el bolsillo del pecho distraídamente.

–Me he quedado sin tabaco. ¿Me podéis dar un cigarrillo?

Joe no pudo. Al meter la mano en el abrigo, una explosión resonó por todo el restaurante; una pistola humeaba en la mano de Hemphig. Había un agujero donde la bala había atravesado la mano de Joe, y lo que quedaba de su pecho no tenía arreglo posible. Antes de tocar el suelo ya estaba muerto.

–¡Tú lo has visto! –gritó Hemphig–. ¡Has visto cómo intentaba amenazarme!

–¡Iba a coger un cigarrillo!

–¿Insinúas que estoy mintiendo? –dijo agitando la pistola hacia mí.

Me incliné sobre Joe, que yacía en el suelo, y le quité el abrigo.

–¡Si ni siquiera iba armado!

–Soy un policía –dijo Hemphig–, no leo las mentes. Se metió la mano en el abrigo como si fuese a sacar una pistola.

–¡Iba a coger un cigarrillo! ¡Usted le pidió uno!

–No recuerdo haber dicho nada por el estilo –replicó Hemphig–. He entrado aquí, y él ha hecho ademán de sacar una pistola. ¿No lo ves tú también así?

Después de pensarlo un poco, me di cuenta de que ése era el único modo en que yo podía haberlo visto. Habiéndola pifiado tres veces, cuando fuéramos a juicio, mi palabra tendría el mismo valor que una leve fragancia de madreselva en una acería. Y después Leo se encargaría de encontrar una manera de acusarme de cualquier cosa para acabar de hacérmelas pagar.

–Claro, Leo –dije–, sin duda pareció que iba a sacar una pistola contra usted.

La investigación dio risa. Hemphig contó su versión de lo sucedido y yo la corroboré. El veredicto fue homicidio justificado. Aquella noche lloré.

Cumplí mi libertad condicional hace tres meses, y ahora soy libre para ir donde quiera, pero sigo trabajando en el turno de noche del restaurante de Harry. El repartidor ha traído los periódicos esta noche justo cuando el bar estaba a rebosar, y no he tenido tiempo de leerlos hasta hace unos minutos. En la página tres hay una noticia que explica que el agente Leo Hemphig murió al ser atropellado por un conductor que se dio a la fuga en un cruce a sólo cinco manzanas de donde yo trabajo. La policía anda buscando un sedán negro último modelo con los faros rotos.

Pronto lo encontrarán –está aparcado a dos manzanas del local de Harry–, pero no les servirá de nada. Era un coche robado y no hay huellas. Me había puesto guantes.

Bienvenido a mi prisión

JACK RITCHIE

A *Big* Jim Turley le solté el rollo habitual. Estás aquí por la deuda que has contraído con la sociedad. Si nos causas problemas, nosotros te los causaremos a ti, pero si cooperas, uno de estos días saldrás por esa puerta como hombre libre.

Turley sonrió y miró al techo.

Ed Pollard, el jefe de los guardias, le lanzó una mirada de aviso.

–Cuando te esté hablando el alcaide borra esa sonrisita de tu cara.

Hice una pausa para encender un puro.

–Tus tres primeros días aquí serán tu período de orientación. Te harán un examen físico y varios tests psicológicos y de aptitud.

Turley parecía un hombre muy importante, y el traje de doscientos dólares ayudaba a ocultar el hecho de que no toda su corpulencia era músculo.

Le estudié con objetividad y me pregunté cómo había podido llegar a ser tan importante. Podía ver fácilmente sus puntos débiles, los defectos que había visto en tantos otros.

Crucé las manos sobre la mesa.

–Si tienes alguna pregunta, ahora es el momento de hacerla.

Turley sonrió y miró a Pollard.

–Por lo general, prefiero hablar en privado, alcaide.

Yo era consciente de que Pollard me estaba mirando. Negué con la cabeza.

–Cualquier cosa que quieras decir puedes decirla ahora mismo.

Turley se rió entre dientes.

–Supongo que puedo esperar. Voy a estar cinco años por aquí.

Cuando se llevaron a Turley, Pollard empezó a andar arriba y abajo delante de mi mesa. Era un hombre ardoroso, con los ojos fanáticos y amargados de quien ha descubierto que la justicia de este mundo no es tan estricta como la suya propia.

–Sólo le caen cinco miserables años, y que me maldigan si no sale antes de cumplir la mitad.

Me recosté en la silla.

–Sólo robó dinero, Ed. No mató a nadie. –Le di unas caladas al puro–. Tu irritación está justificada, Ed, pero te diré lo que he calculado: Turley nos ha robado a los contribuyentes unos veintidós centavos por cada ciudadano honrado.

Pollard puso los nudillos encima de mi mesa.

–Lo está mirando desde el punto de vista equivocado, alcaide. Turley se forró con un millón de dólares del dinero público.

Me miró fijamente.

–¿Dónde lo colocamos, alcaide? ¿Empieza por la lavandería, como los pobres, o le damos una cama de plumas y le dejamos dormir?

Contemplé los informes que tenía encima de la mesa.

–Se trata sólo de una persona, Ed. No hace falta que le odies como si fuera un regimiento completo.

Pollard resopló.

–Se trata sólo de un ladrón que tuvo la mala suerte de que lo cogieran. Y está encubriendo a toda su podrida banda. Está pagando el pato por Costa y su organización, y lo está haciendo con una sonrisa.

El rostro de Pollard se había convertido en una mancha enrojecida.

–Y ellos le cuidarán. En todos lados.

Le miré y me pregunté si merecía la pena el esfuerzo de mostrarme irritado. Mantuve mi voz calmada.

–¿En todos lados, Ed?

Tensó la boca.

–Será mejor que vuelva al trabajo.

Esbocé lentamente una sonrisa.

–Espera un momento, Ed. Tu cara y tu voz me indican que te estás preguntando si me ha comprado la organización.

¿Acaso Costa me ha dado algo bajo mano para que me encargue de que Turley esté en la gloria?

Pollard estaba ya en la puerta.

–Yo no he dicho eso.

Asentí.

–Pero el sentido estaba implícito en tus palabras. Tú sabes que mi cargo depende de los políticos, y también sabes quién está metido hasta el fondo en la política de este estado.

Siguió sin decir nada.

–Ed –dije–. Nadie me ha comprado, ni políticos ni no políticos. No conozco a Costa y no sé nada de su organización. Conseguí este cargo antes de que nadie oyera hablar de él y todavía conservo unos cuantos amigos en el Capitolio que se encargarán de que lo mantenga. Turley recibirá un número, igual que todos los demás.

Pudo esbozar una sonrisa retorcida.

–Me alegra oírselo, alcaide. Me alegra mucho.

Al cabo de los tres días, me pasaron los resultados de los tests y los exámenes de Turley. Los estudié detalladamente durante más de una hora antes de romper una página y arrugar los pedazos. Los quemé en mi cenicero e hice llamar a Turley.

Esperó hasta que el guardia salió del despacho y luego se sentó.

–Algunos de esos tests eran verdaderamente interesantes. Apuesto a que no los hice muy mal.

Hablé con suavidad.

–Ponte de pie, Turley. No he dicho que te sientes.

Su rostro se ruborizó lentamente.

–¿Sabe con quién está hablando?

Sonreí.

–Me parece que con un preso. Tienes cinco segundos para levantarte o me encargaré de que te apliquen un método especial más persuasivo.

La mandíbula se le cayó ligeramente. Al cabo de un momento se puso de pie.

Ésta es la primera parte, me dije para mis adentros. Aquí

yo soy el jefe y has de tenerlo muy claro. Recogí sus informes y alisé los bordes.

–Voy a hacer que empieces por la lavandería. Ya veremos si podemos lograr que pierdas un poco de esa grasa.

La confusión asomó en los ojos de Turley y se mojó los labios.

–No lo acabo de entender, el señor Costa me prometió que lo arreglaría todo.

–Me da igual lo que te prometiera el señor Costa. No sé si sabes que él no me da órdenes. –Esbocé una leve sonrisa–. ¿Es que te garantizó que esto sería como una casa de reposo? ¿Que tendrías todo lo que quisieras? ¿Puede que incluso un par de días fuera de los muros cada mes?

Me reí.

–Para mí, Costa no es más que un nombre sucio.

Turley parpadeó indignado.

–No se saldrán con la suya. Puedo descubrir todo el pastel. No soy un cualquiera, soy *Big* Jim Turley.

Mientras lleves ese uniforme, pensé, no eres nada.

–Las largas manos de Costa no llegan hasta aquí –dije. Hice una pausa intencionada–. Pero eso no significa necesariamente que tengas que pasarlo mal.

Guardé silencio un momento lo bastante prolongado como para que asimilara lo que acababa de decirle. Me observó, entrecerró los ojos y esperó a que continuara. Yo estudiaba mi puro.

–Tu vida aquí no tiene por qué ser dura, Turley. No señor, si estás dispuesto a ayudarte a ti mismo. Creo que puedo ser razonable.

Al cabo de unos instantes, empezó a reírse entre dientes.

–Por un momento me había asustado, alcaide. Creí que estaba ante un hombre honesto.

Te asustas fácilmente, pensé. Te pones a temblar en cuanto alguien te aprieta un poco.

Sonreí y miré al techo.

–Te llevaste un millón, Turley. –Se rió.

–Y también me lo gasté.

Negué con la cabeza.

–Es difícil deshacerse de tanto dinero, Turley. Apuesto a que te quedan algunos centavos.

Turley frunció el ceño.

–Diez mil. Es lo máximo.

Me recosté en la silla.

–Yo estaba pensando en veinticinco mil.

Me lanzó una mirada furiosa.

–¡Váyase al infierno!

Le observé cuando lo dijo. Las palabras no dejaban lugar a dudas, pero yo estaba seguro de que subiría hasta veinticinco.

–Turley –dije tranquilamente–, no te llegas a imaginar hasta qué punto aquí estás muerto y enterrado. Yo puedo ser tu Dios o tu diablo. Tú eliges.

Se pasó nerviosamente los dedos por el pelo un par de veces y frunció el ceño.

–Muy bien, veinticinco. Tendré que enviar una carta fuera.

Señalé mi tintero.

–Escríbela aquí y yo me encargaré de que llegue. Quieres el dinero en billetes de cien. Quieres que lo tiren de un coche en marcha en un fajo pequeño y bonito en el cruce de la 42 y JJ a las diez de la noche. Tú dices el día, pero que sea pronto.

Levantó una ceja y sonrió ligeramente.

–No se ha atascado con las palabras. Me parece que se lo ha estado pensando bien.

–Sí –dije–, le he dedicado su tiempo.

Empezó a escribir.

–A mi mujer le costará dos días como mínimo reunir el dinero en efectivo. ¿Qué le parece el viernes?

Asentí, y miré por encima del hombro mientras escribía.

–No menciones por qué quieres el dinero ni tampoco ningún nombre.

Cuando acabé, le cogí la carta y la metí en el sobre en el que había escrito la dirección.

–La enviaré desde fuera. No creo que queramos que nadie la censure.

Me senté y me relajé.

–Por el momento quedarás asignado a la biblioteca, Turley.

Pero si las cosas no salen bien el viernes, te vas a sentir muy incómodo.

El viernes salí de la prisión y llegué al cruce antes de las diez. No hubo ningún problema.

Me alojé en una habitación de hotel esa noche y conté el dinero. Por la mañana lo metí en mi caja de seguridad en el banco y volví a la cárcel.

Pollard me estaba esperando cuando llegué, con la cara enrojecida de rabia. Me siguió al despacho y fue directamente al grano.

–Me gustaría saber por qué ha destinado a Turley a la biblioteca –me preguntó.

Le estudié mientras le quitaba la envoltura a un puro. Serías lo bastante estúpido para dimitir si permitiera que Turley se quedara en la biblioteca. Eres así, un estúpido, qué le vas a hacer. Te ha costado veinte años de trabajo llegar a donde estás ahora, pero probablemente lo despreciarías todo porque te gusta alimentar tu justa indignación.

Encendí el puro.

–Turley obtuvo buenos resultados en los tests, Ed. Sabes que me gusta colocar a los hombres donde creo que mejor pueden hacer su trabajo.

Los ojos de Pollard estaban al rojo vivo.

–Le está tratando como a un huésped. –Se inclinó sobre mi mesa y su voz sonó áspera cuando preguntó–: ¿Es un huésped de pago?

Suspiré profundamente.

–Ed, imagínate que tú estuvieras sentado en esta silla. Imagínate que tuvieras que tomar las decisiones. ¿Qué harías? Piénsalo bien, Ed.

Su risa sonó cáustica.

–Lo he pensado. Lo he pensado mucho.

Ya lo sé. Pero es sólo un sueño. Pollard, muchacho. Jamás te sentarás en esta silla. Eres demasiado susceptible. Tienes que aprender a agacharte para llegar a la cima. Así es en todas partes, Ed. No sólo aquí. Pero la gente como tú nunca lo aprenderá.

Sonreí débilmente.

–¿Harías sudar a Turley?

–Puede estar seguro de que sí –me espetó–, yo mismo me encargaría de él personalmente.

Tamborileé con mis dedos en la mesa reflexivamente y luego le miré.

–Podría haber cometido un error con Turley, Ed.

Los ojos de Pollard me miraron con suspicacia mientras esperaba a que prosiguiera.

Me puse de pie.

–Lo haremos a tu modo, Ed. Si le quieres en la lavandería, allí irá.

Pollard asintió con una intensa satisfacción. Se encaminó hacia la puerta, pero se dio la vuelta antes de llegar. Las mejillas se le habían ruborizado un poco.

–Lamento..., bueno, lamento lo que le he dicho, alcaide. A veces hablo sin pensar muy bien lo que me digo.

No te disculpes tanto, Ed. No te estoy haciendo ningún favor.

Sonreí cansinamente.

–No pasa nada, Ed, olvídalo.

Aunque el informe médico sobre Turley había parecido grave, supuse que aún duraría un tiempo. Pero esa misma tarde, a las cuatro y media, Pollard vino a verme. Tenía la cara de color ceniza.

–Sencillamente se desplomó. Se vino abajo.

Levanté la mirada de los papeles que estaba leyendo y fruncí el ceño.

–¿Quién se ha desplomado?

La voz le temblaba.

–Turley. Está muerto. Supongo que fue su corazón.

Seguí mirándole fijamente. Se removió nervioso.

–Lo puse en la secadora y a acarrear ropa en la lavandería. Estaba vigilándole y diciéndole lo que tenía que hacer cuando se quejó y dijo que se encontraba mal.

Me froté la frente y no comenté nada durante un rato. Luego apreté el interruptor de mi interfono.

–Novack, tráigame los informes de Turley.

Cuando los tuve en la mano, separé los formularios médicos y los leí. Señalé un trozo de papel roto que asomaba bajo una de las grapas.

–Parece como si hubiera una página que alguien no quería que yo leyera. Tal vez fuera la que se refería al corazón de Turley.

Miré fijamente a Pollard.

Sus ojos se abrieron de par en par.

–¿No pensará que yo sería capaz de hacer algo así?

Aparté la mirada.

–No. Llevas conmigo mucho tiempo, Ed. Supongo que puedo creerte si dices que tú no fuiste.

La voz de Pollard sonó tensa.

–Claro que le odiaba. Odio a todos los de su clase, pero jamás me libraría deliberadamente de él. –Un tic nervioso se hizo visible en un lado de su cara–. Cualquiera de los oficinistas pudo haber destruido esa página.

Sonreí tristemente.

–¿Quieres una investigación, Ed? ¿Es eso lo que quieres?

Vaciló.

–¿Por qué no? No tengo nada que ocultar.

–Claro que no, Ed –dije con tono tranquilizador. Me froté la mandíbula–. Turley tenía un montón de amigos importantes y pueden ponernos las cosas difíciles. Si ordeno una investigación, podría acabar saliendo en los periódicos, y una multitud empezaría a husmear por encima de nuestros hombros. Querrían una cabeza de turco, Ed. Querrían saber quién odiaba tanto a Turley para querer verle muerto. –Le miré–. Encontrarían uno, Ed.

Me levanté de la silla.

–Ed –dije con calma–, me parece que sería mejor para..., para los dos si esto acabara aquí, en esta oficina.

Pollard se quedó callado, sin mirarme.

–Ed –dije con suavidad–, tienes mujer y dos hijos.

Se quedó allí de pie más de tres minutos, apretándose los puños hasta que los nudillos se le quedaron blancos. Finalmente me miró.

–Está el médico. Puede que quiera saber por qué mandamos a Turley a la lavandería si estaba enfermo del corazón.

Negué con la cabeza.

–Él sabe que todos cometemos errores, Ed. Errores honrados. Le conozco desde hace tanto tiempo que puedo pedirle un favor. –Le di unas palmadas en el hombro–. También es buen amigo tuyo, ¿verdad, Ed?

Salí de la prisión antes de que cerraran las puertas por la noche y fui en coche al barrio a orillas del lago de la ciudad.

El señor Costa preparó las bebidas. Sacudió la cabeza con tristeza.

–¿Así que fue su corazón?

–Sí, señor –dije–, no creo que ni siquiera supiera lo grave que estaba.

Me alcanzó una copa.

–Jim parecía muy sano.

–Nunca se sabe, señor –dije–. Murió mientras dormía. Bueno..., fue un modo pacífico de irse.

Costa se encogió de hombros.

–Al menos intentamos que le resultara cómodo. La organización se enorgullece de eso. Nos gusta la lealtad, y Jim era leal.

–Sí, señor –dije–. Allí dentro vivió como un rey. Tuvo todo lo que quería, yo me encargué personalmente. –Miré a Costa por encima de la montura de mis gafas. No me parecía tan impresionante. Al menos en ese momento.

Dio un sorbo a su bebida.

–Es una pena lo de Jim. Nosotros intentamos cuidarnos de nosotros mismos.

–Sí, señor –dije–, siempre lo hacemos.

Entra en mi salón

GLORIA AMOURY

Dos damas de mediana edad charlaban tranquilamente en una lujosa habitación de hotel desde la que se dominaba la bahía de Nápoles, resplandeciente bajo el sol que se ponía. Su conversación, una charla superficial, no dejaba entrever sus pensamientos.

La anfitriona, esbelta y morena, vestida recatadamente de negro, con el rostro juvenil de quien más que devorar la vida la mordisquea, parecía inocente y desapasionada en comparación con la otra. Aun así, era Marcia la que miraba a su invitada como una araña contemplaría a una mosca incauta. Vivienne vestía de un rosa aniñado que acentuaba su gordura, y las raíces grises de su cabello afeaban su color rubio natural y el rostro sensual de una mujer que participa activamente en la vida y se ensucia en ella; parecía relajada.

–Qué coincidencia que nos encontráramos en la plaza –murmuró Vivienne mientras una pequeña doncella, con piel de oliva y aspecto de campesina, recogía los restos de la *piccata* de la mesita y traía una fuente con manzanas y almendras.

–Cuando los americanos se encuentran en Italia nunca se trata de una coincidencia –respondió Marcia–, todos nos apiñamos alrededor de las mismas plazas y fuentes. Además, de casa me habían informado de que estabas haciendo turismo cerca de aquí. Tu hermana se lo dijo a mi madre. –No añadió que le había pedido a sus padres que la mantuvieran al corriente del paradero de Vivienne, lo que ellos se habían tomado por una caballerosidad; ni tampoco le dijo que la había estado buscando intensamente durante toda la semana.

–Turismo es una palabra que utilizan los que triunfan en la vida –comentó Vivienne con melancolía–, lo que yo hago es vagabundear.

La leve simpatía que despertaron en Marcia aquellas palabras, se evaporó al ver los senos todavía redondeados y sus bien proporcionadas piernas. Era posible que Vivienne lo hubiera pasado mal, económicamente, desde la muerte de Tom, mientras que ella misma había hecho algún dinero. Aun así, hay otras maneras de triunfar aparte de la más obvia, y lo que convierte a alguien en vagabundo no es un cuerpo que va de aquí para allá, sino un espíritu inquieto.

–Tú haces turismo –prosiguió la invitada–, con tu música.

Marcia miró fijamente el talismán que llevaba consigo a todas las habitaciones de hotel que ocupaba, su piano de cola alquilado, con su cobertura bordada protegiendo su brillo, como un chal cubriría a una persona delicada. Gracias a Vivienne, el piano había sido como una persona para ella a lo largo de los muchos años: el único compañero, amigo y camarada que había tenido.

–Tuve la fortuna de entenderme bien con él.

–Leí algo sobre tu último concierto. El crítico decía que interpretaste a Chopin igual que Rosalind Turek toca a Bach. No sé quién es Rosalind Turek, pero se trata de un elogio, ¿no?

Para variar, aquel elogio, como otros sobre sus tonos alegres o la riqueza de sus matices, le entraron por un oído y le salieron por el otro, sin que les concediera la menor importancia. Sospechaba que su talento musical, como otros dones parecidos, eran más admirados por quienes lo oían desde las butacas de un palco que por quienes, poseyéndolo, tenían que utilizarlo como un sustituto de la vida.

–No hablemos de música. Hablemos de nosotras.

–Ése era el tema que esperaba evitar –dijo Vivienne, incómoda.

La expresión de Marcia se endureció.

–A estas alturas, las... circunstancias..., ya no son más que un pasado que tú y yo compartimos.

Vivienne la miró con curiosidad.

–Debería de haber supuesto que una mujer tan... genial... como tú, en la música, se lo tomaría así. Pero cuando me paraste esta tarde, la primera idea que me vino a la cabeza fue que sentirías hacia mí lo que la mayoría de las mujeres sentirían en tu lugar y..., bueno, me asusté.

–¿Te asustaste? –Marcia se rió forzadamente–. ¿De mí?

–Te hice daño hace mucho tiempo. Otra en tu lugar podría pensar..., en hacerme daño ahora.

–No usemos palabras ambiguas como «daño». Eras una divorciada que vivía en la puerta de al lado de mi casa y mi amiga de confianza. De algún modo, posiblemente ayudada por estímulos como la luz de la luna sobre el cercano río Wabash, te las arreglaste para fugarte con mi marido...

–No sucedió del modo que tú lo cuentas –dijo Vivienne.

–¿Y cómo sucedió? Siempre he sentido curiosidad por saberlo.

–No puedo explicarlo, sobre todo a alguien con tanto... tanto dominio de sí misma como el que tú has demostrado toda la vida. Pero Tom y yo tuvimos que hacer lo que hicimos.

–Si Tom se vio arrastrado por una pasión incontrolable hacia ti –dijo Marcia–, he de reconocer que la supo ocultar perfectamente.

–Pero sólo a tus ojos –comentó Vivienne sin ningún tacto–. Supongo que te sorprendimos a ti porque eres una artista, y tus pensamientos siempre están por encima de la carne.

Esta artista, pensó Marcia, iba a reclamar ahora venganza: una vida por la otra. Vivienne le había robado la suya, le había quitado el alma dejándole sólo la carcasa para que la agotase convirtiendo un talento normal y corriente en un don de potencial inimaginable. Porque, con Tom fugado y sin sentir ninguna atracción por otros hombres, ¿qué otra cosa podía haber hecho con lo que le quedaba de vida sino seguir las instrucciones de profesores de piano, practicar ocho horas al día y finalmente sonreír estiradamente por encima de las candilejas de los escenarios de conciertos a los públicos de medio mundo? Llevaba planeando aquello desde hacía diecisiete años. Ahora había encontrado a la víctima con relativa facilidad, la había venido a ver de buena gana y hasta la estaba incitando inconscientemente a que se vengara.

–Ahora que has confirmado que mis pensamientos están

siempre por encima de la carne –dijo con todo su encanto–, te fías de mí, ¿verdad?

–Te he acompañado, ¿no?

–¿Por qué? ¿Para averiguar cómo me las he arreglado sin Tom?

–No –respondió Vivienne en voz baja–, porque hablabas con el acento de casa, y estaba segura de que me darías buena comida. No había escuchado el primero ni probado la segunda desde hacía algún tiempo. Pero ahora que te he escuchado y he comido, he de confesarte que espero sinceramente que Tom y yo no te hiciéramos mucho daño.

–Ni el más mínimo. Lo demuestra el piano. ¿Cuántas mujeres pianistas tienen éxito? Dame Myra Hess, Turek, Novaes..., sólo unas pocas. Con Tom sólo habría sido una ama de casa normal; sin él, he tocado las estrellas.

–Supongo que sí –dijo Vivienne.

Marcia se estremeció. Los fracasados siempre podían seguir abrigando sus sueños de éxito, como un opiáceo contra la soledad, pero nadie estaba más solo ni más aislado que los triunfadores. ¿Qué podía resultar más desolador para un intérprete que dar un concierto ante un público entre el que no hubiera nadie a quien querer ni que le quisiera? Si hubiese fracasado, podría haber perdonado a Vivienne, pero el éxito había convertido la venganza en una necesidad.

–El pasado, pasado está –dijo sonriendo–, ahora somos americanas lejos de casa, y tú me estás haciendo una visita. Tengo un regalo para ti. –Llamó a la doncella.

La chica entró con una jarra.

–Limonada –dijo Vivienne embelesada–, preparada al estilo americano, con montones de hielo.

–Preparada al estilo de Indiana. Recordé que te encantaban los limones. Solías partirlos por la mitad y empaparlos en azúcar.

–¡Quién iba a pensar que te acordarías! Hasta has condimentado la ternera con limón. ¡Qué amable eres y que estúpida he sido asustándome!

–Ciertamente –coincidió Marcia mientras le daba la espalda a su invitada y cogía un vaso largo de un aparador, un vaso concreto que contenía una sustancia pulverizada que, cuando se mezclara con la limonada, resultaría letal.

El veneno tarda seis semanas en obturar los riñones de su víctima y provocar su muerte por uremia, según decía el libro sobre venenos de la biblioteca de Roma. Pero para entonces ella estaría a salvo tras el telón de acero, en un escenario de Budapest, y ese encuentro con Vivienne ya habría sido olvidado por su único testigo, la pequeña doncella.

Se volvió hacia Vivienne, y le preguntó en tono afable:

–¿Cuánto tiempo llevas en Europa?

–Diez años. Pero antes viajamos por Estados Unidos.

Viajar con Tom... Marcia recordó los cafés de las terrazas de París en los que se había sentado; la excursión en coche por la grandiosidad de las montañas Amalfi, que había hecho con otra pasajera, una alemana que no hablaba inglés pero le había dedicado una amplia sonrisa que dejaba irritantemente claro que ambas eran objetos dignos de lástima: dos mujeres solas; recordó los Alpes bávaros, contemplados en soledad; y el Mediterráneo por la noche, por el que paseó igualmente en solitario. Ella sólo había viajado una vez con Tom.

–Tom y yo –no pudo evitar decirlo– fuimos a San Francisco en nuestra luna de miel. Subimos a los tranvías y comimos en los restaurantes de pescado del muelle. Había un piano de media cola en el salón de nuestro hotel, que daba al Golden Gate, y yo tocaba Debussy mientras él me recitaba poemas de François Villon, en francés, al ritmo de la música.

Vivienne sonrió.

–Esos poemas funcionan incluso sin Debussy.

–Debería haber supuesto –dijo Marcia con amargura– que también te resultarían familiares. Tonta de mí.

–Yo los estuve escuchando quince años, tú sólo dos –dijo Vivienne–. Recitados en Estados Unidos, parecían impresionantes, pero, en París, con su acento americano, resultaban ridículos. Aunque, ¿quién podía impedir que soltara el único francés que sabía?

Marcia se dio cuenta con una ligera sorpresa de que ella no había sabido que Tom tuviera un pésimo acento francés. Ésas eran cosas de las que una no se percata cuando se es joven y se está enamorada. ¿Qué importaba que tuviera acento? Llenó el vaso de Vivienne de limonada.

–¿No consiguió Tom un buen empleo en una empresa de ingeniería de Kansas justo después de..., de que se fuera contigo?

–Sí. Un buen empleo.

Hasta que, una mañana soleada y calurosa, la hermana de Vivienne le había dado aquella noticia mientras ella le quitaba el polvo al sofá de Tom, Marcia había estado convencida de que sólo se trataba de una cana al aire de su marido y de que volvería. Pero las palabras «buen empleo» convirtieron la fuga en permanente y sellaron su destino, igual que ese brebaje sellaría el de Vivienne.

–Durante todo el tiempo que trabajó de cajero en aquel banco de South Bend, había estado hablando de buscar una oportunidad para trabajar como ingeniero. Tuvo suerte de encontrar una tan rápido después de irse contigo.

–Nos fuimos en coche, en tu coche –dijo Vivienne, con cierta timidez–. Era verano, ¿recuerdas? Cuando llegamos a Kansas, Tom compró un periódico y vio un anuncio que pedía un ingeniero en prácticas. Se presentó en mangas de camisa, con la cara todavía cubierta del sudor de la carretera. Puede que si se hubiera lavado y hubiera tenido el mismo aspecto que los demás solicitantes del empleo no lo habría conseguido, pero el jefe probablemente pensó que él era tan, no sé, tan buen trabajador, que incluso anteponía la búsqueda de empleo a la limpieza.

También Marcia había viajado aquel verano. Tan aturdida que ni llorar podía, había pasado por las aburridas ciudades de Indiana en el pequeño tren eléctrico y luego había ido a Chicago, al estudio del profesor Hoelick, que daba al lago Michigan. Sin atemorizarse ante los pianos de cola ni ante el metrónomo eléctrico austeramente colocado por encima de su cabeza que había en aquel estudio –tan distinto del remilgado salón con piano vertical de la señorita Claver–, había interpretado una sonata de Beethoven y luego había dicho:

–Llevo estudiando piano sin demasiado interés, con una profesora local, durante la mayor parte de mi vida. Ahora me gustaría hacer algo importante con la música. He oído hablar de usted. ¿Querría enseñarme?

–Ni siquiera todo el talento, la dedicación y la suerte –respondió el alemán de pelo tupido– son una garantía de que su poseedor llegue a lograr el éxito artístico. En su caso, su coordinación es execrable y, obviamente, nunca le han enseñado que existe un artilugio llamado pedal de sostenidos. Pese a todo, posee un principio de buen tono. Si puede pagar mis honorarios...

Sin la ayuda de Tom, costeó los gastos trabajando de taquígrafa y mecanógrafa.

–Tom discutió con su jefe a los tres meses de llegar a Kansas –estaba diciendo Vivienne–, y aquello puso fin a la ingeniería. Luego probó con las ventas.

–Me resulta difícil creer que abandonara la ingeniería tan rápido –dijo Marcia–. Hablaba todo el tiempo de una red de túneles que quería construir algún día.

Vivienne sonrió.

–Si no supiera qué dos años vivió contigo, tampoco me costaría adivinar la fecha en que se le ocurrió esa idea genial.

–¿Qué quieres decir?

–Sus ideas le duraban unos dos años cada una, y cada una provocaba su correspondiente período febril de trabajo. Yo tuve que soportar siete, como mínimo. En Estados Unidos, no me molestó que le diera por ser vendedor de seguros ni que quisiera ser productor de televisión; pero en Europa sus ideas se hicieron más descabelladas. La peor fue la de invertir en un hotel en Yugoslavia, sin siquiera conocer la lengua del país.

Marcia lanzó una mirada penetrante a su invitada, conmocionada por sus palabras. Después de que Tom la abandonara, había seguido imaginándoselo: Tom, un treintañero esbelto y solemne; un distinguido cuarentón de sienes plateadas, siempre progresando con sus proyectos de ingeniería; y, más recientemente, incluso lo había imaginado hermoso en su muerte. Resultaba chocante que Vivienne le hubiera desequilibrado hasta ese extremo.

–Me sorprende que fuera tan..., tan inestable.

–Yo no diría que fuera exactamente inestable, sino impaciente en sus empleos. Me contó que el período de dos años y medio que había pasado en el banco, cuando se comprometió y luego se casó contigo, fue el tiempo más prolongado que llegó a aguantar en un sitio.

Marcia concluyó que estaba mintiendo. En los viejos tiempos, Tom había sido tan firme como una roca, con su cabeza ocupada por una única profesión: la ingeniería. Pese a ello, recordó un comentario que había hecho su padre:

–Sí, tienes razón, es tan firme como una palabra de cuatro letras que empieza por «r»: como una rama..., en medio de un huracán. El amor te ciega, hija. –Su padre había tenido celos de Tom. ¿Acaso no los tienen todos los padres de sus yernos?

–Imagino que, si no me hubiera conocido –prosiguió Vivienne–, habría explotado de otro modo.

–Nunca vi ningún indicio de que fuera a explotar.

–Lo que pasa es que tú no lo podías ver. Por ejemplo, nunca recuperaste aquellos cincuenta dólares, ¿verdad?

–¿Qué cincuenta dólares?

–Los que desaparecieron de tu monedero un día en que fuisteis a merendar al campo.

–Oh, aquel dinero. No. Pero lo robó nuestra mujer de la limpieza. Lo reconoció, y dijo que se lo había gastado.

–Estaba protegiendo a Tom –dijo Vivienne–, había tenido un asuntillo con él.

–¡No te creo! –estalló Marcia–. Ahora, que ha pasado tanto tiempo y con Tom muerto, puedes inventarte cualquier cosa. Sabes que el único modo que tienes de que mejore mi opinión sobre ti es denigrándole a él. Lo próximo que me dirás es que el abyecto Tom te corrompió a ti, ingenua criatura inocente.

–No –dijo Vivienne en voz baja–, estábamos hechos el uno para el otro.

Marcia no pudo pasar por alto el tono de sinceridad que había en aquellas palabras.

Conmocionada, evocó recuerdos que en un tiempo fueron preciosos y ahora parecían inesperadamente mancillados, y buscó consuelo en ellos.

–Los... cincuenta dólares. ¿Cómo lo sabías? Nadie, salvo

Tom y la doncella... Pero, claro, seguramente te lo contó más tarde.

–No –dijo Vivienne–. Me lo contó entonces. Él los robó y se los gastó conmigo. Cogimos una buena borrachera a tu cargo en el bar Three Bay. Me explicó que cuando llegó a casa aquella noche tú todavía estabas despierta. Te contó un cuento sobre un cargo importante del banco que le había prometido un ascenso si se quedaba bebiendo con él hasta las tres de la madrugada...

Marcia recordó, con dolor, como, en brazos de Tom, a pesar del tufo que despedía su aliento, le había consolado por las horas muertas que había tenido que pasar con el banquero. Había habido otras noches que también le había dicho que se había demorado con otros banqueros, o con buscadores de talentos de empresas de ingeniería. Y también ocasiones en que había llevado a la chica de la limpieza a su casa y, según él, se había perdido en el camino de vuelta. Marcia le había recriminado cariñosamente lo tonto que era, mira que perderse una hora en una carretera recta. Y también había desaparecido más dinero, y su anillo de perlas, una joya de la familia de su madre. Cuando los recuerdos empezaron a agriarse, Marcia, todavía con el vaso de Vivienne en la mano, fue incapaz de contenerlos.

–Pues debiste de pasar una vida muy difícil a su lado –dijo Marcia–, porque cuando tú vivías con él, sí le conocías.

–No estuvo mal –respondió Vivienne seriamente–, teníamos nuestros altibajos, como la mayoría de las parejas.

La suerte de una persona, reflexionó Marcia, era como un traje de talla única, confeccionado a la medida de quien había de vestirlo.

–Cuando él no trabajaba –prosiguió Vivienne–, yo lo hacía. Tuve algunos empleos muy raros: desde preparar cócteles hasta revisar sombreros.

–¡Consintió que tú trabajaras! ¡Si a mí ni siquiera me dejaba dar clases de piano!

–Eso me dijo. Pero era porque no podía soportar a los niños a su alrededor. Por eso no tuvimos ninguno, y probablemente también fue ésa la razón de que no los tuviera contigo.

El espectro dorado del hijo que podía haber tenido y cuya llegada, había creído Marcia, sólo había sido momentáneamente pospuesta por Tom abandonó el lugar que ocupaba en su conciencia y se desvaneció en el olvido.

Vivienne seguía hablándole de sus empleos.

–El único trabajo que nunca le perdoné fue la velada que él me organizó para..., bueno, todo fue muy decoroso. Tom había conocido a un neoyorquino rico en un *pub* de Londres. No teníamos un centavo, y el tipo quería una cita esa noche. Tom le dijo que conocía una chica inglesa..., yo imitaba tan bien el acento británico que el tipo no se percató de mi gangueo del Medio Oeste. Pero, más tarde, cada vez que Tom y yo discutíamos, le decía: «Has hecho lo peor que un hombre puede hacer, has vendido a tu mujer».

Por primera vez, los ojos de Vivienne se cerraron por el dolor del recuerdo. Por más insensible que pareciera, Tom también la había herido.

–Las personas son como los icebergs –suspiró Marcia, apretando con fuerza el vaso en la mano–, las nueve décimas partes están bajo la superficie. Nunca conocí al verdadero Tom.

Vivienne se encogió de hombros.

–No era un mal tipo. Y afeitado, vestido y sobrio, tenía encanto suficiente para conquistar a una reina. Con aquella cara de niño y despeinado, era apuesto de joven, ¿verdad?

–Sí –reconoció Marcia–, lo era. –Y dejó que los primeros y más sagrados recuerdos que guardaba de él se agriaran con los demás.

–Había engordado muchísimo antes de morir. Para mí, fue el sobrepeso lo que le provocó el ataque de corazón, y no la reyerta en la que se metió. Pero puede que no sepas cómo murió.

–No, nunca me enteré.

–Murió en mis brazos –dijo Vivienne.

–¿Oh? –A Marcia no le dolió en absoluto.

–Fue en París, hace unos meses. Tom había estado bebiendo, y aquel tipo le abordó y le dijo..., es una larga historia, ¿seguro que te interesa?

–Pensándolo bien –dijo Marcia–, será mejor que me la cuentes otro día. Ya he asimilado demasiadas noticias de Tom por una noche.

–Sí, me imagino que una mujer tan... genial, como tú, en la música, no puede perder el tiempo en cotilleos sobre un hombre al que sólo conoció un tiempo. Tengo la garganta seca de tanto hablar. Supongo que ese hermoso vaso es para mí. ¿Me lo alcanzas?

–¿Vaso?

–La limonada.

–Oh, este vaso –dijo Marcia mirándolo fijamente–, parece que tiene una mancha. Te traeré otro limpio.

–No te molestes.

–Insisto. –Marcia vació el contenido en la palangana.

Vivienne se bebió tres vasos rebosantes de limonada. Luego se levantó y dijo:

–Me parece que me voy a ir a mi pensión de mala muerte.

–¡No te vayas! –gritó Marcia llevada por un impulso. El sentimiento de desánimo y pesadez que había llevado en su interior durante diecisiete años se había fundido. Estaba horrorizada por lo que había estado a punto de hacerle a aquella mujer, aquel... ser humano, aquella compañera de sufrimientos en manos de Tom. ¿Cómo pudo habérsele ocurrido?–. Tengo camas gemelas. Quédate aquí conmigo. Mi próximo concierto no se celebra hasta la semana que viene, en Viena.

–No podría soportarlo –dijo Vivienne–, me resultaría demasiado difícil tener que abandonarlo todo luego. Las cosas no me van tan mal. Un amigo me ha dejado unas liras para ir tirando.

Marcia estudió a Vivienne un momento.

–Yo también puedo disponer de algunas liras –le ofreció.

Vivienne protestó, pero sin demasiada insistencia, y luego se fue más rica de lo que había entrado.

Marcia se acercó a la ventana y observó cómo la otra salía por la lujosa entrada del hotel y luego caminaba cansinamente por la calle, dejando atrás a los chiquillos llenos de polvo y a los animales, dirigiéndose a dondequiera que vivieran los trogloditas.

–Donde, sólo porque Dios no lo quiso, no he acabado yo –murmuró y empezó a llorar silenciosamente. Luego, con cuidado, quitó la cobertura del piano, se sentó y empezó a tocar nocturnos de Chopin, los diecinueve. Más tarde interpretó el menos conocido, el vigésimo, póstumo, en do menor sostenido, y nunca su trino había sido tan exquisito ni sus crescendos y decrescendos tan graduales.

Déjeme sus orejas

EDWARD WELLEN

De cuando en cuando, un espía tiene que alejarse de sí mismo durante un tiempo..., alejarse de su yo falso y volver a su auténtico yo. Si no...

Habrá visto a Marcel Marceau interpretar su pantomima de la máscara que se convierte en su rostro: las manos que se crispan desesperadamente, intentando rasgar la sonrisa de bufón, y fracasan. Bien, pues antes de llegar a ese extremo, alguna que otra vez me quito la máscara, sólo para asegurarme de que todavía puedo.

Tengo que contarle a alguien lo que hago, lo que he hecho.

Suelo sentir esa necesidad después de haber pasado por una situación difícil, cuando no se me permite conocer las razones para haberme visto metido en ella. ¿Qué sabe la rueda dentada de la máquina? ¿O el peón de la finalidad del juego?

Su propio gobierno..., o nuestros gobiernos, si uno es un agente doble, puede repudiarle. Uno nunca está seguro de si su propia gente no le está utilizando como cebo humano. Ha habido ocasiones en que, siguiendo órdenes superiores, he tenido que arrojar a mis propios camaradas a los lobos.

Por eso a menudo hago una pausa para recordar que también soy un peón. Aunque un peón pensante, y sé que tendré que enfrentarme a la tortura si caigo en manos del enemigo. Así que me despierto sudando. ¿Sería capaz de resistirlo? ¿Hablaría? ¿Podría suicidarme antes?

Pero no puedo permitirme el lujo de darle muchas vueltas. Si me dejara dominar por el desasosiego pensando en todas esas cosas, mis superiores lo interpretarían como un signo de debilidad y me liquidarían. Y con razón.

Del mismo modo, un espía no puede tomar drogas ni beber. Aunque su gente no llegue a descubrirlo, no es bueno.

Afecta a su capacidad de juicio y le vuelve descuidado. Y un espía puede equivocarse gravemente, hacer una chapuza, una sola vez.

La solución, al menos para mí, es el confesionario, pero no el de una iglesia. ¿No fue Croppy Boy, el rebelde irlandés que canta la balada, el que se lo contó todo a un soldado británico disfrazado de sacerdote? Así que ¿con quién puede hablar un espía?

Un espía no tiene amigos. El embotamiento de los sentimientos y la disminución de la confianza en los demás son los peligros de esta profesión. No, yo elijo a un perfecto desconocido, a alguien que no volveré a ver jamás.

Permítame explicarle mi última misión, de la que acabo de regresar. Se trataba de eliminar a un agente enemigo cuya tapadera, aunque él no lo sabía, había sido descubierta. Resultó un trabajo bastante sangriento.

La misión anterior también había sido muy dura, así que, mientras volaba a mi destino, tenía mis dudas sobre si podría acabar con él. Todavía no había tenido ocasión de descargar la insoportable tensión previa. Afortunadamente para mí, mis superiores desconocían lo inestable que era.

No habría tiempo para tanteos, para someterle a una vigilancia prolongada, para intentar que se cambiara de bando, ni siquiera para llevarlo a una casa segura y apretarle las clavijas para que hablara. Se trataba de llegar, hacer el trabajo, y salir. Estaba en mis manos aprovechar al máximo las pocas horas que me habían dado antes de tener que coger el avión de regreso.

Le encontré inmediatamente. Estaba en el café envuelto en penumbras –la baja potencia en vatios esconde la suciedad– que me dijeron que frecuentaba. Le reconocí cuando pagó y salió, y le seguí por la calle mal iluminada. Me puse a su altura, hice como si le fuera a adelantar, le di una palmada en el hombro, así, y saltó.

Se quedó pálido cuando pronuncié su nombre, le enseñé el bulto de mi pistola y le dije que me acompañara.

Por supuesto que se calmó rápidamente, intentó hacerse el tonto, luego se indignó, pero sabía que todo había acabado para él. Por fin dejó que le cayeran los hombros, los encogió y sonrió.

Nuestras sombras recorrieron la calle vacía hacia el coche que había alquilado. En el último momento, cuando pasábamos por delante de un callejón, me tiró al suelo de un empujón y se escapó. Se fue corriendo por una callejuela.

Sin levantarme, saqué la pistola y apoyé los codos sobre los adoquines, cogiéndome con una mano la muñeca de la que empuñaba el arma. Se alejaba corriendo en zigzag, y un silenciador te distrae al apuntar, pero mi segundo disparo le alcanzó en la pierna, justo antes de que doblara la esquina y se perdiera de vista. Me levanté pero no me di prisa en darle caza. No era necesario, y no sólo porque estuviera seguro de que el hombre cojearía y perdería fuerzas rápidamente al irse desangrando. Podría haberle cogido y asesinado con facilidad, pero retrocedí y me mantuve oculto.

El aparatito que le había pegado en la parte de atrás del abrigo, debajo del cuello, pitaba en mi auricular invisible y me daba constantemente su situación. Yo estaba allí no sólo para matar al hombre sino a cuantos contactos pudiera llevarme antes de que llegara el momento de acabar con él.

Bueno, puede que le parezca extraño, pero la verdad es que sabía lo que estaba pensando con tanta precisión como si le hubiera implantado un micrófono en la cabeza.

«Los tengo detrás y nunca me desharé de ellos –se decía a sí mismo–. Saben quién soy, así que ya no le sirvo de nada a nuestro bando. ¿Dónde puedo ir? ¿A quién puedo recurrir? Alguien tuvo que entregarme, si no, no estaría en esta situación. ¿Quién? ¿Mi chica? ¿Mis camaradas?»

Se lo puedo asegurar, a esas alturas era un hombre amargado, corroído por el resentimiento, desesperado, y había empezado a pensar en quién podía llevarse por delante en su inevitable caída. Ahora sentía una especie de orgullo perverso de que hubieran descubierto su tapadera. Ahora se había convertido en un leproso vengativo que transmitía la culpa a quien se acercara, cuyo beso era mortal de necesidad. Su caricia, su mirada, eran letales.

Simplemente, contactando de una manera ambigua con alguien que supiera que era un valioso agente nuestro, podía hacernos creer que el hombre se había vendido al otro bando. Del mismo modo, podía destruir a un enemigo personal, satisfacer un agravio privado. Podía señalar con el dedo a su novia, por si nos había dado la información anónimamente, o sólo para impedir que siguiera viviendo y se fuera con otro hombre. Podía elegir a cualquier persona al azar y ponerle encima la marca que le mataría. ¡Qué poderoso era!

Y en verdad, hizo todo eso. Lo sé porque seguí su pista y descubrí a quiénes recurrió para conseguir vendas, dinero, documentos y un coche.

Por supuesto, tuve que eliminar a todos sus contactos. No podía correr el riesgo de pasar por alto a ninguno, ¿verdad?

Lo más extraño de todo fue que había recuperado una cierta expresión esperanzada al final –cuando llegó la hora de acabar con él–... hasta que volvió a verme.

Así que, como le digo, fue un trabajo especialmente duro. Por eso, tal vez, una vez cada año, entablo conversación con un perfecto desconocido y se lo cuento todo. Claro que, por supuesto, en todas esas ocasiones..., pero ya veo que usted lo entiende. Si le consuela, le prometo que no sentirá nada, aunque puede que haya notado un levísimo pinchazo hace un rato, cuando le di una palmada en la espalda. Se considerará un ataque de corazón. No, no se mueva. Es demasiado tarde.

Ve, ya se lo dije.

¡Oh, Dios mío! ¡Camarera! Aquí, señorita, por favor. Me temo que mi vecino de asiento no se encuentra muy bien. Parecía estar a las mil maravillas y de repente se ha desplomado. Me parece que podría ser grave...

No, un perfecto desconocido.

Aroma de asesino

JOE L. HENSLEY

El hombrecito entró en mi oficina del juzgado por la tarde, cuando acababa de recibir otro aviso de que alguien había visto a Joe Ringer. Esperó pacientemente mientras yo enviaba un coche a la zona de observación.

–¿Podría hablar con usted en privado, sheriff? –preguntó educadamente.

Le examiné. Era tan delgado que se le podría considerar demacrado. Calculé que tendría mi edad, poco más de cuarenta. Su apretón de manos fue suave y hasta cierto punto reservado. Vestía ropa arrugada y conservadora, llevaba unas gruesas gafas y lucía una pequeña barba. Tenía buen aspecto, pero mi sensible nariz olió desesperación y muerte y no me fié de él. La mayoría de los hombres confía en algo; yo, en mi nariz.

–Edward Allen Reynolds –se presentó.

Asentí ligeramente. Mi padre, fallecido hace mucho, me dijo una vez que nunca esperara nada bueno de alguien que utiliza tres nombres.

–Sheriff Spain –respondí–. Estamos muy ocupados. Si ha venido a hablar con Joe Ringer, lamento informarle de que de algún modo pudo escaparse de mi celda anoche.

Pareció sorprendido.

–Me gustaría haber podido hablar con él, pero no por la razón que usted probablemente se imagina. Sólo me interesa saber cómo llegó a su ciudad, sheriff. –Me lanzó una mirada penetrante–. ¿Cómo logró escaparse?

–Si lo supiera me sentiría mucho mejor –le dije, sin estar muy seguro todavía de sus intenciones. Al principio, había pensado que era un periodista más, de los tantos que habían aparecido por Crossville, cual lobos atraídos por la carnaza, cuando detuvimos a Joe Ringer.

–Si no es periodista, ¿qué es? –pregunté.

–Profesor de psicología en una pequeña universidad del Este, pero estoy disfrutando de mi año sabático. Si quiere comprobarlo puede llamar al jefe del departamento de psicología de la universidad de su estado. Él le confirmará quién soy.

Durante un instante pensé hacerlo, pero al final decidí que no me hacía falta.

–Estoy muy ocupado –le dije intencionadamente–, éste es un año electoral. –Intenté leerle los ojos tras sus gruesas gafas, pero no saqué nada en claro. Sólo percibía a su alrededor aquel débil olor a herida, daño o desesperación–. Si quiere hablar más sobre Joe Ringer, puedo aconsejarle que se dirija a mi ayudante, Chick Gaitlin. Fue él quien vio a Ringer en la estación de autobuses y le detuvo. –Gaitlin había sido muy popular entre los desengañados periodistas durante todo el día.

–Me parece que es con usted con quien tengo que hablar, sheriff –dijo bajando la voz–. Tengo la teoría de que Joe Ringer fue atraído a esta ciudad por alguna razón que no puedo entender.

Sonreí levemente ante el comentario.

–Tengo un rival en las elecciones, que se ha pasado el día entero clamando contra mi ineficacia por todo el condado, y a un asesino múltiple fugado. No me hacen ninguna falta teorías descabelladas. Lo único que necesito es encontrar a Joe Ringer. Cuéntele sus teorías a los periodistas. Tal vez a ellos le gusten. Han convertido a Ringer en un héroe popular en lugar de presentarlo como lo que es, un frío asesino.

–Por favor, concédame unos minutos de su tiempo en privado –dijo. Miró a su alrededor. El ayudante a cargo de la radio nos estaba escuchando con curiosidad mientras mascaba chicle. Me habían dicho que era él quien le había estado pasando información a mi rival durante toda la campaña. Probablemente le hubiera prometido un ascenso y un puesto mejor en cuanto yo perdiera las elecciones. Sabía que no le caía bien porque le había destinado a la radio. Quizá fuera el infiltrado, pero puede que no. Los años electorales provocan paranoia crónica. Me había pasado un montón de tiempo intentando llegar al puesto que ahora ocupaba y no tenía ninguna intención de perderlo. No estaba casado, no tenía familia. Sólo el trabajo y las oportunidades que traía consigo.

–Muy bien, venga a mi despacho privado, Edward Allen Reynolds –dije. Me levanté de mi mesa desordenada y le conduje a mi sórdido despacho, cerrando la puerta a nuestras espaldas.

–En primer lugar, tengo que saber cómo llegó aquí Joe Ringer –dijo.

–De un modo muy normal. En autocar. Un ayudante le vio bajar de uno y le detuvo en la misma estación. Ayer por la mañana.

–Pero, ¿por qué iba a presentarse Ringer aquí? ¿Por qué ha venido a esta ciudad de todas a las que podía haber ido?

–¿Y por qué no? Crossville es una ciudad bonita. Con más de treinta mil almas y creciendo. Industria, electricidad y agricultura. Léase los folletos de nuestra Cámara de Comercio.

–Muchos de los rastros que he seguido durante los últimos años podrían haber acabado en su Crossville, sheriff. ¿Le suena un tal Peter Green?

–No –le dije. Me sonaba, pero era Reynols el que tenía que hablar, no yo.

–Le seguí la pista hasta aquí. Tiene una hermana en Florida. Por allí empecé. Era sospechoso, allí y en otros estados, de puede que una docena de asesinatos con violación. Ella me enseñó su foto. Un joven apuesto que se ganaba la vida como camionero en trayectos de larga distancia. De algún modo, mujeres jóvenes morían casi siempre que él pasaba mucho tiempo en una ciudad. Su hermana me contó que había venido a Crossville por una buena oferta de trabajo que le había hecho una empresa llamada Multiple Trucking Incorporated. La he buscado esta mañana. No existe ninguna compañía con ese nombre aquí, y nunca ha existido. Su hermana no ha sabido nada de él desde que se fue de Florida. Y tengo razones para sospechar que no volverá a recibir noticias suyas.

–Estoy seguro de que jamás he oído hablar de esa empresa –dije impasible–, y llevo aquí toda mi vida. Pero ¿y qué?

Se encogió de hombros.

–Nada, sólo que ese Green desapareció en su ciudad. Seguí a otro más claro, un trabajador de la construcción llamado William Kole. Creo que mataba por diversión, obteniendo una especie de placer enfermizo, un auténtico carnicero. Era originario de Pensilvania, pero vivió en San Francisco hasta hace seis meses. Una vez le juzgaron por asesinato en California, pero no encontraron pruebas suficientes para condenarle. Tras el juicio, se mudó a esta ciudad para trabajar en la central eléctrica. Tengo una copia de su solicitud de empleo. Pero cuando le llamaron para que se incorporara al trabajo, había desaparecido. Nadie le ha visto desde entonces. –Sacudió la cabeza, totalmente absorto; era un hombre obsesionado por su búsqueda–. Ha habido otros casos similares, aunque todavía no estoy en condiciones de documentarlos con tanta precisión. Aparentemente acabaron aquí, pero no puedo probarlo. –Asintió con contundencia–. Pero estoy covencido de ello. Así que continuo indagando.

–Todo eso es muy interesante –le dije–, pero en este momento soy un candidato con un grave problema. Tengo que encontrar a Joe Ringer o empezar a buscar un nuevo empleo para el año que viene. Y me gusta éste, y la verdad es que quiero creer que lo desempeño con competencia.

–Tengo entendido que así es, sheriff. Todo lo que le pido es que me permita estar cerca de usted. Creo que Joe Ringer también pudo haber sido atraído aquí. Si pudiera hablar con él, tal vez averiguaría cómo.

–Ni me hace falta ni quiero a nadie por en medio.

–Entonces, hagamos un trato. Tengo cierta idea de dónde podría encontrar a Ringer. –Me miró fugazamente–. Todo basado en mis investigaciones. Pero primero tengo que saber otra cosa: ¿pudieron haberle ayudado a huir?

–Es posible –dije, reacio a explicarle nada–. Se escapó durante el cambio de turno. Salió a hacer una llamada después de haber hablado con el abogado que le había asignado el juez. Y de algún modo se fugó.

–¿A quién llamó?

Dudé, sin saber hasta qué punto podía hablar.

–No escuchamos las llamadas de los presos.

–Vamos, sheriff Spain. Fiémonos el uno del otro. Ringer es sospechoso de al menos treinta asesinatos, hombres, mujeres y niños. Es un asaltante y ladrón profesional que irrumpe en las casas y asesina con frialdad a cuantos encuentra dentro, sólo roba objetos que no dejan rastro, y desaparece. Es brillante, cuidadoso e implacable. Nunca le habían cogido. Le han juzgado dos veces y ambas le han declarado inocente. No me queda más remedio que creer que usted no se ha andado con contemplaciones. ¿A quién llamó?

Negué con la cabeza.

–¿Y si le digo algunos nombres y resulta que uno de ellos es la persona con la que habló?

–No voy a jugar con usted, señor Reynolds –dije, ya algo preocupado.

–Mejor, profesor Reynolds. ¿No quiere saber lo que está pasando en su propia ciudad, sheriff? ¿Qué ocurriría si Joe Ringer fue atraído aquí?

–¿Para qué?

–Para matarle.

–Entonces, que sea bienvenido –dije perdiendo el control–. Eso no me molestaría, mientras no me impida ganar la reelección.

–Ni a mí tampoco –coincidió conmigo en voz baja–; pero su problema se complica porque usted nunca ha encontrado ninguno de los cadáveres de los demás. Y tampoco encontrará a Roger a menos que colabore conmigo. Por favor, permítame que le diga unos nombres.

Asentí con reticencia. Parecía sincero. Pero de algún modo seguía percibiendo aquel aroma de muerte a su alrededor.

Se sacó un trozo de papel del bolsillo y empezó a leer. Le paré en el cuarto nombre. Quinn Cowper. Un granjero, criador de terneras. Le conocía bien.

–¿Cómo consiguió esos nombres? –le pregunté lleno de curiosidad.

–Mi lista contiene los nombres de todos los vecinos con los que me crucé durante mi pequeña investigación. Y Cowper no es el que aparece con más frecuencia. Ése no se lo diré. Pero parece que es Cowper a quien tendremos que vigilar para atrapar a Joe Ringer. –Me hizo un gesto con la cabeza–. ¿Nos vamos?

Vacilé y luego asentí. Le llevé fuera de los juzgados y pasamos por delante de los ancianos que se pasan el día desgastando sus bastones contra la pared. Algunos me saludaron; otros, no. Año electoral.

Cowper vivía al norte, en una antigua carretera de grava, a kilómetros de la autopista. Llevé a Reynolds, pero a nadie más.

Ocultamos el llamativo coche a la vista y subimos una colina. Llevaba mi rifle más potente.

Desde la cima de la colina podía verse la mayor parte de la propiedad de Cowper. La formaba una casa vieja y desvencijada, un establo derruido, y unas cuantas dependencias exteriores todas descuidadas. Aunque había una buena valla, cubierta en su parte alta con una alambrada de púas. En esta zona del país lo primero que reparamos son las vallas.

Nos sentamos en la hierba seca y fría del otoño y observamos. No había ningún signo aparente de vida en la casa, ni humo ni ningún movimiento.

–Apuesto a que su hombre está ahí –murmuró Reynolds a mi lado.

–Puede que sí, o puede que no. No sé por qué habría de haberse escondido aquí, y tampoco acabo de comprender del todo su interés en el tema. ¿Por qué ha venido?

Me miró de un modo extraño.

–Tengo que averiguar cómo funciona. ¿Cómo ha conseguido Cowper hacer que vinieran asesinos múltiples, quizás a morir aquí? ¿Cómo sabe quiénes son, cómo los reconoce, cómo los convence?

Olisqueé el aire. Pronto llegaría el frío.

–¿Por qué le importa?

Volvió a mirarme de una manera peculiar, y me di cuenta de que no me lo estaba diciendo todo.

–Soy psicólogo. Durante toda mi vida he sentido cierto interés por la mente criminal. En los últimos años, mi interés se ha ido centrando a la fuerza en los asesinos múltiples como clase diferenciada. De repente parece que haya más, como si a medida que nace más gente hubiera una necesidad de que se doblara o triplicara la proporción de esa clase de criminales entre nosotros. Tengo unas cifras...

–¿Cómo que se ha ido centrando a la fuerza? –le pregunté, interrumpiéndole.

Levantó una mano fina como el papel.

–Alguien ha salido al porche ahí abajo. ¿Le ve?

Miré hacia la granja. Había alguien.

–¿Es Joe Ringer? –preguntó.

El hombre se puso a la luz. Era Ringer. Pude ver su cara picada y sus ojos fríos. Asentí.

–Es él.

Reynolds sacudió la cabeza y susurró:

–No es el que busco.

–Es Ringer –repliqué perplejo–. ¿No es a quién busca?

–Vamos por él –dijo Reynolds ignorando mi pregunta. Tenía la mala costumbre de hacerlo y me desconcertaba.

–Espere un momento –dije–, parece como si estuviera aguardando a alguien. Me gustaría saber a quién. –No estaba preparado para volver a detener a Ringer. Tenía demasiadas preguntas sin respuesta de Reynolds.

–Probablemente esté esperando a Cowper –dijo Reynolds.

–No, a Cowper no –le respondí categóricamente–, le conozco bien. Y sé que ahora está en un hospital de una ciudad a setenta kilómetros de aquí. Y también estuvo allí anoche. Lo comprobé antes. –Sonreí–. Pensaba que tal vez usted sabría a quién más podría estar esperando Ringer.

Negó con la cabeza.

–De verdad que no. Lo juro. Así que..., ¿esperamos?

–Un rato. Alguien le ayudó a escapar, alguien respondió a su llamada. Me gustaría saber quién. Qué sería de los derechos civiles, del caso Miranda, de las resoluciones del Tribunal Supremo sobre la intercepciones de llamadas... no puedo consentir que mis ayudantes corran ningún riesgo incumpliendo las leyes.

–Pero ¿puede que tal vez usted sí decidiera correrlo?

Me encogí de hombros sin comprometerme. Señalé hacia abajo a través del follaje otoñal amarillento.

–Hay un túnel para el ganado por debajo de la carretera. Bajaremos por él y nos acercaremos.

–Tal vez deberíamos hacer lo que usted quería y quedarnos aquí hasta que veamos a su ayudante –dijo, dudando un poco–. Con seguridad, hasta ahora no nos ha descubierto. Pero podría vernos si empezamos a acercarnos.

–Yo soy el director de esta película, profesor. Quiero esperar al hombre misterioso, pero he decidido hacerlo más de cerca. Así que, acompáñeme o quédese aquí, como usted quiera.

Me siguió. Nos fuimos ocultando tras los árboles y arbustos y avanzando con cuidado. Al momento estábamos a menos de cincuenta metros de la casa, en un bosquecillo. Mientras tanto, Joe Ringer había desaparecido dentro, pero ahora podía ver sus movimientos, y observé cómo se acercaba a la ventana frontal y se ponía a vigilar la carretera.

Los insectos zumbaban vorazmente a nuestro alrededor mientras esperábamos. Algunos coches pasaban de cuando en cuando por la carretera de gravilla que corría paralela a la valla frontal. El profesor Reynolds se tensaba cada vez que se aproximaba algún vehículo, pero todos pasaron de largo.

Cuando el sol ya casi se había puesto, hice que Reynolds se acercara más a la casa. Todavía no había venido nadie. Joe Ringer, cada vez más confiado a medida que la luz menguaba, volvió a salir al porche y contempló la carretera con impaciencia.

–Voy a tener que seguir adelante y detenerle –murmuré finalmente–. Está oscureciendo. Por la noche podría escapársenos fácilmente.

–Tengo que saber a quién está esperando –me respondió Reynolds en voz baja e irritada–. Recuerde que yo lo encontré para usted.

Sacudía la cabeza. Levanté lentamente mi rifle y enfoqué la mirilla en él.

–Quédate ahí quieto, Ringer.

–¿Sheriff? –gritó.

–No te muevas.

Hizo lo que yo esperaba que haría y se movió. Se lanzó hacia la izquierda y estiró desesperadamente de su cinturón. Fallé el primer disparo, que fue a dar a una ventana, pero le alcancé de lleno con los dos siguientes.

–¡No! –gritó Reynolds asombrado–. ¡No! Le necesitaba.

–Y yo también –dije en voz baja pensando en mi próxima elección. Me aproximé con cautela al porche, con Reynolds siguiéndome. Ringer estaba tumbado, inmóvil. Le apunté a la cabeza. Le di la vuelta con el pie. Ya olía a muerto. En el suelo, junto a él, había una pistola de pequeño calibre. La cogí con un pañuelo.

–Podría haberle detenido sin matarle –me acusó Reynolds.

Negué con la cabeza.

–No sin haber tenido que correr muchos riesgos. Y menos con usted delante. Ya vio su reacción cuando le grité. Echó mano a su pistola. Pretendía huir.

–¿Dónde pudo conseguir una pistola?

–Quizás en la casa –dije–. Puede que la encontrara dentro.

Registré el cuerpo mientras Reynolds me observaba. Encontré la nota con el número de Cowper escrito, y la forma de llegar a la granja burdamente pergeñada.

–Fuera quien fuera, podría haber estado esperando por los alrededores hasta que anocheciera –dijo Reynolds con desánimo–, ahora, con toda seguridad, usted le ha hecho salir pitando –Sacudió la cabeza–. Pero esto no va a detenerme. Voy a seguir investigando. Alguien de su ciudad hizo que Ringer viniera aquí. Alguien no quería que le atraparan. Alguien. –Me miró.

Me di cuenta de que los números empezaban a cuadrarle, así que le apunté con el rifle.

Asintió, ya no le quedaba ninguna duda.

–Su nombre, sheriff, también estaba en mi lista. La encabezaba.

Negué con la cabeza.

–Nunca he tenido que matar a nadie más que a ellos. Cowper es mi primo. A veces le cuido esta casa. Me temo que no voy a poder asumir el riesgo de que usted vaya por ahí, hablando. Hasta ahora he dormido muy bien. Pero creo que usted me va a tener muchas noches en vela. No le odio como les odiaba a ellos.

Me sonrió sin mostrar ningún temor.

–¿Cómo lo hace? Dígame cómo les encuentra. Y cómo consigue atraerles aquí.

Sacudí la cabeza.

–No sé de dónde me viene, pero he tenido un sentido del olfato muy desarrollado durante toda mi vida. Un don. Un olfato privilegiado. La gente como Ringer y Peter Green y muchos otros cuyos cuerpos están enterrados ahí delante, infectando los campos de mi primo Cowper, despiden un olor que soy capaz de distinguir. –Asentí–. Les descubro por su olor, acre y fuerte. Y cuando les huelo, me desgarro por dentro. La primera vez que me ocurrió aún era un niño. Y ya quise matar al primero que me olió tan mal, pero no lo hice porque sólo era un chiquillo de ocho años. Más tarde, cuando era ayudante de Frank Stickney, detuvimos a un tipo que había matado a cinco personas, y olía exactamente igual que el primero. La ley sólo le condenó a treinta días por vagabundeo porque no pudimos probar los asesinatos, y hasta se rió de nosotros cuando le preguntamos por ellos. Cuando le soltaron, le maté y lo enterré bien profundo, ahí al lado.

–¿Les huele? –me preguntó.

Asentí.

–Y ahora cada año voy de vacaciones, además el trabajo me da algunas oportunidades. No hay muchas por aquí, pero el año pasado estuve en San Francisco, y éste toca Nueva York. A la policía de la ciudad le cuento que persigo a un tipo que puede estar en su zona. Les preguntó cuáles son los lugares que frecuenta la gente que se oculta. A veces simplemente paseo. Y, tiene usted razón, cada vez parecen ser más numerosos. –Sonreí–. No resulta difícil dar con alguien que tiene ese olor; en ocasiones, con más de uno.

–¿Y les mata? –me preguntó, ansioso por enterarse de todo.

–No en ese momento. Averiguo todo lo que puedo sobre

mis candidatos. Lo hago con cuidado. La mayoría de ellos son tan astutos como zorros viejos y muy listos. A veces, tras enterarme de todo lo que he podido sobre él o ella –pues también hay hembras en la especie–, puedo inventarme un modo de atraerlos aquí, una treta, un subterfugio. Joe Ringer se imaginaba que era escritor. Le descubrí y le mandé un carta ofreciéndome a publicar su material. Hasta le pagué el viaje para que viniera. El que mi ayudante le reconociera y le detuviera en la estación de autocares fue un golpe de mala suerte. Así que tuve que dejarle escapar. Fue bastante fácil. Le escribí una nota para que se encontrara conmigo aquí y se la pasé sin que me viera nadie. Yo mismo intercepté su llamada.

–¿Y Peter Green?

–Vino a dirigir mi empresa de camiones.

Asintió, aparentemente encantado. Le apunté con muchas reticencias.

–Todavía no, por favor. Tiene que escuchar algunas cosas importantes antes que se decida a matarme. –Le brillaban los ojos bajo los gruesos cristales de sus gafas. Ahora parecían vivos–. En primer lugar, sus ayudantes me vieron salir con usted.

–Se interpuso en la línea de fuego, ha sido una tragedia –dije–. Por esa razón fallé el primer tiro. Un sheriff no tiene que responder a muchas preguntas, sobre todo con Joe Ringer muerto. –Sacudí la cabeza–. De algún modo, usted supo que él estaba aquí y me hizo venir. Usted murió. Le convertiré en un héroe, profesor, si le sirve de consuelo.

Asintió aceptando el argumento.

–Sí, eso podría cubrirle, pero llevo mucho tiempo persiguiendo asesinos múltiples. Hay gente, por todo el país, que me conoce y sabe de mi fijación. Nunca le he contado a nadie tantas cosas como a usted, pero tampoco había sospechado de ellos tanto como de usted. No creo que ninguno me tomara en serio. Usted puede aferrarse a esa esperanza. Yo también. Pero alguien podría preocuparse mucho si aparezco muerto.

Aquello era algo a tener en cuenta. Y lo ponderé.

Él esperó pacientemente.

–Lo siento, no tengo otra opción. Si gano las elecciones, con un poco de suerte dispondré de otros cuatro años para seguir cazándoles. Tal vez yo sea un ser distinto, tal vez sea el antídoto que les mata. Les odio tanto como ellos nos odian a nosotros. A veces pienso que son mutantes, la raza que dominará la Tierra en el futuro. Lo he pensado mucho. Quizás han venido para acabar con nosotros, ocupar nuestro lugar, ser los supervivientes de nuestras ciudades, cazándose inmisericordes entre ellos mismos cuando los demás hayamos desaparecido. –Mi voz temblaba ligeramente.

–Tranquilo, sheriff Spain. Le dije que me había dedicado a la fuerza a estudiar los asesinos múltiples. Hace tres años un hombre entró en mi casa cuando yo no estaba. Primero mató a mi hija. Era preciosa, tenía diez años. Luego golpeó a mi esposa y se fue, dándola por muerta. Murió, pero no antes de decirnos –de decirme– qué aspecto tenía. Cuando murió mi familia, también murió la mayor parte de mí mismo. –Sonrió sin ninguna alegría–. ¿No tendrá ahí, en el campo, a un hombre con un mechón de pelo blanco en el lado derecho de la cabeza, de uno ochenta, poco más de treinta años y rasgos aguileños?

Negué con la cabeza.

–Nadie por el estilo..., de momento.

–Ya veo –dijo, desanimado.

Esperé. Bajé el rifle.

–¿Ha pensado alguna vez cuánto más eficiente sería si pudiera trabajar con alguien que supiera psicología, que pudiera inventar modos de poner a su alcance incluso al más listo de ellos? ¿Una persona especializada?

Sopesé las posibilidades. Había cientos de ellos ahí fuera, tal vez miles, los suficientes para ocupar una vida entera.

–Usted podría ayudarme a revivir –dijo en voz baja, decidiendo por mí–. Le he descubierto para ser su ayudante.

Querido cuerpo del delito

WILLIAM LINK Y RICHARD LEVINSON

Charles Lowe miró a su esposa. Estaba tumbada a su lado, con el pañuelo de seda anudado bajo su cuello como una pequeña flor roja. Sostenía la mano cerca de la boca de la mujer, pero ella había dejado de respirar. Luego miró su reloj: todavía tenía mucho tiempo.

Se movió cuidadosamente alrededor del cuerpo, abrió las puertaventanas y salió a la terraza embaldosada. El suave viento frío proviniente del East River le refrescó, secándole el sudor de la frente. Se apoyó en la puerta de cristal un instante y luego la cerró. Sobre la terraza, cerca de la barandilla, había una hilera de macetas. Las había comprado su esposa, y cada mañana se encargaba ella misma del riego ritual. Lowe cogió una de las macetas, la sopesó, y volvió hacia la puerta. Sólo tuvo que dar un golpecito suave para hacer añicos uno de los paneles. Los trozos de cristal tintinearon sobre el suelo del estudio.

Lowe volvió a colocar la maceta en su sitio y entró de nuevo en el apartamento, dejando las puertaventanas entreabiertas. Si podía encontrar el monedero de su esposa todo estaría preparado. ¿Dónde lo guardaba? Después de seis años de casados, ni siquiera lo sabía.

Registró el estudio y el dormitorio hasta encontrarlo por fin sobre la mesa del vestíbulo. Bien. Muy bien. Virtualmente perfecto. La chica de la limpieza vendría al día siguiente, por la mañana, y encontraría el cuerpo en el estudio. Parecería un caso más de robo. Un ladronzuelo había subido hasta la terraza y había entrado. Pero Vivian le había descubierto y él la había estrangulado con su propio pañuelo. Después se había ido, llevándose el monedero.

Lowe silbó suavemente y abrió su cartera. Dos billetes de avión. Lo más importante todavía estaba por venir. Se abotonó el impermeable marrón, se guardó la cartera y se quedó quieto junto a la puerta. Dentro del estudio en penumbra vio la mano caída de su mujer. El anillo de matrimonio refulgía.

Lowe respiró hondo y salió del apartamento.

Cuando llegó a la acera, levantó la mirada hacia la terraza. Estaba oculta en la oscuridad, era imposible verla. Bajó a la calle y detuvo un taxi.

–A la 96 con West End –le dijo al conductor.

Cuando se apeó del taxi hacía cada vez más frío. Una espesa niebla que surgía del río difuminaba las luces de la calle. ¿Dónde demonios está?, pensó. Le había dicho a las seis en punto.

Esperó con nerviosismo bajo el toldo de un hotel, mirándose el reloj cada dos por tres. Su esposa siempre había sido puntual; Sue siempre llegaba tarde. Su esposa era rápida y digna de confianza, tan meticulosa como un hombre. Sue era lenta y tan incapaz como un niño. De repente sonrió y levantó la mirada. Ella estaba cruzando la calle, avanzando contra el viento, con su cabello rubio agitándose suelto.

–¿Llego tarde? –preguntó sin aliento.

–Sí, como siempre. Pero no importa.

–Intenté coger el autobús anterior, pero no paró. No sé...

Él le puso un dedo sobre los labios.

–Está bien. Tenemos mucho tiempo, así que deja de preocuparte.

La cogió del brazo y la guió por la calle.

–¿Te acordaste de las gafas? –preguntó él.

–¿Las gafas?

–Por el amor de Dios, Sue, te lo dije un montón de veces. Tus gafas de sol. Ahora tendremos que...

–Pero si las traigo –dijo–, creí que te referías a las gafas de leer. Sólo las cojo cuando leo.

Lowe sacudió cansinamente la cabeza.

–Anda, póntelas.

La estudió con las gafas oscuras puestas. Se parecía a Vivian: figura pequeña y bien formada, cabello rubio. Más que suficiente para engañar a un observador casual, y eso era todo lo que necesitaba.

–¿Qué aspecto tengo? –preguntó Sue.

–Idéntica a mi ex esposa.

A Sue le tembló el labio, pero él no podía verle los ojos tras las gafas.

–Charles, ¿has...?

–Habíamos acordado no hablar de ello, ¿recuerdas?

Ella asintió. Lowe paró un taxi y la ayudó a subir. El conductor tenía un nombre húngaro y hablaba mal inglés. Otro golpe de suerte, pensó Lowe.

–Llévenos a Idlewild –dijo–, tan rápido como pueda.

Sue se arrimó a él y le buscó la mano a tientas.

–Ten –le dijo pasándole el monedero de Vivian.

–¿Qué es esto?

–Lo necesitarás para identificarte en el mostrador de las líneas aéreas. Ahora no me hagas más preguntas. Te diré lo que tienes que hacer, paso a paso.

Ella apoyó la cabeza sobre su hombro y le miró fijamente a la cara.

–Tal vez no hubieramos debido hacerlo –susurró–. Charles, es algo terrible. Nosotros...

Él se inclinó y la besó.

–Estamos comprometidos –le dijo–; tenemos que llevarlo a cabo. Ahora, relájate.

La rodeó con el brazo y contempló la autopista. El tráfico era escaso, pero iban muy por debajo del límite de velocidad.

–Dése prisa –dijo–, más rápido.

Pronto habían dejado atrás los edificios de viviendas. Siguieron a través de la zona de centros comerciales y por los bulevares. Las luces pasaban a su lado rápidamente, tragadas por la niebla. Un avión de línea retumbó sobre sus cabezas, con las luces de posición de sus alas parpadeando.

–¿Cuánto falta? –preguntó Sue.

–Unos cuantos kilómetros.

Minutos más tarde estaban ya en los alrededores del gigantesco aeropuerto. Había más aviones en el cielo oscuro, dando vueltas, ascendiendo.

–Déjenos en el edificio de la Trans-Continental –le dijo al taxista.

Iba sentado, tranquilo pero alerta, contemplando los grupos de edificios que pasaban por delante del parabrisas. El taxi dio un viraje, adelantó una hilera de coches y se dirigió hacia la entrada principal. Por fin pararon, patinando, ante la puerta de entrada. El conductor se volvió a mirarles, sonriente.

Lowe le pagó la carrera y ayudó a Sue a bajar.

–Le he dado una buena propina –le dijo–, se acordará de nosotros.

La terminal del aeropuerto estaba atestada y muy iluminada. Lowe se detuvo justo en la entrada y se acercó a Sue.

–Muy bien. Ahora está en tus manos.

–¿El qué?

–Ve al mostrador y confirma el vuelo. Si te preguntan por el equipaje, diles que viajamos sin él.

Sue parpadeó.

–Pero..., pero no sé qué hacer. Nunca he hecho esto antes.

–Es muy fácil. El hombre se encargará de todo. Anda, ve –le apretó el brazo y la empujó, sintiendo un poco de pena por ella. Sue se volvió a mirarle en vano, luego se giró y se encaminó a toda prisa hacia el mostrador.

Lowe miró el reloj de la terminal, y comprobó la hora en el suyo. Quedaba media hora para el despegue. Sacó un cigarrillo.

–¡Charles! –la voz retumbó por toda la sala. Levantó la cabeza rápidamente. Ella estaba ante el mostrador, con la cara lívida, contemplándole. Tuvo la sensación de que todos los presentes les estaban mirando.

–¿Qué ocurre? –gritó.

–¡Los billetes!

Se dirigió rápidamente al mostrador. El empleado de la compañía aérea sonreía.

–Ah, sí, se me había olvidado dártelos. –Sacó su cartera, con las manos perfectamente firmes, y deslizó los dos sobres encima del mostrador.

El empleado los comprobó, hizo una llamada para confirmarlos y le dio una pequeña tarjeta a Lowe.

–Déle esto a la azafata cuando embarquen. Gracias, señor. Que tengan un buen vuelo.

Lowe asintió y se alejó. Llevaba a Sue aferrada con fuerza del brazo, y se dirigió al salón restaurante.

–¿Lo he hecho bien?

–Perfecto. Sencillamente perfecto.

–¿Dónde vamos?

–Al salón restaurante. Será mejor que tomemos una copa. Me parece que la necesitamos.

Se colocaron junto a la puerta de embarque. Las dos copas que se había tomado Lowe se le habían subido un poco a la cabeza; se sentía adormecido y menos tenso. La cara de Sue estaba enrojecida, casi febril.

–Charles –dijo en voz baja–, me parece que..., que he bebido demasiado...

–No te preocupes. Te sentará bien. –Le rodeó la cintura con un brazo. Ella parecía totalmente relajada, ingrávida.

La multitud les empujó cuando la puerta se abrió. Recorrieron la pista de aterrizaje nocturna siguiendo al empleado de la compañía.

Lowe apretó con fuerza el brazo de Sue.

–¿Sabes lo que tienes que hacer?

–No estoy..., no estoy muy segura.

–En cuanto nos sentemos, empezaremos a discutir. En voz alta, para que todos puedan oírnos. Y tú no lo aguantarás. De hecho, te levantarás y te bajarás del avión.

–¿Pero de qué vamos a discutir?

–Eso no importa. Yo empezaré, tú limítate a seguirme la corriente.

Un viento frío, que arrastraba unas gotas de lluvia, les hizo estremecer. Ante ellos, el avión de línea, largo y plateado, brillaba mojado en la oscuridad.

–En cuanto te bajes del avión –dijo Lowe–, ¿qué harás?

–Cogeré un taxi directamente a casa. Y me quedaré allí todo el fin de semana.

–Muy bien. Y no llamarás a nadie. Yo volveré el lunes. Intentaré ir a verte.

–Quiero que me llames, Charles. Por favor. No sé cómo podré soportar todo el fin de semana sin hablar contigo.

–Lo intentaré.

Llegaron a la plataforma de embarque y Lowe la ayudó a subir el primer escalón. Ahora empezaba a llover a rachas, con fuerza. La azafata, ante le puerta, les sonrió con profesionalidad.

–Bonito día –comentó Lowe sarcásticamente.

–Sólo en Nueva York –dijo la azafata–, saldremos de este tiempo en cuanto estemos en el aire.

–Unas últimas palabras muy famosas. –Sonrió a la azafata y entró en el avión.

Sue se quitó el impermeable, los dientes le castañeteaban.

–Me parece que he cogido frío.

–Tal vez sea mejor que te dejes el abrigo puesto. –Lo abrió y lo sostuvo ante ella, que se lo volvió a poner–. Siéntate al lado del pasillo –le susurró.

Se acomodaron en los asientos tapizados y hondos. La segunda azafata se acercó, inclinándose sobre ellos.

–Serviremos café caliente en cuanto despeguemos –les dijo.

–Muy bien –dijo Lowe–, lo probaremos. –Miró la larga cabina iluminada. El avión estaba casi lleno; había gente de pie por los pasillos, metiendo maletines de mano en los portamaletas, o hundiéndose en sus cálidos asientos. La lluvia repicaba en la ventanilla, ocultando la pista.

–Charles –dijo Sue–, estoy asustada. No me gusta volar con este tiempo.

Él la miró con frialdad.

–Siempre quejándote. Estoy harto, hasta la coronilla de esa cantinela.

Ella le miró, dolida y asombrada, antes de percatarse de lo que Lowe estaba haciendo.

–En primer lugar, ya no querías venir –prosiguió él en voz alta–, ya no quieres que hagamos nada juntos.

–¡Eso es mentira!

–¿Ah sí? –Vio que un hombre de la sección delantera se daba la vuelta para mirarles–. Lo único que te interesa de mí es el dinero. Salir a comprar ropa, ir al teatro..., cualquier cosa con tal de estar fuera de casa. ¡Pasas más tiempo con tus amigos que conmigo!

Ella empezó a llorar. Excelente, pensó Lowe. Sigue así. Más gente empezó a fijarse en ellos.

–Creía que podíamos hacer un viaje juntos para variar, tal vez para reencontrarnos. ¡Pero ni siquiera quieres venir!

Ella se incorporó en el asiento.

–Pues no, no quiero –dijo sollozando–, ¡y no voy a hacerlo!

–¡Muy bien! Pues vete a casa. Vete con tus amigos. Me importa un comino donde vayas. –La miró–. ¿A qué estás esperando?

Ella corrió a la parte trasera del avión. Su voz retumbó con claridad por toda la cabina:

–¡Quiero salir de aquí!

–Pero, señora –dijo el asistente de vuelo–, si estamos a punto de rodar por la pista.

–Me da igual. ¡Déjeme salir!

Lowe volvió la cabeza hacia la ventanilla. Le llegaron más palabras sofocadas y gritos desde detrás. El asistente había abierto la puerta y gritaba algo a la lluvia.

La azafata se acercó a él.

–Señor Lowe –dijo con tacto–; tal vez yo podría hablar con ella, tal vez...

–No –la interrumpió con amargura–, si quiere irse, no me importa.

La azafata asintió con gesto sombrío y se alejó. Lowe miró por la ventana. Estaban acercando de nuevo la plataforma de aluminio a la puerta. Produjo un sonido chirriante al contactar con el cuerpo del avión.

Vio cómo Sue bajaba por las escaleras, acurrucada bajo el paraguas del asistente. Ella miró hacia su ventana un breve instante, arrugada y solitaria, luego se volvió y se fue.

Lowe descansó la cabeza en el mullido cojín. Perfecto. Veinte pasajeros, como mínimo, habían visto a la señora Lowe abandonar a su marido en un ataque de rabia y volver a la terminal. Con eso, la policía podría reconstruir un horario aproximado de los hechos. Ella había regresado a su apartamento, justo a tiempo para descubrir a un ladrón que acababa de entrar. Él asaltante la había matado y había huido. ¿Y su marido? ¿Dónde estaba? A miles de pies de altura, enfurruñado por el comportamiento de su mujer. Una coartada perfecta. Perfecta.

La azafata, cálida y comprensiva, había vuelto a su lado.

–Serviremos café en unos minutos, señor Lowe. ¿Querrá una taza?

–Sí –le respondió–, muchas.

El fin de semana fue relajante y transcurrió sin incidentes. Lowe lo pasó en un pabellón de caza a unos pocos kilómetros de Montreal. Compartió la mayor parte de su tiempo con otros hombres de negocios de vacaciones, jugando al bridge, pescando y discutiendo de política ante unas copas de whisky canadiense añejo. Era una pena que, tras dos agradables días de descanso, tuviera que volver a casa para enterarse de la desgraciada muerte de su esposa.

Durante el vuelo de regreso a Nueva York, Lowe empezó a pensar en su nueva vida. No tendría ninguna traba, sería libre para viajar, ya no tendría que soportar la sangría económica que significaba su esposa. Estaba Sue, claro, pero podía tomarse su relación con calma. Con el tiempo se casarían. Era dócil, no supondría ninguna carga para él.

Miró por la ventana. El avión ya estaba dando vueltas sobre Idlewild, iniciando su prolongado descenso. La señal de «Cinturón de seguridad» se puso en rojo. Sonrió cuando el aeroplano se inclinó imperceptiblemente hacia delante.

Más tarde, en el bar del aeropuerto, se tomó un bocadillo de ternera y una cerveza. Se leyó un ejemplar del *Times* mientra comía; no había ningún motivo para darse prisa. Se sorprendió de las pocas cosas que habían pasado en el mundo durante los dos últimos días.

De camino a la ciudad, le pidió al taxista que se tomara su tiempo. Fue un trayecto largo y pausado, en el que se permitió el lujo de disfrutar del sol que le daba en la cara.

–Es el mejor modo de hacer esta carrera –dijo el taxista–, todo el mundo va siempre con demasiada prisa.

–Tienen que aprender a ir más despacio –dijo Lowe muy comunicativo–, a tomarse la vida con calma.

El taxi le dejó delante de su edificio de apartamentos. El portero estaba hablando por teléfono. Muy bien, pensó Lowe. No quiero que me dé condolencias fingidas. Cogió el ascensor de servicio a su planta y recorrió lentamente el pasillo hasta su puerta.

–¿Señor Lowe?

Se dio la vuelta cuando ya estaba delante, rebuscando la llave en sus bolsillos.

–¿Sí?

Un hombrecito menudo e insignificante apareció junto a las escaleras. Se acercó con el sombrero en la mano.

–Soy el teniente Fisher –dijo–, de la comisaría 45.

Lowe frunció el ceño. Bueno, llegó el momento, pensó. Esperemos que sepa reaccionar como es debido.

–¿En qué puedo servirle, teniente?

–Le traigo, bueno, le traigo malas noticias. Hemos estado intentando ponernos en contacto con usted durante el fin de semana, pero en su oficina nos dijeron que había salido de la ciudad.

Lowe sonrió.

–Sí, estuve en Montreal. Un fin de semana de pesca. Por orden del médico. –Miró el felpudo. Había un papel metido bajo una de sus esquinas. Se inclinó y lo recogió.

–Es sobre su esposa, señor Lowe. La..., la mataron el viernes por la noche.

Lowe no le miró. Tenía los ojos clavados en el papel, y el corazón se le salía del pecho. Era una nota garabateada de la chica de la limpieza: «Señora Lowe, mi hermana se ha puesto enferma y no he podido venir. Vendré el martes».

El teniente Fisher señaló su sombrero.

–Estaba regresando del aeropuerto en un taxi. Chocó contra un camión de muebles...

Aturdido, Lowe giró la llave en la cerradura y abrió la puerta de un empujón. De pie en el vestíbulo los ojos se le fueron hacia el estudio.

–Encontramos su monedero en el taxi –prosiguió Fisher–, con la identificación...

Lowe estaba mareado. Vio la mano caída junto a la puerta del estudio. El anillo de bodas seguía reluciendo bajo la luz que provenía de las puertaventanas.

–Tenemos que aclarar algunos detalles –dijo Fisher–, no nos llevará mucho tiempo. –Miró la cara petrificada de Lowe–. ¿Puedo pasar?

El caballero de la carretera

THOMASINA WEBER

La siguió cuando salió del aparcamiento del restaurante, cuidándose de que no se notara. El coche de la mujer era de un rojo tan chillón como el de un camión de bomberos, de modo que podía permitir tranquilamente que otros vehículos adelantaran al suyo sin perderlo de vista. Como no quería darse a conocer demasiado pronto, Arthur Trimble se relajó al volante de su coche deportivo gris plateado y se preparó a disfrutar de lo que quedaba de la tarde.

La había estado vigilando toda la mañana, mientras la mujer avanzaba hacia el sur por la autopista. Llevaba el cabello corto y pelirrojo ondulado a su aire, y pendientes redondos verde claro que hacían juego con su traje chaqueta. Pero hasta que había entrado en el restaurante no había podido verle la esbelta figura que cubría el resto del traje hecho a medida. Ese trabajo prometía ser más agradable que el anterior. Entonces se había tratado de una profesora de un colegio de señoritas que se había tomado a broma las advertencias de sus amigos sobre los peligros que corrían las mujeres que hacían viajes largos solas en su coche. La manera en que la mujer se había desmoronado ante él le había hecho sentirse incómodo. De niño, siempre había sentido un gran respeto por las maestras. Aunque, si se tiene en cuenta el hecho de que ella nunca había tenido que hacer frente a una situación como aquélla cuando estaba delante de hileras y más hileras de caritas, su reacción fue bastante comprensible. A estas alturas seguro que había vuelto a las aulas, más pobre pero más sabia.

Arthur decidió que había llegado el momento de adelantar al coche de la chica así que empezó a aproximarse. No la miró cuando la adelantó a toda velocidad, y siguió pisando a fondo el pedal una milla más. Cuando llegó a una estación de servicio, se deslizó suavemente hasta el surtidor y, mientras el empleado le llenaba el depósito, contempló los coches que pasaban a toda velocidad. Cuando pasó ella, pagó con su tarjeta de crédito y arrancó.

Estuvo jugando a la pídola con el otro coche hasta que el sol empezó a ponerse, convencido ya de que ella se había acostumbrado a ver su coche. La idea se le había ocurrido por primera vez durante un viaje a Florida años atrás, cuando se percató de que adelantaba siempre a los mismos vehículos durante todo el trayecto, que, a su vez, le adelantaban a él, y, para cuando todos llegaban a Florida, era como si se conocieran, aunque ni siquiera se hubieran hablado. A veces, incluso se saludaban con la mano, y, si había niños en el coche, pegaban las caritas en la ventana trasera y le hacían muecas cuando su papi le adelantaba. Arthur había aprendido a fijarse en los viajeros solitarios que pagaban en efectivo en lugar de con tarjetas de crédito.

A medida que iba menguando la luz del sol, se dio cuenta de que el coche de la chica reducía la velocidad levemente cuando aparecían a la vista rótulos luminosos de moteles. Estaba buscando un sitio donde parar. Chica lista. Para pronto, se relaja y descansa bien. Probablemente era una de ésas que reinician el viaje antes del alba. Él, la verdad, prefería las que dormían hasta tarde, pero con una tan bonita como aquélla podía hacer concesiones.

Permaneció tras ella, a la mayor distancia posible, y cuando el otro coche giró ante un rótulo parpadeante de neón que decía «Piscina», se acercó al arcén de la carretera y se detuvo. Esperó diez minutos, pero el vehículo de la chica no salió. De vuelta a la carretera, se dirigió lentamente hacia el motel, dejando que le adelantaran otros coches. Al llegar al camino de entrada, vio inmediatamente el coche de la chica, aparcado ante una puerta de color azul lavanda. El motel no parecía muy lleno, tenía muchas habitaciones libres. Sonriendo para sí, siguió carretera adelante. Tras tomarse un batido de leche y una hamburguesa en un *drive-in* regresó al motel y consiguió una habitación a tres puertas de la de la chica.

Dejó su maleta en el coche, colocó una cómoda silla junto a la ventana, ladeó la persiana de modo que pudiera ver sin ser visto y se sentó a esperar.

Su suposición había sido acertada. Ella apareció pronto con un elegante bañador verde y se dirigió a la piscina. No llevaba gorro de baño. Probablemente al motel no le hacían gracia las mujeres que se bañaban en la piscina sin gorro, pero ella tenía el pelo corto y, por su manera de andar, se dio cuenta de que no era el tipo de mujer que se deja intimidar por la dirección de un motel. Aunque, por otro lado, tampoco era el tipo de mujer al que la dirección le recrimina nada, a no ser, claro, que el encargado sea también una fémina.

Esperó hasta que la chica se hubo metido en el agua, luego salió y cogió su maleta del portaequipajes, asegurándose de que se demoraba lo suficiente para que ella le reconociera como el propietario del coche que ya había visto tantas veces durante aquel día. Tuvo especial cuidado en no mirar hacia ella durante toda la operación.

Era una lástima que su oficio le diera tan pocas oportunidades de exhibir sus músculos, pensó Arthur pesaroso mientras se contemplaba en el espejo. Pero muy raramente era necesario hacer uso de los músculos cuando el trabajo se realizaba correctamente. Sin embargo, parecía un desperdicio tener que mantener oculto un físico como el suyo. Había trabajado muy duro para desarrollar su cuerpo, y estaba justificadamente orgulloso de él. Bendijo a la pelirroja por haber elegido un motel con piscina.

El agua estaba bien, pero tenía mucho cloro. Ella se había sentado en una silla de tela con un cigarrillo en la mano, mientras él nadaba cuatro piscinas completas. No había nadie más, así que no le cabían dudas de que la chica le observaba. Dado que estaban a solas, no pudo parecer más natural que saliera de la piscina, con el agua deslizándose por su bien bronceada piel, se encaminara hacia ella con los andares medidos de un atleta y se sentara a su lado.

–Una noche preciosa –dijo, recostando la cabeza hacia atrás y buscando la primera estrella nocturna.

–Sí, es cierto –respondió ella, ni descarada ni cortante, con toda naturalidad. Estaba mirando hacia la autopista.

–La he visto en la carretera –dijo Arthur–, si va a Florida conduciendo sola es un viaje muy largo.

Los ojos de la chica le miraron directamente por vez primera y él sintió una punzada de excitación.

–¿Y cómo sabe que voy a Florida?

–¿No van todos? –preguntó él agitando suavemente la mano en el aire–. Cuando uno ha hecho el trayecto muchas veces, puede adivinar quién está haciendo un largo viaje y quién va a visitar a su suegra.

Ella se rió, con un sonido suave que surgía del estómago. Una chica tan atractiva como ella corría un gran riesgo viajando sola.

–En realidad, estoy empezando mis vacaciones –dijo–; tras un año entero de trabajo, un banco puede convertirse en un sitio muy aburrido.

–Oh, lo supongo –dijo.

–¿Usted también está de vacaciones?

–Sí, podría decirse así. Viajo por asuntos de ferretería, pero me lo paso tan bien cuando estoy en la carretera que lo considero como unas vacaciones.

–¡Qué suerte! ¡Ojalá pudiera decir yo lo mismo de mi trabajo!

–Tal como yo lo veo, tiene dos opciones –comentó sonriendo–: puede cambiar de empleo o puede casarse.

Ella volvió a reírse y Arthur empezó a sentir calor en las orejas.

–Me temo que ninguna de las dos es posible en este momento –se puso de pie, envolviéndose con la toalla–, empieza hacer un poco de fresco para mí.

Él se levantó al instante.

–Por favor, no quiero que crea que soy un atrevido, pero todavía es temprano. ¿Podría invitarla a tomar algo?

–No, no puede –respondió, con un leve matiz de reserva–. Buenas noches.

Vio cómo se alejaba y se preguntó si no se habría movido demasiado rápido. Le resultaba mucho más sencillo cuando ellas confiaban en él y les caía bien. Claro que, si no le quedaba más remedio, siempre podía hacerlo con otros métodos, pero le desagradaba profundamente.

Volvió a su habitación, se duchó, se vistió y volvió a salir. Ahora había una familia en la piscina, y si el hermano pequeño no ahogaba a su hermanita antes de acabar la noche no sería porque no lo intentara. Una piscina era un lugar tan bueno como cualquier otro para exhibir las frustraciones. La madre llevaba un gorro de baño tan apretado que le arrugaba la frente, y estaba asida con los brazos y piernas extendidos a uno de los lados de hormigón de la piscina. Papá realizaba la aportación personal de su pueblo a los Juegos Olímpicos, apareciendo y desapareciendo piscina arriba y abajo, escupiendo a chorro como una ballena caba vez que giraba.

Arthur se encaminaba hacia su coche cuando vislumbró a la pelirroja viniendo de la máquina de hielo con una jarra. Estaban lo bastante cerca como para sonreírse. Era un verdadero retrato andante, con su vestido verde oscuro y su cabello otoñal del color de las hojas.

–Buenas noches otra vez –dijo él.

–Y sigue siendo una noche preciosa –le respondió.

–Demasiado preciosa para pasarla a solas. ¿No cambiará de opinión y me dejará que la invite a tomar algo?

Ella vaciló y Arthur vio que discutía consigo misma.

–Muy bien, cogeré mi chaqueta –dijo finalmente.

La ciudad más cercana estaba a veinte kilómetros, pero él conocía allí un local apartado, con mesas poco iluminadas y música que hacía latir el corazón a su compás.

–Me encanta su coche –dijo ella, estirando el cuello para que la brisa nocturna le diera en la cara.

–Viajando tanto como yo, no puedo tener una casa propia, y, aparte de eso, nada es tan importante como un buen coche. Lo compré nuevo el año pasado y lo cuido como a un hijo. En cuanto la menor tontería no funciona, lo arreglo.

–Los hombres son muy afortunados –dijo la pelirroja–. Debe resultar muy tranquilizador saber que si algo se estropea debajo del capó cuando están en la carretera, todo lo que tienen que hacer es bajarse y repararlo. Siempre había pensado en hacer un curso de mecánica, pero nunca me he decidido.

Él le cogió la mano y la levanto ante el parabrisas. La miró por delante y por detrás y le pasó el dedo por las uñas cuidadosamente esmaltadas. Luego negó con la cabeza.

–Me temo que no tiene manos de mecánico –dijo–, así que puede olvidarse del curso.

Ella retiró la mano con delicadeza.

–Quizá tenga razón. A propósito, no me ha dicho cómo se llama, ¿o nos saltamos esa formalidad?

–¡Oh, qué estúpido soy! Arthur Trimble, señora, para servirla. Y usted es la señorita...

–Phyllis Redmond.

–¿Señorita?

–Señorita –dijo ella sonriendo.

–¿Cómo conocía un local tan romántico? –le susurró en cuanto el camarero hubo tomado nota de lo que querían.

Arthur se encogió de hombros.

–Cuando se pasa en la carretera tanto tiempo como yo, acabas sabiendo cómo encontrarlos. Hay un montón de lugares interesantes una vez que aprendes a reconocerlos.

–Su vida debe de ser fascinante –dijo ella dándole un sorbo a su copa–, tan distinta a estar atada a un sitio de nueve a cinco.

–Yo no podría vivir así –dijo él–. Sería como estar en una prisión; aunque cobrando.

–Hace que una se sienta..., no sé, temeraria, cuando sale por su cuenta. Como si te liberaran para el resto de tu vida, en lugar de sólo para las dos semanas siguientes.

La llama de la pequeña vela que había sobre la mesa jugaba con los ojos de la chica, los iluminaba fugazmente, y luego parpadeaba convirtiéndolos en grandes, oscuros y misteriosos. A él le empezaba a resultar difícil respirar. Se preguntó si funcionaría bien el aire acondicionado.

–¿Bailamos? –le preguntó.

–Me encantaría.

Era como una nube en sus brazos, suave, aromática, ingrávida. Se movía con la gracia de un sauce agitado por el viento. Suspiraba con suavidad. Como una sinfonía, pensó él.

–Le admiro –le estaba diciendo–, se ve que le gustan las cosas más exquisitas de la vida.

–¿Cómo lo sabe?

–La mayoría de los hombres cree que tienen que estrangular a la chica cuando bailan con ella. Usted me coge con suavidad, y puedo percibir que aprecia la música y el ritmo.

¡Observadora! Era muy raro en una mujer atractiva. La mayoría de ellas sólo piensan en sí mismas. Por primera vez, empezó a sentir el cosquilleo de la duda. Quizá sus caminos se habían encontrado por una razón distinta. Quizás hubiera algo maravilloso esperándoles. Quizá tuviera que cambiar sus planes.

Pero cuando finalmente se detuvo en el hotel, se despertó de su sueño. Había deslizado el brazo por detrás del asiento y, en lugar de un beso, había recibido una contundente bofetada en la cara. Con los ojos encendidos de ira, ella se había metido en su habitación sin decir una palabra de despedida.

–Ésta sí que no me la esperaba –dijo mientras se preparaba para acostarse–; primero sale conmigo y parece muy bien dispuesta, y al momento se ha picado de mala manera. –Se acomodó en la silla junto a la ventana y esperó a que se apagara la luz de la habitación de la pelirroja. Era demasiado voluble para perder el tiempo con ella. Seguiría adelante con su plan original. Cuando hacía una hora que la chica había apagado la luz, él salió sigilosamente de la habitación y se acercó al coche de ella.

Había puesto el reloj despertador para las dos y media. Era difícil adivinar hasta qué punto la pelirroja era una fanática de reemprender el viaje temprano. Él conocía a muchos viajeros que seguían camino a las tres o las cuatro de la madrugada. Un rápido vistazo por la ventana le confirmó que el coche de la pelirroja seguía aparcado delante de su puerta. Si la chica no salía hasta el alba, tenía por delante una larga espera, pero ésas eran las reglas del juego. Así era su trabajo.

Se dio una rápida ducha fría y se dispuso a esperar.

Estaba vestido y sentado en la silla junto a la ventana cuando ella salió de su habitación; eran las seis. La observó meter la maleta en el coche y perderse por el camino que llevaba a la autopista, sólo entonces encendió las luces de la habitación. Miró la hora. Le daría unos minutos de ventaja.

A las seis y diez reemprendió su camino a una velocidad moderada, percatándose con satisfacción de que había muy poco tráfico. Pronto se haría de día, pero hasta entonces tenía que buscarla con cuidado. El tramo de carretera que había a partir del motel estaba mal asfaltado, y no tardó mucho en ver el coche rojo de la chica parado en el arcén. Ella estaba dentro y, al acercarse, él vio que estaba intentando ponerlo en marcha. Paró detrás, bajó de su coche y se acercó a la puerta.

–Buenos días, señorita Redmond –dijo alegremente–, ¿cuál es el problema?

–Oh, me alegro tanto de verle, señor Trimble. No tengo ni idea de lo que le ha pasado a mi coche. Iba conduciendo tranquilamente cuando empezó a chisporrotear; no sé cómo pude salir de la carretera antes de que se parara del todo.

–Bueno, le echaré una ojeada a ver si puedo hacer algo. –Levantó el capó.

–Me parece que, después de todo, debería haber hecho aquel curso de mecánica –gritó ella.

–Estoy seguro de que una chica tan encantadora como usted nunca tendrá problemas para conseguir ayuda –dijo sonriendo–. Oh, ya lo veo. –Ajustó rápidamente el cable suelto al delco–. La cantidad de baches que hay en la carretera ha soltado un cable del delco.

–¿Es grave?

–Oh, no. Pero supongo que lo sería si se queda colgada y no sabe qué buscar. –Se limpió las manos en su pañuelo–. Bueno, me parece que ya está arreglado.

–No sé cómo agradecérselo, señor Trimble.

–En primer lugar, llamándome Arthur, Phyllis. Me gustaría mucho.

Ella sonrió.

–Muy bien, Arthur. Te estoy muy agradecida.

–Siempre dispuesto a ayudar a una dama con problemas.

–Tienes que dejarme que te invite a una copa o a lo que te apetezca para demostrarte mi agradecimiento.

El que dijera «lo que te apetezca» inquietó a Arthur, pero mantuvo la voz firme.

–No ha sido nada, de verdad.

Y entonces, con ella sentada allí mirándole, recordó de repente cuál era el plan. Todo lo que tenía que hacer era subirse al coche de la pelirroja y, apuntándola con su pequeña pistola, limpiarle toda la pasta que llevara y darle un golpecito en la cabeza que le concediera un margen razonable de tiempo para alejarse de allí. Se aclaró la garganta. Nunca antes se había sentido igual. Pero tampoco ninguna de sus víctimas anteriores había sido tan atractiva como Phyllis Redmond.

Ella seguía sonriéndole, esperando su respuesta.

–Insisto –dijo con una voz firme e intensa–. Sígueme hasta que lleguemos a una ciudad en la que haya una bodega. Paramos, compro una botella y... nos la vamos a tomar a algún sitio.

Para estar amaneciendo hacía mucho calor. Él sentía el sudor bajándole por la nuca.

–No me debes nada –se oyó decir a sí mismo. Y una voz interior le recordó: «Lo has preparado todo muy bien, ahora ¡acaba el trabajo de una vez!».

–¡Por favor! –dijo ella.

–¡Abre camino, princesa! –Arrancó tras ella y se tapó los oídos a la voz interior.

–Lo haré cuando esté bien y preparado –replicó a la voz en alto–. No puede hacer ningún daño una copa antes. Después de todo, tanto viajar de norte a sur y de sur a norte se está volviendo muy aburrido. Creo que me merezco un poco de diversión.

Cerca del mediodía encontraron un pueblo con una tienda de licores. Ella acercó el coche a la ventana, compró y volvió a la autopista. Se habían alejado muchos kilómetros del pueblo cuando llegaron al primer cruce. Ella giró a la derecha y ambos vehículos empezaron a saltar por una sinuosa carretera de tierra. El silencio que se hizo fue un alivio tras el constante chasquido de las llantas sobre el hormigón.

Ella se detuvo bajo un inmenso árbol que cubría toda la carretera con sus ramas cargadas de hojas. Una vaca que descansaba tras una valla les miró sin ningún interés. Él paró y se subió al asiento delantero del coche rojo. Ella ya estaba abriendo la botella.

–Hay vasos de papel en la guantera –le dijo.

Dejó la portezuela de la guantera abierta, formando un pequeño estante, puso los dos vasos encima y observó cómo los llenaba. Se tomaría dos o tres copas y luego se sentiría más seguro. Sería más fácil si ella también estaba un poco achispada. Tal vez incluso podría emborracharla lo bastante para que luego no le recordara. «¿Y qué importa que te recuerde o te deje de recordar? –preguntó la voz–. No es más que otra mujer, ¿no? No tiene nada de especial. No creerás que va a seguir siendo tan cariñosa cuando se despierte y descubra que le ha desaparecido todo su dinero, ¿verdad?»

Ella se arrimó ligeramente a él al coger su vaso. Él olió la fragancia de jabón y agua de colonia que despedía su cuerpo y su limpio cabello pelirrojo. ¡Maldita sea! ¿Por qué no podía ser como la maestra solterona o como la vendedora chillona de hacía un mes?

Ella se llevó el vaso a los labios, pero no se apartó de él. Bebió lentamente, sosteniéndole la mirada por encima del borde del vaso. Él bebió rápido y dejó el vaso en el estante. Deslizó el brazo por detrás del asiento y dejó que su mano rozara suavemente la espalda de la chica. Ella le sonrió.

–¿Otra? –le susurró.

Asintió como un bobo, ella se inclinó hacia delante para llenar el vaso y él oyó el líquido borboteando. La cara de la pelirroja estaba muy cerca de la suya. Pareció que transcurría un tiempo interminable antes de que ella le alcanzara el vaso, pero no le importó. La vista era espléndida.

No recordaba haberse bebido la copa, pero debió de hacerlo porque de repente se percató de que el vaso estaba vacío de nuevo, y empezaba a sentir los efectos. Ni siquiera se había fijado en la etiqueta de la botella, pero sin duda se trataba de un licor fuerte. La voz le llegaba ahora desde muy lejos diciéndole que robara el dinero y se largara. Intentó discutir con la voz, pero ésta resonaba en su interior cada vez más borrosa y sin demasiada lógica. Aunque sabía perfectamente lo que había decidido. Iba a dejar que esta chica se fuera. No podía convertirla en su víctima. Era encantadora. Era amigable. Era servicial. Conducía sola, asumiendo sus riesgos.

–Hay toda clase de gente suelta por la carretera –le dijo–, tienes que andar con cuidado.

–Lo sé, Arthur –canturreó ella–, toda clase de gente suelta por la carretera.

Él se inclinó un poco hacia delante para besarla y todas las luces se apagaron.

Cuando Arthur abrió los ojos sólo vio hierba seca y sucia y hojas de pino. Levantando la cabeza del suelo, se incorporó lentamente hasta quedar sentado. Salvo por la vaca, que rumiaba a su aire, estaba completamente solo en la carretera de tierra; su coche estaba aparcado a unos metros de donde él lo había dejado. Aturdido, se puso de pie y se acercó al vehículo tambaleándose. Habían quitado los cojines, y todo lo que llevaba en la guantera estaba esparcido por el suelo y los asientos. Habían registrado el coche de arriba abajo.

Abrió su termo, se echó agua fría por la cabeza y se frotó la cara con ella. Sacó un peine y se repasó su pelo corto y rubio. Bueno, aquello estaba mejor.

Y entonces empezó a reírse. Antes de palparse el bolsillo ya sabía que su cartera no estaría dentro. Muchacho, era una mujer muy hábil, había que reconocerlo. ¿Qué era lo que le había dicho antes de que el narcótico le hiciera efecto? «Toda clase de gente suelta por la carretera.»

Mientras ordenaba su coche pensó en ella. En circunstancias normales, una profesional habría cogido el dinero pero dejado su cartera. Se debió de llevar una sorpresa muy desagradable al descubrir que no había nada de dinero en efectivo, ni siquiera cheques de viaje. Así que se debió de irritar y se llevó también la cartera para desquitarse.

–El coche debe de haberla confundido –le dijo a la vaca–;

probablemente se creyó que estaba forrado. –La vaca siguió rumiando.

Inclinándose hacia delante, Arthur quitó la cobertura del pedal del freno, sacó un billete de cincuenta dólares que había debajo y volvió a ajustar la cobertura.

–Bueno, parece que no he sacado nada de este asunto –dijo–, pero, visto desde su punto de vista, ella tampoco.

Dio la vuelta al coche y se dirigió hacia la autopista, riéndose de nuevo.

–Algún día volverán a encontrarse nuestros caminos –le dijo al viento–, y entonces, bueno, ¿quién sabe?

Verdades que matan

DONALD OLSON

–Repitámoslo una vez más –dijo ella–; ahora yo seré el policía. –Robert simuló que abría la puerta delantera y fingió una mirada de sorpresa.

–Buenos días, oficial. Entre.

–No y no –le recriminó Sylvia–. Se supone que no ha de parecer que le estás esperando. Tu sorpresa ha de ser natural.

Él volvió a intentarlo. Ella se rió tontamente.

–Cariño, eres un inútil. Serías un actor pésimo. Mira, yo haré tu papel. Tú serás el policía.

Esta vez ella simuló que abría la puerta, dio un paso atrás con una expresión demudada, luego se dio la vuelta y sonrió a su marido.

–¿Has visto? No tienes que decir nada hasta que él te hable. Te preguntará si eres Robert Deraney. –Se dio la vuelta de nuevo y asintió como si estuviera ante el imaginario policía–. Sí, soy Robert Deraney, ¿qué ocurre oficial? ¿He vuelto a aparcar mal? ¿Mi esposa? ¿Por qué me lo pregunta? ¿Que la señorita Kriegher ha dicho qué? Por Dios, esa mujer ha perdido la cabeza. Claro, por supuesto que mi esposa está aquí..., y viva y coleando. –Miró hacia las escaleras–. ¿Sylvia? Aquí hay alguien que quiere verte.

Entonces subió corriendo las escaleras y adoptó la pose de Joan Fontaine en *Rebeca*.

–Buenas noches, oficial, ¿quería verme?

Dejó de actuar, bajó corriendo las escaleras y se lanzó riéndose a los brazos de Robert.

–Oh, querido, me muero de ganas.

–Te has equivocado de vocación. Menuda actriz hubieras sido.

–Sólo espero que mañana no llueva. Preferiría no tener que ser arrastrada por el barro.

–Realismo, cariño. Para eso nos estamos esforzando.

–Siempre que la vieja chafardera esté mirando.

La mañana siguiente fue luminosa y brillante. Poco antes del mediodía, ambos se encontraban ante la puerta trasera, con tantas ganas de hacer diabluras como un par de adolescentes y tan nerviosos como dos actores preparándose entre bastidores; aunque en este caso el escenario era un tramo ancho de césped que había entre el patio y el garaje. El coche de Sylvia ya estaba metido de espaldas en el camino de entrada, a la vista del bungalow vecino de Cape Cod, donde, según esperaban, el único público de la actuación ya habría ocupado su asiento habitual junto a la ventana de la cocina, con sus prismáticos preparados. Era la hora que Libby Kriegher dedicaba a «observar sus pajarillos».

Pero, para asegurarse, decidieron interpretar un sainete como preludio.

Sylvia le guiñó el ojo a Robert.

–¿Preparado, cariño?

–Adelante.

Ella caminó rápidamente hacia el coche.

–¡Sylvia! –la llamó él gritando.

En medio del césped, ella se detuvo.

–¡Sylvia! ¡Vuelve aquí, maldita sea!

–¡No! Estoy harta. Ya he tenido bastante. Te dejo, Robert. No te puedo aguantar más.

–Te lo advierto, Sylvia. Vuelve aquí antes de que...

–¿Antes de qué, mala bestia? –Ella prosiguió improvisando la discusión marital a pleno pulmón. Si a esas alturas Libby Kriegher no se había pegado a la ventana es que o estaba sorda o había muerto.

Robert esperó unos segundos, luego salió corriendo y agarró a Sylvia por el brazo. Ella simuló resistirse. Siguió una breve pelea y ella pareció darse por vencida y dejarse llevar, aunque a la fuerza, hacia la casa. Se gritaron el uno al otro unas cuantas veces más; luego, sonriendo a Robert, Sylvia soltó un chillido desgarrador. Al cabo de un momento, Libby Kriegher –suponiendo que estuviera mirando– habría visto a Robert arrastrando a una Sylvia aparentemente inconsciente por el césped; pero cuando estaban a punto de llegar al coche, ella fingió recuperar el conocimiento, se soltó de los brazos de su marido, y gateó a cuatro patas hacia la casa.

Robert se dirigió disparado al garaje, de donde salió con un mallo de croquet. Cogió a su mujer por el pelo y simuló que la golpeaba con fuerza y repetidamente en la cabeza con el mallo. Ella se desplomó sobre la hierba. Él se inclinó, fingió que buscaba los latidos de su corazón, luego fue corriendo al coche, sacó las llaves del contacto y abrió el maletero. Echó un rápido vistazo a su alrededor –estaba sudando como si todo fuera de verdad–, recogió a su esposa supuestamente muerta y la metió en el maletero. Tiró el mallo dentro y cerró la tapa de golpe. Se preguntó si Libby ya habría llamado a la policía.

Segundos después ya había salido del camino de su casa y con ruedas chirriantes se dirigía por Meadow Lane hacia la autopista.

El pueril regocijo con el que había interpretado su papel desapareció rápidamente en cuanto salió del barrio. Empezó a parecerle lo que era en realidad: una broma de mal gusto y sin sentido. No debería haberle hecho caso a Sylvia. La broma era muy típica de su imaginación sobreexcitada. En lugar de enfrentarse al problema como adultos responsables, se habían inventado aquella estúpida charada.

El problema no era en realidad nada importante, y no merecía en absoluto una solución tan compleja. Cuando se habían instalado en la ciudad no tenían ni amigos ni familiares, así que habían aceptado agradecidos la ayuda que les ofreció su única vecina, Libby Kriegher, una solterona de poco más de cuarenta años. Tenía cierta apariencia de conejo, con dientes de roedor y ojos grandes y muy brillantes, pero era la bondad personificada y una fuente inagotable de información. Les estuvo invitando a comer hasta que se acabaron de instalar, les hizo incontables recados e incluso había ayudado a Sylvia a elegir el mobiliario para la casa.

Sin embargo, cuando ya no la necesitaban para nada, ella siguió allí. Su presencia casi constante se convirtió en una pesadez y en una molestia, y su vigilancia les hacía sentir como si estuvieran viviendo desnudos en una gigantesca pecera transparente.

–¿Alguno se encontró mal anoche? –les decía, llamándoles por teléfono antes de que ninguno de los dos se hubiera levantado–. Vi la luz del lavabo encendida a las cuatro y cuarto.

–¿Por qué hablabais tan alto los dos tortolitos? –inquiría con una mirada maliciosa, zalamera y carente del más mínimo tacto–. Espero que la próxima vez hagáis las paces antes de acostaros.

Cada vez que Sylvia preparaba una comida veraniega en el patio, los tentadores aromas atraían a Libby como un imán.

–Humm. Algo huele de maravilla por aquí, amiguitos. Oh, esa ensalada está para chuparse los dedos. Dime que me vaya antes de que se me caiga la baba en tu salsa *hollandaise*.

¿Qué podían hacer? Ella había sido un regalo del cielo al principio, ¿iban a decirle que no había bastante para tres? ¿O que fuera a babear encima de su propia salsa?

Intentaron insinuárselo: Robert con sutileza, Sylvia de un modo más directo; no sirvió de nada. Más de una vez, al verla acercarse, cerraban la puerta y simulaban que no estaban en casa. Una estratagema tonta, pues ella podía ver sus coches en el garaje. Tras cansarse de llamar al timbre, se iba entristecida, tarareando una melodía, y cuando finalmente se aventuraban a abrir la puerta se les caía el alma a los pies al descubrir que les había dejado un estofado o una cazuela de aspecto suculento, o puede que un ramo de flores de su jardín. Aquello llenaba a Robert de remordimientos. Insistía en que invitaran a Libby a cenar, Sylvia se negaba, y acababan discutiendo.

Finalmente decidieron que había que hacer algo.

–¿Te das cuenta, cariño –le dijo Sylvia–, de que esa mujer dulce y encantadora está arruinando nuestra tranquilidad y destrozando nuestra intimidad?

–Pero tiene tan buen corazón.

–Ése es el problema. Si no lo tuviera, sencillamente podríamos decirle que nos dejara en paz de una vez.

–Me pregunto si somos tan amables como para merecernos tantas atenciones por su parte.

–Me temo que se deben a que está muy sola.

–Te das cuenta de lo que ha hecho, ¿verdad? Nos ha adoptado.

Sylvia se lo pensó detenidamente.

–Imagínate que hiciéramos algo para desagradarle.

Me gustó la idea.

–Empezaremos tirando la basura a su césped.

–¿Estás de broma? La recogería, la envolvería, la metería en su propio cubo y nos daría las gracias por habernos acordado de ella. No, tiene que ser algo muy especial. Una mujer como Libby es muy sensible a la impresión que causa en los demás. Ésa es la razón de que ponga todo su empeño en caer bien y no logre otra cosa que acabar alejando a la gente. Lo que tenemos que hacer es conseguir que, de algún modo, parezca una estúpida absoluta, humillarla, pero de una manera que lo provoque ella misma.

Aquello fue la semilla de su repugnante idea. ¿Cómo era posible que a él le hubiera llegado a parecer plausible o ni siquiera decente? Libby presenciaría un asesinato, llamaría a la policía, los agentes se presentarían en su casa, Robert se comportaría de un modo confuso. Luego Sylvia entraría en escena y Libby quedaría tan en evidencia que ya no se atrevería –ni querría– mirarles a la cara.

–Y después levantaré una valla –había dicho él–. Así habrá acabado la pesadilla.

Ahora, mientras conducía por la autopista hacia una calle lateral donde podría detenerse tranquilamente y sacar a Sylvia del maletero sin que les vieran, se preguntaba por qué sencillamente no había levantado la valla en primer lugar. ¿Cómo habían permitido que la relación se complicara y se volviera enfermiza hasta el extremo de que a él le resultara atractivo llevar a cabo una estupidez tan descabellada?

Ocupada la mente en esos pensamientos, casi se pasó del desvío y pisó los frenos de golpe, sin percatarse de la presencia de un camión tras él. El gran vehículo chocó contra el lado izquierdo de su parachoques trasero, dándole un golpe terrorífico que lo mandó a la cuneta.

Aturdido, giró la cabeza y estiró la extremidades. Aparte

de la leve conmoción no parecía que estuviera herido. Vio la enorme cara del camionero en la ventanilla en el mismo instante en que se acordó de Sylvia, acurrucada en el maletero.

–¿Está bien, amigo? –El camionero le ayudó a salir del coche.

–Sí. –No se oía nada en el maletero. No sabía qué hacer.

–Podía haber muerto, amigo. Los dos podíamos estar aplastados.

La impotencia y la ansiedad le hicieron estremecerse.

–No parece que esté tan bien como dice, amigo. Será mejor que vaya a un hospital por si acaso.

Robert le aseguró tartamudeando que se encontraba bien.

–¿Ha resultado dañado su camión?

–¿Este cacharro? Ni un tanque Sherman podría abollarlo.

El camionero era uno de esos gigantones plácidos, bovinos e inofensivos; la clase de gente de la que resulta difícil desembarazarse. El sudor empapaba la camisa de Robert. No podía apartar los ojos del maletero, pero tampoco se atrevía a acercarse mientras el otro estuviera delante. Se sacó el permiso de conducir, le dio su número de matrícula y el nombre de su agente de seguros y finalmente se las arregló para que el camionero le diera la misma información.

–Parece algo confuso, amigo. Mire, será mejor que se siente un momento mientras yo voy a...

–¡No! Perdóneme, quería decir gracias, pero, de verdad, no necesito ningún médico. Tengo mucha prisa.

Pese a todo, el camionero insistió en ayudarle a sacar el coche de la cuneta, y sólo entonces, de mala gana, siguió su camino.

En cuanto perdió de vista al camión, Robert giró por la carretera secundaria que serpenteaba entre majestuosos y oscuros pinos y algún que otro depósito de almacenamiento de gasolina ennegrecido y oxidado. Cuando se hubo metido en las profundidades del bosque, salió de la carretera y aparcó detrás de uno de aquellos enormes cilindros negros. Rezó para que nadie pasara por allí.

Cuando intentaba abrir el maletero, la llave se le cayó de las manos temblorosas. Un residuo aceitoso del inmenso depósito que rezumaba le había manchado los zapatos. Latas de cerveza oxidadas y viejas botellas asomaban rotas de un suelo viscoso. Era un lugar malsano y repugnante.

Metió la llave y abrió el maletero.

No podía verle la cara a Sylvia, vuelta hacia abajo, pero aun así supo, por la postura antinatural que había adoptado su cuerpo, que estaba muerta. La tocó, buscando algún signo de vida. Le volvió la cabeza. Un hilillo de sangre corrió por su barbilla y cayó sobre la manta.

La intensidad del dolor paralizó todas las demás emociones. Perdió la noción del tiempo, ni recordaba ni pensaba en qué hacer, petrificado en la atemporalidad del instante. Los pinos, el cielo turbio, el cuerpo de Sylvia, todo parecía misteriosamente quieto, congelado; sólo su corazón seguía palpitando, luchando por mantener obstinadamente su cadencia contra un abrumador deseo de morir. Miró el depósito abandonado y pensó qué fácil sería hacerlo. Lo que le detenía era la fealdad del lugar: la basura, las latas, el suelo cubierto de aceite, los lúgubres pinos.

Se le pasó por la cabeza la remota posibilidad de que Libby no hubiera estado vigilándoles, pero la descartó al instante. A esas alturas habría llamado a la policía y les habría contado lo que había visto. Ya le estarían esperando en casa, y sin duda, también andaban buscándole por ahí.

Con todo, esa remota posibilidad existía.

La sangre se había vertido sobre la manta, pero todavía no había manchado el maletero. Envolvió el cuerpo en la manta y lo enterró en el gomoso lodo cubierto de aceite que había tras el depósito. Tiró el mallo entre los árboles, luego encendió un cigarrillo, se subió al coche y condujo despacio de vuelta a casa.

Mientras conducía le asaltó una incontenible oleada de fatalismo. Estaba preparado para someterse a todo, para no oponer ninguna resistencia. Si la policía le estaba esperando en casa, todo habría terminado; sería inútil e incluso de cobardes intentar hacérselo comprender.

Se había tejido él mismo una telaraña de desesperación tan bien tramada que fue una auténtica decepción llegar a casa y encontrarla vacía. Entró y se preparó una copa. Esperó. La casa estaba sumida en un silencio funerario, como si acabara de abandonarla una horda de plañideras. El silencio opresivo y aquella atmósfera de luto eterno le asustaban. Sacó su revólver del cajón y lo cargó, pero su estado emocional era demasiado pasivo y caótico como para dejarse llevar por un impulso. No haría nada; ni llamaría a la policía ni hablaría con Libby.

A las siete y media, después de haber estado sentado en el crepúsculo enrojecido de la casa vacía, primero con una copa, luego con un cigarrillo y más tarde con una segunda copa, empezó a temblar y se levantó a encender una lámpara. Su luz rojiza le causó una sensación de suave calidez.

Llamaron al timbre. En un primer momento, Robert no se movió, incapaz de realizar el esfuerzo que requería levantarse de la silla y abrir la puerta. Como el timbre siguió sonando, finalmente fue a ver quién era.

Allí estaba Libby, con la misma sonrisa zalamera de siempre en su rostro, y una cacerola tapada y humeante en las manos.

–Si no está buena es por culpa mía y de nadie más. La receta no lo especificaba así, pero creí que se tenía que utilizar carne de yac. Probablemente tendrá un sabor muy parecido a un simple estofado de ternera con curry.

Aquellas palabras no tenían sentido. Aunque sólo estaba ligeramente borracho, tenía la sensación de que la estaba viendo y oyendo a través de un cristal helado.

–¿Robert? ¿Te encuentras bien?

Aquella naturalidad le pareció obscena, pero no estaba enfadado con ella y, además, se encontraba demasiado vacío emocionalmente para mentirle.

–No. No me encuentro bien.

–No has comido, ¿verdad que no?

–No.

–Pues ya es hora. Bueno, ¿puedo entrar?

Al momento estaba trajinando por la cocina, canturreando para sí, dando grititos cada vez que cometía una torpeza. Aquella agitación y bullicio hogareño aliviaron la angustia de

Robert, pero hasta que ella no gritó que la cena estaba lista no se dio cuenta de que no le había preguntado por Sylvia.

Libby había puesto la mesa para él y le miró expectante mientras se sentaba. Robert la miró.

–Libby...

–Vamos. Pruébalo.

Llenó la cuchara y lo probó.

–¿Demasiado curry?

Robert dejó la cuchara.

–Libby, ¿por qué estás haciendo esto?

–Bueno, alguien tiene que cuidar de ti.

–Sylvia se ha ido –dijo él estúpidamente.

–Lo sé.

Sus miradas se cruzaron. Robert tuvo la sensación de que los pensamientos de ambos viajaban por vías separadas aunque paralelas.

–No te gusta, ¿verdad que no? Tiene demasiado curry.

Lo absurdo de la situación le hizo reír.

–No, no, está bueno. Lo que pasa es que no tengo hambre.

–No me sorprende. Pero tienes que comer.

La torpeza de Libby le irritó. Soltó de nuevo la cuchara, dando un golpe contra la mesa.

–¿Es que no lo entiendes? Sylvia se ha ido.

–Lo sé, Robert. La vi marcharse. –Él la miró fijamente. Ella agachó la cabeza–. De acuerdo, puede que ya lo imagines. Te vi llevártela en el coche después de la pelea.

¿A qué jugaba Libby? Miró el estofado como si estuviera envenenado.

–Entonces lo viste todo.

–Todo.

Robert había tenido la intención de no contárselo a nadie, ni siquiera de intentarlo, pero aquellas cucharadas de estofado parecían haber puesto en marcha un mecanismo contra la desesperación.

–Libby, sé lo que te debió de parecer. Pero, de verdad, yo no maté a Sylvia. Aquella pelea que viste y oíste, todo aquel asunto con el mallo de croquet, no era más que un simulacro. Yo no la golpeé. Se trataba de una charada, una broma descabellada. Si hubieras estado delante habrías escuchado las risas de Sylvia cuando la metí en el maletero. Pero algo salió mal, Libby. Fue espantoso. Tuve un accidente, un camión se me echó encima antes de que pudiera detenerme para que saliera del maletero. Cuando lo abrí, estaba muerta.

La incomodidad que sentía hizo que Libby se empezara a ruborizar.

–Libby, te juro que...

–Por favor, no, Robert. Tenemos que decidir qué vamos a hacer. ¿Sylvia está todavía en el coche?

–No.

–¿No?

–Por supuesto que no. ¿Crees que me pasaría el día conduciendo por ahí con su cadáver en el maletero?

–Pero, Robert, fue un accidente. Tú no querías matarla, ¿verdad?

–Entonces, ¿me crees? –A Robert casi le pareció ver una especie de aura radiante, un halo de santidad, alrededor de la figura de Libby. Pero ella estaba negando con la cabeza.

–Me refería a que no querías matarla cuando le golpeaste con el mallo. Por supuesto que no creo que fingieras que le golpeabas. Lo vi todo, ¿recuerdas? Estabas enfadado y pretendías asustarla, pero perdiste el control y no te diste cuenta de lo fuerte que le estabas pegando. Pero a lo que iba, Robert, tal vez pudiera lograrse que pareciera un accidente.

–No. Los policías son demasiado listos. Y tienen científicos, ¿sabes? Laboratorios en los que podrían descubrir cuánto tiempo lleva muerta. Además, es demasiado tarde; ya la he enterrado.

–Oh, Robert, ¿cómo se te ocurrió tal cosa?

–Porque pensé que existía una remota posibilidad de que tú no nos hubieras visto y por tanto no hubieras llamado a la policía. Lo que desde luego no podía ni imaginarme es que presenciaras un asesinato y no avisaras a la policía.

Los grandes ojos brillantes de Libby se humedecieron reprochándole sus palabras.

–¿Es que no me conoces, Robert? Sylvia y tú erais mis únicos amigos..., mi vida entera. Habíais acabado significando todo para mí. Siempre erais tan amables y comprensivos. No puedes imaginarte cómo me sentí cuando oí que te gritaba, diciendo que te iba a abandonar. Oh, Robert, qué estúpida era tu mujer. ¿Es que no se daba cuenta de lo afortunada que era por ser amada por un hombre como tú? No pretendías matarla, de eso estoy segura. Sólo que no pudiste soportar que te abandonara. Fue tan emocionante, Robert, que yo, allí sentada junto a la ventana, me estremecí. Todo fue tan espantoso y electrizante. Era como... ¡como Shakespeare! Como *Otelo*..., como *Romeo y Julieta*. ¡Oh, fue maravilloso!

Él se había quedado de piedra. Libby era absolutamente sincera; tenía los ojos encendidos por la pasión. Robert no sabía qué pensar de ella. Resultaba conmovedor y, al mismo tiempo, grotesco.

–De modo que no llamaste a la policía.

–¡La policía! Ellos jamás lo hubieran entendido. Yo nunca te denunciaré, Robert. Fue tan hermoso y trágico. Jamás lo olvidaré.

De repente volvió a tener hambre, cogió la cuchara y acabó el estofado.

Ella le sonrió rebosante de satisfacción.

–Robert, ¿dónde la enterraste?

–Cerca de un viejo depósito de almacenamiento de gasolina abandonado, a un kilómetro del desvío de la vieja carretera de Cortwright.

–¿Y si la encuentran?

–No la encontrarán.

–Y si lo hicieran, yo diría que estabas conmigo. Declararía que la había visto tonteando con otros hombres. Ya pensaremos en algo.

Él le dedicó una larga y cariñosa sonrisa.

–Libby, eres la mujer más notable que jamás he conocido.

Ella se ruborizó y bajó la mirada. Por un instante, casi pareció bonita.

–Oh, Robert.

Se le ocurrió, no por vanidad sino porque ciertamente le parecía extraordinario que ella hubiera podido adoptar una actitud como aquella ante lo que había presenciado, que Libby debía de estar enamorada de él. Sintió una punzada de remordimientos por las muchas incorrecciones y omisiones que había cometido con Libby Kriegher. No sabía nada de ella; nada de su pasado, de sus experiencias, de sus ambiciones perdidas o de las que todavía tenía. ¿Se había enamorado alguna vez? No, creía que no. Era demasiado arrebatadamente romántica para involucrarse en un asunto amoroso común y corriente. Su naturaleza era demasiado poética.

–Lavaré los platos –dijo ella–. ¿Por qué no vas al saloncito a ver televisión? Hará que te olvides de lo sucedido.

Sí, pensó Robert, continuaba siendo una pelmaza. Más que nunca. Sin embargo, por el momento no era más que una molestia y bastante agradable al fin y al cabo. Con el tiempo, vendería la casa y se iría de allí.

Era una lástima que no pudiera reclamar el seguro de Sylvia.

Le dejó desconcertado que siquiera pudiera habérsele pasado por la cabeza lo que acababa de pensar. Le fascinaba la psicología del comportamiento humano precisamente porque sólo la conocía vagamente. Para él no era más que un misterio que le atraía. Lo cual estaba muy bien, pensó. Porque si de verdad conociéramos completamente los motivos que nos mueven, ¿seríamos capaces de vivir con nosotros mismos?

Aquello le llevó a reflexionar sobre el accidente, y sobre hasta qué punto había sido puramente casual la colisión con el camión. ¿Había visto al camión detrás de él pero no había permitido que su mente asimilase la imagen? ¿Una intención oculta, perversa, oscura y siniestra lo había provocado? ¿Había él deseado por alguna razón inadmisible conscientemente que Sylvia muriera? ¿O acaso estaba dando pábulo a esas reflexiones porque quería sentirse culpable y castigarse a sí mismo?

Suspiró. El enigma resultaba demasiado desconcertante. Se recostó y cerró los ojos.

Estaba medio dormido cuando Libby le despertó.

–Creía que te habías ido a casa –le dijo.

–Eso iba a hacer cuando me acordé del mallo.

Él sonrió.

–¿Qué le pasa al mallo?

–¿Qué hiciste con él?

–Lo tiré al bosque.

–Oh, Robert, tenías que haberlo enterrado, o quemado. Tal vez tendríamos que volver allí mañana. Sí..., hay que quemarlo.

–Olvídalo, Libby. Nadie lo relacionaría con Sylvia. Ni aunque lo encontraran.

–¿Borraste tus huellas dactilares?

–No, ¿por qué iba a hacerlo?

–Pero si tú mismo lo has dicho, Robert. La policía tiene científicos. Podrían encontrar restos de sangre y tejidos.

Él se sentó y la miró con toda seriedad.

–Libby, quiero que me prestes atención. El mallo no importa nada. Ningún científico en el mundo encontraría jamás sangre de Sylvia en él, porque no la hay. El mallo nunca tocó su cabeza. Sólo lo pareció. Lo sé. Era eso lo que pretendíamos que creyeras. Así lo planeamos.

Ella pareció confusa.

–¿Planeado? No lo entiendo.

–Libby, como te he dicho antes, eres una mujer muy notable. Pero si crees que te has convertido en cómplice de un asesinato, déjame que te libere de esa carga. Te dije la verdad cuando te conté que no había matado a Sylvia. Sólo tenía que parecer que lo hacía para engañarte.

Ella seguía pareciendo desconcertada.

–¿Engañarme a mí? ¿Para qué ibais a querer engañarme, Robert?

Se lo explicó. No había motivos para no contárselo. Si estaba dispuesta a asumir el papel de cómplice en un asesinato, aquello no la sobresaltaría. Además, también serviría para que se diera cuenta de que había sido un verdadero incordio y que a él no le gustaba que le incordiasen.

No estaba muy seguro de cómo había reaccionado a su confesión porque no acababa de atreverse a mirarla directamente a los ojos; pero, cuando acabó, ella sólo le dijo:

–Has tenido un día muy ajetreado, Robert. ¿Por qué no te

acuestas? Volveré dentro de un momento para comprobar que te has dormido. ¿Quieres que te traiga un poco de leche templada?

–No, gracias. –La miró. Ella le sonrió con ternura.

Cuando se hubo ido, él se dispuso a dormir allí mismo, en el sofá del saloncito. No tenía las fuerzas suficientes para desnudarse y acostarse en la cama.

La luz le despertó. Entrecerró los ojos y emitió un leve gruñido de protesta, pero al momento se despertó del todo. Libby estaba a unos pocos metros, sonriendo y apuntándole a la cabeza con una pistola.

–¿Libby? ¿Qué es esto?

–Levántate, Robert. Tienes papel y pluma en esa mesa. Date prisa. Siéntate ahí y escribe lo que te voy a dictar.

–Libby, ¿te has vuelto loca?

–¡Haz lo que te digo!

Se levantó desequilibrado y se sentó en la mesa. Ella se acercó.

–Escribe que mataste a tu mujer porque ella te había amenazado con abandonarte. Y pon dónde la has enterrado. Eso es todo, Robert.

–Libby, pero...

–¡Escribe!

Él hizo lo que le ordenó.

–Ahora, dámelo. –Ella lo leyó rápidamente y volvió a sonreír–. Muy bien, Robert. Ahora te voy a matar con tu propia pistola. La policía lo considerará asesinato seguido de suicidio.

–¿Por qué Libby? ¿Por qué sencillamente no llamaste antes a la policía?

–Porque lo estropeaste todo, Robert. Yo te habría ayudado..., te habría ayudado siempre. No deberíais haberos burlado de mí. Fue todo tan real. Cuando te vi peleándote con ella, cuando te vi corriendo al garaje a coger el mallo, y cuanto te vi matarla. Oh, Robert, fue lo más excitante que jamás me había pasado. Lo único verdadero. –La excitación produjo un rubor rosáceo en su cara feúcha, que al momento se desvaneció en una blancura sombría y gélida–. Y ahora sé que allí no hubo nada verdadero. Era una actuación. Una actuación para hacerme pasar por estúpida.

Dio un paso adelante y levantó el revólver.

–Oh, Robert, ¿por qué tuviste que estropearlo?

Apretó el gatillo.

¿Dónde está tu aguijón?

JOHN F. SUTER

El doctor Arturo Gutierrez[1] estaba sentado en uno de los bucles de un banco de cemento con forma de «s». Levantó la vista al oír unos pasos. Agitó su cigarrillo en gesto de educado saludo a su amigo, el teniente Cervera. El policía, saludándole con un gesto de la cabeza, se sentó en el otro bucle de la «s», desde donde podían mantener una conversación confidencial si quería.

A primera hora de la tarde, la plaza estaba muy tranquila, aunque se podían contemplar muchas actividades. Un grupo de músicos colocaba sillas sobre la tarima de cemento que había sustituido al tradicional quiosco de la orquesta. Por uno de los lados de la plaza, paseaba un *pulpito*, un carruaje tirado por caballos, con los cascos repiqueteando suavemente sobre el suelo. Unos indígenas vestidos de blanco pasaron por delante de ambos hombres sin dedicarles ni una mirada.

El doctor suspiró.

–Es una buena ciudad. –Le ofreció tabaco a su amigo.

El teniente se puso el cigarrillo entre los labios. La llama de la cerilla iluminó su rostro delgado y aquilino.

–Aquí no hay crímenes. Somos la ciudad de Centroamérica con menos delincuencia. –Sacudió la cerilla–. La *policia* es poco más que decorativa. Si no tuviera unos ingresos suplementarios por el dinero que invertí en el negocio de tejidos de henequén de mi hermano Juan, casi me moriría de hambre.

El doctor Gutierrez sonrió, esbozando una sonrisa encantadora que dejaba al descubierto unos dientes muy blancos bajo su bien cuidado bigote. Moviendo la barbilla señaló ha-

1. Se ha mantenido la ortografía de los nombres españoles del cuento original; también se conservan los términos en cursiva tal como aparecen en él. *(N. del T.)*

cia un pequeño niño indígena que abrillantaba los zapatos de un turista norteamericano.

–Últimamente vienen cada vez más *norteamericanos*. Es posible que traigan con ellos algunas de sus costumbres. A lo mejor todavía vas a tener que ganarte el salario que cobras.

–Estaré preparado si se da el caso –dijo el teniente Cervera sin ningún énfasis.

Los dos hombres siguieron fumando en silencio.

–Me han contado que dos amigos tuyos *norteamericanos* han muerto hace poco. Fiebre amarilla, ¿no?

El doctor Gutierrez asintió con expresión lúgubre en el rostro.

–Yo no les llamaría amigos. A pesar de todas las advertencias, se empeñaron en hacer la excursión por la jungla hasta las ruinas. Yo mismo hice todo lo posible por quitarles esa idea de la cabeza.

–El Gobierno debería mandar dinero para exterminar los mosquitos de esa zona o, al menos, obligar a Viajes Fernandez a suspender esa excursión –comentó el teniente–. Antes no había fiebre amarilla por allí, pero los malditos mosquitos han llegado con los aviones.

–Si dispusieramos de dosis para las inyecciones contra la fiebre tendríamos mucho ganado. Pero ni un sólo médico de la ciudad las tiene. Sin embargo, han prometido que las enviarían.

El teniente estudió el rostro de su amigo atentamente.

–¿Les advertiste a esos dos que no fueran? ¿Seguro que no les insististe en que hicieran la excursión, verdad? ¿Ni tampoco despreciarías ante ellos los posibles riesgos? Porque me han contado que...

–Ya me imagino lo que te han contado –dijo el doctor tranquilamente–. Así que para que no te dejes confundir por habladurías será mejor que te lo explique todo.

»¿Sabías que me había pasado tres años en Estados Unidos, estudiando en un hospital del Este? Fue entonces cuando conocí a la señora Estelle Martin, la mujer que acaba de morir. En aquella época era la señorita Estelle Wright. ¿La has visto?... Cuando estaba viva, me refiero. ¿Te fijaste en aquel cabello pelirrojo, aquella piel inmaculada, aquellos ojos verdes? Una mujer que haría volver la cabeza a cualquier hombre. He de confesar que me hizo girar la mía.

»Me conoces, soy un hombre sincero, y si te digo que por entonces yo tampoco estaba mal no es por que no sea modesto. Se encaprichó de mí, mira tú, y durante un tiempo me hizo creer que yo, sólo yo, importaba en su vida. Y yo, claro, no deseaba otra cosa que quedarme a ejercer en Estados Unidos para tenerla a ella.

»Por supuesto que había otros enamorados, pero yo no lo sabía. La vieja historia de siempre, ¿verdad? Samuel Martin tenía más dinero que los demás, eso es todo. Se casó con él, un simple acuerdo de negocios. No me había dicho nada antes, y ni siquiera se despidió. Así que recompuse los pedazos que pude recuperar de mi corazón y volví aquí. Y aquí viví, en el olvido, durante cuatro años.

–Entonces –murmuró el teniente Cervera–, aparecieron los Martin y te los encontraste por casualidad.

–No, por casualidad no. Mi hermano pequeño, Rudolfo, es el director del hotel Cervantes, ya lo sabes. Un día, hace un mes, me confesó que sentía una gran pasión por una de sus huéspedes, una mujer divina casada con un marido que era un auténtico patán. Un auténtico patán, sí. Una mujer divina. ¡Puagh!

»Al día siguiente, me presentó a los Martin en el salón del hotel. Oh, Rudolfo sabe ser muy cuidadoso: me los presentó como huéspedes especiales, y de mí dijo que era uno de los mejores doctores de la ciudad. Ella, claro, me reconoció y lo dijo públicamente, y con mucha amabilidad. Su marido, Martin, un tipo tosco, no se dio cuenta de quién tenía delante. Para él, yo no era más que otro nativo a quien tratar con condescendencia.

»Me percaté al momento de que aquella mujer me estaba leyendo los pensamientos: que no me importaba en absoluto lo que su juego le pareciera a su marido, pero que sí me preocupaba, y mucho, lo que pudiera sucederle a Rudolfo. Ya sabes lo apuesto que es mi hermano. Pues es igual de inocente. Ella también se dio cuenta de que yo temía que devorara a mi hermano. Pero no estaba dispuesta a dejar de jugar. Pude ver el desafío, la maldad, en sus ojos.

–El marido tampoco era un buen hombre –dijo el teniente pensativo–. Corren rumores de que había sobornado a uno de nuestros agentes de aduanas para que mirara a otro lado mientras él sacaba del país de contrabando valiosas piezas de arte primitivo.

–Eso no es de mi incumbencia –dijo el doctor Gutierrez–. Hablé con Rudolfo de la mujer, le conté todo lo que sabía de ella, hasta le supliqué. Se rió de mí. Desesperado, fui a la catedral y lo dejé todo en manos del Señor.

»Dos días después, mis oraciones fueron escuchadas, aunque en aquel momento no lo supe. El señor y la señora Martin decidieron hacer la excursión de un día por la jungla a las ruinas en el todoterreno de Fernandez. Me sorprendieron: vinieron a buscarme para que les pusiera inyecciones contra la fiebre amarilla. Habían recurrido antes a otros médicos, en todos los casos infructuosamente. Alguien les dijo que yo les podía ayudar. Y no podía, claro, no tenía nada que darles. Todo lo que pude hacer fue advertirles que no hicieran la excursión.

–Me sorprendes –dijo el teniente Cervera–. Simplemente podías haberte quedado callado, por el bien de tu hermano.

–Soy médico –se limitó a responder el doctor–. En realidad, tengo que darte otra sorpresa: como no disponía de inyecciones contra la fiebre, les sugerí que, si estaban decididos a ir, utilizaran repelente de insectos. Y, de hecho, yo se lo preparé.

–¿Que se lo preparaste? Lo podían haber comprado en una *farmacia*.

–Sí, amigo mío –reconoció el doctor–, como hubieran dicho en su propio país, lo podrían haber comprado en cualquier «drugstore». Pero tienes que recordar que los señores Martin de este mundo, los toscos, patanes señores Martin, no compran «en cualquier "drugstore"» de países como el nuestro. Cuando se lo sugerí, dijo que ni por asomo. En su ignorancia, creía que le venderían citronela o cualquier otro perfume fuerte que a él le parecían vomitivos. No estaba al tanto de que los repelentes más modernos tienen un olor muy suave. Recuerdo perfectamente sus palabras cuando me pidió que se lo preparara yo mismo: «Haga que el de Stell huela sexy, y el mío varonil, *¿comprez?*». «*Comprez*», ¿te das cuenta –musitó el doctor irónicamente– del español que hablaba?

–Un tipo como ése –dijo el teniente–, sin duda preferiría algo preparado especialmente para él. Algo a la medida ¿no lo llaman así? Comprendo que a un hombre honesto le resulte muy difícil no aprovecharse de imbéciles como él.

–Eso fue, casi palabra por palabra, lo que pensé –coincidió el doctor–. Cuando me lo pidió..., bueno, más bien me lo exigió, me recordó la situación apurada que estaba pasando Rudolfo. Al prepararle el repelente, me dije a mí mismo, podía cobrarles más y ganar algún dinero extra. Así de cruda es la vida.

–Nuestro país es muy pobre –suspiró el teniente.

–Tienes toda la razón –dijo el doctor Gutierrez–, ciertamente somos pobres, pero aun así seguimos necesitando gastarnos el dinero para combatir los mosquitos. Porque si no, los que lo tienen no vendrán. Como médico, quiero que desaparezcan los mosquitos, aunque el cielo mandara a uno para salvar a mi hermano.

Volvieron a quedarse en silencio, fumando. Un pequeño niño indígena de grandes ojos se acercó a ellos, chupando una *nieve*, el helado de sabores que se tomaba en los trópicos, en un cucurucho. El helado no estaba bien equilibrado sobre la galleta cónica, se resbaló y se chafó contra el suelo. El niño se quedó mirándolo apesadumbrado durante un instante, luego siguió su camino, mordisqueando el cucurucho.

El doctor Gutierrez miró fijamente el helado que se fundía. El agua empaparía la tierra, filtrándose en ella, y por la mañana los insectos habrían dado cuenta de todo el azúcar que quedara. Por segunda vez en las últimas semanas, aquello le recordó que hay muchas más sustancias y perfumes que atraen a los insectos que las que los repelen.

Unas notas musicales surgieron de la tarima que había en el centro de la plaza. Una suave brisa agitó las buganvillas de las paredes de algunos de los antiguos edificios que les rodeaban.

–Es una buena ciudad –dijo el doctor Gutierrez.

El teniente Cervera asintió con satisfacción.

–Casi no hay crímenes.

Anatomía de una anatomía

DONALD E. WESTLAKE

Fue exactamente un jueves, a las cuatro de la tarde, cuando la señora Aileen Kelly vio el brazo en el incinerador. Se lo contó al detective que acudió tras su frenética llamada.

–Abrí la rampa, metí mi bolsa de basura y, *plop,* cayó encima de la rampa.

–Un brazo –dijo el detective, que se había presentado como Sean Ryan.

La señora Kelly asintió enfáticamente.

–Vi los dedos –dijo–, curvados, como si me estuvieran llamando.

–Entiendo –el detective Ryan apuntó una o dos notas en su bloc–. ¿Y luego qué pasó? –preguntó.

–Bueno, me asusté y di un salto. Cualquiera habría hecho lo mismo al ver algo así. La puerta de la rampa se cerró y cuando la volví a abrir para mirar dentro, el brazo se había caído al incinerador.

–Entiendo –dijo de nuevo Ryan. Se puso de puntillas. Era un hombre pequeño y rechoncho con la cara arrugada y un cabello cano que empezaba a caérsele–. Tal vez deberíamos echar una mirada a ese incinerador.

–Está en el pasillo.

La señora Kelly le guió. Era una mujer baja y fuerte de cincuenta y seis años, viuda desde hacía cinco. Ahora era la dueña de Bertram's, la taberna de su difunto marido, a media manzana de allí, entre la calle 46 y la Novena Avenida. Tras el fallecimiento de Bertram, había contratado a un camarero encargado, y durante los últimos cuatro años había seguido viviendo en su piso de cuatro habitaciones en la calle 46, donde había pasado la mayor parte de su vida de casada con Bertram.

El incinerador estaba al otro lado del pasillo, justo delante de la puerta de la señora Kelly, la cual salió al pasillo y señaló con la mano la puerta interior de la rampa, de medio metro cuadrado.

–Ahí esta –le dijo al detective.

Ryan abrió la rampa y miró dentro.

–Si que está oscuro –comentó.

–Sí, muy oscuro.

–¿Qué altura tiene este edificio, señora Kelly?

–Diez plantas.

–Estamos en la sexta –dijo–, a cuatro del tejado, y el hueco de esta chimenea es la única fuente de luz.

–Bueno –dijo ella, un poco a la defensiva–, también está la luz del pasillo.

–Pero no cuando usted se interpone así. –El detective se inclinó para mirar de nuevo dentro de la puerta de la rampa–. Ahora no veo ninguna de las manchas de los ladrillos –dijo.

–Bueno, sólo estuvo ahí un segundo.

Ryan frunció el ceño y cerró la puerta.

–De modo que sólo vio el brazo durante un segundo –dijo, y estaba claro que dudaba de la historia de la señora Kelly.

–Fue más que suficiente, créame.

–Humm. Si me permite la pregunta: ¿usa gafas?

–Sólo para leer.

–Así que no las llevaba puestas cuando vio ese brazo.

–Lo vi sin ninguna duda, señor detective Ryan –le espetó–, y era un brazo.

–Sí, señora. –Abrió de nuevo la puerta de la rampa y metió el brazo–. El incinerador está encendido, puedo percibir el calor.

–Siempre lo encienden por la tarde, de tres a seis.

Ryan sacó un viejo reloj de bolsillo.

–Las cinco y cuarto –dijo.

–Ha tardado una hora, o más, en venir –le recriminó la señora Kelly. No le caía bien ese detective Ryan, que tan claro dejaba que no creía ni una palabra de lo que le había contado. En primer lugar, a su sombrero le hacía falta un buen repaso.

En segundo, las mangas de su abrigo gris estaban deshilachadas. Y en tercero, llevaba la corbata naranja más horrenda que había visto en su vida.

–A estas alturas el brazo estará convertido en cenizas –dijo pensativamente–, si es que era un brazo.

–Lo era –insistió ella atrevidamente.

–Humm. –El detective tenía la exasperante costumbre de no mostrar su acuerdo ni su desacuerdo, limitándose a decir «humm»–. ¿Volvemos al salón de su casa? –añadió.

Irritada, la señora Kelly regresó a su salón y se sentó en el sofá floreado mientras Ryan se acomodaba en el viejo sillón de Bertram.

–Veamos, señora Kelly –dijo el detective Ryan después de sentarse–. No he puesto en duda su sinceridad ni un instante, créame. Estoy convencido de que usted vio lo que creyó que era un brazo.

–Era un brazo.

–Muy bien –dijo él–, era un brazo. Eso significaría que alguien de los pisos de arriba habría asesinado a una persona, habría troceado el cadáver y se estaría deshaciendo de los fragmentos en el incinerador. ¿Correcto?

–Pues claro. Eso es obviamente lo que está pasando. Y en lugar de hacer algo al respecto, usted está aquí sentado tranquilamente...

–Veamos –dijo él interrumpiéndola sin brusquedad–, me ha contado que se asustó tanto al ver el brazo que se le cayó la bolsa de basura, y tuvo que recogerlo todo. Así que permaneció junto a la puerta del incinerador pongamos un par de minutos más después de haber visto el brazo. Y abrió la puerta otras dos veces. Una para comprobar que el brazo seguía allí, y otra para tirar su propia bolsa de desperdicios.

–¿Y bien? –preguntó.

–¿Vio u oyó caer algún otro fragmento de cuerpo?

Ella frunció el ceño.

–No. Sólo vi el brazo. –Ante la expresión que se dibujó en la cara del policía, añadió–: ¿Es que no es suficiente?

–Me temo que no, señora. ¿Qué tiene pensado hacer nuestro asesino con el resto del cuerpo?

–Bueno, yo no lo sé. Podría..., podría ser que ese brazo fuera la última parte que tirara. Habría tirado el resto antes.

–Sí, podría ser, señora Kelly –dijo el detective–; pero, francamente, me temo que ha sufrido una confusión muy normal. Lo que usted creyó que era un brazo, era en realidad cualquier otra cosa. Tal vez un periódico enrollado.

–Se lo aseguro, ¡vi los dedos!

Ryan suspiró y se puso de pie.

–Le diré lo que vamos a hacer, señora Kelly. Lo que usted nos ha contando no basta para que llevemos a cabo una investigación. Pero si nos llega cualquier información de que haya desaparecido alguien en este edificio, eso corroboraría su historia. Si alguien ha sido asesinado, no pasará mucho tiempo antes de que denuncien su desaparición, y...

–Era una mujer, me fijé en las uñas largas.

Ryan frunció otra vez el ceño.

–¿Así que fue capaz de fijarse en unas uñas largas, en menos de un par de segundos, en el hueco mal iluminado de ese incinerador y sin llevar puestas sus gafas?

–Vi lo que vi –insistió–, y ya le he dicho antes que mis gafas son sólo para leer.

–Bueno –dijo Ryan. Estaba allí de pie, jugueteando con aquel espantoso sombrero arrugado, y a todas luces deseando acabar de una vez y marcharse–. Si tenemos noticias de alguna desaparición... –repitió.

La señora Kelly le miró airadamente cuando salía. El detective no la había creído, pensaba que sólo era una vieja estúpida y miope. Casi podía oírle al llegar a comisaría: «Nada importante, una vieja excéntrica que había olvidado ponerse las gafas».

Cuando se hubo ido, se quedó sola. Y su irritación fue paulatinamente dejando paso a algo muy parecido al miedo. Miró al techo. En algún lugar de las cuatro plantas que tenía por encima, alguien había asesinado a una mujer, y la había troceado, tirando su antebrazo por el hueco del incinerador. La señora Kelly se quedó mirando hacia arriba, pensó en lo cerca que debía de estar aquel terrible asesino y en que no iba a recibir ninguna ayuda de la policía, y se estremeció.

La tarde siguiente, un viernes, de nuevo a eso de las cuatro, la señora Kelly llevó una vez más su bolsa de basura al incinerador. No era una coincidencia. Después de llevar viviendo cinco años sola, había desarrollado costumbres y hábitos de vida que le hacían pasar cómodamente sus días de soledad. Y todas las tardes, sin falta, a eso de las cuatro, tiraba la basura.

Ese viernes por la tarde, sabedora de que el asesino se ocultaba en alguna parte del edificio, se asomó al pasillo antes de dirigirse a toda prisa a la puerta del incinerador. Luego tiró rápidamente la bolsa, pero alguien había echado algo grasiento hacía poco y un trozo de papel se quedó pegado a la rampa. Arrugando la nariz por el asco que le daba, estiró de él y lo soltó.

En ese momento volvió a suceder. Esta vez era la parte superior del brazo, del codo al hombro, y no se quedó enganchado en el sexto piso, pasó volando hacia abajo, con el codo por delante, y dejó a la señora Kelly petrificada ante las paredes de ladrillos blanquecinos del hueco.

Ya estaba de vuelta en su salón, tras cerrar la puerta y echar la cadena, pero todavía no había tenido tiempo de pensar en lo que acababa de ver. Y cuando se recuperó lo bastante, decidió llamar inmediatamente al listillo del detective Sean Ryan porque ya sabía la razón de que el día anterior sólo hubiera visto el antebrazo.

Claro. El asesino temía deshacerse del cuerpo entero a la vez. Tardaría media hora, o puede que más, y era probable que algún vecino de los pisos de abajo pudiera ver algo durante todo ese tiempo. Además, podría temer que un cuerpo entero no ardiera por completo en un solo día.

Por eso sólo tiraba un trozo, cada tarde a las cuatro. En ese momento el incinerador ya llevaba una hora encendido, así que estaría bien caliente. Y todavía quedaban dos horas hasta que lo apagaran.

Ajá, detective Ryan, pensó y se encaminó hacia el teléfono. Pero se detuvo cuando tenía la mano a un centímetro del aparato, imaginándose con detalle cuál sería la respuesta del policía: «¿Más brazos, señora Kelly? ¿Y que éste no se paró, que pasó como un rayo a su lado? ¿Sabe a qué velocidad caería un brazo, señora Kelly?».

No. La señora Kelly no estaba dispuesta a soportar otra humillante entrevista como la de la tarde anterior.

Pero ¿qué podía hacer? Se había cometido un asesinato, y, si no podía recurrir a la policía, ¿qué opción le quedaba?

Se quejó y bufó, medio temerosa, medio enfadada y luego recordó algo que le había dicho el detective Ryan el día anterior. Corroborarlo, eso había dicho. Probar que se había producido un asesinato; probar que alguien del edificio había desaparecido.

Muy bien, pues se lo corroboraría. Y entonces tendría que tragarse aquellos comentarios de sabelotodo. Desde luego, en primer lugar el de la velocidad a la que caía un brazo.

Todo lo que tenía que hacer era encontrar las pruebas.

Había transcurrido casi una semana, y ni una sola prueba. Cada tarde a las cuatro, la señora Kelly se colocaba junto al incinerador y, con creciente frustración, contemplaba cómo caía otro fragmento. El sabado, el antebrazo izquierdo; el domingo, la parte superior del mismo; el lunes, el pie derecho, de la rodilla a los dedos; el martes, la pierna derecha, de la cadera a la rodilla; la parte inferior del torso el miércoles. El pie izquierdo, hasta la rodilla, el jueves.

La señora Kelly sabía que sólo le quedaban tres días: la parte superior del torso, la pierna izquierda y la cabeza.

Por primera vez en su vida, a la señora Kelly le disgustó la intimidad automática que formaba parte consustancial de la vida en un piso de Nueva York. Llevaba veintisiete años viviendo en ese edificio y no conocía ni a un alma, con la excepción del supervisor que vivía en el primer piso. Pero los vecinos de los pisos de la sexta planta y de las cuatro superiores eran unos completos extraños para ella. Podía vigilar eternamente la puerta de entrada y jamás averiguaría quién faltaba.

El martes (pierna derecha) se le ocurrió vigilar los buzones. Pensó que el asesino, quienquiera que fuese, permanecería en su apartamento todo el tiempo que le fuera posible hasta que se hubiera deshecho del cuerpo por completo. Existía la posibilidad de que ni siquiera saliera a recoger su correo. Si descubría un buzón repleto, podía haber dado con la pista que necesitaba.

No había ninguno lleno.

El miércoles (parte inferior del torso) se le ocurrió volver a los buzones, esta vez para apuntar los nombres de los vecinos a partir del séptimo piso. Aquella tarde, con la lista en la mano, vio caer el siguiente trozo de cuerpo, y regresó muy irritada a su piso.

Todo era culpa del detective Sean Ryan, aquel hombre tan mal vestido. Debía de ser viudo o soltero. Ninguna mujer habría permitido que su marido saliera de casa con la ropa tan arrugada como la suya. Y mucho menos con una corbata tan espantosa como aquella telucha ancha y naranja que el detective llevaba colgada al cuello.

Pero no es que aquello le importara mucho. La señora Kelly ya había tenido problemas para llenar una vida entera con Bertram, descanse en paz. Cuidar a un hombre requería el trabajo de una vida, y una mujer tendría que ser muy estúpida para querer hacer esa faena con dos hombres, uno detrás de otro. Y la señora Aileen Kelly no era ninguna estúpida.

Aunque la verdad es que estaba empezando a sentirse como tal, a medida que, día tras día, iban cayendo por el hueco del incinerador los trozos de aquella pobre mujer asesinada. Y ella seguía sin encontrar el menor indicio de prueba.

El jueves consideró la posibilidad de esconderse en un pasillo desde donde pudiera ver la puerta del incinerador. Según la manera en que iban cayendo los trozos, todavía quedaban cuatro. Si se pasaba cada tarde en un pasillo de cada piso, más tarde o más temprano cogería al asesino con las manos en la masa.

Pero ¿cómo esconderse en los pasillos? Eran un espacio desnudo y vacío sin un solo lugar dónde poder ocultarse.

Salvo, quizás, el ascensor.

Claro, claro, el ascensor. Salió corriendo de su apartamento, se metió en el ascensor y miró a través de la ventanilla circular de la puerta. Si apretaba la cara contra el metal y miraba a la izquierda todo lo que le era posible, podía vislumbrar con alguna dificultad la puerta del incinerador. Funcionaría.

En consecuencia, se subió al ascensor a las cuatro menos cinco y apretó el botón del séptimo piso. El ascensor subió una planta y se paró. La señora Kelly se colocó en posición, mirando hacia la puerta del incinerador, y así estuvo tres minutos.

Entonces el ascensor dio una sacudida, haciendo que la señora Kelly se diera un buen golpe en la nariz, y empezó a descender emitiendo un zumbido. Se detuvo en el cuarto. Alguien lo había llamado.

Furiosa, le dedicó una mirada iracunda al hombre envuelto en un abrigo que se subió en el cuarto y pulsó el botón del primero.

Al llegar, el hombre abrigado salió del edificio, mientras la señora Kelly corría a la puerta del incinerador, la abría, abría la rampa y veía caer el pie izquierdo, que fue a parar en medio de las llamas de abajo.

Bueno, ya tanto daba. Sólo quedaban tres días y cuatro pisos que vigilar. Si no descubría quién era el asesino antes del domingo, éste se habría deshecho del cuerpo entero, y entonces ya no quedaría ninguna prueba. La señora Kelly volvió a toda prisa al ascensor, repitiéndose: «Tres días y cuatro pisos. Tres días y cuatro pisos».

Y el tejado.

Se paró en seco. El tejado. La punta del hueco del incinerador estaba allí, cubierto sólo por una reja de alambre. No debía de ser muy difícil doblar esa reja y tirar cualquier cosa por el hueco.

Lo que implicaba que no tenía por qué ser nadie que viviera en aquel edificio. Podía ser cualquiera de la manzana, que saltara por los tejados para desembarazarse de la prueba tan lejos de su casa como le fuera posible.

Bueno, aquello sí que había un modo de comprobarlo. Había estado nevando todo el día anterior y también por la noche, pero no hoy. El tejado plano estaría cubierto de una hermosa capa de nieve. Si alguien se había acercado al hueco del incinerador habría dejado huellas.

Entró en el ascensor, apretó el botón del décimo piso y esperó con impaciencia a que el aparato llegara a lo alto del edificio. Allí subió el tramo de escaleras hasta la puerta que daba al tejado, desató el cable que estaba envuelto en la cerradura, y salió.

Lo había hecho todo con demasiada prisa como para detenerse y vestirse adecuadamente para salir al exterior. En el tejado hacía frío y viento, y la nieve le llegaba a los tobillos. La señora Kelly se subió el cuello de la bata y se apretó las solapas contra la garganta. Las chancletas que llevaba en los pies no eran precisamente una buena protección contra la nieve.

Se dirigió a toda prisa hacia la derecha, hacia la chimenea del incinerador, dio una vuelta a su alrededor y no encontró más huellas que las suyas propias.

Así que había perdido el tiempo, se había quedado medio congelada y había destrozado sus chancletas..., todo para nada.

No, después de todo, no había sido inútil su esfuerzo. Ahora sabía con seguridad que el asesino se encontraba en alguna parte del edificio.

El viernes por la mañana, la señora Kelly se despertó con la cabeza cargada por un incipiente constipado y también con una irritación creciente. Estaba furiosa con el detective Ryan porque la había obligado a hacer su trabajo por él. Estaba enfurecida contra la terrible bestia que vivía encima suyo, que había sido quien había empezado todo aquello. Y también estaba exasperada consigo misma, por haber fracasado completamente.

Se pasó el día bebiendo té generosamente regado con zumo de limón; a las cuatro se acercó cojeando al incinerador, sólo para ver cómo caía a toda velocidad la parte superior del torso. Luego, sintiéndose miserable y pesada por el constipado, volvió a acostarse.

El sábado su resfriado no había mejorado nada, pero su irritación había empeorado considerablemente. Se sentó y miró su lista con dieciséis nombres, pensando desesperadamente de qué modo podía averiguar cuál de ellos era el asesino.

Por supuesto, sencillamente podía llamar al detective Ryan y hacer que viniera a las cuatro en punto para que viera el fragmento de cadáver cayendo por el hueco del incinerador. Podía hacerlo, claro, pero no lo haría. Sólo llamaría al detective cuando ella hubiera descubierto al asesino.

Además, probablemente ni siquiera vendría.

Así que miró fijamente la lista de nombres. Se le ocurrió un disparate. Podía buscar los números de teléfono de toda aquella gente y llamarles diciendo: «Discúlpeme, ¿ha estado usted tirando un cuerpo a trozos por el incinerador?».

Pensándolo bien, ¿por qué no? Era el cuerpo de una mujer, lo que seguramente querría decir que era la esposa de alguien. Y el marido, el asesino. Casi todos los vecinos del edificio eran gente de mediana edad o mayores, parejas cuyos hijos ya habían crecido y se habían ido a vivir su vida hacía años. Por lo que ella sabía, no había ninguna familia numerosa.

Tenía que ser un apartamento en el que sólo vivieran dos personas. El asesino no podría esconder un cadáver si hubiera otra persona viviendo en el mismo piso.

Así que, al fin y al cabo, el teléfono podría resultar útil. Podía llamar a todos los apartamentos. Si respondía una mujer, diría que se había equivocado de número; si respondía un hombre, le preguntaría por su esposa. El apartamento en que no hubiera ninguna mujer sería el sospechoso más lógico.

Por fin con un plan bien definido, se olvidó de su nariz cargada y se sentó junto al teléfono a buscar los números de sus dieciséis sospechosos y empezar a llamar.

Dos de los dieciséis de la lista no tenían número de teléfono. Bueno, si ninguno de los otros catorce le daba ninguna pista tendría que volver a pensar en esos dos. Y de repente se sintió segura de que, llegado el caso, se le ocurriría algo, sin ningún problema. Inesperadamente se sentía exultante y confiada.

Empezó a llamar poco después de las cinco. Respondieron ocho de los catorce, cinco voces de mujer y tres de hombre. La señora Kelly se disculpó con las mujeres por haberse equivocado de número, y a cada hombre que respondió le hizo la misma pregunta:

–¿Está la señora en casa?

En dos ocasiones, le respondieron:

–Un momento.

Y la señora Kelly tuvo que disculparse con las mujeres que se pusieron al aparato.

La tercera, la voz masculina dijo:

–Ha salido a comprar. Si quiere puedo darle su recado.

–No, volveré a llamar –respondió ella rápidamente–. ¿Sabe a qué hora volverá?

–Dentro de quince o veinte minutos seguramente –dijo el hombre.

Esperó una hora antes de volver a llamar a ese teléfono, y estaba tan nerviosa que empezó marcando un número equivocado. Aquello podía ser el fin de su investigación. Porque si la esposa todavía no estaba en casa...

Pues sí estaba. La señora Kelly, desanimada, recitó por octava vez sus disculpas por haberse equivocado de número y tachó el octavo nombre de su lista.

Volvió a llamar a los cinco teléfonos que le quedaban poco después de las diez de la noche, pero ninguno de ellos respondió. Decidió volver a intentarlo por la mañana. Puso el despertador para las ocho y se acostó. Durmió mal, soñando con cuerpos que caían desde una negrura infinita.

La parte superior del torso había caído el viernes.

El resfriado de la señora Kelly empeoró el sábado. Hizo un esfuerzo para hacer las llamadas a eso del mediodía, y pudo reducir el número de sospechosos de cinco a tres, luego abandonó y volvió a meterse en la cama; sólo se levantó a las cuatro para ver cómo caía en picado la pierna izquierda.

Sólo faltaba la cabeza.

El domingo, el resfriado había desaparecido; no tenía ni una décima de fiebre. La señora Kelly se levantó temprano, fue a misa de ocho, y regresó a casa a toda prisa bajo el frío de enero y por las calles resbaladizas para desayunar y hacer más llamadas.

Le quedaban tres números por probar. En uno de ellos le contestó un hombre contrariado que dijo que su mujer estaba durmiendo todavía, pero los otros dos seguían sin responder. Volvió a llamar a las once y esta vez el contrariado marido le pasó a su mujer. Quedaban dos.

La segunda llamada la respondió una voz masculina.

–Buenos días, ¿está la señora en casa? –preguntó.

–¿De parte de quién? –le espetó el hombre, con una voz suspicaz y ronca, y la señora Kelly sintió en el pecho palpitaciones de esperanza.

–Soy Annie Tyrrell –dijo, soltando el primer nombre que se le pasó por la cabeza, que resultó ser el nombre de soltera de su madre.

–Mi esposa no está –dijo el hombre. Hubo un pausa y luego añadió–: Está fuera de la ciudad. Visitando a su madre, en Nebraska.

–Oh, vaya por Dios –dijo la señora Kelly, esperando que su interpretación estuviera resultando verosímil–. ¿Y cuándo se fue?

–El miércoles de la semana pasada –dijo el hombre–. No volverá hasta dentro de uno o dos meses.

–¿Puede darme su dirección en Nebraska? –le preguntó–. Así podría enviarle una nota –le explicó.

El hombre vaciló.

–No la tengo a mano –respondió por fin. Luego, inesperadamente, preguntó–: ¿Cómo me dijo que se llamaba?

Durante un segundo frenético, la señora Kelly no pudo recordar el nombre que le había dado, pero al momento le vino a la memoria:

–Annie Tyrrell.

–Me parece que no la conozco –dijo el hombre con tono suspicaz–. ¿De dónde conoce a mi esposa?

–Oh, nosotras..., esto..., nos conocimos en el supermercado.

–No me diga –la voz sonó más suspicaz que nunca–. Le diré lo que haremos: déme su número de teléfono. En este momento no tengo la dirección de mi mujer a mano, pero en cuanto la encuentre la llamo.

–Bueno, esto... –la señora Kelly pensaba frenéticamente. No sabía qué hacer. Si le daba su propio número, podría comprobarlo y averiguar quién era en realidad. Pero si le daba otro cualquiera, podía llamar y descubrir que no existía ninguna Annie Tyrrell, y entonces sabría con seguridad que alguien sospechaba de él.

El hombre interrumpió sus pensamientos diciendo:

–Oiga, en cualquier caso, ¿quién es usted? ¿Sabe cuál es el nombre de pila de mi mujer?

–¿Cómo?

–Le he preguntado el nombre de pila de mi mujer –repitió.

–Vaya –dijo riéndose de una manera forzada que sonó tan falsa que hasta a ella misma se lo pareció–, ¿y para qué me lo pregunta? ¿Es que no lo sabe?

–Yo, sí –dijo–, pero ¿y usted?

Sintiéndose súbitamente aterrorizada, la señora Kelly colgó sin decir una palabra más y se quedó mirando fijamente al teléfono. ¡Había sido él! El sonido de su voz, la suspicacia con la que se había comportado... ¡Había sido él! Buscó su nombre en la lista: Andrew Shaw, 8B, dos pisos más arriba, justo sobre su propio apartamento.

Andrew Shaw. Él era el asesino, y ahora sabía que alguien sospechaba de él. No tardaría mucho en imaginarse que la llamada la había realizado alguien del mismo edificio, alguien que habría visto las pruebas en el hueco del incinerador.

Ya la estaría buscando, y no sabía cuánto tardaría en encontrarla. Él podría ser mucho más ingenioso que ella, seguramente no tardaría una semana en encontrar y silenciar a la persona que le estaba amenazando.

El orgullo era el orgullo, de acuerdo, pero otra cosa muy distinta era ser estúpida. Había llegado el momento de llamar al detective Ryan. Ahora ya tenía el nombre del asesino, que todavía no se había deshecho de la cabeza de la asesinada. Era el momento de que se hiciera cargo el detective Sean Ryan.

Dominada por el miedo, la señora Kelly buscó con torpeza en el listín telefónico hasta que encontró el número de la comisaría, y ya casi lo había marcado entero cuando se dio cuenta de que era domingo. Claro que algunos policías trabajaban los domingos, aunque no necesariamente Sean Ryan. Bueno, si él no estaba de servicio, otro agente tendría que encargarse. Aunque, la verdad, tenía la esperanza de que fuese él. Sólo por verle la expresión de la cara cuando se diera cuenta de que ella había tenido razón desde el principio, faltaría más.

–Comisaría Dieciséis –dijo una voz cansina.

–Quería hablar con el detective Ryan, por favor –dijo ella–, el detective Sean Ryan.

–Un momento, por favor –dijo la voz. La señora Kelly esperó durante un instante que se le hizo interminable, y luego se puso de nuevo la misma voz–: Ha ido a la misa de once, señora. Estará de vuelta dentro de una hora. ¿Quiere dejarle algún recado?

Sabía que debía pedir que le enviaran otro policía, que no había tiempo para demoras, pero se encontró diciendo:

–¿Sería tan amable de decirle que llame a la señora Kelly, por favor? Mi número es el CIrcle 5-9970.

Después de deletrearle su nombre, añadió:

–¿Le dirá que es muy importante, que me llame enseguida, en cuanto llegue?

–Sí, señora.

–Muchas gracias.

Desde ese instante no tenía otra cosa que hacer más que esperar. Y mirar al techo.

No llamó hasta las dos y media y, para entonces, la señora Kelly estaba frenética. En primer lugar, temía que su llamada al señor Andrew Shaw le hubiera preocupado lo suficiente como para no mantener su horario habitual. Podría haber decidido desembarazarse de la cabeza a las tres, cuando encendían el incinerador, y, en ese caso, no quedaría ninguna prueba. En segundo lugar, temía que Shaw la encontrara inmediatamente, que en cualquier momento llamara a su puerta.

Estuvo a punto de volver a llamar a la policía casi media docena de veces, pero cada una de ellas se contuvo, diciéndose que el detective la llamaría enseguida. Y cuando finalmente lo hizo, a las dos y media, recibió de buenas a primeras una bronca.

–Se suponía que debía llamarme en cuanto regresara a la comisaría –le dijo–, justo después de misa.

–Señora Kelly, soy un hombre muy ocupado –le respondió a la defensiva–. Acabo de llegar ahora mismo. Y todavía tengo muchas llamadas que hacer.

–Bueno, pues venga pitando para aquí inmediatamente, señor detective Ryan –le espetó–. He descubierto al asesino para usted, pero con tantos titubeos por su parte, es probable que aún pueda salir impune de ésta. Encienden el incinerador a las tres.

–El asunto tiene que ver otra vez con lo del brazo, ¿verdad?

–Esta vez tiene que ver con el cuerpo entero –le informó–. Del que ya sólo queda la cabeza. Y ahora venga para aquí antes de que ni siquiera eso quede.

Ella le oyó suspirar.

–Muy bien, señora Kelly. Ahora mismo voy –dijo por fin.

Eran las tres menos veinte. En veinte minutos el incinerador estaría en marcha. A esas alturas, estaba convencida de que el asesino habría cambiado su horario, de que se desharía de la cabeza en cuanto pudiera. En veinte minutos.

Menos cuarto. Menos diez. Menos cinco. Y el detective Ryan todavía no había llegado aunque la comisaría estaba sólo a una manzana y media, en la calle 47.

A las tres menos dos minutos no pudo aguantar más. Clavó el ojo en la mirilla de la puerta, revisó el pasillo y vio que no había nadie. Cuidadosa y silenciosamente abrió la puerta y se acercó con sigilo a la puerta del incinerador. La abrió y se quedó mirando dentro, a las paredes de ladrillos grises del hueco, esperando ver caer en cualquier momento la cabeza.

Y Ryan seguía sin aparecer.

A las tres en punto, oyó un ruido sordo proviniente de los pisos de arriba, y supo que se trataba de la cabeza. Sin pararse a pensarlo, metió el brazo en el hueco en una frenética tentativa de cogerla al vuelo y salvarla como prueba. Con el brazo extendido de aquel modo, no podía ver nada dentro del hueco, pero sintió la cabeza cuando cayó sobre su muñeca un segundo después. Estaba helada, de modo que la debía de haber estado guardando en un refrigerador casero todo aquel tiempo. Se quedó enganchada entre su muñeca y la pared del incinerador.

También estaba pegajosa, y la imaginación de la señora Kelly le proporcionó al instante una vívida imagen de lo que estaba tocando. Chilló, apartó el brazo y la cabeza cayó rebotando por el hueco hacia el fuego que ardía mucho más abajo.

En aquel instante, se abrió la puerta del ascensor y apareció el detective Ryan.

Ella le miró fijamente con rabia, muda durante un segundo, y luego agitó su puño con ira.

–Ahora llega, ¿eh? Ahora, que es demasiado tarde y la cabeza de la pobre mujer se ha quemado como una patata frita; ahora que ese Andrew Shaw está libre como un pájaro, ¡ahora llega!

Él la miraba desconcertado, y ella seguía agitando el puño en sus narices.

–La última prueba –gritó–, perdida, churruscada, todo por su...

Entonces reparó por primera vez en el puño que agitaba. Estaba rojo, tenía unas líneas rojas y, mientras las miraba, aquellas líneas frías empezaron a extenderse por su brazo. Supo que era la sangre de la pobre mujer.

–¡Aquí tiene su prueba! –gritó extendiendo la mano hacia el detective, y se desmayó.

Cuando se despertó, en el sofá de su salón, el detective Ryan estaba incómodamente sentado en una silla de la cocina a su lado.

–¿Se encuentra bien? –le preguntó.

–¿Le han cogido? –le respondió.

Él asintió. Una mujer, a la que la señora Kelly reconoció como su vecina de enfrente, aunque no sabía cómo se llamaba, vino de la cocina y le dio una taza de té humeante.

Se sentó, todavía estremeciéndose, y se dio cuenta de que alguien le había lavado la mano mientras había estado desmayada. Lo agradeció.

–Le cogimos –dijo el detective Ryan–. Acababan de encender el incinerador y pudimos apagarlo a tiempo, así que la prueba no se destruyó. Le atrapamos cuando salía del ascensor, con las maletas. Y habló.

–Vaya, perfecto –dijo la señora Kelly, y bebió con aire triunfal el té.

–Bueno –dijo Ryan cambiando de tono–, y ahora me temo que tengo que ajustarle las cuentas, señora Kelly.

Ella frunció el ceño.

–¿Ah sí? ¿Ahora?

–Durante toda la semana ha estado viendo cómo se deshacían de los fragmentos de un cadáver, y ni una sola vez ha llamado a la policía.

–Sí llamé a la policía –le recordó–, y un detective sabelotodo llamado Ryan vino y se negó a creerme. Me llamó vieja estúpida.

–¡Jamás la llamé así! –se quejó él, asombrado e irritado.

–Casi casi, y para el caso es lo mismo.

–Tenía que haber llamado de nuevo –insistió él–, en cuanto descubrió su horario.

–¿Por qué iba a hacerlo? –le preguntó–; le llamé una vez y usted se rió de mí. Y cuando le vuelvo a llamar usted remolonea y llega tarde.

Él sacudió la cabeza.

–Es usted una mujer muy temeraria, señora Kelly –le dijo–, tiene demasiado orgullo.

–Resolví el caso para usted –le dijo.

–Corrió riesgos totalmente innecesarios –le replicó él con tono severo.

–Si me va a soltar un sermón, será mejor que se siente en una silla más cómoda.

–Me parece que no se da cuenta... –empezó a decirle, pero volvió a sacudir la cabeza–. Necesita a alguien que cuide de usted. –Y entonces inició su sermón.

La señora Kelly permaneció sentada, sin escucharle, asintiendo de cuando en cuando. Se fijó que el detective volvía a llevar aquella espantosa corbata naranja. Dentro de un momento, cuando hubiera acabado de sermonearla y ella se sintiera algo mejor, iría a su dormitorio. Todavía conservaba casi toda la ropa de Bertram, corbatas incluidas. Seguro que habría alguna que hiciera juego con el traje marrón de Ryan.

La corbata naranja iba a ir directamente al incinerador, sin tardanza.

Mátame dos veces

LAWRENCE TREAT

Burke, el ayudante del fiscal del distrito, tenía un homicidio grabado en una cinta, de principio a fin, y tres testigos oculares. Habían visto cómo Lucy Prior se acercaba al cajón de la mesa, sacaba una pistola y disparaba a su marido en el corazón. Dos veces. Luego se había enderezado con una expresión horrorizada en el rostro y había dicho:

–Dios mío, está muerto.

¿Perfecto? Tal vez a primera vista, pero en realidad Burke no tenía nada. Ni siquiera había crimen hasta que pudiera probar la intencionalidad.

Era un buen tipo, joven pero testarudo, y tenía la idea fija de que, de algún modo, la cinta ocultaba la respuesta que buscaba. En la intimidad de su despacho encendió el magnetófono y escuchó las grabaciones una y otra vez, con la esperanza de descubrir algo nuevo. Algo más que la serie de preguntas y las respuestas de la voz lánguida y lenta de Lucy, con la única interferencia de un lejano zumbido, provocado seguramente por un avión que sobrevolaba la ciudad, de alguna tos ocasional de Will Prior y de un sonido borroso.

Los Thompson, que habían estado presentes cuando se hicieron las grabaciones, proporcionaron un resumen claro y sucinto de los antecedentes.

–El doctor Farham y los Prior estaban en nuestra casa una noche hace unos meses –explicaron–. Estábamos hablando de Bridey Murphy, y el doctor Farham, que es dentista, nos contó que utilizaba con frecuencia sugestión posthipnótica con sus pacientes, para evitar el dolor. Dijo que resultaba muy eficaz y que él había adquirido mucha experiencia. Cuando le pedimos una demostración, hipnotizó a Lucy. Se sorprendió de lo sugestionable que era y la hizo retroceder, me parece que ésa es la palabra correcta, a su infancia y niñez, y, más tarde, a una existencia anterior.

»Resulta fascinante que alguna gente pueda recordar los sucesos de una encarnación anterior, y Lucy Prior es uno de esos afortunados. Había vivido en Filadelfia a mediados del siglo pasado, y se llamaba Dora Evans. Nos reuníamos una vez por semana en casa de los Prior. El doctor Farham ponía a Lucy en trance y ella hablaba de su vida cuando era Dora Evans, pero siempre se interrumpía en una mañana concreta de junio. Nos preguntábamos por qué nunca iba más allá, y decidimos que teníamos que averiguarlo.

–¿Contrastaron alguna vez lo que decía? –preguntó Burke.

–No, pero guardamos las grabaciones completas, usted las tiene todas.

Pero Burke no creía en la reencarnación.

–Bobadas –le decía a todo el mundo–. Disparates. Fue un asesinato a sangre fría, con la hipnosis como coartada.

Podía visualizar cada detalle de aquellas reuniones en el salón de la casa de Will y Lucy Prior. Era una sala lujosa. Will Prior podía permitírsela. Sentaba su voluminoso cuerpo, llenando un enorme sillón tapizado, colocado junto a una mesa de biblioteca maciza. Bebía grandes cantidades de scotch y fumaba un pitillo tras otro; una neblina azul debía de envolver el bulbo rollizo de su cara.

El magnetófono estaba sobre un estante antiguo, cerca de Lucy. Ella se recostaba en el sofá azul, y el doctor Farham, medio metro detrás, la estimulaba con continuas preguntas.

Burke imaginaba que ella tendría aquella mirada perdida en los ojos, y su boca suave y fláccida debía de haberse relajado en las comisuras como si les estuviera suplicando a los demás que pararan, que la dejaran tranquila, que no la siguieran sonsacando. Tal vez ésa era la razón por la que el doctor Farham siempre se situaba a sus espaldas, donde era inmune al maravilloso espectáculo de la angustia de la joven.

Las grabaciones siempre empezaban cuando Lucy Prior, ya en un profundo estado hipnótico, era retrotraída al pasado, hasta que su mente daba un gran salto a la década de 1850. Luego, ya como Dora Evans, hablaba sin orden ni concierto del presidente Pierce, de la esclavitud, del viaje que había hecho a Nueva York en un paquebote y de los vestidos que había traído a casa. Pero cada vez que Burke ponía en marcha la última cinta, se tensaba y le dominaba una sensación hormigueante y extraña cuando Lucy –o Dora Evans– empezaba a hablar de los sucesos de aquella mañana de junio.

–La última vez nos contabas –decía el doctor Farham en un tono suave y persuasivo– que estabas sentada en el emparrado de rosas de tu jardín, en el verano de 1853. ¿Qué sucedió luego?

–Él estaba embriagado –dijo Lucy. En ese momento, su voz perdía la languidez y adquiría un matiz atormentado.

–¿Quién estaba embriagado?

–Hans, el jardinero. Le llamábamos el hombre tulipán. Era holandés y cultivaba los tulipanes más hermosos. Holanda es famosa por esas flores.

–¿Estaba trabajando Hans en el jardín?

–No, ese día no trabajaba, y Charles había tenido unas palabras con él.

–Charles ¿es tu marido?

–Por supuesto.

Burke se preguntaba cómo había reaccionado Will Prior al oír hablar a su esposa de otro hombre como si fuera su marido legítimo. Pero el tiempo que le quedaba a Will para reaccionar se iba acabando. Dos minutos, un minuto...

–¿Por qué nos hablas una y otra vez del jardinero?

–¡Por favor, por favor! No quiero volver sobre ello de nuevo. He sufrido demasiado.

–¿Sufrido?

–Por lo que hice. Pero no tengo que hablar de ello, y no lo haré.

Hubo una breve pausa antes de que el doctor volviera a hablar para pronunciar las palabras fatales. Las profirió con suavidad, casi distraídamente:

–Si no quieres hablar de ello –dijo–, muéstranoslo.

La cinta zumbó y chasqueó durante los pocos segundos que le quedaban de vida a Will Prior. Burke sabía que Lucy se había levantado del sofá de un salto y había caminado lentamente hacia su marido. Se inclinó como si fuera a besarle. Él le dijo algo, unas palabras borrosas que siempre hacían que Burke se echara hacia delante para escuchar con toda su atención. Pero las palabras no eran más que un murmullo confuso. Sólo un susurro, seguido por el sonido del cajón al abrirse; luego se oía en la cinta un ruido brusco, y los dos disparos. La señora Thompson gritó, se oyeron pasos y, en la confusión, alguien enganchó con el pie el cable del magnetófono y lo desconectó.

Fin.

Lucy Prior estaba detenida, y Burke era el encargado de preparar el caso y demostrar que había pretendido matar a su marido.

Burke estaba enfrascado en cómo conseguirlo cuando se llevó la gran sorpresa: la policía investigó en archivos y periódicos y descubrió que, en efecto, una tal Dora Evans había vivido en Filadelfia en 1853. Y que una mañana de junio había matado a tiros a su marido.

Aún más, le había metido dos balas en el corazón, y fue juzgada por asesinato y condenada. Murió en prisión un año más tarde.

Sin embargo, Burke tenía su propia teoría y se aferraba obstinadamente a ella, con la desesperación de quien no tiene otra opción a mano.

–El doctor Farham era amante de Lucy –argumentaba–, y ambos planearon asesinar a Prior porque querían casarse y necesitaban su dinero. Así de fácil.

El interrogatorio de Lucy Prior no le sirvió de nada. Los ojos azules y oscuros de la joven rebosaban dolor, y los labios rojos y sensibles le temblaban.

–Nunca he oído hablar de Dora Evans –dijo–, ni he leído nada sobre ella. Difícilmente podría haberlo hecho porque casi nunca leo libros.

–Muy bien –replicó Burke–, ahora dígame cuándo empezó a salir con el doctor Farham.

–¿Con el doctor Farham? –repitió echándose hacia atrás–. ¿Cómo se le ha ocurrido tal cosa? Estaba casada. Amaba a mi marido.

–¿Por eso le mató?

–Por favor –le suplicó con suavidad–, por favor, no vuelva a decirlo.

–¿Qué le dijo su marido cuando usted se inclinó sobre él justo antes de dispararle?

–No lo sé –sollozó ella–. ¡Oh, si no me hubiera dormido! Es como una horrible pesadilla. Todo lo que sé es que me desperté y él había sido asesinado... ¡por mí! –Empezó a llorar.

Burke, junto con el teniente Drobney, de la comisaría que se ocupaba del caso, asistieron a una reunión policial de alto nivel. El comisario resumió brevemente los propósitos de la investigación.

–Tenemos que demostrar el móvil y la intencionalidad –dijo–, lo que significa que hay que echar por tierra toda esa historia de la reencarnación. Porque, con que sólo uno de los jurados crea que la reencarnación es posible, no conseguiremos el veredicto de culpabilidad.

Burke escuchó la discusión que siguió, y luego una serie de grabaciones que el laboratorio había copiado del fragmento con el sonido borroso. Eran grabaciones amplificadas en las que se habían variado, modificado, sombreado y comprimido las frecuencias. Pero para los presentes en el despacho del comisario, el resultado era siempre el mismo: la voz de Prior seguía resultando incomprensible.

Tras la reunión, Burke y Drobney se sentaron ante una taza de café en un restaurante cercano.

–Tanto jefazo junto –dijo Drobney– y ¿qué sugieren? Nada.

–La clave –dijo Burke– es el asunto entre la señora Prior y Farham.

–Hemos estado apretándoles a los dos, día y noche, relevándonos –dijo Drobney–, y hasta ahora no hay bacalao que cortar. Si estaban enrollados, desde luego lo llevaron con mucha reserva.

–Claro que lo estaban –dijo Burke–, han cometido el homicidio más astuto del que tengo noticia, así que no esperes que vayan a meter la pata descubriendo el móvil.

Drobney sopló formando un remolino de aire que levantó dos servilletas de papel haciéndolas volar a un par de metros, hasta que cayeron flotando al suelo.

–Tengo la sensación de que tú y yo vamos a ser las cabezas de turco de este embrollo –dijo–. Los peces gordos se han quitado de encima el asunto; nos lo han endilgado a nosotros lavándose las manos. –A regañadientes, como si se estuviera separando de una gran fortuna, dejó un cuarto de dólar junto a su plato–. Nos veremos –dijo, y se fue.

Con tenacidad, Burke volvió a trabajar sobre la hipnosis. Una serie de expertos pasó por su despacho, y todos coincidieron unánimemente en que podía fingirse el trance hipnótico, y en que no había ninguna manera de probar nada, ni cuándo era simulado ni cuándo era real.

La reacción de Burke fue hacer llamar al doctor Miles Farham y tantearle de nuevo. Farham, alto, bien parecido y dueño de sí mismo, era tan frío y suave como un martini.

–Usted le hizo muchas preguntas a la señora Prior basadas en la creencia en la reencarnación, ¿no es así? –dijo Burke.

–Mis opiniones personales sobre el tema no vienen a cuento –respondió Farham– y, en todo caso, usted ya tiene la grabación.

–¿Por qué la incitó tanto? ¿Por qué le dijo que hiciera aquello de lo que no quería hablar?

El doctor Farham pareció reflexionar sobre la pregunta desde la lejanía.

–Por curiosidad intelectual –respondió pensativamente–, una necesidad compulsiva de explorar los misterios de la mente humana.

–¿Con qué frecuencia la visitó como médico? –preguntó Burke.

–Tres, cuatro veces quizás. Tendría que consultar mis archivos.

–¿Con qué frecuencia la vio por asuntos más personales?

–Nunca –respondió Farham sonriendo pacientemente–. Ya veo dónde quiere ir a parar. Déjeme decirle que no estoy enamorado de ella, pero la tragedia nos ha aproximado. La compadezco. Siento una compasión sincera y profunda, y un deseo de compensarla por el sufrimiento que le he provocado involuntariamente.

Una respuesta ambigua, pensó Burke, y muy bien calculada, que dejó al fiscal con un palmo de narices.

En su tiempo libre, Burke empollaba derecho y estudiaba sus apuntes. Poco a poco fue naciendo una sospecha en su mente, y llamó a Drobney.

–¿Te dijo la señora Prior que no había leído nada sobre Dora Evans?

–Claro. Muchas veces.

–¿Y por qué te lo dijo? ¿Le preguntaste tú algo sobre un libro?

–¿Yo? –dijo Drobney–. ¿Para qué?

Burke sonrió.

–Gracias –dijo, y colgó. Seguía sonriendo cuando pulsó el interfono y pidió que le enviaran a uno de los detectives asignados a la oficina de investigación.

Las instrucciones de Burke fueron explícitas:

–Hay un libro sobre Dora Evans –le dijo–, no sé el título, pero busque en la biblioteca y en librerías de segunda mano. Y encuéntrelo. ¿Está claro?

Cuando Burke regresó del juzgado a primera hora de la tarde del día siguiente, se encontró el libro con una nota que le informaba de que provenía de una librería de la Cuarta Avenida.

Era un volumen desgastado, encuadernado en papel de vitela. Había sido editado en 1855 y el título rezaba: *Famosos crímenes de pasión y lujuria*. Dedicaba cuarenta páginas al juicio de Dora Evans. Burke las leyó con nerviosismo y creciente ensimismamiento. Cuando acabó, fue directamente a la parte alta de la ciudad, a la comisaría de Drobney y entró en su despacho.

Drobney estaba sudando tinta encima de una pila de formularios.

–Tendrían que enseñar a mis muchachos a escribir en inglés –dijo con irritación–, o si no, impedir que sigan redactando nuestros informes. –Empujó la pila de papeles a un lado de su mesa–. Son sobre Farham –explicó–, pero todavía no hemos conseguido nada que pruebe que tenga un asuntillo con la señora Prior. Si es que lo tuvo.

–¿Te se ocurre alguna otra explicación? –preguntó Burke.

Drobney le respondió con una voz ronca:

–Burke, los Thompson se creen eso de la reencarnación, y son gente culta, nadie puede engañarles. Imagínate que hubiera algo de verdad en todo el asunto, ¿eh?

–¿Cómo? No me digas que tú también te lo estás tragando.

El teniente se enjugó el sudor de la frente.

–Sólo estaba bromeando –dijo tímidamente–, pero uno no puede evitar preguntárselo. ¿De dónde, por ejemplo, sacó toda la información sobre Dora Evans? Los periódicos de Filadelfia traían la noticia a grandes rasgos, pero la señora Prior conoce a Dora Evans tan bien como a sí misma. ¿Cómo es posible, Burke? Eh, ¿cómo?

–Lo sacó de aquí –respondió Burke, dándole el libro a Drobney–; todo lo que la señora Prior ha dicho sobre Dora Evans está aquí, en letras de imprenta. Incluso ha utilizado las mismas palabras.

–¡Formidable! –dijo Drobney–, eso cambia las cosas, ¿verdad?

–Sólo las cambiará si podemos probar que lo leyó.

Drobney tocó el volumen con gesto vacilante.

–No es el tipo de mujer que dejaría por ahí pruebas que la incriminasen. Pero echaremos un vistazo, comprobaremos las librerías de segunda mano para ver si alguien recuerda haberle vendido un ejemplar. Puede que saquemos algo en limpio.

–Te interesará el informe sobre el juicio de Dora Evans –dijo Burke–. El Estado demostró que tenía un amante, que necesitaban el dinero del marido y que ella sabía que la pistola estaba guardada en un cajón de la mesa de la biblioteca.

–Me suena –dijo Drobney–. ¿Qué alegó en su defensa?

–¿Dora Evans? Declaró que estaba en el jardín cuando oyó unos disparos y corrió dentro. Dijo que encontró a su marido sentado junto a la mesa, con la pistola en el suelo, que la recogió y la tenía en la mano cuando entraron los sirvientes, y... –sonrió como si le hubiera tocado la lotería– sus primeras palabras fueron: «Dios mío, mi marido está muerto».

–¿Y qué hay del jardinero? –preguntó Drobney.

–Dora Evans le echó la culpa de los disparos. Pero él había estado bebiendo aquella mañana y, según el testimonio en el juicio, estaba durmiéndola en una habitación trasera, tan borracho que no podía ni tenerse en pie.

–Por eso la señora Prior repetía que el jardinero estaba cocido.

–Embriagado –le corrigió Burke–, pero... ¿lo estaba en realidad?

–Es una pena que no tuvieran alcoholímetros en aquella época. ¡Lo que hubiera podido hacer un laboratorio moderno con el caso de Evans!

–La cuestión, ahora, es lo que puede hacer una mente moderna con él. Esta noche saldré para Filadelfia a intentar averiguarlo.

–¿Para qué? –preguntó desconcertado el teniente–. ¿Qué vas a poder averiguar de algo que sucedió hace más de cien años? Y, aunque pudieras descubrir algo, ¿de qué te serviría?

–No lo sé –dijo Burke–, sólo sé que me está obsesionando y quiero llegar hasta el fondo.

–Yo diría que estás como una cabra –dijo Drobney–. Pero esta tarde seguiré apretando a la señora Prior, ahora probaré con lo del libro. Quizá consiga algo antes de que te vayas.

Burke recibió la llamada justo antes de salir corriendo a coger el tren.

–¿Burke? –dijo Drobney–. Acabo de terminar con la señora Prior. ¿Sabes qué dice?

–Probablemente se puso a llorar y te dijo que el tema le resultaba demasiado doloroso para hablar de ello.

–Algo mucho mejor. Dice que si utilizó las mismas palabras que aparecen en el libro eso prueba que ella era Dora Evans. Se ha alegrado tanto que me considera un amigo de verdad.

Burke refunfuñó.

Dos días después, Burke regresó de Filadelfia. Su cartera parecía tan vacía como cuando se había marchado, pero la portaba apretada bajo el brazo y la llevó consigo a una prolongada reunión que sostuvo con su jefe. Al salir, fue a su despacho y se dejó caer en una silla.

Con expresión severa, cogió el teléfono e hizo llamar al teniente Drobney, al doctor Farham y a Lucy Prior. Luego se quedó mirando fijamente al techo y esperó.

Al cabo de unos veinte minutos, Drobney irrumpió en el despacho como un tanque y dijo:

–¿Y bién? ¿Qué hay del caso Evans?

–Muy bien. ¿Y tú? ¿Qué hay del caso Prior?

–Nada nuevo –respondió Drobney–. Nada por el lado del libro. Nada por el lado del nido de amor. Nada de nada, excepto dolores de cabeza. Lucy Prior es un bomboncito muy listo, Burke. Sabe que no podemos hincarle el diente mientras se pueda aferrar a la teoría de la reencarnación.

–Es curioso –dijo Burke–, al principio, no se comprometía. Afirmaba que había estado sumida en un sueño profundo y que no tenía ni idea de lo que había hecho, ¿recuerdas?

–Sí, pero después de todo lo que ha salido en los periódicos y por la radio, la mayor parte dando crédito a la posibilidad de la reencarnación, parece que tampoco a ella le quedan muchas dudas.

–Tú también estás medio convencido, ¿verdad?

–¿Yo? –dijo Drobney frotándose la barbilla–. Es la mujer, insiste con vehemencia. A veces acabo repitiendo yo mismo lo que ella ha dicho y ni siquiera me doy cuenta.

El interfono zumbó.

Burke lo encendió y una voz dijo:

–El doctor Farham está aquí.

–Hágale pasar.

El doctor entró con paso seguro y tranquilo.

–Me avisaron que era urgente –dijo–, así que he cancelado las citas que tenía esta tarde.

–Gracias –dijo Burke–. Siéntese y permítame que le haga una pregunta acerca de este libro sobre el juicio de Evans. ¿No se le ocurrió que la señora Prior pudo haber leído el relato, memorizarlo y utilizar la información mientras estaba supuestamente bajo los efectos de la hipnosis?

–¿Supuestamente? –dijo Farham. Había captado la palabra

clave de la pregunta y percibió el peligro que implicaba. Se enderezó levemente y su mano se tensó sobre el brazo de la silla.

Burke asintió.

–Exacto. ¿Hasta qué punto está seguro de que la señora Prior estaba profundamente dormida durante las sesiones de hipnosis? ¿Es o no es posible que estuviera fingiendo?

El doctor Farham no respondió al momento. Se volvió ligeramente hacia Drobney y vio que éste seguía la conversación con una atención perpleja y profunda. Luego miró a Burke, que estaba recostado en la silla intentando parecer relajado y tranquilo.

–¿Fingiendo? –dijo Farham–. Eso hubiera sido un engaño descomunal.

–¿Sí? –preguntó Burke con amabilidad–. ¿Puede usted jurar que un engaño así es absolutamente imposible?

Farham se encogió de hombros.

–Las palabras «absolutamente imposible» no existen en mi vocabulario.

–Ni en el mío –dijo Burke–. Suponga, por ejemplo, que pudiera probarse que Dora Evans no mató a su marido. ¿Entonces qué?

Las ventanillas de la nariz de Burke se crisparon.

–¡Está bromeando!

Burke abrió su maletín y sacó un periódico antiguo y amarillento.

–Tenga. Léalo.

Los ojos de Farham se clavaron en Burke.

–¿Qué? –preguntó el médico con voz tensa–. ¿Qué es esto?

–Un periódico de Filadelfia, de 1859 –explicó Burke–. Con la noticia de que Dora Evans era inocente.

–No es posi... –Farham se quedó a media palabra, con la boca abierta, la cabeza ladeada, como si hubiera sufrido un repentino ataque de parálisis.

–Será mejor que lo lea –dijo Burke–, la segunda columna a la izquierda.

Farham cogió el periódico. Leyó el texto entre breves y rápidas inspiraciones.

–«Error judicial. Hans Hoven, el antiguo jardinero del difunto Charles Evans, de King Street, resultó mal herido en una trifulca callejera anoche. Antes de expirar, el señor Hoven admitió haber asesinado a su patrón hace seis años, y luego fingió estar borracho, con el resultado de que la señora Dora Evans fue acusada del crimen y más tarde condenada por él.»

–¿Entiende el dilema? –dijo Burke–. Si la señora Prior fuera realmente la reencarnación de Dora Evans, habría sabido la verdad. Así que, ¿cómo podía repetir un crimen que nunca había cometido?

Farham se humedeció los labios. Sus dedos tocaron el papel con cuidado, soltando involuntariamente un jirón seco y desfibrado. Examinó el resto del diario con atención, para asegurarse de que era auténtico. Cuando volvió a dejarlo sobre la mesa, había recuperado su aplomo habitual.

–Un problema difícil, ¿verdad? –dijo con voz cansina–. Pero, ya lo sabe, yo no soy más que un dentista.

Burke le hizo una seña leve, apenas perceptible a Drobney. La cara del teniente no se inmutó, y Burke alargó la mano y apretó un botón que había en su mesa. Al cabo de un momento, se abrió la puerta y entró Lucy Prior.

Al ver a Farham se le iluminó el rostro y se paró en seco. Durante un largo e indescifrable momento, ella y el médico se miraron sin hablar. Luego, muy despacio, Farham se levantó y sonrió. Como si ella hubiera entendido la señal, cambió de expresión y se adelantó.

–Doctor Farham –dijo con un tono dulcísimo y cariñoso–, no hace falta que se lo tome así. Lamento que mi pobre psique le haya causado tantos problemas. Si no hubiéramos llegado tan lejos con esos espantosos experimentos...

–Sí –dijo él–, me temo que he estado jugando con cosas de las que no sabía nada.

Ella sonrió comprensivamente.

–¿Cómo iba usted a saber que una tragedia que sucedió hace cien años todavía mantendría vivo su veneno?

–El veneno –observó Burke con frialdad– se ha disuelto un poco.

La señora Prior lanzó una rápida y penetrante mirada suspicaz a Burke. Él le señaló el periódico que estaba sobre la mesa.

–Será mejor que lo lea. A modo de antídoto.

Ella se acercó lentamente a la mesa, cogió el diario y lo leyó. De repente se llevó la mano a la boca.

–¡Miles! –gritó con voz entrecortada–. ¡Idiota! Ya te dije que nunca conseguiríamos...

Se quedó paralizada, sin aliento, con la boca abierta y los ojos en blanco por las consecuencias de las palabras que acababa de pronunciar.

Horas más tarde, Burke regresó a su oficina. Drobney, enjugándose el sudor de la frente, le siguió y cerró la puerta a sus espaldas.

–Menuda sesión –dijo–, era una pareja difícil de doblegar.

Burke se sentó cansinamente y estiró las piernas.

–Me gustaría ver al comisario cuando se entere de cómo explica ella el sonido borroso que tanto nos preocupaba –Burke se rió entre dientes–. No eran palabras ininteligibles, sino un eructo.

–Sí –dijo Drobney–, con todo ese scotch que se bebió Prior, lo raro es que no tuviera hipo. –Cerró los ojos como si estuviera soñando–. Pero en cierto modo es una pena que la vayan a freír. Bonita, bien formada. Lo estaba haciendo muy bien hasta que tú tuviste ese golpe de suerte en Filadelfia.

–Yo me busco mi suerte –dijo Burke–. Hice que imprimieran ese periódico. Con tipos de letra especiales y papel tratado químicamente para que pareciera antiguo. Hicieron un buen trabajo.

–¿Era falso? –preguntó Drobney sorprendido–. ¿Lo falsificaste? –Soltó una carcajada–. No me extraña que parecieras tan asustado cuando Farham examinó el papel; temías que se percatara de que era un camelo, ¿eh?

Burke negó con la cabeza.

–Oh, no, eso no me preocupaba. Lo que temía era que Farham dijera: «¿Y qué?». Lo único que probaba la confesión de

Hans era que Dora Evans había esperado cien años para tener la oportunidad de matar a su marido. ¿Cómo habría podido responderle?

–Pero el caso es que Farham no lo dijo, así que ¿a qué preocuparse? –Drobney miró fijamente a Burke y añadió–: ¿Y bien? ¿Es que hay algo que te sigue inquietando?

Burke asintió.

–Sí. Dora Evans. ¿Crees que ella mató a su marido? Nunca lo reconoció, así que tal vez yo tuviera razón, tal vez el jardinero cometió el asesinato. Pero... –Burke suspiró profundamente– ¿lo hizo en realidad? ¿Fue él el asesino?

No tiene ninguna gracia

EVAN HUNTER

No podía odiar más al encargado.

Anoche se dio cuenta de ello. Esta mañana, cuando entró en el centro comercial con la Luger metida en el cinturón, dejó que su odio hacia él creciera sin medida hasta que ocultó todos los demás odios que sentía. El encargado lo sabía, de eso estaba seguro. Y era precisamente esa conciencia, esa sonriente, burlona y protectora conciencia la que alimentaba el odio, lo nutría, hacía que subiera como la cerveza negra, burbujeando e hirviendo.

El tacto sólido y metálico de la Luger contra su estómago le daba sensación de seguridad.

Un admirador le había regalado la pistola en los buenos tiempos, en Viena. En los buenos tiempos, había habido muchos admiradores, y muchos regalos. Recordaba bien aquellos días de gloria. A veces volvían a su memoria con una nostalgia desgarradoramente dulce, envolviéndolo en oleadas y más oleadas de dolorosos recuerdos. Recordaba las luces, y los aplausos, y...

–Buenos días, Nick.

La voz, la odiada voz.

Se paró en seco.

–Buenos días, señor Atkins –dijo.

Atkins sonreía. La sonrisa dibujaba un fino bucle en su rostro estrecho, un fino bucle cruel bajo un bigote ridículamente delgado en el borde abierto de aquella cara afilada. El pelo del encargado era moreno, y estaba cuidadosamente peinado para ocultar una calva. Vestía un traje gris a rayas. Como si se tratara de una caricatura de todos los encargados de grandes almacenes del mundo, llevaba un clavel en el ojal. Seguía sonriendo. La sonrisa era exasperante.

–¿Preparado para el último acto? –le preguntó.
–Sí, señor Atkins.
–Porque es el último, ¿no, Nick? –preguntó sonriendo–. Hoy baja el último telón, ¿verdad? Hoy todo se habrá terminado. Todo vuelve a la normalidad.
–Sí, señor Atkins –dijo–. Hoy es el último acto.
–Pero sin llamadas a que vuelvas al escenario para saludar, ¿eh, Nick?
No se llamaba Nick. Se llamaba Randolph Blair, un nombre que había resplandecido en las marquesinas de los teatros de los cuatro continentes. Atkins lo sabía, y probablemente ya lo hubiera sabido el día que le contrató. Lo sabía, así que el «Nick» era una pulla añadida, un recordatorio de su situación actual, una sutileza tan delicada como un puñetazo que gritaba: «¡He aquí cómo han caído quienes fueron algo en la vida!».
–No me llamo Nick –dijo con rotundidad.
Atkins crujió los dedos.
–Claro, es verdad, ¿no? Siempre lo olvido. ¿Cómo te llamas de verdad? Dímelo otra vez. Randolph algo. ¿Clair? ¿Flair? ¿Shmair? ¿Cómo te llamas, Nick?
–Me llamo Randolph Blair –dijo. Se imaginó que lo decía con gran dignidad. Se imaginó que lo decía como Hamlet habría anunciado que era el príncipe de Dinamarca. Recordaba los buenos tiempos, cuando el nombre de Randolph Blair era la llave mágica que abría mil ciudades. Recordaba a los empleados de hotel con manos que no dejaban de agitarse, mayordomos a su alrededor, chicas jóvenes tirándole de la ropa, incluso a telefonistas que de repente se volvían respetuosas al oír su nombre. Randolph Blair. En su mente, aparecía escrito con letras luminosas. Randolph Blair. Las luces parpadearon inesperadamente y se fueron atenuando. Percibió la silueta de acero de la Luger contra su estómago. Sonrió levemente.
–Usted sabe cómo me llamo, ¿no es cierto, señor Atkins?
–Sí –dijo Atkins–. Sé tu nombre. Lo oigo a veces.
Al oír el comentario le picó la curiosidad.
–¿Ah sí? –preguntó.
–Sí, de cuando en cuando oigo preguntar a la gente: «Oye,

¿qué fue de Randolph Blair?». Sí, claro que sé cómo te llamas.

Sintió que la pulla de Atkins le atravesaba la garganta y que su veneno se desparramaba por su riego sanguíneo. «¿Qué fue de Randolph Blair?» Un humorista había dicho esa frase por la televisión, aún no hacía ni dos semanas, provocando grandes carcajadas. Randolph Blair, el siempre popular Randolph Blair. Ahora no era nada, un don nadie, un chiste malo en una comedia televisiva. Un nombre olvidado, un rostro olvidado. Pero Atkins no lo olvidaría. Por toda la eternidad se acordaría del nombre de Randolph Blair, de su rostro y de su terrible poder.

–No... –empezó a decir y se calló de repente.

–No ¿qué?

–No... no me saque de quicio, señor Atkins.

–¿Sacarte de quicio, Nick? –preguntó Atkins inocentemente.

–¡Y deje ya ese rollo de «Nick»!

–Discúlpeme, señor Blair –dijo Atkins–. Perdóneme. Había olvidado con quién estaba hablando. Creía que me dirigía a un viejo borracho que había conseguido a duras penas un empleo temporal...

–¡Cállese!

–... durante unas semanas, olvidé que estaba hablando con Randolph Blair, el gran Randolph Blair, el mayor borracho de...

–¡No soy un borracho! –gritó.

–Sí eres un borracho –dijo Atkins–, y no hace falta que me expliques nada de borrachos. Mi padre lo era. Un borracho que se caía. Un borracho voceras e histérico. Yo crecí con ello, Nick. Vi al viejo luchar contra sus monstruos imaginarios, y vi cómo iba matando a mi madre día tras día. Así que no me hables de borrachos. Aunque los periódicos no hubieran anunciado a los cuatro vientos tu alcoholismo, yo te habría reconocido nada más verte.

–¿Por qué me contrató?

–Había que cubrir un puesto vacante, y pensé que servirías.

–Me contrató para poder meterse conmigo.

–No seas ridículo.

–Pues cometió un error. Está insultando a la persona equivocada.

–¿No me digas? –preguntó Atkins fuera de control–. ¿No serás uno de esos borrachos de armas tomar? ¿Agresivo? Mi padre lo era al principio. Podía soltarle un tortazo a cualquier hombre. Lo único que no era capaz de soltar era la botella. Pero cuando empezaron a arrastrarse cosas por las paredes dejó de ser tan duro. Entonces se convirtió en un bebé chillón y lloroso que corría a los brazos de mi madre. Y tú, Nick, ¿eres un borracho duro?, ¿eh?

–¡No soy un borracho! –dijo–. No he probado una gota desde que conseguí este empleo. ¡Usted lo sabe!

–¿Y por qué? Tienes miedo de que afecte a tu actuación. –Atkins se rió roncamente–. Eso no parecía preocuparte en los viejos tiempos.

–Las cosas son distintas –dijo–. Quiero... quiero hacer una reaparición. Acepté este... este trabajo porque... quería volver a acostumbrarme, a acostumbrarme a trabajar. No debería meterse conmigo. No sabe lo que está haciendo.

–¿Yo? ¿Meterme contigo? Por favor, Nick; Nick, no digas tonterías. Te di el empleo, ¿no? De entre todos los solicitantes te elegí a ti. Así que, ¿por qué iba a meterme contigo? Eso es una bobada, Nick.

–He hecho un buen trabajo –dijo con la esperanza de que Atkins respondiera lo correcto, las palabras apropiadas que aplastarían su odio–. Sabe que he hecho un buen trabajo.

–¿Ah sí? –preguntó Atkins–, pues yo creo que lo has hecho fatal, Nick. En realidad, creo que siempre hiciste un trabajo penoso. Creo que eras uno de los peores actores que jamás puso el pie sobre un escenario.

En ese momento, Atkins acababa de firmar su propia sentencia de muerte.

Durante todo aquel día, mientras atendía estúpidas peticiones y preguntas sentado en su silla e incontables rostros le apremiaban, estuvo pensando en matar a Atkins. Hizo su trabajo como un autómata, mostrando su rostro sonriente al público, pero su mente estaba exclusivamente concentrada en la mecánica de cómo asesinar a Atkins.

Era algo parecido a aprenderse un papel.

Una y otra vez, ensayaba mentalmente cada paso. El centro comercial cerraba a las cinco aquella noche. Los empleados estarían deseando irse a casa con sus familias. Aquellas habían sido unas semanas difíciles y con mucho trabajo, y esa noche acabaría todo, así que los empleados correrían a las calles y al metro para irse a sus casas, a reencontrar a los seres queridos que les esperaban. Una angustiosa oleada de autocompasión le envolvió. «¿Quienes son mis seres queridos? –se preguntó–. ¿Quién me está esperando esta noche?»

Alguien le estaba hablando. Bajó la mirada, asintiendo.

–Sí, sí –dijo mecánicamente–, ¿y qué más?

La persona siguió hablando. Él le escuchaba a medias y asentía todo el tiempo, sonriendo, siempre sonriendo.

En los buenos tiempos había tenido muchos seres queridos. Mujeres, más mujeres de las que podía contar. Mujeres ricas, y jóvenes, y mujerzuelas doradas y muchachas vírgenes. ¿Dónde estaba un día como hoy diez años atrás? ¿En California? Sí, claro, el asunto de la película. Qué extraño le había resultado estar en la tierra del sol en aquella época del año. Y él había destrozado la película. No había sido su intención; no, para nada quería echarla a perder. Pero había estado completamente borracho durante... ¿cuántos días? Y no se puede rodar una película cuando la estrella no se presenta en el plató.

La estrella.

Randolph Blair.

Esa noche volvería a ser una estrella. Esa noche asesinaría a Atkins con estilo y gracia. Cuando cerraran las puertas del centro comercial, cuando los clientes se hubieran ido, cuando las interminables preguntas y las interminables respuestas repetitivas acabaran, iría al despacho de Atkins. Ni siquiera se cambiaría de ropa. Iría directamente al despacho, recogería el sobre con su paga y le mataría. Luego se perdería por las calles. En las calles estaría a salvo. En las calles, Randolph Blair, el hombre cuyo rostro reconocían millones de personas en el pasado, se perdería en la seguridad del anonimato. La idea resultaba irónica; y despertó muy dentro de él un remoto vestigio del humor perdido. Randolph Blair interpretaría esa noche el papel más importante de su carrera, y lo interpretaría anónimamente.

Sonriendo, riéndose entre dientes, siguió atendiendo a los clientes.

La multitud empezó a disminuir a eso de las cuatro y media. A esa hora ya estaba agotado. Lo único que le mantenía en pie era la conciencia de que pronto mataría al señor Atkins.

A las cinco menos cuarto, respondió a la última petición. Luego se quedó sentado, solo, con su físico corpulento acomodado y su rostro inexpresivo mirando el reloj de pared. Las cinco menos diez. Menos tres. Menos uno.

Se levantó de la silla y se dirigió andando como un pato hacia la hilera de ascensores. Los demás empleados estaban acabando de cuadrar los formularios donde anotaban el dinero en efectivo de las cajas registradoras, ansiosos por salir cuanto antes del trabajo. Llamó al ascensor y esperó.

Se abrieron las puertas, el ascensorista sonrió mecánicamente.

–Se acabó, ¿eh? –le preguntó.

–Sí, se acabó –dijo Blair.

–¿Va a recoger el sobre? ¿A la oficina del cajero?

–Me paga personalmente el señor Atkins.

–¿Ah sí? ¿Y cómo es eso?

–Él lo quiso así.

–Quizás espere que usted se porte bien con él, ¿eh? –dijo el ascensorista y se rió a carcajadas.

Él no le siguió la gracia. Sabía muy bien por qué Atkins había querido pagarle en persona. Lo hizo para disfrutar del placer de darle en mano cada semana a Randolph Blair –un hombre que en sus buenos tiempos había ganado 3.000 dólares a la semana– un sobre de salario que contenía cuarenta y nueve dólares y treinta y dos centavos.

–¿Entonces a la planta baja? –preguntó el ascensorista.

–Sí, a la planta baja.

Cuando se detuvo el ascensor, salió a toda prisa. Se encaminó directamente hacia el despacho de Atkins. La secretaria ya se había ido. Sonrió torvamente, fue hasta la puerta de Atkins y llamó.

–¿Quién es? –preguntó Atkins.

–Yo. Blair.

–Oh, Nick, pasa, pasa –dijo Atkins.

Abrió la puerta y entró en el despacho.

–¿Vienes a recoger tu paga? –preguntó Atkins.

–Sí.

Le entraron ganas de sacar la Luger al instante y empezar a disparar. Esperó. Con tensión.

–¿Una copita antes? –preguntó Atkins.

–No.

–Vamos, vamos, Nick. Una copita nunca le ha hecho daño a nadie.

–No bebo.

–Mi padre solía decir lo mismo.

–No soy su padre.

–Lo sé –dijo Atkins–. Vamos, tómate una copa. No te hará daño. Has acabado tu trabajo. Tu actuación ha acabado –enfatizó la palabra con ironía–. Puedes tomarte una copa. Todo el mundo beberá algo esta noche.

–No.

–¿Por qué no? Estoy intentando ser amistoso. Estoy intentando...

Atkins se calló. Sus ojos se abrieron levemente. La Luger había surgido de debajo del abrigo de Blair con notable facilidad. Se quedó mirando fijamente el arma.

–¿Qué... qué es esto?

–Una pistola –respondió Blair con frialdad–. Déme mi sueldo.

Atkins abrió el cajón rápidamente.

–Claro, claro. No pensarías que iba... que iba a engañarte, ¿verdad? Tú...

–Déme mi paga.

Atkins puso el sobre encima de la mesa. Blair lo recogió.

–Y aquí tiene la suya –dijo y disparó tres veces sin apartar la mirada. Atkins se desplomó sobre la mesa.

La enormidad de lo que acababa de hacer le desconcertó. La puerta. La puerta. Tenía que llegar a la puerta. La papelera se interpuso en su camino, tropezó, pero sus brazos abiertos le equilibraron e impidieron que se cayera.

Frenó su alocada huida antes de que hubiera ido muy lejos, todavía dentro de la tienda. Serenidad, se dijo. Control. Recuerda que eres Randolph Blair.

Los mostradores ya estaba cubiertos con fundas guardapolvos.

Le recordaron un cuerpo, cubierto, muerto. Atkins.

Volvió a perder los nervios, pero esta vez tuvo la suficiente presencia de ánimo para esconderse en los aseos.

No supo cuánto tiempo permaneció allí dentro, pero cuando salió era evidente que había recuperado el dominio de sí mismo. Su paso recordaba el porte regio y la calma controlada de un actor que se sabe bien su papel. Mientras iba andando se reprochó a sí mismo por haberse comportado como un novato que se sintiera abrumado por el miedo escénico.

Randolph Blair salió por las puertas giratorias. Recibió el golpe frío de un aire cortante, un aire que traía la promesa de una inminente nevada. Respiró hondo, observó con calma a la gente que se apresuraba a su alrededor, con los brazos cargados de paquetes.

Y de repente oyó una carcajada, una carcajada infantil, chillona y penetrante. Se dio la vuelta y vio al niño que se reía, cogido de la mano de una mujer; vio la cara blanca del niño, su brazo y dedo índice señalando hacia arriba, señalándole burlonamente.

Se oyeron más risas. Carcajadas de hombres, de mujeres. Se puso en marcha un pequeño tiovivo instalado en un escaparate que tenía a un lado. Empezó a sonar su música, que se unió a las carcajadas, haciendo de contrapunto, subrayándolas.

Blair se sintió atrapado en un remolino que le tragaba. Parecía que no había modo de que pudiera detener el ruido, el movimiento, todo lo que se confabulaba para vapulearle.

Al momento la visión de unos policías saliendo de los grandes almacenes le desconcertó por completo. Parecía que avanzaban hacia él. Y, mientras les entregaba la Luger y era reducido y desarmado, una parte de su mente tenía la sensación de que todo era irreal, de que todo formaba parte de un papel dramático que estaba interpretando.

Pero no era un papel que encajara con alguien que vestía el abrigo y pantalones rojos, el cinturón y las botas negras de un Santa Claus de un centro comercial; la misma ropa que llevaban otros tres mil hombres en la ciudad. Para perderse en el anonimato sólo le faltaba la barba blanca, y había perdido la suya durante la frenética huida del despacho de Atkins.

Y, claro, para un niño, e incluso para bastantes adultos, un Santa Claus sin barba podía tener mucha gracia.

El soborno es verde

HAROLD Q. MASUR

Cuando un juez, y más un juez federal, te llama por teléfono, con voz que parece apremiante, y te dice que, por favor, vayas a su casa esa misma noche, tú vas. No te inventas excusas, sobre todo si eres un abogado que ejerce en el mismo distrito.

Su señoría, el juez Edwin Marcus Bolt, juez de distrito de Estados Unidos, un cargo vitalicio, que ostentaba desde hacía veinte años tras pasarse quince en una empresa de Wall Street, era un hombre alto, delgado, de manos de hierro y buena forma física. Casado en segundas nupcias, su actual esposa era una esbelta y fría belleza de treinta años, justo la mitad de su edad.

El juez Bolt presidía en la actualidad el tribunal que veía un caso que provocaba titulares diarios en la prensa: Estados Unidos contra Ira Madden y Amalgamated Mechanics por malversación de fondos sindicales que sumaban la friolera de un millón de dólares americanos. Malversación –un eufemismo por robar, desfalcar, falsificar a sabiendas la contabilidad–, con Ira Madden, presidente del sindicato, como principal encausado y beneficiario. Las autoridades todavía no habían podido localizar el dinero, aunque tenían algunas sospechas. El año anterior, Madden había realizado numerosos viajes a Suiza, probablemente para airear su dinero.

Así que aquella noche, obedeciendo la llamada del juez, cogí un taxi para su casa del East Side. Vi que había varios visitantes delante de mí, que habían dejado los coches en mitad de la curva, infringiendo las normas de aparcamiento. Por supuesto, no multarían a ninguno de aquellos vehículos. Ninguna encargada de aparcamiento en su sano juicio ponía una multa a un coche de policía.

Debería haberme olvidado de todo el asunto e irme de allí, pero me picaba la curiosidad. El hombre vestido de azul que vigilaba la puerta delantera me puso la mano en el pecho. Le expliqué por qué estaba allí, y me acompañó a un pasillo del piso de arriba.

El sargento Louis Wienick, moreno, rechoncho y calvo, levantó una ceja erizada y sacudió la cabeza.

–Vaya, vaya. Scott Jordan, siempre donde hay problemas. ¿Qué le trae por aquí, abogado?

–He sido invitado.

–¿Por quién?

–Por el juez Edwin Marcus Bolt.

–¿Cuándo?

–Esta tarde.

–¿Para qué?

–No lo sé. Me llamó y dijo que quería verme. Algo urgente. Así que aquí estoy. ¿Dónde está su señoría?

–En su estudio –Wienick hizo un gesto teatral–. Esa puerta. Considérese mi invitado.

Debería de haberlo esperado, pero cosas así siempre le cogen a uno desprevenido. El juez Bolt estaba sentado tras su mesa, sonriendo. La sonrisa era puramente mecánica, los labios se tensaban rígidamente hacia atras, dejando al descubierto una dentadura postiza de porcelana. La piel de su cara era gris y sus ojos estaban en blanco, cegados, mirando fijamente a la remota eternidad. Una única bala había perforado su sien derecha, abriéndose paso a través de la sustancia gelatinosa de su cerebro y saliéndole por el oído derecho. Debería haberlo esperado porque, después de todo, Wienick era de homicidios. ¿Por qué iba a estar ahí si no hubieran acelerado la partida del mundo de alguien por medios violentos?

Se me revolvió el estómago y salí disparado del estudio. La sonrisa de Wienick pareció medianamente sincera.

–Y bien, ¿qué me dice? –me preguntó.

–La herida es a cañón tocante. Alguien no se fiaba de su puntería. El tipo se acercó al juez y le pegó el arma a la cabeza. Me parece que he visto quemaduras de pólvora junto al orificio de entrada.

–Ha dicho «el tipo se acercó». ¿Cómo sabe que era un hombre? Tal vez fuera una mujer.

–Tal vez. Era una forma de hablar, nada más.

–¿Conoce a la esposa del juez?

–La he visto una vez.

–Corre el rumor de que se llevaban mal. Según parece ella se alejaba de cuando en cuando del calor del hogar para alguna pequeña actividad fuera de programa.

–No hago caso de los rumores, sargento.

–Ya. En cualquier caso, esto echa por los suelos el caso de Ira Madden.

–No está tan claro. Naturalmente, declararán nulo el proceso, pero empezarán otro nuevo.

–Y otra vez el contribuyente haciendo de pagano. Todo el tiempo y el dinero tirados por la ventana.

–No es nada más que una gota en el océano, sargento. Piense en lo que gastamos en guerras o en las máquinas que mandamos al espacio. Piense en cuánto les pagamos a los granjeros para que no planten nada.

–¿Es usted comunista o algo así?

–Qué va. ¿Qué hay de este asesinato? ¿Alguna prueba?

–Nada todavía. Nos avisaron apenas hace una hora. Aún no ha llegado el equipo de forenses.

–¿Quién avisó?

–La viuda.

–¿Ha dicho algo?

–Sólo un par de frases. Que había ido a una sesión de cine nocturna y que lo había encontrado de esta guisa al volver a casa. Luego empezó a ponerse histérica, corriendo por toda la casa como una gallina, acusando a los mercenarios del sindicato. Una actuación verdaderamente magnífica. Al poco llegó el médico. Le hizo una llave, y le dio un pinchazo. Debió de ser una inyección a chorro porque al par de minutos se había quedado frita. Ahora está en su habitación, durmiendo.

–¿Algún sirviente?

–Una. El ama de llaves. Hoy es su día libre.

–Así que el juez estaba solo cuando sucedió.

–Totalmente solo, con una excepción: su ejecutor.

–Hoy tiene el día ingenioso, sargento. ¿Algún rastro del arma?

–¿Quién iba a ser tan estúpido como para dejar una pistola que pudiera llevarnos a su propietario?

–¿Ha registrado la casa?

Me dedicó una mirada de esas que dicen «si yo te contara».

–De arriba abajo y de izquierda a derecha. Nada. –Pero sus ojos parecieron evitar los míos.

–Vamos, sargento –le dije–, suéltelo.

–¿Eres clarividente o algo así?

–Se le nota a kilómetros cuando tiene algo entre manos.

–No meta las narices en el caso, abogado. Es un asunto de la policía. El teniente me desollaría vivo.

–¿Dónde está el teniente?

–En una convención, en Filadelfia.

–Siempre hemos compartido la información, sargento. Usted lo sabe. Así que, ande, cuéntemelo.

Wienick discutió en silencio consigo mismo. Se mordió los labios un instante, pero finalmente suspiró, se encogió de hombros y dijo:

–Al otro lado del estudio del juez hay un dormitorio. La puerta contigua. Había humo de cigarrillos, mucho. Reciente. Y colillas en un cenicero. El asesino estuvo allí sentado, esperándole.

–¿No eran colillas del juez?

–Sólo fuma puros –el sargento Wienick bajó la mirada–. Habanos auténticos. Tengo entendido que se los conseguía un diplomático sueco.

–¿No serían de su esposa?

–Dice que dejó de fumar cuando el Cirujano General hizo su declaración antitabaco. El médico lo ha confirmado. Aunque, demonios, eso no significa nada. Un día te levantas de mal humor... y vuelves a los viejos hábitos.

–Sargento, me parece que tiene demasiadas ganas de cargarle el muerto a la esposa.

–No tenemos a nadie más.

–¿Qué me dice de Ira Madden y sus muchachos del sindicato? ¿O algún talento foráneo contratado? No sería la primera vez que esos payasos intentaran interrumpir un juicio.

–Es una posibilidad, claro, y la comprobaremos. También tendremos ayuda. Estando un juez federal en el asunto, seguramente el FBI meterá las narices –Wienick dejó al descubierto sus dientes, amarillos como el teclado de un viejo piano–. Y esos chicos no se tomarán muy bien la intromisión de un bocazas local.

–No soy ningún bocazas, sargento. Soy un abogado de primera y asesor jurídico.

–Le ruego que me perdone.

–Perdonado. Y no me estoy entrometiendo. Fue el juez quien me invitó a venir. Algo le preocupaba y quería verme.

–La verdad, tenía razones para estar preocupado. ¿Qué va a hacer ahora?

–Tal vez vuelva a casa y lo olvide todo.

–Sería una decisión muy sensata. Pero puede que el teniente quiera verle cuando vuelva.

–Sabe mi número de teléfono. Estaré en la ciudad mientras dure el caso. –Me paré en la puerta y le saludé–: Buena caza, sargento.

El inesperado y violento fallecimiento del juez Edwin Marcus Bolt sucedió demasiado tarde para el periódico de la tarde, en singular, no en plural. Una ciudad como Nueva York, con ocho millones de habitantes, tiene un único diario vespertino; todos los demás habían quebrado. ¿Mala administración? ¿Excesivas demandas sindicales? Quién sabe. Pero los periódicos matutinos –en plural, porque hay dos– lo sacaron en grandes titulares, con artículos de fondo. Nadie tenía las respuestas.

Luego, a primera hora de la tarde, recibí otra llamada..., esta vez de la viuda. ¿Sería tan amable de asistir a una reunión familiar? Estarían presentes la hija que el juez había tenido en su primer matrimonio, y su marido. Pero, por favor, venga un poco antes. La viuda quería hablar un momento a solas conmigo.

Laura Bolt –Pederson de soltera– era una rubia alta, de aspecto escandinavo. A los diecinueve había sido una modelo muy solicitada por los fotógrafos de moda más importantes; a los veintiocho, novia de uno de los juristas más respetados del país; a los treinta, viuda. Tenía unos grandes ojos azules inclinados, pómulos demacrados, una piel translúcida e inmaculada, y unos dientes perfectos con los que se estaba mordiendo las uñas. Con impaciencia, pasó por alto formalidades y condolencias.

–Necesito que me ayude, señor Jordan.

–¿A hacer qué?

–La policía ha dejado muy claro que me considera la principal sospechosa. No me gusta nada y estoy asustada. Necesito asesoría legal. Necesito un abogado. Sé que mi esposo le tenía en muy alta estima. En las veinticuatro horas que precedieron a su muerte mencionó su nombre muchas veces. Le estoy pidiendo que me represente.

–¿Mató usted a su marido?

–No –respondió enfáticamente.

–Muy bien. –Y así estaba de nuevo en el caso, les gustase o no a los muchachos de la policía–. Todavía no la han acusado abiertamente, ¿verdad?

–Señor Jordan, han registrado toda la casa, especialmente mi habitación y mis cosas. Sé que estaban buscando un arma. Y se lo repito: soy inocente. Reconozco que Edwin y yo no nos llevábamos bien, pero todavía pasábamos nuestros buenos ratos. Me gustaba estar casada con él; me gustaba la distinción. Un juez y su esposa ocupan un peldaño muy alto en la escala social. La posición del juez es... ¿cómo le diría...?

–¿Sacrosanta?

–Para las personas que no le conocen, sí. Hay algo que impone mucho en ese hombre que viste la toga negra, se sienta en el tribunal y sentencia a la gente. Sin embargo –movió nerviosamente la mano–, odio tener que decirlo, pero a veces todo eso no es más que hipocresía e impostura.

–¿Qué quiere decir?

–Tengo la sospecha de que Edwin podría haber mancillado su honor.

–¿En qué sentido?

–Tenía problemas. Problemas muy graves. Creo que por eso quería verle.

–Por favor, dígame, ¿qué clase de problemas?

–Soborno. –La palabra le agrió la boca–. Dijeron que había cogido el dinero. Le estaban investigando.

–¿Quién?

–El Departamento de Justicia.

–¿El dinero de quién?

–De Ira Madden. El hombre del sindicato que estaba siendo juzgado por el tribunal de Edwin.

–¿Cómo sabe todo eso?

–Edwin me lo contó. Estaba trastornado, nervioso, no podía quitárselo de la cabeza. Pasábamos por uno de nuestros buenos períodos, y me lo confió todo. Necesitaba desesperadamente fiarse de alguien. Me conmocionó. No sé qué pruebas tienen ni dónde las han conseguido; pero si Edwin hubiese sido inocente, si la acusación hubiera carecido de fundamento, me resulta imposible creer que hubiera estado tan turbado. Mi marido, señor Jordan, era un hombre atormentado... y yo no podía hacer nada para ayudarle.

Ponderé la revelación. ¿Acaso podía ser posible? Un hombre de la posición del juez Bolt, de su categoría, ¿iba a aceptar un soborno? ¿Cuál sería el *quid pro quo*? Bien, el juez que preside un tribunal tiene una considerable influencia. La recompensa por el *quo* podía ser un sustancioso *quid*. Él podía ejercer su influencia sobre los procedimientos legales de innumerables maneras: con su simple comportamiento, con sus expresiones, con decisiones tendenciosas y, por último, con una acusación parcial. Pero ¿el juez Bolt iba a involucrarse en triquiñuelas tan mezquinas? Nunca se sabe. El dinero es un poderoso persuasor. Dicen que todos los hombres tienen un precio..., sólo es cuestión de pujar lo suficiente. Las arcas del sindicato rebosaban, y no cabía duda de que Ira Madden no tenía ningunas ganas de que lo empapelaran. Tal vez habían amenazado al buen juez, asustándole hasta obligarle a seguirle el juego.

–Una pregunta: ¿vio usted personalmente alguna vez al juez en compañía de alguien de Amalgamated Mechanics?

–Edwin no era idiota, señor Jordan; puede que fuera muchas cosas, pero idiota, no. Jamás se habría relacionado con nadie que tuviera nada que ver, ni remotamente, con alguien que estuviera siendo juzgado en su tribunal.

–¿De verdad quiere que la ayude, señora Bolt?

–Por supuesto.

–Entonces cuéntemelo, dígame todo lo que sabe. ¿Mantenía el juez contactos en secreto con esa gente?

Las arrugas se marcaron más alrededor de sus labios. Se llevó el nudillo del pulgar a la boca. Se apartó de mí y se puso a mirar por la ventana. Habló en voz baja.

–Edwin está muerto. Tengo que proteger su reputación.

–Preocúpese de usted misma. A él no le molestará nada ahora. Para sacarla a usted del apuro, tenemos que elegir a otro sospechoso.

Se lo pensó y luego asintió.

–El domingo pasado, por la tarde, Edwin estaba aquí, en casa, con Andy...

–Un momento. Andy ¿qué?

–Andrew Stock, su asistente.

–Muy bien, continúe.

–Habían sacado algunos informes legales de la biblioteca y no querían que se les molestara. Así que desconectaron el teléfono del estudio. Todas las llamadas las recibiría yo en mi habitación.

–¿El juez y usted dormían en habitaciones separadas?

–Sí. Edwin padecía insomnio desde hace muchos años; leía o se pasaba las noches en vela, andando por la habitación. Yo tengo un sueño muy ligero y me despierto al menor ruido. Bueno, usted ya sabe a qué me refiero, una dama necesita un buen sueño para reponerse. Edwin lo sabía y fue comprensivo, así que él mismo sugirió que durmiéramos en habitaciones separadas.

–Muy bien –dije–, el domingo en cuestión usted recogió las llamadas.

–Sí. Sólo una. De un hombre. Quería hablar con el juez. Intenté quitármelo de encima, le dije que Edwin estaba ocupado, pero él no se tragó ni una. Siguió insistiendo y, finalmente, me dio un nombre y me pidió que se lo comunicara a mi marido.

–¿Qué nombre?

–Oster, Floyd Oster. ¿Le suena?

–Me suena. Floyd Oster es uno de los segundos de Ira Madden en Amalgamated Mechanics. ¿Se lo dijo a su marido?

–Sí.

–¿Delante de Andrew Stock?

–Bueno, Andy lleva un audífono, y siempre lo apaga a menos que participe directamente en una conversación. No sé si lo oyó o no.

–¿Qué hizo su marido?

–Fue a la habitación contigua y respondió la llamada en privado.

Aquella era una decisión equivocada, pensé, incluso una estupidez. El juez se debería haber negado rotundamente a mantener cualquier contacto, evitando hasta el menor indicio de incorrección; en el mejor de los casos, podía considerarse una indiscreción; en el peor, una infracción grave. La locura o la avaricia habían afectado su juicio.

Llamaron al timbre y fue a abrir. Volvió con su hijastra y su marido.

No se tenía que ser un observador muy agudo para saber cómo era Carol Denby. Una de esas mujeres frívolas y exigentes, labios finos, ojos insatisfechos y manos que no paraban quietas. Vestida de negro, tenía los ojos enrojecidos tras una noche de duelo. Su padre había sido un hombre muy apuesto. Una aberración cromosómica debía de haber dado vida a aquella criatura nada apetecible. No hizo el más mínimo esfuerzo por ocultar lo que sentía hacia Laura Bolt, y también podía percibirse que su antipatía era plenamente correspondida.

Su marido, Clive Denby, un agente de seguros, era un hombre rechoncho, pagado de sí mismo, sin sentido del humor, perfumado y cubierto de cremas, y elegantemente vestido con un traje de punto de acrílico.

Se mostró lacónico con la señora Bolt, pero solícito con su

esposa, e inmediatamente tomó la palabra, asumiendo el papel de portavoz de la pareja.

–Tengo entendido, señor Jordan, que anoche vino usted a visitar a mi suegro.

–En efecto.

–¿Podría decirme por qué?

–Porque él me lo pidió.

–¿Sabe qué quería?

–En aquel momento no lo sabía; ahora, sí.

Se llevó las manos a los labios.

–¿Y bien?

Ese tipo de actitud autoritaria siempre me irrita y me vuelve testarudo.

–Lo siento, Denby. Era un asunto confidencial. Si el juez hubiera querido que usted estuviera al corriente, se lo habría confiado.

–El juez está muerto. Eso supone borrón y cuenta nueva en las comunicaciones privilegiadas entre abogado y cliente, médico y paciente, o entre cualquiera.

–Está completamente equivocado. No sabe de qué está hablando. Además, esa norma no viene a cuento en este caso porque el juez no me llegó a contratar, ni formalmente ni de ningún otro modo.

Torció un labio.

–¡Ajá! Así que no habló nunca con el juez. ¿Cómo sabe entonces para qué quería verle?

–Me lo ha dicho la señora Bolt.

Carol Denby se acercó a su madrastra y con una voz chillona le preguntó:

–¿Para que quería ver papá a un abogado?

–Déjame a mí, cariño –dijo su marido–. Mira, Laura, tenemos el derecho a saberlo. ¿De qué va todo esto?

–No puedo decírtelo sin el permiso de mi abogado.

–¿Abogado? ¿Quién es tu abogado?

–Scott Jordan.

Levantó los brazos.

–¿Y para qué necesitas un abogado?

–Porque se me considera sospechosa, y tú lo sabes muy

bien porque anoche te encargaste personalmente de dejarles muy claro a los policías que Edwin y yo teníamos problemas.

–Bueno, es la verdad, ¿no?

–La situación no era tan mala. Tú la presentaste del peor modo posible. En realidad, Clive, tu manera de comportarte me hace pensar que crees que soy culpable.

–¿Y no te va al pelo el papel, Laura?

–Muérete –le espetó y salió furiosa de la sala.

Denby se sentía satisfecho de sí mismo. Me miró y dijo:

–¿Va a defenderla si la acusan?

–Todavía no hemos llegado a ese punto. Puede que no se encuentren pruebas suficientes para inculparla.

–La pistola de mi suegro ha desaparecido. ¿Quién, aparte de Laura, sabía dónde la guardaba?

Vaya, el asunto daba un nuevo giro.

–¿El juez tenía un arma?

–Sí, un colt 32, automático.

–¿Lo sabe la policía?

–Claro, yo se lo dije. –Se cruzó de brazos–. Todavía no ha respondido mi pregunta. ¿La defenderá?

–Mi trabajo consiste en defender a la gente acusada de un delito.

–Pues es un trabajo bastante sucio, ¿no le parece?

Un hombre menos civilizado le habría saltado unos cuantos dientes, pero yo me limité a sacudir mi cabeza pesarosamente. Aquello le molestó y dirigió su tétrica mirada a su esposa:

–Estamos perdiendo el tiempo con este tipo. Vámonos de aquí, Carol.

–¿Por qué hemos de irnos precisamente nosotros? –le replicó ella con tono malhumorado–. Yo tengo tanto derecho a esta casa como cualquiera.

–Eso depende del testamento del juez –le dije amablemente–, por lo que usted sabe en este momento, bien podría habérsela dejado a su esposa.

La simple mención de esa posibilidad transformó su expresión, que pareció alarmada y confusa.

–¡Oh, no! Yo crecí aquí. Eso es imposible. Clive, ¿qué está diciendo este hombre?

Me lanzó una mirada de repugnancia.

–Supongo que usted espera legalizar el testamento.

–Eso está en manos del ejecutor testamentario –dije–. Sea quien sea el designado.

–Puede que tengamos que impugnarlo.

–¿Con qué argumentos? ¿Influencia ilegítima? ¿Que el juez *non compos mentis*?

–Sin duda no estaba en posesión de todas sus facultades cuando se casó con ésa –soltó Carol Denby.

–Perderían su tiempo y su dinero. Mucha gente sabe que el juez era un jurista astuto y sensato.

–Se obsesionó con esa mujer. Estaba hipnotizado. Para ella era como una marioneta.

Mi aguante tiene un límite, y ya lo habían sobrepasado. Sin decir una palabra, me di la vuelta y me encaminé hacia la puerta, sabiendo que ellos saldrían poco después. Ni aquella casa, ni ninguna otra, daba igual de que tamaño fuera, era lo suficientemente grande para que la compartieran Laura Bolt y los Denby.

Al salir, miré mi reloj. La tarde todavía era joven. Por más que me desagradara el metro hay que reconocer que es el único medio rápido de transporte del que dispone Manhattan.

El juzgado que está en Foley Square es un edificio alto y aséptico más funcional que distinguido. Consulté el directorio del vestíbulo y luego cogí un ascensor al despacho del juez Edwin Marcus Bolt. Su asistente, Andrew Stock, estaba en la antesala. Rechoncho, en la treintena, su cara recordaba a la de un pequinés, su cabello parecía incoloro y las gafas bifocales que llevaba puestas le agrandaban los ojos.

Tenía un aspecto apático, melancólico y desolado; pero, ¿por qué no iba a tenerlo? Fuese quien fuese el nuevo juez designado para ocupar el cargo, sin duda insistiría en traer consigo a su propio ayudante. El empleo del señor Andrew Stock corría serio peligro.

Me vio entrar por la puerta y encendió su audífono.

Yo sabía que era un investigador competente al que le era

muy fácil concentrarse en las complejidades legales, sin ninguna distracción auditiva, lo que le permitía reconvertir su discapacidad en una ventaja. Habiendo defendido un caso ante el juez Bolt hacía sólo siete meses, mi identidad le resultaba familiar.

Lamenté el fallecimiento de su protector y le expliqué mi relación en el caso. Asintió taciturno.

–Sí, sabía que le había llamado el juez. En realidad, fui yo quien marqué su número. Habíamos hablado de diversas opciones cuando surgieron los problemas.

–¿La investigación por soborno?

Parpadeó por detrás de sus bifocales. Se humedeció los labios.

–¿Lo sabe? Creía que cuando usted llegó a casa el juez ya había muerto.

–Su esposa me puso al corriente. ¿La acusación tenía algún fundamento?

Empezó a negarlo, luego tragó saliva y se encogió de hombros.

–No lo sé. Resulta difícil de creer, pero me temo que tengo que admitir que podría haber sido posible.

–¿Ira Madden de Amalgamated Mechanics?

–Uno de sus hombres. Actuando en nombre de Madden.

–¿Floyd Oster?

Stock asintió.

–El mismo.

–¿Así que usted cree que el juez pudo ceder?

Asintió de nuevo, esta vez más despacio.

–Sí, creo que sí.

–¿Por qué?

–Porque la investigación le había llevado al límite de sus fuerzas. Jamás le había visto tan nervioso. Como si fueran ellos quienes tuvieran pruebas de su culpabilidad, y no al revés. Como si pudieran hacer caer la desgracia sobre él. Expulsarlo de la carrera judicial. Tal vez incluso encarcelarlo. Perder sus ingresos. Perderlo todo. Todo los años de su vida por la borda.

–¿Tenía intención de dejarles en libertad?

–No lo sé. No asisto a las sesiones de los juicios.

–¿Y si no podía dictar una sentencia favorable?

–¿Se refiere a que si se iba a quedar con su dinero y luego traicionarlos? ¿Cree que se puede jugar con esa gente?

–¿Le había llegado algún rumor sobre el juicio?

–Sí. El fiscal y él estaban enfrentados.

–Por tanto, puede que el juez estuviera cumpliendo su parte del contrato. Sin embargo, ha muerto. ¿Qué piensa de la posible candidatura de la señora Bolt?

–No fue un buen matrimonio. Mire, el juez solía trabajar mucho en casa. Aquí hacíamos las investigaciones, pero redactábamos la mayoría de los cargos y las sentencias en su casa. Yo iba con frecuencia allí a ayudarle. Había hecho que instalaran un pequeña mesa en su habitación donde yo pudiera trabajar, de modo que él podía seguir aislado en su estudio. A veces, la señora Bolt le iba a ver y discutían. Si tenía el audífono encendido podía oírles –dijo Stock.

–¿De qué discutían?

–Sobre todo de dinero. A veces, de lo tarde que volvía ella a casa. Esa mujer era una despilfarradora compulsiva. Cuando llegaban las facturas a fin de mes, él se subía por las paredes. Ella se gastaba el dinero como si lloviera del cielo.

«Así que el juez necesitaba dinero –pensé–, y puede que la oferta de Madden le pareciera atractiva.»

–Tengo entendido que tenía un arma.

–En efecto, con permiso y todo lo demás.

–¿Por qué? Después de todo, era un ciudadano respetable. No andaba por ahí con un muestrario de joyería. Y tampoco iba a usar una pistola para cazar.

–Era un pasatiempo. Practicaba el tiro al blanco; tenía una galería de tiro en el sótano. Y sabía disparar, era un tirador de primera. También tenía una función práctica. Muchos de los convictos que había encarcelado le habían amenazado, prometiendo que se lo cargarían en cuanto los soltaran. Por eso consiguió el permiso.

Me pregunté si la policía lo sabría y habría investigado quiénes habían salido últimamente en libertad.

–¿Qué planes tiene ahora, señor Stock?

Pareció desanimado.

–No lo sé. Ya es demasiado tarde para que me dedique a la práctica privada. Además, no tengo ningún cliente, ni perspectivas. –Me miró con un matiz de esperanza–. ¿No necesitará un buen investigador?

–Le tendré en cuenta. Y daré voces.

Pareció animarse un poco. Me sonrió débilmente y levantó la mano cuando salí por la puerta.

Fuera, me metí en una cabina telefónica y llamé al sargento Wienick de Homicidios. No pareció dar saltos de alegría al oírme. Le pregunté por la autopsia.

–Acabada, abogado. Muerte en el acto por herida de bala en la cabeza. El segundo disparo no era necesario. Un regalito para el cadáver. ¿Quiere que le dé el informe patológico en detalle?

–No, señor. ¿Qué es eso de un segundo disparo?

–Le atravesó el corazón. No miró lo bastante de cerca. O quizá la ausencia de sangre le despistó.

–Por favor –le rogué–, sea un poco más concreto.

–Apenas había nada de sangre en la camisa del juez. Hágase usted mismo la imagen.

–¿Encontraron alguna bala?

–Ajá. Una encima de la mesa del juez y la otra alojada en su columna vertebral.

–¿De qué calibre?

–Del 32. De una automática.

–¿Por qué de una automática?

–Porque las automáticas expulsan los casquillos, y también los encontramos, abogado.

–Tengo entendido que el juez poseía un arma, del 32, automática.

–Correcto. Y también la encontramos.

–¿Dónde?

–Pegada con cinta adhesiva bajo el parachoques trasero izquierdo del coche de su cliente. Le hemos echado el guante hace media hora, y no ha parado de llamarle a gritos desde entonces. Ha dicho que le contrató esta tarde. ¿Para qué demonios iba a querer un abogado una mujer inocente antes incluso de que la acusaran de nada? Respóndame a eso, ande. Estamos haciendo las pruebas balísticas, y tiene todos los números para que demostremos que su cliente dejó frío a su marido.

–Móvil –dije–, ¿dónde está el móvil?

–El dinero, abogado, el dinero. No sé cuánto tendría el juez, pero se hizo un seguro de vida hace un mes. Quinientos mil papeles, medio millón. ¿Qué le parece ese móvil?

–¿Quién es el beneficiario?

–No he visto la poliza, pero ¿usted quién cree?

–Eso complica las cosas –dije.

–No, señor, las simplifica. Bueno, abogado, estoy hablando demasiado. El teniente dice que padezco de incontinencia expresiva. Así que se acabó la conversación. *Finito*. Ahora está en el otro bando. Si quiere seguir hablando, llame al fiscal del distrito. Ahora depende de él. Así que haga el favor de traer su educado pellejo hasta aquí cuanto antes. La viuda del juez está gritando como una condenada. Quiere a su abogado.

El auricular hizo un sonido extraño y se cortó la línea.

Todavía no habían fichado a Laura Bolt, que seguía en una celda de la comisaría. La habían tratado con educación y sensatez, le habían explicado que tenía derecho a consultar con su abogado desde el momento de su detención y ella se había negado a todo diálogo. Tuvo el suficiente juicio para morderse la lengua, pero en aquel ambiente estaba desplazada, lívida y tensa. Me dieron permiso para mantener una breve reunión en privado. Mis ojos recorrieron la sala, buscando micrófonos ocultos pero, obviamente, no había nada a la vista.

–Hable en voz baja –dije–, ¿qué sabe de la pistola?

–No sé nada.

–Sí sabía que el juez tenía una.

–Sí.

–¿Dónde la guardaba?

–En el cajón lateral de la mesa. –Sacudió la cabeza, susurrando con acritud–. Pero yo no la cogí, no la utilicé ni la escondí.

–¿Le mencionó su esposo que se había hecho una nueva póliza de seguros?

–Sí. Había sacado dinero de la antigua y ya no tenía mucho valor. Quería una nueva, y se la encargó a Clive Denby.

–¿Conoce la cuantía?

–Medio millón de dólares. Creyó que Clive podía hacer los trámites.

–¿Quién es el beneficiario?

–Pasaría a formar parte de la herencia de mi marido.

–¿Había hecho testamento?

–Por supuesto. Él mismo lo redactó y Andy Stock lo pasó a máquina.

–¿Está en su caja fuerte?

–No lo creo. Recuerdo que me dijo que guardaba la mayoría de sus papeles de importancia en un archivo de su despacho del juzgado, bajo llave. Tan seguro como un banco, dijo, y mucho más accesible.

En cierto sentido, tenía razón. Era muy improbable que nadie fuera a irrumpir en un juzgado federal para saquear el despacho de un juez. Y, ciertamente, si necesitaba un documento importante por la noche, podía disponer de él.

–Si su marido la ha nombrado ejecutora del testamento, ¿quiere que me encargue yo de su legalización?

–Sí.

Saqué una hoja de papel y una pluma, redacté un breve contrato entre abogado y cliente y se lo di para que lo firmara. Me devolvió la pluma y me tiró de la manga.

–¿Van a encerrarme por esta noche?

–Me temo que quedará detenida hasta la audiencia preliminar.

–¿Qué me ocurrirá entonces?

–Habrá de presentarse para que le procese un gran jurado.

–¿Me dejarán salir bajo fianza?

–Me temo que, con una acusación de asesinato, no.

Los ojos se le humedecieron al instante.

–Oh, ¿pero qué pretenden hacerme?

–Sea lo que sea –dije–, intentaré impedirlo. Pero tendré que ponerme manos a la obra para ayudarla. Ahora ya sabe el guión. Ninguna declaración. Cósase la boca y déjesela así. ¿Está claro?

Asintió, tragó saliva y sonrió como si tuviera paperas.

Llamé al despacho del juez Bolt y cogí a Andrew Stock cuando se disponía a dar por finalizada su jornada. Le pregunté si recordaba quién había sido nombrado ejecutor del testamento del juez. Lo recordaba. La esposa. Le dije que ella me había encargado de la legalización. Stock todavía no sabía nada de la detención.

–¿Puede abrir el archivo confidencial del juez? –le pregunté.

–Sí, tengo una llave.

–Bien. Me gustaría ver el testamento y tal vez cumplimentar los trámites necesarios con el funcionario encargado mañana por la mañana. Por favor, llévese el testamento a casa y yo lo pasaré a recoger más tarde.

Me dijo que así lo haría y me dio su dirección. Parecía penosamente ansioso de colaborar conmigo.

Yo sabía que Ira Madden había salido bajo fianza. Naturalmente; sus cargos sólo eran cuestión de dinero. Y el dinero puede ser reemplazado, pero el gran crimen, el asesinato, no podía repararse jamás. Me di cuenta de que resultaría inútil cualquier intento por mi parte de ver a Madden, aislado por los muchachos del sindicato en un apartamento especialmente habilitado para él en los pisos altos de la sede central. Sospechaba que el fallecimiento del juez habría hecho que probablemente se iniciaran ya los festejos. Estarían celebrando la declaración de juicio nulo. Los abogados del sindicato sabían que cuanto más se pudiera alargar una causa, más difícil era que acabara en sentencia de culpabilidad.

Así que me decidí por otra opción. Conseguí la dirección de Floyd Oster, el mercenario de Madden. Le encontré en un edificio restaurado de piedra arenisca cerca del Lincoln Center. Puede que, por ósmosis, hubiera absorbido una leve pátina de cultura. Al subir a su apartamento en el segundo piso me di cuenta de que no había preparado el modo de abordarle. Tendría que improvisar.

Respondió a la llamada. En la puerta apareció un hombrecito con cara de pez, acalorado y de aspecto violento, vestido con una camiseta blanca y empuñando una botella vacía de whisky como si fuera un garrote.

–¿El señor Oster?

–¿Quién quiere saberlo?

–Probablemente no me conozca. Me llamo Jordan, Scott Jordan. Y soy abogado.

–Sí que le conozco. –Por la manera que tenía de hablar parecía que alguien le había destrozado la laringe.

–¿Podemos hablar en privado?

–¿Sobre qué?

–Ira Madden y el juez Edwin Marcus Bolt.

La cara de pez se nubló del todo, volviéndose completamente inexpresiva.

–El juez está muerto –dijo.

–Cierto. Pero Ira sigue vivo.

–¿Y usted qué pinta en todo esto?

–Me ha contratado la esposa del juez.

–¿Para qué?

–Para defenderla en el juicio. Creen que mató a su marido.

Sonrió; si es que la distorsión mecánica de aquella boca fina como una hoja podía considerarse una sonrisa.

–¿Y qué?

–Creía que usted podría ayudarme.

–¿Ah sí? ¿Cómo?

–La viuda del juez tendrá que satisfacer unos honorarios decentes. Me gustaría saber dónde está el dinero.

–¿Qué dinero?

–El dinero que ustedes le pagaron al juez Bolt para amañar el juicio de Madden.

Bajó la voz hasta que apenas fue un susurro ronco.

–¿Se le han caído los tornillos, abogado? ¿Es que ha perdido la chaveta para hacer una acusación como ésa? ¿Sabe cuál es la pena por sobornar a un juez federal?

–No tan grave como por matar a alguien.

–A mí eso ni me va ni me viene, picapleitos. Dedíquese a defender a su cliente.

–Es inocente.

–Muy bien, pues demuéstrelo en el tribunal.

–Eso pretendo, demostrando quién lo hizo en realidad.

Me acerqué a él y un músculo le empezó a palpitar en la sien.

–Piérdase. Si hubiéramos comprado al juez ¿para qué nos lo íbamos a cargar? No tiene sentido, abogado. Usted no puede...

No llegó a acabar la frase porque de repente habían aparecido un par de visitantes inesperados por las escaleras a mis espaldas. Dos tipos bien vestidos, con el pelo cortado al cepillo, típicamente americanos, se nos unieron y preguntaron educadamente:

–¿Floyd Oster?

Le señalé.

–Es él.

–Y usted, señor, ¿quién es?

–Sólo un visitante que intentaba conseguir un poco de información.

–Pues lamento que esté de por medio, señor. Tenemos una orden de detención contra Floyd Oster. –Sacó su cartera–. FBI. El cargo es soborno y corrupción de un funcionario del gobierno.

Me aparté a un lado, con intención de eludir el fuego cruzado en el caso de que Oster fuera lo bastante estúpido para intentar resistirse. Pero los chicos estaban bien entrenados y lo demostraron cuando en un abrir y cerrar de ojos ya tenían a Floyd Oster cogido cada uno por un brazo y lo llevaban casi en volandas hacia la calle sin que los dedos de sus pies rozaran siquiera las escaleras.

Les seguí y observé cómo le metían en un coche y se iban a toda velocidad. Pese a todas sus baladronadas, tenía la impresión de que Oster se vendría abajo ante la más mínima presión. La celebración de Ira Madden puede que fuera prematura.

De repente me di cuenta de que tenía hambre. Me había pasado el día recorriendo la ciudad de arriba abajo, trabajando, hablando con unos y con otros, olvidado de mí mismo; así que me regalé con un buen filete y una jarra grande de cerveza.

Sintiéndome como nuevo, me puse en camino para tomar posesión de la última voluntad y el testamento del juez Bolt de manos de su ayudante, Andy Stock.

Vivía en un viejo edificio de antes de la guerra, en Lex. Un renqueante ascensor me llevó a la quinta planta. En la radio sonaba una ruidosa música clásica. Llamé al timbre y esperé. Volví a llamar y esperé un poco más. Luego probé con el pomo; se giró y la puerta se abrió.

La música era la apropiada: un verdadero torrente de sonido de Richard Wagner. Hacía juego con el escenario. Alguien había cogido un cuchillo de trinchar carne y le había abierto el cuello a Andrew Stock de oreja a oreja.

Casi me echa a perder el filete tan caro que me había zampado.

El señor Stock ya no tendría más problemas, ni tampoco que preocuparse por un nuevo empleo; su vida, su carrera y sus sueños se habían acabado. Se había unido a su difunto jefe. No me molesté en llamar a un médico. No había por qué hacerle perder el tiempo. Lo que necesitaba Andrew Stock era un enterrador.

Vi su maletín encima del tocador. Lo cogí arrastrándolo con el codo y abrí la cremallera sin dejar huellas. No tomé ninguna precaución al sacar el documento. Una rápida ojeada me informó de que el juez, además de unos legados específicos, había dividido su herencia a partes iguales entre su esposa y su hija. Doblé el testamento y me lo metí en el bolsillo interior del abrigo.

Luego cogí el teléfono de Andrew Stock y llamé al sargento Wienick. Al escuchar las últimas noticias, me dedicó unas cuantas palabras escogidas entre lo mejorcito del vocabulario anglosajón.

Habían hecho lo que tenía que hacerse; todos los técnicos: los fotógrafos, los especialistas en huellas dactilares, luego el ayudante del forense y por último los muchachos de la funeraria que llevaron el cadáver a la morgue.

El sargento Wienick y yo íbamos de camino en un coche de policía a visitar a Carol y Clive Denby. A mí me hacía falta más información sobre la póliza de seguros del juez. Ninguno de los Denby, lo sabía, me lo pondría fácil, pero con el sargento apoyándome probablemente se mostrarían más dispuestos a cooperar.

Aparentemente, se habían acabado los secretos y Wienick había recibido instrucciones.

–Bueno, abogado –dijo–, he hablado con el teniente, conferencia a larga distancia, y me ha ordenado que trabaje en coordinación con usted. Así que aquí estoy. Los de balística han acabado su examen. No son buenas noticias para la señora Bolt. Las balas que mataron a su marido encajan con la pistola que encontramos bajo su coche: las estrías, el grado de inclinación, todo, al milímetro.

–No tenía ninguna duda de que así sería.

–¿Y no le preocupa?

–Un poco.

–¿Sabe qué más hemos encontrado?

–¿Qué?

–Una caja de zapatos llena de dinero, cincuenta mil dólares en billetes grandes. El FBI cree que es dinero del sindicato, que Ira Madden se lo dio al juez.

–¿Qué les dio la pista?

–Habían tenido a Madden vigilado desde hace más de un año. Le pincharon el teléfono, e interceptaron llamadas incriminadoras. Yo les hablé de Floyd Oster y ellos lo detuvieron.

–Lo sé.

Levantó una ceja.

–¿Quién se lo ha dicho?

–Estaba presente.

Se lo tomó con calma.

–Dinero en efectivo –dijo–. Es una locura. Deben de haber estado soltándoles pasta a todos. Incluso a ese Andrew Stock. Tres mil quinientos pavos en billetes nuevecitos de cincuenta metidos dentro de un zapato en su armario. ¿Qué pasa estos días con el calzado? ¿Es que la gente ya no confía en los bancos?

No tenía nada que decirle. Pero mi cabeza iba a cien. Las diminutas piezas del rompecabezas empezaban a encajar en una imagen reconocible.

Los Denby nos recibieron sin ningún entusiasmo. Apenas habíamos entrado, Carol Denby abrió el fuego con su voz nasal:

–He oído por la radio que ha detenido a mi madrastra. ¿Es eso cierto, sargento? ¿La ha detenido?

–Es cierto –dije yo.

–Bien –comentó con brusquedad y satisfacción–. No me sorprende. No me fié de esa mujer desde el primer momento que la vi. Una ramera avariciosa y vanidosa que iba detrás del dinero de mi padre. Lo único que lamento es que hayan abolido la pena capital en este estado. Espero que la condenen a trabajos forzados a perpetuidad. Un poco de sudor y humildad le vendrían muy bien.

–Si Laura es culpable, queremos que la castiguen –dijo Clive Denby–. ¿Podemos ayudarle en algo, sargento?

–Jordan, aquí presente, quiere hacerles unas preguntas.

Me dedicaron una mirada de desaprobación apenas reprimida.

–¿No es esto una irregularidad, sargento? Jordan representa a la acusada. Quiere demostrar su inocencia, así que sus objetivos y los de usted, sargento, no pueden ser más opuestos.

–Sólo queremos acabar de aclarar todos los hechos, señor Denby.

Denby se encogió de hombros, en un gesto de paciencia resignada. Sus ojos se clavaron en mí.

–Tengo entendido que recientemente redactó una nueva póliza de seguros de vida para su suegro –dije.

–Hace ocho o nueve meses.

–¿Por medio millón de dólares?

–No es una suma rara para un hombre de su posición.

–Y usted, claro, estaba al tanto de que el beneficiario era su legado testamentario.

–Por supuesto.

–¿Sabía también que, según las especificaciones de su testamento, la esposa y la hija del juez compartirían a partes iguales el dinero de esa póliza?

–Así me lo hizo saber.

–Doy por sentado que la póliza estaba en vigor cuando el juez murió.

–Oh, sí. Mi suegro era muy meticuloso en el pago de las primas. No había ningún atraso.

–¿La póliza incluye también esa oportuna cláusula que especifica una doble indemnización en el caso de que la muerte se deba a un accidente o acto de violencia?

–Sí.

Los labios fruncidos de Wienick emitieron un silbido de asombro.

–¿Quiere decir que los quinientos de los grandes se convierten en un millón de pavos sólo porque alguien le metió una bala al juez en el cráneo?

Un apunte exacto, eso sí, nada delicado, sobre todo delante de los herederos, aunque era todo lo que podía esperarse de Wienick.

–Así es, sargento –dije y me volví hacia Denby–. ¿La póliza queda anulada en caso de suicidio?

–Sí, es una norma habitual en este tipo de documentos. La autodestrucción cancela la póliza.

–De modo que si el juez se pegó un tiro, su esposa aquí presente no recibe nada. Cero. Se queda al margen.

–El insinuarlo ya es horroroso –dijo Carol Denby con voz entrecortada–. Sólo un perturbado se quitaría la vida.

–Vamos a ver. –La miré directamente–. Usted misma me dijo que su padre no debía de estar en sus cabales cuando se casó con Laura.

–Eh, un momento –nos interrumpió Wienick–. No siga hablando, abogado. ¿Está insinuando que nadie asesinó al juez Bolt, que estamos en la higuera y que el tipo se suicidó?

–No lo estoy insinuando –dije–, lo estoy afirmando categóricamente. El juez no fue víctima de un homicidio. Él mismo cogió su pistola, se apuntó a la cabeza, apretó el gatillo y se voló los sesos.

Carol Denby lanzó un grito desgarrador y se arqueó llevándose las manos a la garganta en un gesto de desesperación.

Su marido, simulando una expresión de arrogante desprecio, dijo:

–Este hombre está loco, sargento. Tiene la cabeza llena de serrín. Es un absoluto irresponsable.

Los ojos entrecerrados de Wienick buscaron los míos.

–¿Qué cree que pasó, abogado?

–El juez Bolt tenía un miedo de muerte, un pánico incontrolable. Sabía que le estaban investigando por soborno. Sabía, también, que era culpable y que...

–¿Mi padre? –chilló Carol Denby–. ¿Un soborno? ¿De qué está hablando?

–Encontramos cincuenta mil dólares en efectivo en una caja de zapatos –dijo Wieneck con brusquedad–. ¿De dónde cree que los sacó?

Carol Denby empezó a balbucear, las manos se le movían nerviosas. Se calmó cuando su marido la rodeó con un brazo protector.

–Cuando los investigadores empezaron a revolotear a su alrededor –expliqué–, el juez supo que el juego había terminado. Temía que su hombre de contacto, Floyd Oster, haría un trato y se convertiría en testigo de la fiscalía. No le hacía falta una bola de cristal. Podía ver el futuro que le esperaba: la deshonra y una condena a prisión. Era demasiada presión. No pudo hacerle frente. Estaba aterrorizado y muy turbado, la desesperación casi le había hecho perder el juicio. No había modo de escapar, o, mejor, sólo uno, y lo hizo. Una bala en la cabeza.

–Corte el rollo –dijo Denby–. No puede demostrarlo de ningún modo. Si el juez se suicidó, ¿qué le pasó a la pistola?

–Usted la cogió.

–¿Qué?

–Usted la cogió, Denby. Llegó a la casa poco después del suceso. Subió al estudio y se encontró a su suegro allí sentado, muerto; sabía bien lo que aquello significaba. Podía ver el medio millón de dólares perdiéndose por el desagüe. Una pérdida increíble. Así que se puso manos a la obra. Al juez se le había caído al suelo la pistola, y usted la recogió. Tenía que salir rápido de allí pero antes, para asegurarse, tenía que reforzar la apariencia de asesinato así que le descerrajó otro tiro. Muerte violenta. Indemnización doble y todavía podía doblar la apuesta. Un millón de pavos.

Una contracción nerviosa espasmódica desencajó levemente la mandíbula de Denby.

–Eso es difamación –dijo con hosquedad–, y delante de testigos.

Me reí.

–Me parece que tiene mucho más de que preocuparse que de una difamación. Y, hablando de testigos, demonios, sí, hubo uno.

La mano de Wieneck se aferró a mi brazo.

–¿Un testigo? ¿Quién?

–Andrew Stock –dije–, el ayudante del juez. Stock lo vio.

–¿Cómo lo sabe?

–¿Recuerda las colillas? ¿Y el humo? Eran suyos. Él estaba allí, como de costumbre, trabajando en la habitación contigua, el dormitorio. No escuchó el primer disparo porque tenía el audífono desconectado. Era lo normal. Pero entonces, posiblemente al encontrar algún precedente legal que quería enseñarle al juez, lo encendió y se dirigió al estudio. En ese instante oyó el segundo disparo. Miró escondido detrás de la puerta y vio a Denby, allí de pie, con el arma en la mano. No dijo una palabra. Estaba conmocionado. Retrocedió pensando sólo en cómo salvar su propia vida. Puede que incluso se escondiera en el armario.

Clive Denby sonrió esbozando una mueca repulsiva.

–Conjeturas –dijo–, nada más que conjeturas.

–Mucho más que eso, Denby. El segundo disparo apenas provocó sangre. Lo que significa que el juez ya estaba muerto cuando lo recibió. Fue un acto irreflexivo, Denby. Un descuido. No pensó con claridad. Estaba nervioso, agobiado.

–Nunca podrá probarlo. Stock está muerto.

El sargento Wienick dio un respingo.

–Exacto –dije–, pero usted ¿cómo lo sabe? Todavía no se ha hecho pública la noticia. Se lo diré: lo sabe porque usted mismo se lo cargó. Pobre, feo e incapaz Andrew Stock. Cuando pensó en lo que había sucedido se dio cuenta de que se había quedado sin trabajo. Sin trabajo y sin dinero. Y entonces se le ocurrió una idea. Tenía información. Sabía algo que valía dinero. ¿Por qué no cobrar por ello? Así que, Denby, le pidió una tajada de la pasta de la póliza. Usted estaba en un buen aprieto, y no tenía elección. Pero todo lo que pudo reunir en aquel momento fueron tres mil quinientos dólares. Los encontramos en el apartamento de Stock. Usted los fue a buscar, ¿verdad? Pero no dio con ellos, porque tenía mucha prisa y no miró en el lugar apropiado. Los habría encontrado en uno de sus zapatos.

–Más conjeturas –susurró.

–¿Está seguro? Suponga que comprobamos las últimas retiradas de fondos de su cuenta bancaria. ¿Que encontraríamos? ¿Ha sacado tres mil quinientos dólares durante las últimas veinticuatro horas?

Lo que encontraríamos apareció grabado en su rostro. Dio un paso atrás, agachándose con la respiración entrecortada, lanzándome una mirada envenenada. Su esposa se apartó de él, y le contempló con una fe vacilante que bordeaba la incredulidad.

–Andrew Stock –dije–, aquel pobre y triste payaso, no sabía dónde se estaba metiendo. No sabía que sólo hay un modo de tratar a un chantajista. A menos que quieras que te siga ordeñando hasta que te deje seco, tienes que pararle los pies definitivamente, de una vez y para siempre. Tienes que acabar con sus exigencias acabando con el propio chantajista..., y eso es lo que usted hizo. Se lo cargó con un cuchillo de trinchar que encontró en su propia cocina.

Wienick se había acercado a nosotros, vigilante y alerta. Sin apartar la mirada de Denby, dijo:

–¿Y nos está diciendo que este hombre ha amañado las pruebas contra la esposa del juez colocando el arma en su coche?

–Eso es exactamente lo que estoy diciendo. Oh, es un tipo muy astuto, es cierto. Tendió una pantalla de humo para confundir a la policía. Si le salía bien, si su suegra era juzgada y condenada, su esposa acabaría forrada, se quedaría el millón entero, porque, por ley, un asesino no puede heredar de la víctima a la que ha matado. ¿Sangre fría? ¿Iba a dejar que una mujer inocente pagara el pato? No le quepa la menor duda. Pero no tenía ningún remordimiento porque odiaba a esa mujer. Así que empezó a tejer su pequeña telaraña de mentiras para enmascarar la verdad y llenarse los bolsillos.

Los ojos de Clive Denby se habían encendido, brillaban como si tuviera fiebre, y su respiración se había vuelto ronca, desacompasada. Seguía negando con la cabeza.

–Sea cual sea la opinión que le merezca Laura Bolt –dije–, no es ninguna cretina, ni tampoco imbécil. Jamás habría escondido el arma del crimen en su propio coche. Como mínimo, es lo bastante inteligente como para, por ejemplo, haberla tirado desde el ferry de Staten Island y así que se perdiera para siempre.

El sudor bañaba el rostro de Denby, del nacimiento del pelo a la barbilla. Su voz, apenas un susurro, pareció forzada y hueca.

–No tiene pruebas. No tiene ninguna prueba. Ni un maldito indicio de prueba.

–Se equivoca –dije–, se equivoca de todas todas. ¿No ha oído hablar de la prueba del nitrato? Cuando un hombre dispara una pistola, una parte de la pólvora que no se quema sale despedida hacia atrás y se incrusta en la piel de la mano. Se le llama «tatuaje de pólvora». Puede extraerse con unas tenacillas para comprobar si alguien ha disparado o no. Y la pólvora no se va con agua y jabón, Denby. Van a hacerle la prueba, de eso puede estar seguro. No puede impedirlo. ¿Tiene algún resto de nitrato en la mano, Denby?

Apretó los puños y los sostuvo ante su pecho durante un instante. Abrió la mano derecha y se la miró... luego perdió el control por completo. Poseído por una repentina rabia cegadora y gritando obscenidades arremetió contra mí. Me aparté y mientras él pasaba por mi lado, Wienick le dio un golpe en la base de la nuca. La mano del sargento es como una cuchilla. Denby cayó de rodillas, boqueando para poder respirar. Su esposa se apartó con un grito de desesperación y se inclinó hacia delante cubriéndose la cara.

No sentí nada de pena por ninguno de los dos.

Índice

Agradecemos a los propietarios de los copyrights la autorización concedida para editar los relatos reunidos en este volumen, los cuales aparecieron publicados previamente en *Alfred Hitchcock's Mystery Magazine,* excepto los de Stanley Cohen, Robert L. Fish, Joe L. Hensley, y Clark Howard: *The Battered Mailbox* de Stanley Cohen; © 1983, Stanley Cohen; reeditado con el permiso del autor. *Center of Attention* de Dan J. Marlowe; © 1968, H.S.D. Publications, Inc.; reeditado con el permiso del autor. *Lesson for a Pro* de Stephen Wasylyk; © 1973, H.S.D. Publications, Inc.; reeditado con el permiso del autor. *Aftermath of Death* de Talmage Powell; © 1963, H.S.D. Publications, Inc.; reeditado con el permiso del autor. *Enough Rope for Two* de Clark Howard; © 1957, Clark Howard; reeditado con el permiso del autor. *A Change for the Better* de Arthur Porges; © 1963, H.S.D. Publications, Inc.: reeditado con el permiso de Scott Meredith Literary Agency, Inc. *A Killing in the Market* de Robert Bloch; © 1958, H.S.D. Publications, Inc.; reeditado con el permiso de Scott Meredith Literary Agency, Inc. *Do It Yourself* de Charles Mergendahl; © 1958, H.S.D. Publications, Inc.; reeditado con el permiso de Harold Matson Company, Inc. *Lost and Found* de James Michael Ullman; © 1973, H.S.D. Publications, Inc.; reeditado con el permiso del autor. *Passport in Order* de Lawrence Block; © 1966, H.S.D. Publications, Inc.; reeditado con el permiso del autor. *Moonlight Gardener* de Robert L. Fish; © 1971, Robert L. Fish; primero publicado en *Argosy*; reeditado con el permiso de Robert P. Mills, Ltd. *Courtesy Call* de Sonora Morrow; © 1967, H.S.D. Publications, Inc.; reeditado con el permiso del autor. *Restored Evidence* de Patrick O'Keeffe; © 1972, H.S.D. Publications, Inc.; reeditado con el permiso de Cathleen O'Keeffe. *The Standoff* de Frank Sisk; © 1967, H.S.D. Publications, Inc.; reeditado con el permiso de Scott Meredith Literary Agency, Inc. *A Fine and Private Place* de Virginia Long; © 1973, H.S.D. Publications, Inc.; reeditado con el permiso del autor. *Dead, You Know* de John Lutz; © 1967, H.S.D. Publications, Inc.; reeditado con el permiso del autor. *A Certain Power* de Edward D. Hoch; © 1968, H.S.D. Publications, Inc.; reeditado con el permiso del autor. *Hunters* de Borden Deal; © 1958, H.S.D. Publications, Inc.; reeditado con el permiso del autor. *The Driver* de William Brittain; © 1971, H.S.D. Publications, Inc.; reeditado con el permiso del autor. *Class Reunion* de Charles Boeckman; © 1973, H.S.D. Publications, Inc.; reeditado con el permiso del autor. *Mean Cop* de W. Sherwood Hartman; © 1968, H.S.D. Publications, Inc.; reeditado con el permiso de Alex Jackinson, Agent. *Welcome to My Prison* de Jack Ritchie; © 1957, H.S.D. Publications, Inc.; reeditado con el permiso de Larry Sternig Literary Agency, Inc. *Come Into My Parlor* de Gloria Amoury; © 1967, H.S.D. Publications, Inc.; reeditado con el permiso del autor. *Lend Me Your Ears* de Edward Wellen; © 1973, H.S.D. Publications, Inc.; reeditado con el permiso del autor. *Killer Scent* de Joe L. Hensley; © 1981, Joe L. Hensley; reeditado con el permiso del autor y de su agente, Virginia Kidd. *Dear Corpus Delicti* de William Link y Richard Levinson; © 1960, H.S.D. Publications, Inc.; reeditado con el permiso del autor. *Knight of the Road* de Thomasina Weber; © 1963, H.S.D. Publications, Inc.; reeditado con el permiso del autor. *The Truth That Kills* de Donald Olson; © 1972, H.S.D. Publications, Inc.; reeditado con el permiso de Blanche C. Gregory, Inc. *Where Is Thy Sting?* de John F. Suter; © 1960, H.S.D. Publications, Inc.; reeditado con el permiso del autor. *Anatomy of an Anatomy* de Donald E. Westlake; © 1960, H.S.D. Publications, Inc.; reeditado con el permiso del autor. *Murder Me Twice* de Lawrence Treat; © 1957, H.S.D. Publications, Inc.; reeditado con el permiso de Robert P. Mills, Ltd. *Not a Laughing Matter* de Evan Hunter; © 1958, H.S.D. Publications, Inc.; reeditado con el permiso de John Farquharson, Ltd. *The Graft Is Green* de Harold Q. Masur; © 1973, H.S.D. Publications, Inc.; reeditado con el permiso del autor.

Título de la edición original: *A Choice of Evils*
Traducción del inglés: Vicente Campos González
Diseño: Norbert Denkel
Ilustración: Julio Vivas

Círculo de Lectores, S.A. (Sociedad Unipersonal)
Valencia, 344, 08009 Barcelona
1 3 5 7 9 7 9 0 6 8 6 4 2

Licencia editorial para Círculo de Lectores por cortesía de Bantam Doubleday Dell Magazines y Scott Meredith Literary Agency, L.P., 845 Third Avenue New York, NY 10022.

Depósito legal: B. 15074-1997
Fotocomposición: gama, s.l., Barcelona
Impresión y encuadernación: Printer industria gráfica, s.a.
N. II, Cuatro caminos s/n, 08620 Sant Vicenç dels Horts
Barcelona, 1997. Impreso en España
ISBN 84-226-6367-8
N.º 07278

